U01205599

词苑漫话

常用词牌及其历代佳作赏析

王能全　著

华东师范大学出版社
·上海·

图书在版编目（CIP）数据

词苑漫话：常用词牌及其历代佳作赏析／王能全著.
—上海：华东师范大学出版社，2023
ISBN 978－7－5760－3644－2

Ⅰ.①词… Ⅱ.①王… Ⅲ.①词(文学)—诗歌欣赏—中国—古代 Ⅳ.①I207.23

中国国家版本馆CIP数据核字(2023)第027014号

词苑漫话
常用词牌及其历代佳作赏析

著　　者　王能全
责任编辑　时润民
特约审读　邹佳茹
责任校对　庄玉玲　赵偲源　时东明
装帧设计　刘怡霖

出版发行　华东师范大学出版社
社　　址　上海市中山北路3663号　邮编 200062
网　　址　www.ecnupress.com.cn
电　　话　021－60821666　行政传真 021－62572105
客服电话　021－62865537　门市(邮购)电话 021－62869887
地　　址　上海市中山北路3663号华东师范大学校内先锋路口
网　　店　http://hdsdcbs.tmall.com

印　　刷　上海锦佳印刷有限公司
开　　本　890mm×1240mm　1/32
印　　张　28.5
字　　数　740千字
插　　页　2
版　　次　2023年6月第1版
印　　次　2023年6月第1次
书　　号　ISBN 978－7－5760－3644－2
定　　价　98.00元(上下册)

出 版 人　王　焰

谨以本书

献给我的父母和妻子

词乃是汉语文诗文学发展的最高形式。

——周汝昌《唐宋词鉴赏辞典（唐·五代·北宋）·序言（二）》

词以境界为最上。有境界则自成高格，自有名句。

——王国维《人间词话》

除了自己的无知，我一无所知。

——苏格拉底

目 录

卜算子　卜算子慢

千秋岁　千秋岁引

小重山

木兰花　木兰花慢

长相思 长相思慢

忆江南

忆秦娥

水龙吟

水调歌头

生查子

永遇乐

西江月

行香子

齐天乐

江城子

| 阮郎归 |

| 如梦令 |

好事近

声声慢

苏幕遮

更漏子

沁园春

诉衷情　诉衷情近

青玉案

雨霖铃

钗头凤

念奴娇

采桑子　采桑子慢

定风波　定风波慢

南乡子

南歌子

点绛唇

临江仙

洞仙歌

贺新郎

桂枝香

破阵子

浣溪沙

浪淘沙 浪淘沙慢

菩萨蛮

望海潮

清平乐

渔家傲

朝中措

御街行

鹊桥仙

摸鱼儿

虞美人

满江红

满庭芳

醉花阴

踏莎行

蝶恋花

鹧鸪天

词苑随笔

自 序

唐诗、宋词和元曲是中华古典文学的三朵绚丽的奇葩。作为文学体裁的词，开始于隋，发展于唐与五代，鼎盛于两宋，低潮于金元明，中兴于清。经历了上千年的发展变迁，如今，越来越多的人学习词、欣赏词、创作词。

词，已经出版的选本层出不穷，有的是著名词人的专辑，如《李清照词选》；有的是按朝代编写的词集，如《唐宋词三百首》和《金元明清词选》等。按朝代编撰的词集选本，均以年代为顺序，将著名词人的佳作编入其内。这些书籍深受广大读者的喜爱，为传承中华文化起了不可估量的作用。

本书以常用词牌为主干，按书中常用词牌名的首字笔画从少到多为顺序编撰。介绍每一种词牌名的由来，列出其常用的格律格体，每一种格体附以词作范例，词牌格律标注直观明了。同时，每一种词牌精选历代名词若干首，对每一首词予以深入浅出的赏析，以便读者更好地阅读与欣赏。

本书共收入常用词牌 56 种及其相关格体 120 多种，以及这些词牌从唐至清 100 多位词家的 300 余首名作。在词作的选择上，兼顾不同朝代、不同词人，以及不同题材和艺术风格。当代传奇作家兼画家木心，在他的著作《文学回忆录》中谈到宋词时说："艺术没有第一名，词也没有第一名。"本书每一种词牌的词作均按作者生年大致排序。

书末"词苑随笔"一章，阐述词的基本知识。附录一"词作者小传"，为所选入的词人的生平简介；附录二为本书的主要参考资料。

本书力求文字流畅，通俗易懂，在品赏性中融入知识性。

中华词苑，历史悠长，浩如烟海，灿若星辰，至广博，至精深。其中的佳作，更显真情和大美。学习常用词牌、品味古典词作的名篇，是一种美的享受、心灵的陶冶，让人受益不尽。

千古词苑，万种情怀，掩卷慨然。“长恨此身非我有，何时忘却营营?”词苑寻芳，忘却营营!

凡 例

一、本书选入常用词牌56种。在各词牌简介中列出其主要的格律格体；如列有数种格体，第一格体为最常用的格体。各格体均附以名词范例。

二、各词牌简介中格律的符号含义如下：

平：填平声字（阴平、阳平声）；

仄：填仄声字（上、去、入声）；

中：可平可仄；

楷体“平”、“仄”字：表示平声或仄声韵脚字。

例如：虞美人格体一，五十六字，上下片各四句，均两仄韵转两平韵。范例，五代李煜词：

春花秋月何时了，往事知多少？
中平中仄平平仄，中仄平平仄。
小楼昨夜又东风，故国不堪回首月明中。
中平中仄仄平平，中仄中平平仄仄平平。

雕栏玉砌应犹在，只是朱颜改。
中平中仄平平仄，中仄平平仄。
问君能有几多愁？恰似一江春水向东流。
中平中仄仄平平，中仄中平平仄仄平平。

三、本书对列出的每一种词牌均选有数首历代名词，共120

位名家332首词作。各历史时期词人、词作数分别如下：唐与五代17位31首词，北宋28位138首，南宋23位68首，金元12位20首，明12位15首，清28位60首。

四、易代之际作家的朝代归属，归于生活时间较长的朝代。如王夫之，生于明代，在清代生活时间较长，归于清代词人。唯有南明抗清殉难者仍归于明代，如夏完淳。

五、本书涉及古代的历史纪年，一般用旧纪年，随文注公元纪年。括注内的公元纪年，省略“公元”与“年”字。例如“（公元1102年）”，写为“（1102）”。

一剪梅

词牌《一剪梅》简介

《一剪梅》，北宋周邦彦词有“一剪梅花万样娇”句，取前三字为名。因韩淲词有“一朵梅花百和香”句，又名《腊梅香》；李清照词有“红藕香残玉簟秋”句，故又名《玉簟秋》。双调小令，六十字，上下片各六句，平韵。上下片中的四字句，通常使用对偶。

以下列出本词牌格律常见的两种格体与范例。

格体一，上、下片各六句、三平韵。范例，北宋李清照词：

红藕香残玉簟秋。轻解罗裳，独上兰舟。
中仄平平中仄平。中仄平平，中仄平平。
云中谁寄锦书来？雁字回时，月满西楼。
中平中仄仄平平，中仄平平，中仄平平。

花自飘零水自流。一种相思，两处闲愁。
中仄平平中仄平。中仄平平，中仄平平。
此情无计可消除，才下眉头，却上心头。
中平中仄仄平平，中仄平平，中仄平平。

格体二，上、下片各六句，每句押平韵。范例，南宋蒋捷词：

一片春愁待酒浇。江上舟摇，楼上帘招。
中仄平平仄仄平。中仄平平，中仄平平。
秋娘渡与泰娘桥。风又飘飘，雨又萧萧。
中平中仄仄平平。中仄平平，中仄平平。

何日归家洗客袍？银字笙调，心字香烧。
中仄平平仄仄平。中仄平平，中仄平平。
流光容易把人抛。红了樱桃，绿了芭蕉。
中平中仄仄平平。中仄平平，中仄平平。

《一剪梅》历代佳作五首

1. 一剪梅 ［北宋］周邦彦

一剪梅花万样娇。斜插疏枝，略点眉梢。
轻盈微笑舞低回，何事尊前，拍手相招。

夜渐寒深酒渐消。袖里时闻，玉钏轻敲。
城头谁恁促残更，银漏何如，且慢明朝。

周邦彦，北宋著名词人，词作清丽典雅，精通音律，自创不少词调。《一剪梅》词牌名，便取自此词首句“一剪梅花万样娇”的前三字。

这是一首咏梅怀人之词。咏梅的历代诗词佳作层出不穷，但这首词别具一格，词人将梅花喻为美人，赞美梅花之娇丽，抒发作者对心中佳人的眷恋。

上片以拟人的手法，形容梅花的美丽。首先，书写梅花的形态之美，“一剪梅花万样娇”。梅花，就像经过大自然造化的精心修剪，亭亭玉立，淡妆幽香，万般娇美。点点梅花，“斜插疏枝”，宛如粒粒缀玉，稍稍地点缀在丽人的眉梢上。接着，描绘梅花的仪态之美。“一剪梅花”，随风摇曳，像是一位风姿绰约的美女，笑容可掬，舞姿轻盈低回。“何事尊前，拍手相招。”“尊前”：酒樽之前，意指酒筵。她风情万种，举止大方，殷勤地向酒宴上的宾客拍手招呼。咏梅实为咏人，梅花如佳人娇美，佳人似梅花俏丽。词情自然地转入下片的思人。

下片抒发深夜怀人的怅惘。“夜渐寒深酒渐消”，日思夜想，夜渐残，寒渐深，宴罢人散，醉酒也渐消退。“袖里时闻，玉钏轻敲。”“玉钏”：将玉石穿在一起做成的镯子。词人孤枕难眠，不时依稀地听见昔日佳人衣袖里玉镯清脆的碰击声。夜阑人静，他多想在梦中重温与恋人在一起的柔情蜜意。“城头谁恁促残更”，“恁”：那样，那么。是谁在城头那样不停地急促打更，夜将尽，好梦不长！“银漏何如，且慢明朝”，银饰的漏壶里的水，为什么那么快地流淌，深夜为什么那么快地流逝，明天慢一些到来吧，好梦不愿醒！漏壶是中国古代的一种计时装置，水从漏壶孔流出，漏壶中的浮箭随水面下降，浮箭上的刻度指示时间。

这首词，赏梅惜花，思念佳人。由物及人，由景及情，层次错落分明，词情精致华美，疏淡的词句中蕴含着清婉伤感的深情。它体现了周邦彦的个性和词风，“温柔敦厚的性格，恬静而不豪放，多情而不荡逸”（台静农《中国文学史》）。

2. 一剪梅 ［北宋］李清照

红藕香残玉簟秋。轻解罗裳，独上兰舟。
云中谁寄锦书来？雁字回时，月满西楼。

花自飘零水自流。一种相思，两处闲愁。
此情无计可消除，才下眉头，却上心头。

真挚坦诚而又婉约飘逸地表达自己的情思，是千古第一才女李清照词作的风格。十八岁时李清照与二十一岁的赵明诚在汴京成婚。宋徽宗崇宁元年（1102），父亲李格非被列入“元祐党人”，次年九月皇帝下诏，禁止元祐党人的子弟居京。受此株连，崇宁三年（1104）夏，二十一岁的李清照一人离京回原籍济南，赵明诚留在汴京任职。这首词便写于她与夫婿这一段离别期间，抒发思念之情，属于她的早期之作。

上片起句“红藕香残玉簟秋”，刻画出清秋的景色。屋外，荷塘里鲜红的莲花已经凋零，残留着幽幽的余香。室内，光滑如玉的竹席，透出秋天的清凉。景中寓意着词人芳华易逝的清愁，铺垫了全词的感情色彩。

接着，词人书写从白天到夜晚的活动和情绪。“轻解罗裳，独上兰舟。”微微地松解丝质的衣裳，独自泛一叶木兰之舟，排遣孤单的离愁别绪。“云中谁寄锦书来?”怅然地仰望天空，白云悠悠，大雁飞回，捎来了他的书信吗?“雁字回时，月满西楼。”大雁排成“人”字，飞回故地，远方的亲人何时归来?月华如水，洒满西楼，词人独倚楼栏，举首望月，情思缠绵。从白昼到月夜，无论在兰舟还是在楼台，寂寞的思念之情萦绕心际。

下片，词的过片之句“花自飘零水自流”，承上启下，以景抒情，隐含“无可奈何花落去”（晏殊《浣溪沙》）的喟叹。落花流水，岁月悠悠，人生短暂。“一种相思，两处闲愁。”“闲愁”：“剪不断，理还乱”的无端的愁思。同样一种相思，两人各在一方，彼此爱之深，思之切，互相牵肠挂肚，愁绪如缕，绵绵不绝。

“此情无计可消除”，这样痛苦的思情，毫无办法消除。“才下眉头，却上心头”，刚从微锁的眉头消去，却又袭上郁闷的心头。这两句，语句工整对仗，笔法极为精妙，成为脍炙人口的经典名句。清初著名文学家王士禛在《花草蒙拾》中指出，这三句从范仲淹《御街行》“都来此事，眉间心上，无计相回避”脱胎而来。但是，李清照将之脱胎换骨，优美动人，更具有艺术的魅力。

此首名词，李清照以淡雅清丽之笔，抒写离情闲愁，缠绵而不悲伤。词美情深，出神入化，韵味隽永，为历代许多名家所点赞。明代李廷机评道："此词颇尽离别之情，语意超逸，令人醒目。"因为这一首词广为传咏，其首句的最后三个字"玉簟秋"又成为词牌《一剪梅》的另一别称。

3. 一剪梅 ［北宋］刘克庄

余赴广东，实之夜饯于风亭

束缊宵行十里强。挑得诗囊，抛了衣囊。
天寒路滑马蹄僵。元是王郎，来送刘郎。

酒酣耳热说文章。惊倒邻墙，推倒胡床。
旁观拍手笑疏狂。疏又何妨，狂又何妨！

刘克庄，福建莆田人，南宋后期的重要文学家，词作豪放，多发忧国之思，曾三次入朝，三次被劾。这首词作于宋理宗嘉熙三年（1239）冬，词人因《落梅》一诗涉嫌诋毁朝臣，被贬广东潮州，任提举常平官一职。由词的小序可知，临行，实之在风亭设宴，为他送行，遂作此词。"实之"：姓名王迈，是作者同乡好友；"风亭"：一座驿站之名，在今福建莆田。这是一首独特的离别词，毫无送别的感伤，而是以戏谑调侃的笔调，抒发狂士内心的不平和抗争。

上片书写连夜启程，友人一路送行。"束缊宵行十里强"，"束缊"：用乱麻搓成火把。在漆黑的夜幕下，一行人举着乱麻束成的火把，匆匆而行，来到十里长亭的驿站风亭。为了减轻行李，只能挑得心爱的诗书，扔下许多衣服与行囊。在未来贬放的生活中，“诗囊”比“衣囊”更为宝贵，足见词人书生的本色。

天寒路滑，以致马蹄都冻僵了。在词人落难、远赴广东之际，王实之冒着严寒，踏着泥泞，十里送行，患难真情，可见王迈刚直仗义。“元是王郎，来送刘郎。”“元”：通“原”；“王郎”，即王实之，词人对他的尊称，刘克庄在多首诗词中写有“王郎”，赞赏这位挚友；“刘郎”，是作者自己，唐代诗人刘禹锡自称“刘郎”，作者此处以刘禹锡自喻，两人正好同姓，性格刚毅，遭受迫害。刘禹锡因诗句“玄都观里桃千树，尽是刘郎去后栽”，讽刺朝中新贵而遭贬；刘克庄因《落梅》诗句“东风谬掌花权柄，却忌孤高不主张”，被指“讪谤当国”而罢官。

下片描绘两人风亭饯别的情景。王实之设宴饯行，“酒酣耳热说文章”，酒逢知己，开怀痛饮，无话不谈。“说文章”，含蓄地写出他俩在话别时对朝政的抨击、对国事的忧愤以及洁身自好的决心。接着，作者发挥想象，淋漓尽致地刻画了两人言语激昂、举止狂傲的英豪气概。“惊倒邻墙，推倒胡床。”左邻右舍均为他们狂放不羁、全无顾忌的言行惊骇不已。他俩高谈阔论，手舞足蹈，以至将坐椅推倒。“胡床”：一种可以转缩、便于携带的坐椅。

“旁观拍手笑疏狂”，作者设想，如果风亭里有旁观者，他们必定拍手称快，笑我俩疏狂。“疏狂”：无拘无束，纵情任性。词的最后：“疏又何妨，狂又何妨！”个性极度的张扬，自傲狂放，迸发出胸中的激愤，即便被贬放天涯海角，也无所畏惧！

面对贬谪远方的厄运，作者没有丝毫的悲伤与颓唐，而是傲骨铮铮。刘克庄推崇辛弃疾的词，曾为辛弃疾的词集作序，其中写有“横绝六合，扫空万古”的评论和赞誉。刘克庄本人的这首词大有如此的气势，它将友人的饯别写成了生龙活现的狂士离别。送行途中，一往直前；践行酒宴，疏狂惊俗。全词遒劲奔放，高潮迭起，其题材内容、思想感情以及艺术手法，在宋词中别具一格。

4. 一剪梅 ［南宋］蒋捷

舟过吴江

一片春愁待酒浇。江上舟摇，楼上帘招。
秋娘渡与泰娘桥。风又飘飘，雨又萧萧。

何日归家洗客袍？银字笙调，心字香烧。
流光容易把人抛。红了樱桃，绿了芭蕉。

蒋捷，阳羡（今江苏宜兴）人，生活在宋末元初，为“宋末四大家”之一。为人重气节，词作多悲凉凄婉，文笔清淡而意远。这首词的词题“舟过吴江”，“吴江”：濒临太湖东岸的吴江。在漂泊途中，作者乘船经过吴江，写下这首词。

上片着重书写舟行之景。首句“一片春愁待酒浇”，羁旅思归，无法排解的茫茫春愁，人困在狭小的客舱里，又无酒消愁，情绪何等低落。“江上舟摇，楼上帘招”，船只在江上随波摇晃，岸边酒楼上悬挂的酒帘广告随风飘动，招徕顾客，更惹起词人借酒消愁的欲望。

船，驶过了秋娘渡，穿过了泰娘桥。这两个渡口和桥均以唐代著名歌女的名字命名，作者在词中有意识地点用这两个地名，透露出触景生情，思念家中丽人的焦灼心情。归心似箭，偏偏遇到恼人的天气，“风又飘飘，雨又萧萧”，又是风吹，又是雨打，不能尽快回家，更增添了几许春愁。

下片以抒情为主。“何日归家洗客袍？”哪一天才能到家呢？回家后，娇妻会为他洗干净旅途穿的沾满尘迹的衣服。“银字笙调，心字香烧。”妻子对他体贴入微，为他调弄镶有银字的古笙，点起熏炉里心字形的焚香。他将在家住一段时间，尽情地享受温馨的家庭生活。作者选用“银字”和“心字”这两个修饰词，生动地刻画了心心相印的夫妻情感。词句中饱含着作者思归的迫切心情。

“流光容易把人抛”，怀念甜美的家庭生活，愈加感受时光如梭，不由得发出韶华易逝的喟叹。“红了樱桃，绿了芭蕉。”最后，词人独具慧眼，利用樱桃和芭蕉颜色的变化，形象地描绘时光飞逝。樱桃已经红熟了，芭蕉叶由青翠变成深绿，瞬息间春去夏来，人生何其短暂！

词牌《一剪梅》的词作，多用上下片各三平韵，或各四平韵。而这首词，作者采用每一句均押平韵的格体，读之尤为动听悦耳、余音绕梁。同时，词人充分地运用了这种格体上下片四字句的排比，增强了整首词的节奏感和感染力。

这首词，上片寓情于景，下片情中有景。文笔自然，情景交融，意蕴深婉，历代文人多有赞誉。晚清词论家李佳评道：“‘银字笙调，心字香烧。流光容易把人抛，红了樱桃，绿了芭蕉。’脍炙人口。”（《左庵词话》）

5. 一剪梅 ［明］唐寅

雨打梨花深闭门。忘了青春，误了青春。
赏心乐事共谁论？花下销魂，月下销魂。

愁聚眉峰尽日颦。千点啼痕，万点啼痕。
晓看天色暮看云。行也思君，坐也思君。

唐寅，字伯虎，人称唐伯虎，苏州人，明代中期著名画家、书法家、文学家，才气横溢。这首闺怨词，以女子的口吻，表白相思的苦情，写尽了作者对思妇的同情和怜悯，正如他在另一首《怅怅词》中所写：“何岁逢春不惆怅，何处逢情不可怜？”

上片书写少妇郁闷的心思。首句“雨打梨花深闭门”，春末，庭院细雨蒙蒙，梨花带雨，重门紧闭，与世隔绝，闺房女子犹如被雨打的梨花，楚楚可怜。此句直接引用南宋词人李重元《忆王孙》的尾句：“欲黄昏。雨打梨花深闭门。”与全词浑然一体，不着痕迹。“忘了青春，误了青春。”（一作：“孤负青春，虚负青春。”）正值春天的良辰，正值人生的春天，人生谁不惜青春？远方的丈夫，难道你忘了我的青春？让我孤守空房，误了我的青春！“赏心乐事共谁论？”纵然怀有憧憬美好生活之心、向往愉悦欢乐之事，又能与谁共享、向谁诉说？“花下销魂，月下销魂。”忧郁苦闷，独自一人在花下愁怅神伤，月下惆怅神伤，可惜自己空有一副花容月貌。

下片描绘女子神伤的举止。首先以白描的笔法，直接勾画。“愁聚眉峰尽日颦。千点啼痕，万点啼痕。”“颦”：皱眉。终日愁眉紧锁、皱如黛峰，满面点点泪痕。随之，词句婉转含蓄，曲折深幽。“晓看天色暮看云”，翘首企盼丈夫早日归来，清晨看着天色，傍晚望着云霞，惦记他路上是否会遭到风雨阻挡。“行也思君，坐也思君。”思妇在家中坐立不安，神魂不宁，走动也思念郎君，坐着也思念郎君。盼君归来，共度两人销魂的温存时光。少妇形只影单，孤独寂寞，唯有一颗痴心、一片痴情。

历代闺怨之作不胜枚举，而唐寅这首《一剪梅》吸收了元代散曲的风格，简练自然。在写法上多用叠字，全词十二句，有八句四对，每一对仅换一字，环环相扣，情感反复盘旋，意境不断加深。词中没有深奥晦涩、华丽奇特的词句，却惟妙惟肖地刻画了思妇的心理活动。此词也让读者领略到这位带有传奇色彩的风流才子的才情。

八声甘州

词牌《八声甘州》简介

《八声甘州》又名《甘州》、《潇潇雨》、《宴瑶池》等。《甘州》是唐代边塞曲，以边塞之地甘州为名。《八声甘州》是在原《甘州》的基础上改编而成。此调因上下片共八韵，故名八声。双调，平韵，慢词。字数有九十五至九十八多种，以九十七字为主。声情激越而又缠绵。

以下列出本词牌格律常见的两种格体与范例。

格体一，九十七字，上、下片各九句、四平韵。范例，北宋柳永词：

对潇潇暮雨洒江天，一番洗清秋。
仄中平仄仄仄平平，中中仄平平。
渐霜风凄紧，关河冷落，残照当楼。
仄平平中仄，中平中仄，中仄平平。
是处红衰翠减，苒苒物华休。
中仄平平中仄，中仄仄平平。
惟有长江水，无语东流。
中仄平平仄，中仄平平。

不忍登高临远，望故乡渺邈，归思难收。
中仄中平中仄，仄中平中仄，中仄平平。
叹年来踪迹，何事苦淹留？
仄平平中仄，中仄仄平平。
想佳人、妆楼颙望，误几回、天际识归舟？
仄平平、中平平仄，仄中平、中仄仄平平。

争知我、倚阑干处，正恁凝愁！
平平仄、仄平平仄，中仄平平。

格体二，九十七字，上、下片各九句，上片五平韵，下片四平韵。范例，南宋张炎词：

记玉关踏雪事清游，寒气脆貂裘。
仄中平仄仄仄平平，中中仄平平。
傍枯林古道，长河饮马，此意悠悠。
仄平平中仄，中平中仄，中仄平平。
短梦依然江表，老泪洒西州。
中仄平平中仄，中仄仄平平。
一字无题处，落叶都愁。
中仄平平仄，中仄平平。

载取白云归去，问谁留楚佩，弄影中洲。
中仄中平中仄，仄中平中仄，中仄平平。
折芦花赠远，零落一身秋。
仄平平中仄，中仄仄平平。
向寻常、野桥流水，待招来、不是旧沙鸥。
仄平平、中平平仄，仄中平、中仄仄平平。
空怀感、有斜阳处，却怕登楼。
平平仄、仄平平仄，中仄平平。

《八声甘州》历代佳作八首

1. 八声甘州　［北宋］柳永

对潇潇暮雨洒江天，一番洗清秋。
渐霜风凄紧，关河冷落，残照当楼。
是处红衰翠减，苒苒物华休。
惟有长江水，无语东流。

不忍登高临远，望故乡渺邈，归思难收。
叹年来踪迹，何事苦淹留？
想佳人、妆楼颙望，误几回、天际识归舟。
争知我、倚栏杆处，正恁凝愁！

柳永是词坛一位奇人，生前其词作不为士大夫阶层所认可，却深受广大民众喜爱。他是仕宦人家子弟，天才词人，一生潦倒。生活赋予他灵感，丰富他的作品，使他写下诸多千古传咏的名词。其词气象万千，情深意切，荡气回肠，具有强烈的感染力，其艺术的高峰非一般词人所能达到。这首羁旅怀人的《八声甘州》是柳永的代表作之一。

上片描绘苍辽的秋景。“对潇潇暮雨洒江天，一番洗清秋。”时值深秋傍晚，登高纵目，只见潇潇暮雨洒遍江天，秋空经过一番洗涤，分外明净。一个“渐”字领出“霜风凄紧，关河冷落，残照当楼”，凄冷的秋风渐渐逼近，雄关长河肃杀寥落，残阳映照着词人登临的楼台。作者置身于空辽萧瑟的旷野，孤寂凄凉。

词人的目光从仰视转到俯瞰。“是处红衰翠减，苒苒物华休。”“苒苒”：同“荏苒”，形容时光渐渐流逝；“物华”：美好的景物。到处是红花衰败、翠叶凋零，美好的景物渐渐地消失了。惟有滔滔的长江水，默默无语地向东流去。面对“红衰翠减”、长江无语东流的苍茫秋色，词人内心充溢着韶华易逝的不尽惆怅，以及对心爱之人的无比眷念。

下片由写景转入抒情。“不忍登高临远，望故乡渺邈，归思难收。”真不愿登上高楼眺望远方，望断天涯，故乡遥不可及，反而引发难以收拢的归乡思绪。这么多年浪迹萍踪、四处漂泊，是什么让自己苦苦地长期滞留他乡？不禁感慨，深深叹息！

“想佳人、妆楼颙望，误几回、天际识归舟。”“颙望”：抬头凝望。想来，故乡心中的佳人也正在闺楼翘首远望，盼我归来。多少次，她误把远方的归舟当作我回家的客船。“争知我、倚栏杆处，正恁凝愁！”句中“争”，意为“怎”；“恁”：如此。恋人怎知我，此时正在倚着高楼的栏杆，心里凝聚着思念的愁苦！由己及人，以虚写实，一种相思，两地离愁，情感更加浓郁凄切。

全词体现了柳永词作的特色，构思精致，文笔洒脱，词情千回百转，儿女情长，缠绵悱恻，而又雄浑高远、大气磅礴。苏东坡尤为赞叹词中的“霜风凄紧，关河冷落，残照当楼”，称之“不减唐人高处”。（赵令畤《侯鲭录》）

2. 八声甘州　［北宋］苏轼

寄参寥子

有情风万里卷潮来，无情送潮归。

问钱塘江上，西兴浦口，几度斜晖？

不用思量今古，俯仰昔人非。
谁似东坡老，白首忘机。

记取西湖西畔，正春山好处，空翠烟霏。
算诗人相得，如我与君稀。
约他年、东还海道，愿谢公雅志莫相违。
西州路、不应回首，为我沾衣。

因“乌台诗案”，宋神宗元丰三年（1080）初，苏轼被贬至黄州（今属湖北黄冈），元丰七年再次被起用。宋哲宗元祐四年任杭州太守，元祐六年（1091）由杭州知州晋升为翰林学士。在离杭赴京前，他写了这首词，赠给患难之交的参寥，叙友情，寄心志。参寥是著名诗僧道潜的字，於潜（今属浙江临安）人。苏轼贬谪到黄州时，参寥不远千里赶赴黄州，跟随苏轼多年。

上片追忆两人同游钱塘江的情景，抒发感怀。首两句气势非凡，寓意深沉。“有情风万里卷潮来，无情送潮归。”将自然界的海风人格化，时而“有情”，时而“无情”。有情时，狂风万里，卷潮而来；无情时，长风送潮退去。宦海沉浮，人间聚散，非你我所能预料。词人与参寥友情深厚，如今不得不分离，难舍难分，依依惜别。下面三句以“问”字领起：“问钱塘江上，西兴浦口，几度斜晖？”“西兴”：即西陵，在钱塘江南。曾记否，在钱塘江上，西兴渡口，我俩多少次共赏夕阳西下、斜晖璀璨、江水浩渺？两人胸襟开阔，情趣高雅，离别在即，感慨万千。

“不用思量今古，俯仰昔人非。”不必去细想王朝盛衰、古今变迁；俯仰之间，人事已面目全非。“谁似东坡老，白首忘机。”此时，苏东坡已经五十六岁。又有谁像我这样，历经磨难，白发苍苍，仍固守赤子之心、不懂机诈权变。

下片先由上片钱塘江边转入西子湖畔。“记取西湖西畔，正春山好处，空翠烟霏。”还记得西湖西岸，春日山峦叠翠，云雾缥缈，二人寄情于山光湖色。“算诗人相得，如我与君稀。”患难见真情，东坡无不感慨：细算起来，诗人之间像我俩这样肝胆相照、推心置腹能有几人！

词的结尾，苏东坡引用谢安和羊昙的典故，与参寥相约，未来一同归隐山水。东晋政治家和军事家谢安，心怀退隐泛海之志，病危过西州门时发出“本志未遂，深自慨失”之叹。他的外甥羊昙一次醉中路过西州门，想起此事，为谢安而悲伤。“约他年、东还海道，愿谢公雅志莫相违。”“谢公”，即谢安，东坡以谢安自喻，以羊昙喻参寥。我俩现在约定，将来退隐，超然物外，泛舟江河，东向大海，但愿我不会像谢安那样雅志落空。“西州路、不应回首，为我沾衣。”免得你像羊昙，为我的理想未能实现而抱憾，泪水沾衣、痛惜不已。

这首词格调高远，飘逸豪放，景中寓情，抒情发议。它充分体现了东坡重情重义的品格、看淡荣辱沉浮的情怀、坚持清白做人的理念，以及对美好生活的向往。在布局上，由二人共游“钱塘江上”、“西湖西畔”，到相约“东还海道”，江、湖、海，联结一起，出神入化地构成全词的主线。清末词学家郑文焯对苏东坡的这首词推崇备至，评道：“妙在无一字豪宕，无一字险怪，又出以闲逸感喟之情，所谓骨重神寒，不食人间烟火气者。词境至此，观止矣！”

3. 八声甘州　［北宋］晁补之

扬州次韵和东坡钱塘作

谓东坡未老赋归来，天未遣公归。

向西湖两处，秋波一种，飞霭澄辉。

又拥竹西歌吹，僧老木兰非。
一笑千秋事，浮世危机。

应倚平山栏槛，是醉翁饮处，江雨霏霏。
送孤鸿相接，今古眼中稀。
念平生、相从江海，任飘蓬、不遣此心违。
登临事、更何须惜，吹帽淋衣。

宋哲宗元祐七年（1092）三月，苏东坡到扬州任知州。晁补之是苏门四学士之一，时任扬州通判。师生相聚，同在扬州，甚为快慰。但同年八月苏轼被召回京城任兵部尚书。行前他在平山堂设宴，谢别僚属，晁补之作此词为苏轼送行。词题“扬州次韵和东坡钱塘作”，意即这首词是依和苏轼在离任杭州时所作的《八声甘州·寄参寥子》（有情风万里卷潮来），用的完全是原词的韵脚之字，此种写法称次韵、步韵。

上片回顾近年苏轼任职的迁徙。首先扣住词题，苏轼在原词中表达了退隐泛舟之意，“约他年、东还海道”，但仍未如愿。故晁补之在词的开头写道：命运未让东坡归隐山林、作“归去来兮”之赋。苏轼离开杭州回京不久，因政见不合，同年八月调任颍州。“向西湖两处，秋波一种，飞霭澄辉。”杭州和颍州，两地皆有西湖，两湖水波宛如美人的秋波一样妩媚，湖光山色，云雾缥缈，流光溢彩。

随后，苏轼又从颍州调到扬州。“又拥竹西歌吹”，“竹西”：扬州的竹西路，词中意指扬州；“拥”字道出东坡当时为扬州知州的身份。苏轼主政扬州，扬州笙歌悠扬，繁花似锦。作者在此化用杜牧《题扬州禅智寺》诗句：“谁知竹西路，歌吹是扬州。”“僧老木兰非”，词人引用扬州一典故，隐喻世态炎凉，苏轼在贬谪黄州之后东山再起。有一位名叫王播的人，少时孤贫，寄居扬州惠昭寺木兰院，随僧食粥，久之，僧人厌弃他，拒为他供食。后来王播成名，任淮南节度使，镇扬州，写诗《题木兰院》。祸福相依，富贵与危机相伴。此次苏轼回京晋升为兵部尚书，但晁补之为他的恩师担忧。“一笑千秋事，浮世危机。”虽说笑对古今人事沉浮，然而人事难料，宦海潜伏“危机”，官场争斗无法提防。

下片回到平山堂苏东坡的离别宴席。“应倚平山栏槛，是醉翁饮处”，点出宴筵所在地，临江傍水，“江雨霏霏”。欧阳修，号醉翁，在扬州任知州时，在扬州蜀冈建平山堂，曾作《朝中措》，其首句“平山栏槛倚晴空”。作者赞美醉翁与东坡二位德高望重的先辈，“送孤鸿相接，今古眼中稀”。欧阳修和苏轼都是政坛名臣、文坛巨匠，先后被贬到扬州，又从扬州像孤鸿一样相继离去，今古像他俩这样的英才寥寥无几。“眼中稀”，出自李白《金陵城西楼月下吟》：“月下沉吟久不归，古来相接眼中稀。”

词的最后倾诉话别之辞。宴筵后，恩师就此一别。“念平生、相从江海，任飘蓬、不遣此心违。”今生今世，大江大海，人分离，心相从。无论我漂泊到哪里，都以恩师为典范，不做违心之事！“登临事、更何须惜，吹帽淋衣。”登山临水，风风雨雨，何足为惜！结尾流露出作者对苏轼以及他本人日后命运的忧虑，表白在未来政治风雨中无所畏惧的坚强意志。作者似乎预感到苏东坡此去祸多吉少。仅仅一年之后，苏轼又一次被贬，厄运接踵而至，印证了他的担忧并非空穴来风。

晁补之为人坦荡磊落，将师生情谊视为生命一样的宝贵。这首词，结构有序，化用典故和前人诗句，浑然一体；旷放之中带着沉郁，风骨高峻，感人肺腑。不几年后，作者连遭贬职，宋徽宗崇宁二年（1103），被贬归乡（山东巨野）。他修建一座归来园，自称归来子，过着陶渊明似的田园生活，远避官场。

4. 八声甘州　[北宋] 叶梦得

寿阳楼八公山作

故都迷岸草，望长淮、依然绕孤城。
想乌衣年少，芝兰秀发，戈戟云横。
坐看骄兵南渡，沸浪骇奔鲸。
转盼东流水，一顾功成。

千载八公山下，尚断崖草木，遥拥峥嵘。
漫云涛吞吐，无处问豪英。
信劳生、空成今古，笑我来、何事怆遗情？
东山老、可堪岁晚，独听桓筝。

词题中“寿阳楼”，即寿阳（今安徽寿县）的城楼。八公山在寿县城北，淝水流经其下。公元 383 年，在此发生中国历史上著名的以少胜多的淝水大战。东晋谢安命侄子谢玄，以八万兵力巧胜号称百万的前秦苻坚大军。宋朝南渡后，叶梦得是主战派之一，他被排挤出朝，任江东安抚大使，兼知建康府等职。这首词大约写于南宋绍兴三年（1133）前后，叶梦得登寿阳城楼及八公山，怀古思今，作此名词。

上片追忆淝水大战。“故都”：春秋战国时寿阳名为寿春，曾是楚国首都。“长淮”：指的是淮河支流淝水。头三句写景色：淝水大战之地，物是人非，淝水依然环绕孤城寿阳，河岸迷蒙，杂草丛生。“想乌衣年少，芝兰秀发，戈戟云横。”“乌衣”：指的是南京乌衣巷，晋代谢氏与王氏贵族住在这里。“芝兰秀发”比喻年轻有为的人才，这里赞誉淝水之战中谢氏年轻的将领。“想乌衣年少”三句赞美谢家子弟的英武多谋，军队戈戟如云横列，斗志昂扬。苻坚“骄兵”大举“南渡”，结果如同受到惊骇的巨鲸，在淝水翻滚的浪涛中溃奔。指挥东晋军队的谢家年轻的将领们，“坐看”、“转盼”、“一顾”，转眼间，从容自若，便大功告成，从此奠定了东晋的江山。

下片作者怀古抚今、抒发感慨。岁月悠悠，时隔千载，八公山下，断崖壁上，草木依旧簇拥着峥嵘的群峰。“漫云涛吞吐，无处问豪英。”云涛漫卷，风云变幻，昔日的英雄豪杰如今安在！“信劳生、空成今古，笑我来、何事怆遗情?”“劳生”：劳碌一生。“遗情”：对往事的思念。谢安家族为东晋呕心沥血、力挽狂澜，到头来空忙一场，反遭冷遇，我何必为他们的遭遇而伤心？作者用自嘲自解来反说，隐喻自己为朝廷尽力却遭排挤。

“东山老、可堪岁晚，独听桓筝。”“东山老”：指谢安，晚年遭皇帝疏远，曾隐居东山。“桓筝”：名士桓伊善弹筝。一天，武帝请谢安、桓伊等人喝酒。桓伊抚筝而歌曹植的《怨歌行》：“为君既不易，为臣良独难。忠信事不显，乃有见疑患。”声情感伤，韵味深长，讽谏晋孝武帝猜忌谢安，不予重用。谢安听了感动泣下，孝武帝“甚有愧色”。作者在此翻用这个典故，意思更深一层：谢安还有武帝与他共听桓筝，而自己只能“独听”，比谢安受到的冷落更为深重！一片爱国之心，南宋朝廷并不领情，孤独凄凉，隐含着强烈的不满。

这首词通过八公山怀古，借淝水之战以及谢安的荣辱，表达作者一心报国却反遭打击的痛苦，以及壮志难酬的悲怆。写法直抒与委婉交替，词意苍凉深沉，感情激越悲壮。明末文学家毛晋评叶梦得之词“不作柔语殢人，真词家逸品”（《石林词跋》），此词可见一斑。

5. 八声甘州　［南宋］吴文英

陪庾幕诸公游灵岩

渺空烟四远，是何年、青天坠长星。
幻苍崖云树，名娃金屋，残霸宫城。
箭径酸风射眼，腻水染花腥。
时靸双鸳响，廊叶秋声。

宫里吴王沉醉，倩五湖倦客，独钓醒醒。
问苍波无语，华发奈山青。
水涵空、阑干高处，送乱鸦、斜日落渔汀。
连呼酒、上琴台去，秋与云平。

吴文英，号梦窗，南宋奇才，通晓音律，自作词曲，一生寄人篱下，曾为门客幕僚。词题中“庾幕”为管理粮仓的官衙幕僚，吴文英是其中之一。作者与同仁们游览苏州灵岩山，浮想联翩，写下这首怀古名词。

上片由景而引发奇思奇想。登临灵岩山，极目眺望，云烟缥缈。神游深邃太空，追思荒蛮远古，是哪一年从天空坠落下巨大的陨石？流星划过，光芒耀眼，瞬息灰灭，形成了脚下的灵岩山。旋而联想起吴越春秋、建都灵岩山下的吴国盛衰。以“幻”字领起三句：“幻苍崖云树，名娃金屋，残霸宫城。”由坠落的“长星”，幻化出眼前的山崖苍翠、古木参天，更幻化出显赫一时的吴王金屋藏娇、宫阙连城、霸业残灭。以实为虚，以真为幻。“名娃”：西施；“残霸”：吴王夫差，曾破越败齐，称霸一时，后为越王勾践打败，人死国亡。短短数句，将时间与空间、大自然的演化与人世间吴国兴亡，包揽在凝练的艺术词句之中，妙不可言。

词情顺势而下，当年吴王宫廷景象依稀犹存。“箭径酸风射眼，腻水染花腥。”“径”：实为“泾”；“箭径”：即苏州的采香泾，一条小溪，并非小路；“酸风”意为秋天的寒风，出自李贺《金铜仙人辞汉歌》“东关酸风射眸子”。采香泾如箭一样笔直，萧瑟的秋风刺人眼目；吴宫里的脂粉漂浮在水面上，污腻了溪水，岸边的花朵也沾染了腥味。“时靸双鸳响，廊叶秋声。”“靸”：一种草制的拖鞋；“廊”为灵岩山寺的响屧廊，相传吴王令西施等王妃宫女足着木屐，声响于廊。词人置身于响屧廊，响声阵阵，清脆入耳，不知是近两千年前美女们鸳鸯木屐的声音，还是当下飒飒的秋叶声。

下片抒情发议。“宫里吴王沉醉，倩五湖倦客，独钓醒醒。”“五湖倦客”：指范蠡。吴王在深宫沉湎酒色，唯有高雅的范蠡清醒睿智，看透和厌倦政治斗争，在辅佐越王勾践灭吴后，功成身退，浪迹太湖，独自垂钓。吴王的“沉醉”与范蠡的“醒醒”形成鲜明的对比。词人陷入沉思，是什么主宰吴越兴亡、世事变迁？“问苍波无语，华发奈山青。”问太湖浩浩水波，苍水无语。青山耸立，缄默不言，而我百思不解，愁白了满头乌发！

“水涵空、阑干高处，送乱鸦、斜日落渔汀。”水映碧空，人倚高栏，目送纷飞的乌鸦，夕阳映照着垂钓的鱼滩，苍辽，空灵，词人怀古抚今，反省自己才华超群，却地位卑微，不禁惆怅，转而自我排遣，以企忘却烦恼。“连呼酒、上琴台去，秋与云平。”琴台在灵岩山上。词人连声呼唤侍者把酒取来，招呼友人，一同快快登上琴台，欣赏冲入云霄的满天秋色。作者希望将身心沉浸在净洁无尘的寥廓秋空之中。

这首词苍凉沉郁，高秋悲情。词人追忆吴越春秋，寓意于史，寄情于景，感怀身世，期盼在华发之年能像范蠡一样，超脱尘俗，过着寄情山水、逍遥自在的生活。现代古典文学家周汝昌先生点

评此词：“旷远高明，又复低徊宛转，则此篇之词境，亦奇境也。”（《唐宋词鉴赏辞典（南宋·辽·金）》）

6. 甘州 ［南宋］张炎

辛卯岁，沈尧道同余北归，各处杭、越。逾岁，尧道来问寂寞，语笑数日。又复别去。赋此曲，并寄赵学舟。

记玉关踏雪事清游，寒气脆貂裘。
傍枯林古道，长河饮马，此意悠悠。
短梦依然江表，老泪洒西州。
一字无题处，落叶都愁。

载取白云归去，问谁留楚佩，弄影中洲？
折芦花赠远，零落一身秋。
向寻常、野桥流水，待招来、不是旧沙鸥。
空怀感、有斜阳处，却怕登楼。

张炎是两宋的最后一位重要词人，生活在南宋与元代之交，才高气傲，家破落拓，失意而终。这首词抒发亡国之悲、身世之痛，是宋词名篇之一，为多种宋词选本所收录。

元世祖至元辛卯年（1291），作者同好友沈尧道被召北上，赴元大都（今北京）缮写金字《藏经》，其间在古燕赵地区旅游。后从北归来，沈居住杭州，作者住在越州（今绍兴）。一年后，尧道前来看望和问候作者，“语笑数日”，再次离别而去。作者特写这首词，并寄给另一位好友赵学舟。

上片回忆北游，抒发亡国之恨。一个“记”字领出下面五句，意境苍凉，笔力雄劲。“记玉关踏雪事清游，寒气脆貂裘。”“玉门"：非玉门关，泛指北方边区。记得我们在北方边关踏雪漫游，寒气凛冽，冻硬了貂裘。沿着枯林古道顶风而行，在凄冷的黄河边饮马小憩；内心忧思悠悠，如黄河滚滚东去之水。

"短梦依然江表，老泪洒西州。""江表"：江南；"西州"：古城名，现南京市西，本为东晋之都，这里意即亡国的南宋首都杭州。一年前的北游如同一场短梦，在元朝大都所受的屈辱无法忘怀，那时心中依然牵系着江南。杭州沦入元军之手，南宋已被颠覆，不禁老泪纵横。"一字无题处，落叶都愁。"本想以红叶为题，写诗赠友，但片片落叶沾满着忧愁，国破家亡，心情沉重，毫无写诗的兴致。

下片书写当下的离情，想象着今后的思念。先写与尧道依依惜别。"载取白云归去"，沈君又要回到白云深处，过他的隐居生活。"问谁留楚佩，弄影中洲？"试问是谁留下玉佩，顾盼水下的倒影，在河中的沙洲上徘徊，久久不忍离去？这里用了楚辞《湘君》中湘君和湘夫人"捐玦"、"赠佩"、"谁留兮中洲"的典故，描写彼此难舍难分。挚友即将离别远去，以何物相赠？"折芦花赠远，零落一身秋。"折一枝芦花以作纪念，我已如同萧瑟的芦花、飘零的落叶，漂泊而又凄凉。古代诗词中常以折梅相赠，而张炎出自个人的景况和心情，折芦花相赠，运笔精致，别具一格。

词的最后，期盼沈、赵二位早日再访。"向寻常、野桥流水，待招来，不是旧沙鸥。"沈君走后，我会像往常一样，在野外的桥头、在淙淙的流水畔等待。过去多少次，等来的不是旧时熟识的沙鸥，不是你们二位老友，心中的失落与惆怅，难以言状。张炎出身于名望家族，元军占领杭州时，他的祖父被杀，家产被抄。为生活所迫，他在吴越地区浪迹萍踪，此时居住在越州野郊。世界虽大，而知音寥寥。作者等待的人不仅是沈尧道，还有词题中的赵学舟。"空怀感、有斜阳处，却怕登楼。"空怀万分感伤，夕阳西下时，暮色苍茫，却生怕登上高楼，不见心心相印的友人，不见南宋的万里江山！

通篇以友情为主线，贯穿全词，在北方边关踏雪清游，在越州临别折芦花相赠，在“野桥流水”边盼望老友重聚，感情真挚，情深谊长。词中将亡国的悲情、飘零的凄苦与肝胆相照的友谊融为一体，悲怆哀婉，荡气回肠。它以词的文学形式承载着那个历史年代的伤痛。

7. 八声甘州 ［清］项廷纪

黄叶楼赋夕阳

界斜红飏出晚晴天，相看转凄然！
甚匆匆只是，横催雁陈，低照鸥眠？
树外山眉衬黛，远道草芊芊。
一段苍茫意，都付樊川。

汉阙秦宫何处？送几声画角，吹老华年。
尽欢游长好，到此黯流连。
倚江楼、玉人凝望，带西风、帆影落窗前。
愁无限、近黄昏也，新月笼烟。

项廷纪，钱塘（今杭州）人，与纳兰性德、蒋春霖为清词三鼎足。出身于殷富之家，疏于交际，至他家境渐衰；两次进士应试不中；家产竟被一把大火烧光；侍奉母亲北上，不幸老母身亡于舟途之中！他的一生屡遭挫折，是一位忧郁的词人，去世时年仅三十八岁。这首词，题为“黄叶楼赋夕阳”，夕阳之下，登黄叶楼，抒乡思之离愁，寄漂泊之孤苦。“黄叶楼”地点不详。

上片寓乡思之情于暮色，苍凉凄楚。“界斜红飏出晚晴天”，一轮夕阳镶嵌在极目的天地交界处，光芒四射，晴空晚霞似火。残阳如血，词人思乡之情油然而生，心情转而凄然。“甚匆匆只是，横催雁陈，低照鸥眠?”雁阵横空，匆匆远飞，无暇传送家书；河滩上的鸥鹭在暮色中双双对对地沉睡。树林尽头的青山，如美人的黛色画眉；远处野草茂密，遮住了归路。“一段苍茫意，都付樊川。”“樊川”：唐代著名才子诗人杜牧号“樊川居士”，他曾写过一首思乡的诗《题齐安城楼》。词人黄叶楼感怀赋词，杜牧登齐安城楼写诗。在此，作者将苍茫的心境，尽付与一千年前的樊川居士，与他感情共鸣。

下片感盛衰无常、叹人生苦短、思故乡佳人。秦汉宫阙曾经宏伟辉煌，如今无影无踪。吹几声画角，瞬息间，华发苍颜，老已至兮！作者写这首词时年仅三十四五而已，正当盛年，但他仿佛预感到自己不久人世。悲哉！“尽欢游长好，到此黯流连。”尽管平生喜爱四处游历，但每到夕阳西下，登临眺望，不免黯然神伤。“倚江楼、玉人凝望，带西风、帆影落窗前。”化用柳永的《八声甘州》：“想佳人、妆楼颙望，误几回、天际识归舟。”作者心中遥想他的妻子，一定正倚楼翘首凝望，期待西风送帆，词人乘坐的客船直抵窗前，夫妻团圆。简练的词句，倾诉出强烈的思归之心。“愁无限、近黄昏也，新月笼烟。”寂寂黄昏，幽幽新月，冥冥云烟，无边的凄凉，无限的忧愁……全词在作者不尽的感伤之中结束，余韵绕梁。

这首词，作者以高超的文笔，描绘出寂寥凄美的黄昏之景，景中寓情；并巧妙地借用前人的感情，化用前人的词句，将自己的悲情与历史的沧桑融为一体，使得整首词哀婉凄绝，具有浓郁的悲剧色彩和感人的艺术魅力。项廷纪的同乡词人谭献在《箧中词》中评之：“以成容若（纳兰性德）之贵，项莲生（项廷纪）之富，而填词皆幽艳哀断，异曲同工，所谓别有怀抱者也。”将项廷纪与纳兰性德相提并论，虽赞誉过高，但二人词风确实相近。

8. 八声甘州　［清］王鹏运

送伯愚都护之任乌里雅苏台

是男儿万里惯长征，临歧漫凄然。
只榆关东去，沙虫猿鹤，莽莽烽烟。
试问今谁健者？慷慨著先鞭。
且袖平戎策，乘传行边。

老去惊心鼙鼓，叹无多忧乐，换了华颠。
尽雄虺琐琐，呵壁问苍天。
认参差、神京乔木，愿锋车、归及中兴年。
休回首、算中宵月，犹照居延。

王鹏运，清末词坛四大家之首。身处清朝末世，国运衰微，外患加剧，他一身正气，忧国忧民，写有多首感情激越的爱国词作，这是其中之一。

词题中“伯愚”为光绪瑾妃、珍妃之兄，名志锐，支持光绪变法，遭慈禧贬至蒙古乌里雅苏台，任参赞大臣，并不许回京。作者写此词为他饯行，表达深厚的友情，忧愤、慷慨、励志，浑然一体。

上片临别勉励伯愚。男儿本习惯于戎马生涯、志在万里沙场，“临歧漫凄然”，心里却弥漫着凄凉，表白内心百感交集，同情伯愚被贬发远方。“临歧”：在分别的路口，意即赠别，出自唐代边塞诗人高适《别韦参军》的“丈夫不作儿女别，临歧涕泪沾衣巾”。随之，词情一振，为友壮行。“只榆关东去，沙虫猿鹤，莽莽烽烟。”“榆关”：山海关，此处泛指边关。“沙虫猿鹤”：化用古文《抱朴子》的“一军尽化，君子为猿为鹤，小人为虫为沙”。这首词里虽没“一军尽化”，但暗喻清军“一军尽化”，在中日甲午战争中溃败。词人激励伯愚在硝烟滚滚的战场上奋勇，做猿鹤一样的君子，不做虫沙一般的小人。

“试问今谁健者？慷慨著先鞭。”“著先鞭”出自晋代刘琨的典故：“吾枕戈待旦、志枭逆虏，常恐祖生先吾著鞭。”（《晋书·刘琨传》）词人用此典故，称赞伯愚是英武之士，先人一步，慷慨赴任。“且袖平戎策，乘传行边。”“乘传”：四匹马拉的车。你带着平定外族侵略的良策，叱咤边塞。“平戎策”，引自辛弃疾《鹧鸪天》的“却将万字平戎策，换得东家种树书”。中日甲午战争之际，伯愚曾上书万言战守之策，受到光绪皇帝的重视，但不被慈禧采纳。作者在词中以“平戎策”点明此事，表达对伯愚同情和支持，以及对慈禧的不满。

下片抒发自己的忧愤，并与友人共勉。“老去惊心鼙鼓，叹无多忧乐，换了华颠。”“鼙鼓”：军中乐器，这里指战事；“华颠”：白发。生处乱世，战事屡败，心存悲伤，只有忧愁，没有欢乐，如今鬓发斑白。随后，作者联想到政局的黑暗，发出愤慨。“尽雄虺琐琐，呵壁问苍天。”“雄虺”：毒蛇，指奸臣；“呵壁问苍天”引用屈原的典故，东汉文学家王逸《〈楚辞·天问〉序》曰：“屈原放逐……仰天叹息……因书其壁，呵而问之。”当今朝政腐朽昏庸，委琐的奸人得势，你像屈原一样精忠报国，反遭贬发，问苍天，天理何在！

最后回到送行的主题。“认参差、神京乔木，愿锋车、归及中兴年。”“神京”：京城；“乔木”：代指故国，古诗有“故国多乔木”；“锋车”：指朝廷疾驰征召之车。作者再次激励伯愚：远在边陲，为国建功立业，待国家中兴之年，你会载誉而归，坚信祖国的前途是光明的。“休回首、算中宵月，犹照居延。”“居延”：古代一边塞名，在今甘肃西北，此处借指乌里雅苏台边城。词人安慰即将远行的友人，休要凄然回首祖国家园，清澈的中宵明月同样映照在乌里雅苏台，我与你虽相隔万里，但犹共一轮明月，“但愿人长久，千里共婵娟”（苏轼《水调歌头》）。

王鹏运学习与秉承苏、辛的豪放词风。这首词，笔力遒劲浑厚，词情跌宕起伏。满怀炽热的友情、悲壮的信念，为友抱不平，又以国为重，充分展现了爱国之士的君子风骨。今天读之，仍令人感动不已。

卜算子　卜算子慢

词牌《卜算子》及《卜算子慢》简介

《卜算子》取意于“卖卜算命之人”，又名《缺月挂疏桐》、《百尺楼》、《眉峰碧》等。双调，小令，押仄声韵。字数有四十四、四十五、四十六几种，以四十四字为主，并以苏轼《卜算子·黄州定慧院寓居作》（缺月挂疏桐）格体为最常见。

以下列出《卜算子》格律常见的两种格体与范例。

格体一，四十四字，上下片各四句、两仄韵。范例，北宋苏轼词：

缺月挂疏桐，漏断人初静。
中仄仄平平，中仄平平仄。
谁见幽人独往来，缥缈孤鸿影。
中仄平平仄仄平，中仄平平仄。

惊起却回头，有恨无人省。
中仄仄平平，中仄平平仄。
拣尽寒枝不肯栖，寂寞沙洲冷。
中仄平平仄仄平，中仄平平仄。

格体二，四十五字，上片四句、两仄韵，下片四句、三仄韵。范例，南宋徐俯词：

胸中千种愁，挂在斜阳树。
平平平仄平，仄仄平平仄。

绿叶阴阴自得春，草满莺啼处。
仄仄平平仄仄平，仄仄平平仄。

不见凌波步，空想如簧语。
仄仄平平仄，平仄平平仄。
门外重重叠叠山，遮不断、愁来路。
平仄平平仄仄平，平仄仄、平平仄。

《卜算子慢》，字数有八十九、九十三字两种，以八十九字为主，并以柳永《卜算子慢》（江枫渐老）为代表。八十九字，属于中调；九十三字，属于长调。

《卜算子慢》主要格体，八十九字，上片八句、四仄韵，下片八句、五仄韵。范例，北宋柳永词：

江枫渐老，汀蕙半凋，满目败红衰翠。
平平仄仄，平仄仄平，仄仄仄平平仄。
楚客登临，正是暮秋天气。
仄仄平平，仄仄仄平平仄。
引疏砧、断续残阳里。
仄平平、仄仄平平仄。
对晚景、伤怀念远，新愁旧恨相继。
仄仄仄、平平仄仄，平平仄仄平仄。

脉脉人千里。念两处风情，万重烟水。
仄仄平平仄。仄仄仄平平，仄平平仄。
雨歇天高，望断翠峰十二。
仄仄平平，仄仄仄平仄仄。
尽无言、谁会凭高意？

仄平平、平仄平平仄。
纵写得、离肠万种，奈归云谁寄？
仄仄仄、平平仄仄，仄平平平仄。

《卜算子》及《卜算子慢》历代佳作十一首

1. 卜算子慢 ［北宋］柳永

江枫渐老，汀蕙半凋，满目败红衰翠。
楚客登临，正是暮秋天气。
引疏砧、断续残阳里。
对晚景、伤怀念远，新愁旧恨相继。

脉脉人千里。念两处风情，万重烟水。
雨歇天高，望断翠峰十二。
尽无言、谁会凭高意？
纵写得、离肠万种，奈归云谁寄？

柳永擅长书写中调与长调的词篇，他可以尽情地挥洒文笔，宣泄感情。其词作的题材多为羁旅异乡、登高怀远、思念伊人。此首中调之词集中了这些特色，是他的杰作之一。

上片写景，登高所见所闻，景中寓情。登临远望，江边的枫树红叶渐渐地枯黄，失去了生机；沙洲上的蕙兰大多凋零。一眼望去，满目红花败落、翠叶枯萎。“楚客登临，正是暮秋天气。”浪迹楚乡，登山临水，恰逢深秋季节，一片萧瑟的景象。

“引疏砧、断续残阳里。”在苍茫的暮秋残阳里，耳边不时传来稀稀疏疏、断断续续的捣衣声，令人思念家乡的亲人。“砧”：捣衣石。古代妇女，每逢秋季，洗布制作寒衣，寄给羁旅在外的丈夫。杜甫《秋兴》：“寒衣处处催刀尺，白帝城高急暮砧。”词人在外漂泊已久，置身于惨淡的黄昏、空寂的旷野，眷念远方的恋人，黯然神伤，不知何时方能欢聚，“旧恨”未平，“新愁”又添。

下片抒情，融情于景。“脉脉人千里。念两处风情，万重烟水。”“脉脉”：用眼神表达爱慕之情。《古诗十九首》：“盈盈一水间，脉脉不得语。”词人与伊人相隔千山万水，身居两地，彼此想念，思情缠绵悱恻。秋雨乍过，天高云淡，“望断翠峰十二”。极目处，群山翠微，蜿蜒起伏，宛如三峡巫山的十二峰。此处化用高唐神女的典故，李商隐《楚宫》：“十二峰前落照微，高唐宫暗坐迷归。朝云暮雨长相接，犹自君王恨见稀。”作者隐示所思之女，貌若神女天仙，两人恩爱至深。

“尽无言、谁会凭高意？”凭高怀远，形只影单，相思之情向谁倾吐、有谁会意？“纵写得、离肠万种，奈归云谁寄？”即便我将这“离情万种”、“新愁旧恨”写出来，又有谁乘归去之云为我传寄呢？无可奈何，只得独自默默地承受这苦涩的离情别绪。

这首词的下片“一气转注”（清代周济《宋四家词选》），而全词又波澜起伏。景致空辽苍凉，感情凄婉沉郁，语言华美，意象万千，具有感人的艺术魅力。

2. 卜算子 ［北宋］王观

送鲍浩然之浙东

水是眼波横，山是眉峰聚。

欲问行人去那边？眉眼盈盈处。

才始送春归，又送君归去。

若到江南赶上春，千万和春住。

这首词是王观为送友人鲍浩然回浙东家乡而作，构思新颖别致，情趣盎然，多为历代宋词选本所收录。

上片，以美人来形容浙东美丽的山水。“水是眼波横，山是眉峰聚。”浙江东部山清水秀。那水就像美人清澈流转的眼波，那山好似丽人蹙聚的秀眉。雅而脱俗的词句，将友人家乡的山水拟人化。要问出行的人去哪里？“眉眼盈盈处”。一句双关语，既意指友人所去之处为山水秀丽的浙东，又隐示那里脉脉含情、期盼友人的丽人，含蓄风趣地道出鲍浩然回乡是为了与美丽的妻子欢聚。

下片，点明季节，并给朋友送去良好的祝愿。“才始送春归，又送君归去。”刚刚送走暮春，又要送君归去。“送春归”与“送君归”，平白如话，却搭配精巧，在这个美好的季节送君归乡，祝你一路顺风顺水，早日到家。“若到江南赶上春，千万和春住。”虽然这里已经春归，浙东仍然春光明媚，你正好赶上。回到故乡千万不可辜负了春光，一定要与春天同住。结句中的“春”，不但是浙东季节的春，更是家庭温暖如春。词人由衷地祝福友人与家人团聚，希望他和心上人不要再分离。

这首词颇具民歌的风味，清新自然，轻松活泼，一扫送别的凄凉。词中多用双关的比喻，将江南山水之美与女性之美、季节的春天与家庭的温暖，互相映照，新颖巧妙。南宋王灼称王观之词“新丽处与轻狂处皆足惊人”（《碧鸡漫志》），所言极是。

3. 卜算子 ［北宋］苏轼

黄州定慧院寓居作

缺月挂疏桐，漏断人初静。
谁见幽人独往来，缥缈孤鸿影。

惊起却回头，有恨无人省。
拣尽寒枝不肯栖，寂寞沙洲冷。

这是一首千古传诵的名词，其中最后两句“拣尽寒枝不肯栖，寂寞沙洲冷”，后来成为广被引用的警句。苏轼于北宋元丰三年（1080）二月被贬至黄州，定慧院在黄州东南，苏轼初贬黄州，寓居于此，这首词作于元丰五年（1082）十二月。词中借月夜孤鸿的形象，表达他世无知己的感伤，抒发孤芳自傲、蔑视随波逐流的胸襟。

上片书写定慧院深夜的景色，以及自己的孤高。“缺月挂疏桐，漏断人初静。”“漏”：指漏壶，古代计时的器具，以壶中滴水的量来计时间。“漏断”：壶里的水已经滴尽，意即夜深。一弯残月，高挂在稀疏的梧桐树梢，夜深人静，空寂清冷。“谁见幽人独往来，缥缈孤鸿影。”在这万籁俱寂的时刻，谁能看见一个幽居之人独自徘徊？唯有那缥缈飞翔的孤鸿之影。孤独的“幽人”实为作者自己，以孤鸿自喻，心事浩渺，心志高远。

下片借孤鸿抒发知音难寻的惆怅，以及洁身自好的信念。“惊起却回头，有恨无人省。”孤鸿突然惊起，环顾苍宇，心底的幽恨无人知晓、无人理会，何其悲凉。在寂寥的深夜，苏轼不由得想起突如其来的“乌台诗案”，以及自己在汴京的遭遇和现实的处境，“幽约怨悱不能自言”（清代张惠言《词选序》）。“拣尽寒枝不肯栖，寂寞沙洲冷。”孤鸿在寒枝间飞来飞去，挑遍寒枝也不肯栖息，宁愿落宿在河滩的沙洲，承受寂寞与凄寒。词人用象征的笔法，抒发胸臆，宁可贬发到荒凉偏僻的地方，也绝不苟活在高官厚禄的京城。

这首词托物咏人，幽人与孤鸿互相交织；借景抒怀，旷远绝尘，景象和心境浑然一体。在清冷空灵的艺术境界里，苏东坡倾诉自己无人理解的孤寂与幽愤，展现高洁的内心世界。黄庭坚评道：“语意高妙，似非吃烟火食人语，非胸中有万卷书，笔下无一点尘俗气，孰能至此!”（《跋东坡乐府》）晚清著名词家陈廷焯评曰：“寓意高远，运笔空灵，措语忠厚，是坡仙独至处。”（《词则·大雅集》）

4. 卜算子 ［北宋］李之仪

我住长江头，君住长江尾。
日日思君不见君，共饮长江水。

此水几时休，此恨何时已。
只愿君心似我心，定不负相思意。

爱情，是文学的一个永恒的主题，美好而又痛苦。这首词是宋词里的一首奇作，它以长江水为主线，采用民歌的风味、白描的笔法，书写女主人对郎君的思念，表白对爱情的忠贞。

上片起头：“我住长江头，君住长江尾。”两句“我”与“君”相对、“长江头”与“长江尾”相应，叹息二人相隔遥远，倾吐像长江一样悠长的思念之情。“日日思君不见君”，日日相思，思之深，思之苦，一吐为快。转而婉约深蕴，“共饮长江水”。虽然彼此相距千里，“思君不见君”，但共饮的长江之水，将两人维系在一起，意味深长，耐人寻味。

下片起句以长江水承上启下，词情进一步深化。“此水几时休，此恨何时已。”长江之水从“江头”，悠悠向东，流到“江尾”，万古不息；水不休，恨不已！词人运用婉转而又形象的词句，写出女主人期盼早日团圆的迫切心情。恨之不已，实为爱之深切。词的最后：“只愿君心似我心，定不负相思意。”情痴的女子，海誓山盟，忠贞不渝，并期望对方与自己心心相印、永远相爱，自己相思的苦涩得到慰藉和寄托。

这是一首“经过提炼和净化的通俗词”（盖国梁《唐宋词三百首》）。全词构思新颖精巧，语言浅显，形象生动。一首小令，词情不断地发展，令人回味无穷，正如李之仪本人对写词的主张：“语尽而意不尽，意尽而情不尽。”（《跋吴思道小词》）

5. 卜算子　［南宋］陆游

咏梅

驿外断桥边，寂寞开无主。
已是黄昏独自愁，更著风和雨。

无意苦争春，一任群芳妒。
零落成泥碾作尘，只有香如故。

这是一首千古传唱的咏梅词。作者用比兴的写法，以梅花自喻，托物言志。词中表达词人不惧冷落和打击的决心，坚守自己的信念、保持高洁的人格。

上片书写梅花的艰难处境，隐喻作者的遭遇。一株清美高洁的梅花生长在“驿外断桥边，寂寞开无主”。荒郊的驿站外，破烂的断桥边，它孑然一身，寂寞无主，无人栽培，无人赏识，默默地开放。日落黄昏，孤独忧愁，本已凄凉，“更著风和雨”。“著”：遭受。偏在此时，刮起了寒风，下起了骤雨，雪上加霜。然而，它依然不屈地“开”着，坚毅而顽强。词人忠心报国，屡屡受到排挤和打击，曾两次被罢官。他历经坎坷，品格如一。

下片描绘梅花的气节，抒发作者的心志。“无意苦争春，一任群芳妒。”春天，百花齐放，“苦争春”，费尽心机，争相斗妍。“宝剑锋从磨砺出，梅花香自苦寒来。”（《警世贤文》）梅花凌寒怒放，迎来了春天，却从不与百花相争，更不在乎它们的嫉妒，孤傲自赏。“争”和“妒”并非花卉所能为，词中将“群芳”人格化，嘲讽官场中献媚争宠、阿谀奉承的小人。作者绝不与他们为伍，不畏谗言诋毁，傲骨铮铮。词的最后，“零落成泥碾作尘”，风吹雨打、零落在地，遭受无情的践踏，化成泥土，碾为粉尘。命运如此悲惨，仍不屈不挠，“只有香如故”，保持人格，流芳人间。结句凸显出全词的主旨，“末句想见劲节”（明代卓人月《古今词统》）。

这首词取梅花之风骨，而非其外貌，立意高格。寄情志于深婉，寓精神于幽微。词中梅花“寂寞”而“零落”、却傲然于世的形象，实为作者自身的写照。读之令人起敬，深受感染和启迪。

6. 卜算子 ［南宋］严蕊

不是爱风尘，似被前缘误。
花落花开自有时，总赖东君主。

去也终须去，住也如何住！
若得山花插满头，莫问奴归处。

这首词的故事以及作者的身世，凄绝感人。严蕊，是南宋孝宗淳熙时期台州（今浙江天台）的一名营妓（地方官妓，因聚住在乐营教习歌舞，而称“营妓”，歌舞伺酒，不伺枕席），她色艺冠于一时。知州唐仲友曾命其作《如梦令》，赏细绢两匹。唐仲友为同仁诬陷数罪，南宋淳熙八年（1181）八月，朱熹时任浙东常平使，在职九个月。其间，朱熹巡行台州，弹劾唐仲友，指仲友与严蕊有私情。令黄岩通判抓捕严蕊，严刑逼供，严蕊几乎丧命，宁死不屈，不去诬陷他人。朱熹离任后，岳霖任提点刑狱，命严蕊作词自陈。她即口赋这首《卜算子》，岳霖当日判令出狱，脱籍为民。

上片陈述自己的清白，祈求公正的审理。“不是爱风尘，似被前缘误。”在封建社会常把妓女视为生性放荡的女子。词人首句坦荡地声明，自己不是喜爱风尘生活的人，似乎是前缘有误、命中注定而已。自怜自怨，为自己辩护，为社会的不公而怨愤。“花落花开自有时，总赖东君主。”“东君”：司春之神，此处暗指岳霖。花落花开自有一定的时候，全赖司春的东君安排。暗喻自己是一名歌伎，命运掌握在有权人手里。这是她的真实写照，凝含着深沉的人生哀伤。其中“赖”字隐示着对判官岳霖的期望。

下片道明摆脱营妓生涯的愿望。“去也终须去，住也如何住！”最终都要离开乐营而去，结束歌伎生活。如果留住在乐营仍当歌伎，真不知该如何生活下去！“去”与“住”，一正一反，婉转而又明确地表白渴望脱离风尘苦海。“若得山花插满头，莫问奴归处。”“奴”：严蕊自称。如果有一天，像山村妇女一样，将山花插满头鬓，那就不要问我的归宿了。言下之意，过上普通妇女的生活是自己向往的归宿。

严蕊身为地位卑微的营妓，又陷入牢狱之灾。这首力争自由的陈词，不卑不亢，不作乞怜之语，呈现出词人柔韧的个性，固守着自己的尊严。“千载之下，犹令人心折。”（盖国梁《唐宋词三百首》）同时，这首词是严蕊在庭审时的脱口之作，由此可见这位女子的非凡才华。

7. 卜算子 ［南宋］刘克庄

片片蝶衣轻，点点猩红小。
道是天公不惜花，百种千般巧。

朝见树头繁，暮见枝头少。
道是天公果惜花，雨洗风吹了。

这是一首咏海棠之作，被选入历代词作的诸多选本，在南宋词人周密所编写的《绝妙好词》，附以题目“海棠为风雨所损”。作者用比兴的写法，明写惜花，含蓄地表达自己胸怀济世之才、爱国抱负，却屡遭迫害的身世。

上片先写海棠花的美丽可爱。首两句描绘海棠花的形态：片片花瓣轻盈宛如蝴蝶的翅膀，朵朵花儿娇小鲜红。以“蝶衣”点化花瓣之轻，“猩红”形容花朵之色。“片片”，言花瓣之密；“点点”，言花朵之小。笔墨凝练而出神。“道是天公不惜花，百种千般巧。”天公是自然界万物的主宰。如果说老天爷不爱惜海棠花，又为何让它生长得如此千姿百态、娇巧动人，它分明是天公神奇的造化之作。提问而反答，赞美海棠的气质与神韵。

下片写海棠花被风吹雨打，为之痛惜。“朝见树头繁，暮见枝头少。”早晨看见树梢繁花茂密；黄昏却见枝头变得寥落稀疏。“朝”与“暮”，短暂的一昼之间，天公掌管的气候变化如此之大，以致花事由“繁”到“少”，由盛到衰！“道是天公果惜花，雨洗风吹了。”如果说老天爷爱惜海棠花，却又为什么让它遭受百般摧残、被“雨洗风吹”殆尽！与上片的尾句同样是提问反答，但表达的是对“天公”的怨愤。

上下片的尾句“道是天公”相关联。上片的“道是天公”，其内容仿佛赞扬天公栽培出美丽的海棠。下片的“道是天公”，写尽天公的冷酷无情。巨大的反差，更深层地道出海棠身不由己，命运完全掌握在“天公”的手中。

这首小令，借海棠抒情发议，语言平白质朴，句式回环往复，词情逐次深化，形成韵味隽永、寓意深沉的艺术效果。南宋后期，政治上愈加黑暗。作者像辛弃疾一样，满怀雄心壮志，但怀才不遇，报国无门，反遭诬陷，曾免官弃用达十年之久，后又屡用屡废。他的词篇多粗犷豪放，这首词则是婉约曲折，吐露词人内心的凄楚和对朝廷的愤懑。

8. 卜算子　［元］萨都剌

泊吴江夜见孤雁

明月丽长空，水净秋宵永。
悄无踪、乌鹊南飞，但见孤鸿影。

自离边塞路，偏耐江波静。
西风鸣、宿梦魂单，霜落蒹葭冷。

萨都剌是元代杰出的回族词人，词风豪放而又清丽。元惠宗至正三年（1343），作者被贬，从元大都（今北京）外放至杭州，途经吴江（今属江苏苏州），作此词。

上片围绕词题“泊吴江夜见孤雁”展开。前两句描写词题中的“泊吴江夜”的时间与环境。明月皎洁，万里长空分外美丽；吴江碧水澄净，波光粼粼。“秋宵永”，江天浩渺深邃，词人伫立船头，惆怅凝望，感觉秋夜异常漫长，仿佛没有尽头。“悄无踪、乌鹊南飞，但见孤鸿影”。“乌鹊”：即孤雁；“乌鹊南飞”，引自曹操《短歌行》：“月明星稀，乌鹊南飞。绕树三匝，何枝可依？”秋天大雁南飞，苍辽的夜空，孤鸿无枝可依，月下只见其幽幽的身影，不见其踪迹。这正是词人无处寄身的凄凉处境和心境。

下片书写孤雁从北方飞来，飘零到此。大雁是候鸟，每逢秋天来临，雁南飞；春暖花开，雁北返。这首词作于秋天，“自离边塞路”，大雁飞离北方的边塞。“偏耐江波静”，“偏耐”是词人心里的想象和思绪。孤雁无可奈何，只能忍耐和忍受吴江水波的寂静以及自身的寂寞。“西风鸣、宿梦魂单”，西风萧萧，入梦身寒而醒，倍感孤单。“霜落蒹葭冷”，“蒹葭”：芦苇。作者精巧地化用《诗经》中的《蒹葭》诗句：“蒹葭苍苍，白露为霜。”深夜里秋霜凝重，孤雁栖居在冰冷的芦苇荡中，不知明天栖息何处。

作者这首词，借孤雁，抒发贬放途中的孤苦以及对前途的忧虑。萨都剌显然深受苏轼《卜算子》（缺月挂疏桐）的影响，二者用韵相同，蕴意相似，均借用“孤鸿影”，抒写各自的处境，寄托个人的情怀。由于彼此个性和风格有异，经历与写作背景有别，两首词的笔调和意境亦有所不同。苏轼之词作于夜阑人静的“黄州定慧院寓居”，笔法飘逸，境界清幽、孤高；萨都剌之词写于“泊吴江夜”，笔力旷放，意象空辽、悲怆。此词不失为写雁的又一杰作。

9. 卜算子 ［明］夏完淳

断肠

秋色到空闺，夜扫梧桐叶。
谁料同心结不成，翻就相思结。

十二玉阑干，风动灯明灭。
立尽黄昏泪几行，一片鸦啼月。

夏完淳，一位名垂青史的青少年英杰。他十五岁时与名门闺秀钱秦篆结婚，不久随父亲夏允彝起兵抗清，父亲牺牲后继续战斗，直到十七岁战败被俘，慷慨就义。婚后两年，他投身艰险的抗清运动，与爱妻离多聚少，写下诸多思念妻子的感人诗词，这首词《卜算子·断肠》是其中之一。在词中，作者用女子思念远方恋人的传统题材，寄寓对妻子的思情。

上片书写女子孤守空闺的寂寞和凄凉。“秋色到空闺，夜扫梧桐叶。”点明人物所处的时节和环境：秋天，夜晚，闺房，院落。萧瑟的深秋笼罩着空寂的闺房，思念亲人的妙龄女子夜深难耐，无法入眠，走进庭院，清扫地上枯萎的梧桐叶，以排遣心中的忧闷。下面两句中，“同心结”，是彩线编织的菱形连环结，作为女子定情或赠别之物。古代妇女常系在衣裙上，以示海誓山盟，永结同心。“相思结”，则象征着缠绵不绝的相思。“谁料同心结不成，翻就相思结。”词中女主人本想着婚后如同心结一样，两人厮守在一起，朝夕相处，恩爱幸福；谁料到却天各一方，难以团聚，彼此苦苦相思！“同心结”未织成，反织成了“相思结”，伤痛，悲切。

下片描写孤寂中的女子期盼亲人早日归来。“十二玉阑干，风动灯明灭。”“十二”：许多的意思。思念丈夫的少妇倚栏翘首，将栏杆倚遍，久久凝望，苦苦等待；秋风阵阵，远处灯火忽明忽灭，她惆怅迷惘、神魂不定。“立尽黄昏泪几行，一片鸦啼月。”黄昏已尽，孤单地伫立夜幕下，清泪流淌。不见丈夫的身影，只见冷寂的月色里，一片归巢的乌鸦鸣啼而过。郎君，你何时归来！最后这两句，作者化用柳永《玉蝴蝶》的词句：“黯相望，断鸿声里，立尽斜阳。”词人想象妻子正在缠绵悱恻地思念自己。景情交织，悲凉至极。

这首词，文采华美，寓情于景，感情凄婉深挚。夏完淳，一位柔情才子，在山河破碎、风雨飘摇的历史年代，抛下爱妻，投笔从戎，最后视死如归，将短暂的生命献给祖国。其悲烈，惊鬼神、泣天地！现代诗人柳亚子先生敬仰这位年轻的民族英雄，写下诗句："悲歌慷慨千秋血，文采风流一世宗。"（《题〈夏内史集〉》）

10. 卜算子 ［清］纳兰性德

五日

村静午鸡啼，绿暗新阴覆。
一展轻帘出画墙，道是端阳酒。

早晚夕阳蝉，又噪长堤柳。
青鬓长青自古谁，弹指黄花九。

纳兰性德，字容若，清代著名词人。他的挚友顾贞观在为纳兰词集《饮水词》所作的序文中写道，纳兰"所为乐府小令，婉丽凄清，使读者哀乐不知所主，如听中宵梵呗，先凄婉而后喜悦"。纳兰这一首《卜算子》小令，亦让读者"如听中宵梵呗"，词情委婉，先愉悦而后悲凉。

词的题目"五日"，即农历五月初五，端午节。词的上片，盛夏的午日，村子里祥和宁静，半日劳作之后，村民们正在家中休息。只有鸡的清脆的啼叫声，偶尔从农户的院落里飘出，整个村子宁而不幽，静而不寂。"绿暗新阴覆"，阳光明媚，绿树成荫，树影斑驳。"一展轻帘出画墙，道是端阳酒"，撩开轻垂的竹帘，走出绘有彩画的墙门，手中端着一杯用菖蒲和艾叶泡制的端午酒，“拟凭尊酒慰年华”（纳兰性德《于中好》）。

下片的头两句，“早晚夕阳蝉，又噪长堤柳”。时间从中午到了黄昏，地点从村内来到村边的小河畔，声音由鸡啼转成了蝉鸣。蟋蟀总是从早到晚不停地鸣叫，夕阳西下，知了又在长堤的柳树上噪鸣，打破了河边的静谧。“蝉”，在古典诗词里经常蕴意时光飞流、韶华易逝，初唐诗人陈子昂在《感遇诗》第二十五首中写道：“玄蝉号白露，兹岁已蹉跎。”同时，蝉又意味着孤独苍凉的心情，北宋柳永《雨霖铃》开头的名句：“寒蝉凄切。对长亭晚，骤雨初歇。”词情顺之引出最后两句，作者发出喟叹：“青鬓长青自古谁，弹指黄花九。”自古谁能保持乌黑的鬓发长在呢？今天是五月五端午节，弹指间九月九重阳节就到了，人生何其短兮！“青”：乌黑；“黄花”：菊花；“黄花九”：农历九月九日重阳节。

这首词，上片清丽淡雅，宛如一幅世外桃源的美景。下片闲愁感伤，流露出内心的惆怅。全词反映出作者理想与现实的矛盾，以及复杂而又细腻的内心世界。在《人间词话》中，王国维精辟地点评纳兰的词风：“以自然之眼观物，以自然之舌言情。”这首《卜算子》可见一斑。

11. 卜算子 ［清］蒋春霖

燕子不曾来，小院阴阴雨。
一角阑干聚落花，此是春归处。

弹泪别东风，把酒浇飞絮。
化了浮萍也是愁，莫向天涯去！

蒋春霖，字鹿潭，晚清词人。他生活在内忧外患的十九世纪中叶，一生仕途不济，穷困潦倒，多灾多难，终年五十一岁。清代学者谭献在《箧中词》中称其与纳兰性德、项廷纪为清代词坛“分鼎三足”。这是一首惜春、送春之词。这种题材的历代名词并不少见，但这首词的艺术手法别具一格，意境尤为深沉，词人将自己的身世之悲融入其中，送春之情充溢着凄绝的哀伤。

上片，描写春归之景、春归之处。头两句写春归后的凄凉景象。“燕子不曾来，小院阴阴雨。”词人仿佛不曾感受过明媚的春光。春天的燕子从未飞临小院，庭院阴雨绵绵，不见阳光，寂寥冷清。“一角阑干聚落花”，落花被风吹聚到围栏的角落，枯萎失色，在阴雨中霉烂。词人哀叹道“此是春归处”，这就是春天最终的归宿之处。花开花落，仅仅瞬息之间而已，最后落花埋葬在阴暗的角落。人生苦短，作者的内心极度沉闷与忧伤。

下片，将春天的凄然谢幕与自己的悲惨身世融为一体。“弹泪别东风，把酒浇飞絮。”惜别春风，伤心流泪；眷念飞絮，把酒祭别。送春之心，伤春之情，词人“弹泪”洒洒，情何以堪！“化了浮萍也是愁”，传说中杨花飘落水中便化作浮萍。此处承接上句中的“飞絮”，写明“飞絮”的来生化作“浮萍”；即便转世到来生，“也是愁”，也还是注定的苦命。今生如飞絮，飘荡；来生似浮萍，漂泊。“莫向天涯去！”作者祈求命运不要将“浮萍”漂流到遥远的天涯。然而，浮萍身不由己，无可奈何，无法摆脱最终流落天涯的结局。词人以“飞絮”和“浮萍”隐喻自己不幸的人生际遭，今生落难，来世无望，表白极度悲观乃至绝望的心境。

蒋春霖的词作，婉约凄清，抑郁悲凉，这首词是他的代表作之一。晚清词人陈廷焯评道：“鹿潭穷愁潦倒，抑郁以终，悲愤慷慨，一发于词。如《卜算子》云云，何其凄怨若此！”（《白雨斋词话》）一位才华出众的杰出词人，身逢乱世，如此凄凉，读罢此词，深深地为他痛惜！

千秋岁　千秋岁引

词牌《千秋岁》及《千秋岁引》简介

《千秋岁》，又名《千秋节》、《千秋万岁》。唐教坊曲有《千秋乐》，词调用旧曲另创新声。据郭茂倩《乐府诗集》本曲的题解，唐玄宗生日，大宴群臣，百官上表请定此日为千秋节，可能由此产生《千秋乐》调。又一说法，调名出自秦观的《淮海词》。双调，仄韵，字数有七十一和七十二字两种。

以下列出《千秋岁》格律常见的两种格体与范例。

格体一，七十一字，上、下片各八句、五仄韵。范例，北宋秦观词：

水边沙外。城郭春寒退。
中平中仄。中仄平平仄。
花影乱，莺声碎。
中中仄，平平仄。
飘零疏酒盏，离别宽衣带。
中平平仄仄，平仄平平仄。
人不见，碧云暮合空相对。
平中仄，中平中仄平平仄。

忆昔西池会，鹓鹭同飞盖。
中仄平平仄，中仄平平仄。
携手处，今谁在？
中中仄，平平仄。
日边清梦断，镜里朱颜改。

中平平仄仄，中仄平平仄。
春去也，飞红万点愁如海。
平中仄，中平中仄平平仄。

格体二，七十二字，上片七句五仄韵，下片八句五仄韵。范例，北宋张先词：

数声鶗鴂。又报芳菲歇。
中平中仄。中仄平平仄。
惜春更把残红折。
中平中仄平平仄。
雨轻风色暴，梅子青时节。
中平平仄仄，中仄平平仄。
永丰柳，无人尽日飞花雪。
中中仄，中平仄仄平平仄。

莫把幺弦拨。怨极弦能说。
中仄平平仄。中仄平平仄。
天不老，情难绝。
中仄仄，平平仄。
心似双丝网，中有千千结。
中中平中仄，中仄平平仄。
夜过也，东窗未白凝残月。
中仄仄，平平仄仄平平仄。

《千秋岁引》，又名《千秋岁令》、《千秋万岁》。双调，仄韵。字数有八十二、八十四、八十五和八十七字几种，以八十二字为主。此词大体由《千秋岁》添字、减字、摊破句法而成。

《千秋岁引》主要格体与范例，八十二字，上片八句、四仄韵，下片八句、五仄韵。范例，北宋王安石词：

别馆寒砧，孤城画角。
仄仄平平，平平仄仄。
一派秋声入寥廓。
仄仄平平仄平仄。
东归燕从海上去，南来雁向沙头落。
平平仄平仄仄仄，平平仄仄平平仄。
楚台风，庾楼月，宛如昨。
仄平平，仄平仄，仄平仄。

无奈被些名利缚。无奈被它情担阁。
平仄仄平平仄仄。平仄仄平平仄仄。
可惜风流总闲却。
仄仄平平仄平仄。
当初谩留华表语，而今误我秦楼约。
平平仄平仄仄仄，平平仄仄平平仄。
梦阑时，酒醒后，思量着。
仄平平，仄平仄，平平仄。

《千秋岁》及《千秋岁引》历代佳作四首

1. 千秋岁　［北宋］张先

数声鶗鴂。又报芳菲歇。

惜春更把残红折。
雨轻风色暴，梅子青时节。
永丰柳，无人尽日飞花雪。

莫把幺弦拨。怨极弦能说。
天不老，情难绝。
心似双丝网，中有千千结。
夜过也，东窗未白凝残月。

中国古代以爱情为主题的诗词不胜枚举，多为忧伤凄怨的悲叹。张先的这首词同样是描写男女之爱横遭干涉、阻挠，但词人坚信，誓死不渝的爱必能让有情人终成眷属。这种赞美爱情自由的理念，在当时的封建社会难能可贵。

上片运用烘云托月的笔法，含蓄地描写爱情所遭到的摧残。“数声鶗鴂。又报芳菲歇。”“鶗鴂”：即杜鹃鸟。杜鹃数声的鸣啼，又报告春花芳草即将凋谢。其中“又”字暗示两人相爱已非一年了。此处化用屈原《离骚》之句：“恐鶗鴂之先鸣兮，使夫百草为之不芳。”“惜春更把残红折”，“残红”：即残花，比喻遭受摧残而又坚贞不屈的爱情。惜春人更想将那残花折下来，保护好，却偏偏遇到梅子发青的暮春时节，雨淋风疾，残花备受欺凌。

“永丰柳，无人尽日花飞雪。”“花飞雪”：飞舞的柳絮。受害的女子就像永丰柳一样孤苦伶仃，爱情犹如终日无人照料的荒园里的柳絮，飞舞而飘零，没有着落。“永丰柳”，词人引用一典故，唐代洛阳永丰坊东角的荒园中，有一株被冷落的垂柳，白居易有《杨柳枝词》：“永丰西角荒园里，尽日无人属阿谁。”由此，永丰柳比喻为孤独的女子。

下片换头两句“莫把幺弦拨。怨极弦能说”，将上片隐喻中的人物写到实处。女子心底深深的怨愤，即便拨动琵琶的幺弦，也难以倾诉！“幺弦”：琵琶的第四弦，各弦中最细、发声最强。“天不老，情难绝。”化用李贺“天若有情天亦老”，赋予新的含义，只要天不老，情永不断绝！表示要抗争到底。

接着词情到达高峰，作者写下千古警句：“心似双丝网，中有千千结。”情网已将两颗心千结万结牢牢地系在一起，谁也无法将两人分开。作者视爱情为人生最宝贵的情感，在他的作品中多有感人至深的词句，如“无物似情浓”（《一丛花》），又如“人生无物比多情，江水不深山不重”（《木兰花》）。人生无物能与爱情相比，情之深，深比江水；情之重，重比高山！词的结尾：“夜过也，东窗未白凝残月。”夜已尽，东方将晓，一钩弯月如玉凝辉。风雨即将过去，经受风欺雨凌的爱情，宛如凝辉的残月，洁白而美丽。

整首词委婉与激越兼备，格高韵远，曲尽而意犹未尽。北宋文学家晁补之评张先词：“子野（张先）韵高，是耆卿（柳永）所乏处。近世以来，作者皆不及。”（吴曾《能改斋漫录》卷十六引）言之有理。

2. 千秋岁引 ［北宋］王安石

秋景

别馆寒砧，孤城画角。
一派秋声入寥廓。
东归燕从海上去，南来雁向沙头落。
楚台风，庾楼月，宛如昨。

无奈被些名利缚，无奈被它情担阁。
可惜风流总闲却。

当初漫留华表语，而今误我秦楼约。
梦阑时，酒醒后，思量着。

王安石，北宋著名的政治家、思想家和文学家。在政治上，主持改革变法；文学上，为“唐宋八大家”之一，诗词文笔苍劲，意象高远。他两度为相，一度罢相，一度辞相，下野后退居金陵（今南京）。这首词是他退隐后的晚年之作，咏叹秋景，感悟人生。

上片书写耳闻目睹的苍辽的秋景，隐喻作者惆怅的心情。“别馆寒砧，孤城画角，一派秋声入寥廓。”“别馆”：旅店；“砧”：捣衣石，古代妇女到了秋天，制作寒衣，寄给远方的亲人；“画角”：古代军中的一种号角。思乡的游子独居客栈，耳际传来远处井台边单调低沉的捣衣声，还有城墙上高亢激昂的角号声。悲凉的秋声悠长飘荡，汇入苍辽的天空。词中的“秋声”有别于大自然萧瑟的秋风声；捣衣声与角号声，是秋天里人为的声响，更加引发游子的归乡之情。

眼前，归去的燕子，向东飞往茫茫的大海；南来的大雁从空中落下，栖息在浅浅的河滩上。“楚台风，庾楼月，宛如昨。”此处化用两个典故，意即清风明月。“楚台风”：楚王游览兰台，清风徐来，王曰：“快哉此风！”“庾楼月”：东晋大臣庾亮与幕僚在武昌南楼赏月。面对寥廓苍茫的秋空，词人油然喟叹：清风明月，宛如当年。上片即景抒怀，人间的寒砧声与画角声，响声短暂；空中的“东归燕”和“南来雁”，生命有限。惟清风明月，“取之无禁，用之不竭”（苏轼《前赤壁赋》）。词情由此自然地过渡到下片，抒发人生的感慨。

下片直抒感怀。无可奈何地被那些官场的名利所束缚；无可奈何地被世俗的人情所耽搁，失去了宝贵的自由自在的生活。“可惜风流总闲却”，痛惜的是风流之事却总被闲置在一边。“当初漫留华表语”，空留下当初与恋人的私下密约和海誓山盟，违背了自己的许诺。“漫留”：白白地留下。“华表语”，引用东晋陶渊明《搜神后记》里的故事，丁令威修仙化鹤返乡，落在家乡的华表柱上，吟诗一首，其中有“去家千年今来归”，实现了丁本人成仙归乡的承诺。词人感叹道“而今误我秦楼约”，到如今，贻误了我与佳人在秦楼的约会。言外在意，由于仕途而贻误了自己美好的个人生活。“秦楼”，即美貌女子居住的地方，李白《忆秦娥》有“秦娥梦断秦楼月”之句。

词的最后，作者无比感慨：“梦阑时，酒醒后，思量着。”“阑”：残，尽。梦觉，酒醒，细细反思，政坛生涯有何意义、有何价值！人生一梦，醒来方才大彻大悟！

在写法上，作者巧妙地为词情和意境多设虚景和虚事。如“寒砧”声、“画角”声，“东归燕”、“南来雁”，并非他真实的所闻所见，因为此时王安石已退隐金陵，并未羁旅在外、客居“别馆”，“华表语”、“秦楼约”也未必确有其事。这首词酣畅淋漓地表达了作者晚年对政治的厌倦，以及对无拘无束生活的向往，正如清代黄苏在《蓼园词选》所评：“意致清迥，愉然有出尘之致。”

3. 千秋岁 ［北宋］黄庭坚

少游得谪，尝梦中作词云：“醉卧古藤阴下，了不知南北。”竟以元符庚辰死于藤州光华亭上。崇宁甲申，庭坚窜宜州，道过衡阳。览其遗墨，始追和其《千秋岁》词。

苑边花外，记得同朝退。
飞骑轧，鸣珂碎。
齐歌云绕扇，赵舞风回带。
严鼓断，杯盘狼藉犹相对。

洒泪谁能会？醉卧藤阴盖。
人已去，词空在。
兔园高宴悄，虎观英游改。
重感慨，波涛万顷珠沉海。

黄庭坚，北宋著名文学家、书法家。他与秦观（字少游）、晁补之、张耒均出自苏轼门下，合称为“苏门四学士”，黄庭坚年长于秦观，而秦观却先黄庭坚离世。

从词序可知，该词作于宋徽宗崇宁三年（1104）。当时黄庭坚被贬宜州（今广西河池），经过衡阳，在秦观的好友、衡州知州孔毅甫处，见到秦观的遗作《千秋岁》。他无比悲痛，便追和秦观的《千秋岁》，作这首词悼念秦观，每一韵脚的字完全与秦观《千秋岁》相同。此时秦观已辞世四年，秦观于宋哲宗元符三年（1100）在贬谪中死于藤州（今广西藤县）。

上片回忆两人在朝为官时情投意合的快乐岁月。那时两人均在京城供职，意气风发，为国效力。在皇家花苑一同退朝，“飞骑轧，鸣珂碎”。“珂”：马笼头的装饰。“春风得意马蹄疾”（唐孟郊《登科后》），两人骑着骏马，并肩急驰飞奔，马头的玉饰互相碰击，发出玉石悦耳的声音。心情舒畅，志向高远。

“齐歌云绕扇，赵舞风回带。”“齐歌”、“赵舞”：古代有齐人善歌、赵人善舞之说，此处是泛指。宴筵上，欢歌如云，在羽扇旁萦绕；曼舞似风，像绸带回旋。“严鼓断，杯盘狼藉犹相对。”“严鼓”：密集的鼓声。歌罢舞息，杯盘狼藉，酒酣耳热，两人余兴犹浓，互相开怀畅谈，纵议国事，切磋诗文。

下片书写对秦观的哀悼。“洒泪谁能会？”即便我已泪水滂沱，又有谁领会我的悲伤？“醉卧藤阴盖”，我只得独自一人以酒浇愁，醉而不醒，睡卧在如伞盖的藤阴下。此处，词人特意化用秦观在藤州所作《好事近》之句“醉卧古藤阴下”，并与词序相呼应，以表对秦观的同情和怀念。“人已去，词空在。”友人已去，惟有其凄婉的词作尚在。见其词，思其人，词在人不在，愈加悲痛。

“兔园高宴悄，虎观英游改。”秦观在发配中凄然离世，国家失去了一位英才，现在朝廷学术机构冷冷清清，学术活动人才匮乏。作者为秦观蒙冤去世无比痛惜。“兔园”：梁孝王刘武在汴梁的园林，后来泛指朝廷。“虎观”：即白虎观，东汉章帝曾在此会集学者讨论五经，词中用以代指秦观曾供职的宋朝国史院和秘书省等学术与谋策机构。“英游”：英才之辈。词的最后，作者万分感慨与悲恸，结句“波涛万顷珠沉海”，对应秦观《千秋岁》的末句“飞红万点愁如海”，深切的哀悼之情，如同玉珠沉入波涛万顷的大海！

这首词笔法厚重，感情沉郁。二人身为师兄弟，情同手足，怀着同样的理想和抱负。二人又遭相同的政治迫害，屡次贬谪远放。面对秦观的遗作，词人缅怀亡友的情谊和才华，追忆相同的人生悲剧，哀悼师弟的悲惨早逝。作者的“波涛万顷”之情，在词中一倾如注，感天动地，令人垂泪。

黄庭坚，为人豪爽，刚直不阿，重情重义。写完这首悼念故友之作的第二年，他自己也在凄凉之中死于流放之地宜州。何其悲哉！

4. 千秋岁 ［北宋］秦观

水边沙外。城郭春寒退。

花影乱，莺声碎。

飘零疏酒盏，离别宽衣带。

人不见，碧云暮合空相对。

忆昔西池会，鹓鹭同飞盖。

携手处，今谁在？

日边清梦断，镜里朱颜改。

春去也，飞红万点愁如海。

秦观，字少游。这首词，作者抒发政治上的失落、爱情上的失意，具有深刻的思想性和艺术的感染力。绍圣元年（1094），宋哲宗亲政后起用新党，秦观与苏轼的命运相同，遭受贬谪。秦观被贬发到处州（今浙江丽水）。第二年三月，少游抚今忆昔，写下这首著名的悲凉词篇。（关于此词写作的时间与地点，还有一个说法，称其作于绍圣三年，秦观由处州再贬郴州，途经衡阳，在衡阳作此词。但少游抵衡阳时已值秋冬，与词中春景不合。）

上片写今。首先描写所见所闻的春景。“水边沙外。城郭春寒退。”阳春三月的处州城郊，纵目望去，江水边，沙滩外，春寒已退。眼前花影斑驳，耳边莺声细碎，春色盎然。“花影乱，莺声碎。”两句清丽而凝练，以至南宋范成大作处州太守时特建“莺花亭”。

然而，如此大好的春光提不起词人的兴致，他心情忧郁。“飘零疏酒盏，离别宽衣带”，他被贬放，正漂泊，无心饮酒，一人离群索居，终日郁郁寡欢，人渐消瘦，衣带渐宽。“人不见，碧云暮合空相对。”两句化用南朝江淹《休上人怨别》诗句：“日暮碧云合，佳人殊未来。”词人注入新意，既像是等待佳人而不遇的惆怅，又仿佛是对前程的迷茫。挚友相隔遥远，苍苍暮色，悠悠碧云，作者形只影单，孤独凄凉。词情油然地转入下片。

下片先忆昔，今昔对比，分外凄绝。“忆昔西池会”，“西池”：意指北宋京都开封西郊的金明池。宋哲宗元祐七年（1092）三月，秦观与诸友三十六人同游金明池与琼林苑，豪情满怀，欢快愉悦，令作者终生难忘。“鹓鹭同飞盖”，朝官列队整齐有序，如同空中列阵飞翔的鹓鸟与鹭鸟，同仁们的车辆驰骋在大道上，意气风发。“鹓鹭”：鹓鸟和鹭鸟。“飞盖”，出自曹植《公宴诗》：

"清夜游西园，飞盖相追随。"如今，当年"携手处，今谁在?"志同道合的朋友们，罢免的罢免，发配的发配，云飞鸟散。词人痛心疾首，欲哭无泪，欲诉无声！

"日边清梦断"，梦寐以求重返京城，如今梦想彻底破灭。"日边"：意即京都皇帝身边，出自李白《行路难》其一："闲来垂钓碧溪上，忽复乘舟梦日边。"接着，作者发出悲叹："镜里朱颜改。"正值盛年，已经心灰意冷、容颜苍老！词的最后，凄切之情喷涌而出，写下千古名句："春去也，飞红万点愁如海。"春天已经消失了，繁花纷纷凋谢飘零；心中之愁，犹如浩瀚的大海，无边无际。词的开头"春寒退"，刚进入江南三月，而词尾春天却已结束，时间流逝为何如此之快？在这里，作者感叹的不是大自然的春天逝去，而是深感自己生命的春天已到尽头！

这首词以明媚的春景发端，反衬词人深幽的哀感；通过今昔对比，以往昔在京城的欢乐与抱负，凸显当下贬谪的孤寂与绝望。笔法幽微，蕴藉深沉。清人冯煦引乔笙巢之语称："他人之词，词才也；少游，词心也，得之于内，不可以传。"（《宋六十一家词选》）王国维则评少游之词，"词境最为凄婉"（《人间词话》）。二人所评，均恰如其分。

不久，秦观再遭贬徙，远至郴州。他途经湖南衡阳，将这首词面呈好友——衡阳知州孔毅甫。因词情极为悲伤凄恻，后来孔毅甫读罢便说少游"殆不久于世矣"。果然，少游写下这首词后仅五年，于宋哲宗元符三年（1100），在贬谪中死于藤州（今广西藤县），终年五十一岁！

秦观去世四年之后，宋徽宗崇宁三年（1104），他的师兄黄庭坚被贬宜州（今广西河池），经过衡阳，在孔毅甫处见到秦观的这首遗作《千秋岁》，无比悲痛，追和此词，作《千秋岁》（苑边花外），每一韵脚的字完全与这首《千秋岁》相同，以缅怀和悼念秦观。

小重山

词牌《小重山》简介

《小重山》，又名《小冲山》、《小重山令》，双调。字数有五十七、五十八和六十字，以五十八字为主。押平韵为多，亦有仄韵之作。

以下列出本词牌格律常见的两种格体与范例。

格体一，五十八字，上、下片各六句、四平韵。范例，南宋岳飞词：

昨夜寒蛩不住鸣。惊回千里梦，已三更。
中仄平平中仄平。中平平仄仄，仄平平。
起来独自绕阶行。人悄悄，帘外月胧明。
中平中仄仄平平。平中仄，中仄仄平平。

白首为功名。旧山松竹老，阻归程。
中仄仄平平。中平平仄仄，仄平平。
欲将心事付瑶琴。知音少，弦断有谁听？
中平中仄仄平平。平中仄，中仄仄平平。

格体二，五十八字，上、下片各六句、四仄韵。范例，南宋黄子行词：

一点斜阳红欲滴。白鸥飞不尽，楚天碧。
仄仄平平平仄仄。仄平平仄仄，仄平仄。
渔歌声断晚风急。揽芦花，飞雪满林湿。
平平平仄仄平仄。仄平平，平仄仄平仄。

孤馆百忧集。家山千里远，梦难觅。
平仄仄平仄。平平平仄仄，仄平仄。
江湖风月好收拾。故溪云，深处著蓑笠。
平平平仄仄平仄。仄平平，平仄仄平仄。

《小重山》历代佳作三首

1. 小重山 ［北宋］李清照

春到长门春草青。江梅些子破，未开匀。
碧云笼碾玉成尘。留晓梦，惊破一瓯春。

花影压重门。疏帘铺淡月，好黄昏。
二年三度负东君。归来也，著意过今春。

受父亲李格非“元祐党人”牵连，宋徽宗崇宁三年（1104）四月，二十一岁的李清照，只身一人离京回原籍济南，丈夫赵明诚留在汴京任职。崇宁五年（1106）二月蔡京罢相，朝廷销毁侮辱性的“元祐党人碑”，大赦天下，父亲得以平反。随后，李清照返回汴京，与赵明诚相聚。这首词写于此年的春天，是李清照一生中极为重要的词作。词中描绘早春之景，抒发惜春之情，寄托对美好生活的追求。全词用画笔写景，以恬静抒情，清丽自然。

上片描写春晓。首先写赏心之景。首句“春到长门春草青”，引用五代薛昭蕴同调《小重山》的整句，但意境迥然不同。“长门”：汉长安离宫名，汉武帝的陈皇后因妒失宠，被打入长门宫。薛词借此典故写宫怨。而李词中“长门”意指汴京，李清照写自己赏春，春到汴京，春草青青。“江梅些子破，未开匀。”野生的江梅，尚未繁花锦簇，枝头几点梅花初开，娇美可爱。“些子”：少许；“破”：绽开。

接着写闲逸之事。“碧云笼碾玉成尘”，词人心情如明媚的春天，惬意舒畅，慢煮名茶，小杯品茗。“碧云”：茶的成色；“笼”：茶笼，贮茶的器具。从茶笼里取出名贵的茶叶，碾碎成玉粉一样晶莹的细末。“留晓梦，惊破一瓯春。”“瓯”：饮料容器；“一瓯春”：一瓯春茶。晓梦初醒，好梦犹记，品尝一杯清香的春茶，挥去丝丝缕缕的余梦。

下片，时间略去日间，直接从早晨转入黄昏。“花影压重门。疏帘铺淡月，好黄昏。”月下暗香浮动，花影朦胧，掩映着一道道的门窗。淡淡的月光洒在稀疏的门帘上，多么迷人的春日傍晚！作者在花前月下流连忘返。

“二年三度负东君”，“二年三度”指农历闰年一年中会有十三个月，首尾有两个立春日。“东君”：原为《楚辞·九歌》一首篇名，意即日神，后演变为春神。为朝廷所迫，离开京都已经两年多了。汴京的春天如此美好，两年中竟然三度错过了它，遗憾而又痛惜。“归来也，著意过今春。”“著意”：即着意。这次归来，家庭云开日出，冬去春来，一定要尽情尽兴地享受京城大好的春天。政治风云的变化，带来生活的波折，词人感慨而又欣慰：一个来之不易的春天。

这首词语言清秀，意境淡雅。它反映了家庭摆脱政治阴影后，作者与家人团聚的轻松愉悦的心情。其中“花影压重门”和“疏帘铺淡月”两句尤为后人欣赏。王安石《桂枝香》（登临送目）为词苑名篇，南宋词人张辑化用李清照这首词的“疏帘铺淡月”，填在他的《桂枝香》结句中作“疏帘淡月，照人无寐”，并改《桂枝香》词牌名为《疏帘淡月》。李清照的这首《小重山》，其思想内涵和艺术价值均为上乘，不应忽视。

世事难料。宋徽宗大观元年（1107）正月，蔡京又复相，无情的政治灾难降到赵明诚的父亲赵挺之身上，三月赵挺之病逝。随后，赵家连遭政治迫害，难以继续留居京师。这年秋，李清照只好随赵明诚回到青州，开始了屏居乡里的生活。次年，李清照二十五岁，将其室取名为“归来堂”，自号“易安居士”。

2. 小重山 ［南宋］岳飞

昨夜寒蛩不住鸣。惊回千里梦，已三更。
起来独自绕阶行。人悄悄，帘外月胧明。

白首为功名。旧山松竹老，阻归程。
欲将心事付瑶琴。知音少，弦断有谁听？

岳飞的《满江红》（怒发冲冠）慷慨悲壮，壮怀激烈，为千古名词。这首《小重山》，则以郁闷忧愤的笔法，倾诉知音难觅、壮志难酬的感伤，用不同的艺术手法，表达同样的精忠报国之志。

宋高宗绍兴六、七年间，岳飞率领的抗金军队已在前线节节胜利，收复大片失地。宋高宗赵构害怕胜利后钦宗返回，他自己失去皇帝的宝座，绍兴八年（1138），起用奉行妥协主和的秦桧为相，停止抗金、迫害主战派。岳飞忧思孤愤，而又无可奈何，写下了这首词。

上片以景寓情。“昨夜寒蛩不住鸣。惊回千里梦，已三更。”“寒蛩”：秋天的蟋蟀。昨夜寒风萧瑟，作者梦里回到千里之外杀敌的战场。蟋蟀不停的凄鸣声，让他夜阑三更时从梦中惊醒。“起来独自绕阶行”，起身，独自绕着栏阶缓缓而行。四周悄无人音，帘外月色朦胧，不见星辰。秋夜清寒深幽，词人孤独凄凉，忧心忡忡。

下片直抒胸臆。一心为国抗金，在杀敌的沙场建功立业。然而，屡遭刁难，人未老，鬓已霜。“旧山松竹老，阻归程。”“旧山”：故乡的山。我依然像家乡的松竹一样苍劲，收复国土的决心丝毫未移。无奈偏安议和的嚣声阻挡了返回故乡的道路。“欲将心事付瑶琴”，“瑶琴”：用美玉装饰的古琴。欲将满腔壮志、满腹愁肠付与瑶琴一曲。“知音少，弦断有谁听？”曲高和寡，纵然弹至弦断，又有谁听？词人发出知音难寻、知己安在之叹，空有精忠报国之志，情何以堪！

这首词沉郁蕴藉，情幽意远。晚清著名词人陈廷焯评曰：“苍凉悲壮中亦复风流儒雅。”（《词则·放歌集》）现代古典文学学者詹安泰先生尤为推崇此词，他评道：“岳鹏举《满江红》词一阕，非不慷慨激昂，可歌可泣。顾其耐人寻味之程度，殊不若其《小重山》也，故从词之本身论，则以《小重山》为高格。”（《词学讲义》）

3. 小重山令 ［南宋］姜夔

赋潭州红梅

人绕湘皋月坠时。斜横花树小，浸愁漪。
一春幽事有谁知？东风冷，香远茜裙归。

鸥去昔游非。遥怜花可可，梦依依。
九疑云杳断魂啼。相思血，都沁绿筠枝。

姜夔，号白石道人，南宋文学家、音乐家。身世贫寒，孤傲不凡，浪迹江湖，南宋末期词人张炎称白石的词风“如野云孤飞，去留无迹”。这首词写于南宋淳熙十三年（1186），作者客居长沙。词题“赋潭州红梅”，“潭州”：今湖南长沙，盛产红梅。这是一首咏物之词，咏梅怀人，亦梅亦人，写意传神，意深情长。

上片起句点明人物、地点和时间，“人绕湘皋月坠时”。“湘”：湘江；“皋”：水边高地，即河岸。湘水潇潇，春寒料峭，词人辗转于岸边，不知不觉月已西下。“斜横花树小，浸愁漪。”江畔梅枝横斜，梅花点点，暗香浮动；梅影浸透在水中，水波泛起愁思的涟漪。将涟漪拟人化，那是作者心中柔情似水的离愁。

梅花的一春幽愁有谁知晓？“东风冷，香远茜裙归。”“茜裙”：红裙。东风无情，风寒春残；梅花香消花落，就像是穿着红裙的美女飘然归去。作者青年时曾在合肥有一段恋情，二人屡屡来往，两次均在梅花时节离别。姜夔多有咏梅之词，与此情事有关。此刻词人来到湘皋，如他写的《江梅引》：“见梅枝，忽相思。”梅兮，人兮，见梅花，思佳人，思情幽深，惆怅不已。

下片首句“鸥去昔游非”，从上片咏梅陡然转到江鸥，似乎毫无关联。细想之，这正是姜夔词风，若即若离，“能以翻笔、侧笔取胜”（清代张宗橚《词林纪事》引楼敬思语）。词人在岸边相思、徘徊，惊飞滩头的一群鸥鸟。鸥鸟腾空而去，鸣叫声又让词人从深深的回忆中醒来。“遥怜花可可，梦依依。”昔日之物红梅虽在，如今物是人非，只能远远地怜惜那可可如花的恋人，回忆着依依柔情的旧梦。

“九疑云杳断魂啼。相思血，都沁绿筠枝。”“九疑”：九嶷山，在湖南宁远县南。“绿筠”：绿竹。相传舜帝南巡，死于九嶷山并葬于此，其娥皇、女英二妃闻讯奔丧，痛哭于湘水之滨，她俩相思眼泪染竹成斑，后二人投湘水而死。词人引用典故，恰在湘江之畔，借斑竹喻红梅；以娥皇、女英二妃魂断啼血，比喻恋人对自己相思的血泪，点点滴滴渗透梅枝、染红梅花。

这首恋情之词蕴藉诚挚，对昔日的恋人一往情深。笔法朦胧含蓄，虚实相宜。词情缠绵，意境空灵，充溢着感伤的痴情之美，耐人细细品味。

木兰花　木兰花慢

词牌《木兰花》及《木兰花慢》简介

《木兰花》，唐教坊曲名，后用为词牌，取名出自五代欧阳炯词句“同在木兰花下醉”，唐教坊是唐朝管理宫廷音乐的官署。又名《木兰花令》、《玉楼春》。双调，仄韵。唐与五代人所作《木兰花》，句式参差不一，字数有五十二、五十四、五十五、五十六字等多种。宋人定为七言八句。

以下列出《木兰花》格律常见的两种格体与范例。

格体一，五十六字，上下片各四句、三仄韵，韵部相同。范例，清纳兰性德词：

人生若只如初见，何事秋风悲画扇。
中平中仄平平仄，中仄中平平仄仄。
等闲变却故人心，却道故人心易变。
中平中仄仄平平，中仄中平平仄仄。

骊山语罢清宵半，泪雨霖铃终不怨。
中平中仄平平仄，中仄中平平仄仄。
何如薄幸锦衣郎，比翼连枝当日愿。
中平中仄仄平平，中仄中平平仄仄。

格体二，五十五字，上片五句三仄韵，下片四句三仄韵，上下片的韵部不同。范例，唐韦庄词：

独上小楼春欲暮，愁望玉关芳草路。

仄仄仄平平仄仄，平仄仄平平仄仄。
消息断，不逢人，却敛细眉归绣户。
平仄仄，仄平平，仄仄仄平平仄仄。

坐看落花空叹息，罗袂湿斑红泪滴。
仄仄仄平平仄仄，平仄仄平平仄仄。
千山万水不曾行，魂梦欲教何处觅？
平平仄仄仄平平，平仄仄平平仄仄。

在《木兰花》的基础上演化出《减字木兰花》，简称《减兰》。双调，四十四字，将《木兰花》的一、三、五、七句各减三字。上、下片各二句仄韵转二句平韵。

《减字木兰花》格体，范例，北宋秦观词：

天涯旧恨，独自凄凉人不问。
中平中仄，中仄中平平仄仄。
欲见回肠，断尽金炉小篆香。
中仄平平，中仄平平中仄平。

黛蛾长敛，任是春风吹不展。
中平中仄，中仄中平平仄仄。
困倚危楼，过尽飞鸿字字愁。
中仄平平，中仄平平中仄平。

在《木兰花》的基础上还演化出《偷声木兰花》，将《木兰花》的第三、第七句各减三字，平仄转韵和《减字木兰花》相同。

《偷声木兰花》格体，范例，北宋张先词：

画楼浅映横塘路，流水滔滔春共去。
中平中仄平平仄，中仄中平平仄仄。
目送残晖，燕子双高蝶对飞。
中仄平平，中仄平平中仄平。

风花将尽持杯送，往事只成清夜梦。
中平中仄平平仄，中仄中平平仄仄。
莫更登楼，坐想行思已是愁。
中仄平平，中仄平平中仄平。

《木兰花慢》是由词牌《木兰花》延长引申而来的慢词。双调，平韵，字数有一百至一百零三字多种，以一百零一字为主。

以下列出词牌《木兰花慢》常见的一种格体与范例。

《木兰花慢》，一百零一字，上片十句五平韵，下片十一句七平韵。范例，北宋柳永词：

拆桐花烂漫，乍疏雨、洗清明。
仄平平仄仄，仄平仄、仄平平。
正艳杏烧林，缃桃绣野，芳景如屏。
仄中仄平平，中平仄仄，中仄平平。
倾城，尽寻胜去，骤雕鞍、绀幰出郊坰。
平平，仄平仄仄，仄平平、仄仄仄平平。
风暖繁弦脆管，万家竞奏新声。
平仄平平仄仄，仄平仄仄平平。

盈盈，斗草踏青。人艳冶、递逢迎。
平平，仄仄中平。平仄仄、仄平平。
向路傍往往，遗簪堕珥，珠翠纵横。

仄中仄平平，中平仄仄，中仄平平。
欢情，对佳丽地，信金罍、罄竭玉山倾。
平平，仄平仄仄，仄平平、仄仄仄平平。
拚却明朝永日，画堂一枕春酲。
平仄平平仄仄，仄平仄仄平平。

《木兰花》及《木兰花慢》历代佳作十三首

1. 木兰花　[唐] 韦庄

独上小楼春欲暮，愁望玉关芳草路。
消息断，不逢人，却敛细眉归绣户。

坐看落花空叹息，罗袂湿斑红泪滴。
千山万水不曾行，魂梦欲教何处觅？

唐代常有邻邦侵犯，朝廷征用了大批士兵驻守边陲。与此同时，涌现出不少脍炙人口的边塞诗词。这首词描写思妇对远方征人的思念，从另一个侧面表现边塞烽火对百姓生活的影响。

上片书写女子小楼眺望。起句“独上小楼春欲暮”，点明人物、地点和季节。空守闺房的丽人独自登上小楼，大好的春天即将消失，更增添了女子的惆怅和凄凉。“愁望玉关芳草路”，“玉关”：河西走廊的玉门关，这里泛指远方的边疆，指明所望的是征戍守边之人。忧愁地遥望北方边塞，天涯迢迢，芳草萋萋。毫无音讯，不见人迹，“却敛细眉归绣户”，无可奈何，只得愁眉不展、怅然若失地回到闺房之中。

下片闺妇抒发哀伤。“坐看落花空叹息，罗袂湿斑红泪滴。”“袂”：衣袖。“红泪”：泪从涂有胭脂的脸上滴下。坐看庭院，春将尽，花凋零。触景生情，花样年华即将过去，夫妻各在一方，不知何时团聚，空叹息；不禁泪流满面，沾湿衣袖。“千山万水不曾行，魂梦欲教何处觅?”两人相隔千山万水，自己却不曾去过，不知他确切的地点，夜间的梦魂又何处去寻觅他！梦中也无法与他团圆，断肠词句断肠人！最后两句将词意由写实转而写虚，感情色彩愈加悲切。

词史初期有两位重要词人，他们是温庭筠与韦庄，两人齐名，并称“温韦”。但二人词风相异，温词浓艳，韦词疏淡。这首词以叙事的白描写法，按时间展开，层次分明，静动相兼，近远交替。词情离愁万种，孤寂凄怨。

2. 木兰花慢　［北宋］柳永

拆桐花烂漫，乍疏雨、洗清明。
正艳杏烧林，缃桃绣野，芳景如屏。
倾城，尽寻胜去，骤雕鞍、绀幰出郊坰。
风暖繁弦脆管，万家竞奏新声。

盈盈，斗草踏青。人艳冶、递逢迎。
向路傍往往，遗簪堕珥，珠翠纵横。
欢情，对佳丽地，信金罍、罄竭玉山倾。
拚却明朝永日，画堂一枕春酲。

十一世纪初，北宋经历五十多年的休养生息，出现了繁荣兴旺的景象。柳永这首词，以写实的手法，描绘了那个年代京都清明节的盛况，为后人留下了当时风情世俗的真实景观。

上片前半段抒写自然风光。“拆桐花烂漫，乍疏雨、洗清明。”“拆”：打开、开放之意。清明时节，桐树花盛开吐芳，灿烂夺目。一阵稀疏的春雨刚过，郊外净洁如洗，清新明丽。杏花林繁花似锦，如火如荼；粉红色的缃桃花，织绣出春意盎然的原野，美丽景色如同一帘画屏。

后半段记述人们欢乐的景象。倾城出动，万巷皆空，男骑宝马，女坐香车，奔向郊外，寻觅美景名胜而去。“骤雕鞍、绀幰出郊坰”，“绀幰”：青色的车幔，意即安装彩色车幔的马车；“坰”：都邑的远郊，“郊坰”泛指郊外。暖风吹来急促的琴弦声和清脆的管笛声，千家万户竞相奏起新谱的乐曲，悠扬的音乐增添了节日的欢庆气氛。

下片前半段实写清明节女子的郊游活动。在踏青的行列中，美女如云。体态盈盈的少女们，欢快地采集鲜花异草，玩耍斗草的游戏。打扮妖冶的歌妓舞女，殷勤地逢迎着游客。“向路傍往往，遗簪堕珥，珠翠纵横。”“往往”：处处；“珥”：玉珠耳饰。向路旁一看，处处可见盛装的富贵丽人，头佩发簪，耳饰玉环，披金戴玉，遍及四野。

后半段写虚，词人想象着这一天结束时的情景。欢乐的人们，在此佳丽之地开怀痛饮，“信金罍、罄竭玉山倾”。“罍”：古代酒器，即大酒樽。饮尽酒樽里的美酒，乐而纵情，醉如玉山倾倒。词的结尾，将北宋京都清明节的欢庆景象推到极致。“拚却明朝永日，画堂一枕春酲。”“拚却”：宁愿；“春酲”：春日醉酒后的困倦。宁愿明日醉卧画堂，今夕不醉不休。

柳永一生的思想感情，随着经历的变化而波浪起伏，词作多为离情别绪、流离颠沛。这首词一扫个人的感伤情绪，从社会的层次赞美人们节日的欢乐，表达词人对美好生活的追求。词情优美明快，语言生动通俗。同时，这首简练的词作从一个侧面，体现了孟元老所写《东京梦华录》以及张择端所画《清明上河图》

中北宋盛世时的社会风貌，具有极高的史学价值和文学魅力。

3. 木兰花　［北宋］张先

乙卯吴兴寒食

龙头舴艋吴儿竞，笋柱秋千游女并。
芳洲拾翠暮忘归，秀野踏青来不定。

行云去后遥山暝，已放笙歌池院静。
中庭月色正清明，无数杨花过无影。

张先，字子野，吴兴（今浙江湖州市）人，生活在北宋初期。从标题可知，这首词是作者晚年的作品，乙卯是宋神宗熙宁八年(1075)，作者已是八十六岁的耄耋长者。全词描写寒食节白天的庆祝活动，以及黄昏和夜晚的宁静。寒食节，在清明前两天，古代有禁烟火、吃冷食、扫墓、踏青、荡秋千、赛龙舟等风俗。

上片描绘寒食节欢快的活动。起句“龙头舴艋吴儿竞”，“舴艋”：饰有龙头、形如蚱蜢的小船。吴中健儿龙舟竞发，船桨齐舞，浪花飞溅，锣鼓喧天，喜气洋洋。“笋柱秋千游女并”，“笋柱”：竹制的秋千架；“并”：并排，即结伴之意。少女们走出闺房，结伴春游，欢声笑语，荡着秋千。“芳洲拾翠暮忘归，秀野踏青来不定。”“踏青”：寒食与清明时节野外的春游。作者以工整的对句描写寒食节妇女们出游的情景。她们或在水边采集鲜花芳草，流连忘返；或在秀丽的郊外游览赏春，漫步徜徉。

下片则书写美丽的黄昏，以及静谧的夜色。“行云去后遥山暝，已放笙歌池院静。”暮色降临，游人散去，远山迷蒙。优美的音乐、欢快的歌声也已收场，村外池塘、家中院落分外幽静。“中庭月色正清明，无数杨花过无影。”江南春夜，词人独坐庭院，欣赏月夜之美。月清明，星稀疏，玉宇澄澈；点点轻盈的柳絮，来有踪，去无影。作者宛若置身尘外，安逸恬静，闲情雅兴。词情由白昼的热闹进入夜晚的宁静，互相辉映，勾画出一幅全景的寒食节的乡村风光。

作为文学体裁的词，自从晚唐五代，多以男女之情、羁旅之苦为题材。而张先这首词以轻快的笔调和写实的手法展现民风民俗，其乡土气息和田园景象，为北宋词坛带来民间的清新明快之风。同时，这首词表达了一位垂垂老矣的长者对生命的迷恋和热爱，给读者以乐观的生活情趣和高雅的艺术美感。清代著名词人朱彝尊在《静志居诗话》称道：“张子野吴兴寒食词‘中庭月色正清明，无数杨花过无影’，余尝叹其工绝，世所传‘三影’之上。”

4. 玉楼春 ［北宋］晏殊

绿杨芳草长亭路，年少抛人容易去。
楼头残梦五更钟，花底离愁三月雨。

无情不似多情苦，一寸还成千万缕。
天涯地角有穷时，只有相思无尽处。

离愁别绪是中国古代诗词的一个常见的主题。这首闺怨词，以浅显之笔写缠绵之情，或以景寓情，或直白倾诉，无典故，无艳辞，凄婉而无怨恨，受到历代评家的赞赏。

上片首句以景写出时间和地点。杨柳婆娑、芳草萋萋的春天，在古道长亭依依话别。“长亭”：古代在大路旁设五里一短亭、十里一长亭，供休息，常用作饯别之处。“年少抛人容易去”，“年少”：意即年轻，指女主角的恋人。她预感到情人会薄情地将她抛弃，一去不返。然而，这位痴情的女子仍然苦苦地思念：“楼头残梦五更钟，花底离愁三月雨。”往昔的欢愉让她心烦意乱，辗转难眠，迟迟进入梦乡，却被楼头五更的钟声惊醒。心里的离愁，犹如淋透花底的三月细雨，缠绵悱恻。这两句工整对仗，以景寓情，“楼头”的“五更钟”与“花底”的“三月雨”，怀人之景，衬托怀人之“残梦”与“离愁”，出神入化，妙不可言。

下片用白描的笔法，直接叙述思情之苦。“无情不似多情苦”，无情的人哪里像多情之人这样承受思念的煎熬。经典之句，道出千古以来单相思的痴情人的苦涩。一寸芳心，化成了千丝万缕的相思，凄楚悲凉。“天涯地角有穷时，只有相思无尽处。”最后的这两句尤为深沉、心酸。天涯地角再远也有穷尽，唯有闺妇多情的相思，无穷无尽！

全词文笔婉约精致，形象地刻画了被抛弃的痴情女子经受的感情和精神的折磨，而又无怨无悔，让人倍感同情。清代黄苏《蓼园词选》中评曰：“‘楼头’二语，意致凄然，挈起多情苦来。末二句总见多情之苦耳。妙在意思忠厚，无怨怼口角。”

5. 玉楼春 ［北宋］宋祁

东城渐觉风光好，縠皱波纹迎客棹。
绿杨烟外晓寒轻，红杏枝头春意闹。

浮生长恨欢娱少，肯爱千金轻一笑。
为君持酒劝斜阳，且向花间留晚照。

北宋词人宋祁，官至尚书。但他闻名于世并非因其官职，而是这一首传咏千载的春景之词。词中的金句“红杏枝头春意闹”

备受赏誉，以至作者有“红杏尚书”之美称。

上片赞赏初春的美景。“东城渐觉风光好”，春自东来，东城首先感觉到春天的温暖，渐渐地迎来了明媚的春光。“縠皱波纹迎客棹”，“縠皱”：有皱褶的纱；“棹”：船桨，意指用桨划的船。客船行驶在微波粼粼的水面上。春晓轻寒，遥望远处的杨柳林，垂柳婆娑，嫩绿浅青，林梢薄雾飘浮，如烟迷蒙。“红杏枝头春意闹”，眼前，数枝红杏花儿绽放，如火如荼，甚是热闹，一片生机勃勃、春意盎然的景象。

下片转入春光易逝、人生苦短的感慨。人生无常，漂泊沉浮，困顿辛劳，长恨烦恼多而欢娱少。“肯爱千金轻一笑”，“肯爱”：岂肯吝惜。欢乐何其难得，为博美人一笑，又何必吝惜一掷千金！“为君持酒劝斜阳，且向花间留晚照。”夕阳西下，霞光璀璨，我为君手持酒盏，与君共饮美酒。春日美丽的暮色，丽人歌舞的宴筵，恳请斜阳，可否莫急落山，将晚霞斜照留在花间，延长我们酒宴的欢娱。词人抒发对时光流逝的怅惘，以及对美好景象、美好生活的迷恋。

全词上片、下片格调迥异。通过上片春天景色生动的描写，更加衬托出下片轻淡的感伤。这首词得到历代多位名家的赞赏。清代王士禛《花草蒙拾》说：“‘红杏枝头春意闹尚书’，当时传为美谈。”王国维在《人间词话》里评道：“‘红杏枝头春意闹’，著一‘闹’字，而境界全出。”

6. 玉楼春 ［北宋］欧阳修

尊前拟把归期说，欲语春容先惨咽。
人生自是有情痴，此恨不关风与月。

离歌且莫翻新阕，一曲能教肠寸结。

直须看尽洛城花，始共春风容易别。

欧阳修，字永叔，号醉翁，北宋初期的名臣，政治思想开明。同时，他又是一位著名的文学家，“唐宋八大家”之一。其词感情深致，清丽旖旎，又不乏豪放疏宕。这首描写恋人离别之词，是欧阳修的代表作之一。

上片开端的两句点明话别。“尊前拟把归期说，欲语春容先惨咽。”“尊”：同“樽”，古代的盛酒器具。饯别的酒席前，打算把归期说定，丽人如春一样明媚的娇容就已凄切，伤心地呜咽。“尊前”本应欢饮，“春容”何等娇美，此去一别，不知何时再聚，实在不忍念及归期，欲说未说，欲提未提。词句深幽婉转，感情缠绵悱恻。此情此景，令人心酸，词人油然地发出喟叹：“人生自是有情痴，此恨不关风与月。”人生有情，“情之所钟，正在我辈”（《晋书·王衍传》）。风月本是无情之物，有情人最终未能成为眷属，此种离恨岂关风月！感情与理想的纠结，说不清，道不明，难以排解。作者为之叹息，从人生的哲理上，对情痴加以深层的思索和解答。

下片的前两句，词人从上片收尾的沉思回到眼前的离别。“离歌且莫翻新阕，一曲能教肠寸结。”“阕”：乐曲终止。这两句与上片的首两句相呼应，再莫要将离别的歌词翻用新调演唱，旧阕一曲已经让佳人春容惨咽、愁肠寸断了。词情至此，离情别绪，哀痛凄绝。然而，词的最后笔调骤然一转，“直须看尽洛城花，始共春风容易别”。排遣离愁，解脱别绪。只要真心真情，曾经饱尝爱情的甜美与欢娱，即便分别也并无遗憾，正如已经携手赏遍了洛阳城万紫千红的牡丹花，即便春天归去已无惋惜。在宽慰的疏放之中，隐含着无可奈何的感伤。秦观《鹊桥仙》写有千古绝唱“两情若是久长时，又岂在朝朝暮暮”，其词意与欧阳修的这两句看似相近，但意境相迥。少游之句明朗乐观，永叔之句旷放醇厚。

欧、秦两者，各有其耐人寻味的思想境界和艺术魅力。

这首词上、下片的收尾两句均为经典名句，王国维在《人间词话》中写道：“‘人生自是有情痴，此恨不关风与月’，‘直须看尽洛城花，始共春风容易别’，于豪放中有沉着之致，所以尤高。”全词在离情别绪的伤感之中，咏叹痴情的男女之爱，蕴含深沉的人生感悟。

7. 木兰花令 ［北宋］苏轼

次欧公西湖韵

霜余已失长淮阔，空听潺潺清颍咽。
佳人犹唱醉翁词，四十三年如电抹。

草头秋露流珠滑，三五盈盈还二八。
与余同是识翁人，惟有西湖波底月。

这首词，苏轼作于宋哲宗元祐六年（1091）秋，当时苏轼五十六岁，任颍州（今安徽阜阳）知州。他的恩师欧阳修，号醉翁，于皇祐元年（1049）守颍州，“宽简而不扰民”，免劳役，疏河道，兴利除弊。熙宁四年（1071）退居于此，次年在此辞世。当苏东坡泛舟颍水时，想起欧阳修曾在颍州所作的《木兰花令》（西湖南北烟波阔），此词如标题所云“次欧公西湖韵”，每一个韵脚的字与欧词完全一致，以寄思念恩师之情，抒胸中之忧郁。词中“西湖”，为颍州的西湖。

上片抒写作者泛舟时所见所闻。“霜余已失长淮阔，空听潺潺清颍咽。”“长淮”：即淮河；“颍”：颍水，淮河的支流。时值秋霜之后，淮河失去了春夏时节波澜壮阔的浩瀚；只听见清澈的颍河水声潺潺，呜咽凄切。两句寓意着东坡对恩师的悼念。词人触景生情，思绪万千。四十三年前，恩师欧阳修主政颍州，时间宛如电闪而过，如今歌女们仍在咏唱着欧公在此所作的诗词，怀念他的利民业绩。东坡妙笔生辉，以词句“佳人犹唱醉翁词”，婉转地颂扬恩师的功德。

下片抒发人生朝露的感慨，以及对恩师的缅怀。人生如同“草头秋露”，玉珠圆润，晶莹剔透；如此美好，却在流转之间，瞬息即逝。“三五盈盈还二八”，引用南北朝时期的诗人谢灵运《怨晓月赋》之句：“昨三五兮既满，今二八兮将缺。”“三五”：即农历十五；“二八”：农历十六。昨日十五，月轮盈满；到了十六，仅过一天，却已缺损。时光飞逝，人生短暂，转眼间欧公辞世已二十年矣。词的最后发出对恩师的追思和感激：“与余同是识翁人，唯有西湖波底月。”天地之间，和我一样深知并赏识醉翁者，惟有西湖波底的明月！以景寄情，以情明志，意味深沉。

苏轼早年承蒙欧阳修知遇之恩。后来，两人都因自己的政治理念被贬发多地。所到之处，二人均以民为重，主政一地，造福一方。如今，苏轼来到欧公知任的颍州，彼此的遭际、师生的感情，让东坡百感交集。两人满腹经纶，才气横溢，虽历经沉浮，心志不移，情趣不减，胸襟坦荡。颍州西湖波底之月，识醉翁，亦识东坡也！

整首词追怀故师恩德，感叹人生无常，情景交融，清纯凄婉，空灵飘逸，令人读之，久久沉于其中。宋人傅幹引《本事曲集》之文，称苏轼此词与欧阳修原词，前唱后和，“二词皆奇峭雅丽，如出一文”。

附：木兰花令 ［北宋］欧阳修

西湖南北烟波阔，风里丝簧声韵咽。

舞余裙带绿双垂，酒入香腮红一抹。

杯深不觉琉璃滑，贪看六幺花十八。
明朝车马各西东，惆怅画桥风与月。

8. 玉楼春 ［北宋］周邦彦

桃溪不作从容住，秋藕绝来无续处。
当时相候赤阑桥，今日独寻黄叶路。

烟中列岫青无数，雁背夕阳红欲暮。
人如风后入江云，情似雨余粘地絮。

周邦彦，北宋著名词人，精通音律，自创许多词曲，是婉约派的重要代表词人。词作格律严谨，“浑厚和雅”（张炎《词源》），“精工博大”（王国维《人间词话》）。他曾长期被后人尊为“词家正宗”、“词家之冠”。这首词是作者与情人分别后，故地重游，感系旧情而作，典雅精致，情深意切，为作者名作之一。

上片首句“桃溪不作从容住”，“桃溪”：引用一个美丽的神话传说，出自南朝刘义庆《幽明录》。东汉明帝永平五年（62），刘晨、阮肇入浙江天台山采药，迷不得返。后来在深山桃溪边遇见两位美貌仙女，一见钟情，便留下同居。半年后两人怀乡思归，二女相送。回到村里，人间已是晋太元八年，即公元 383 年，子孙已历七世。后两人重返天台，不见二女。作者此句暗示他曾有过一段刘阮入天台式的爱情佳话，但却没能从容地长久同居。如今，作者故地寻觅，不见往日情人，产生对当时轻别恋人的追悔，恰如“桃溪”的典故。“秋藕绝来无续处”，藕断而丝连，人离别，情难忘，却再也无法重续旧情，淡淡的笔墨中透着浓浓的惋惜和悔恨。

“当时相候赤阑桥，今日独寻黄叶路。”回想那时在红色栏杆的小桥上互相等候，而今只有我独自一人在落满黄叶的小路上徘徊。“当时相候”与“今日独寻”形成鲜明的对比。“赤阑桥”，温暖亮丽，体现当时的柔情蜜意，愉悦欢乐；“黄叶路”，萧瑟凄冷，表达如今的失落怅惘，孤单寂寞。作者的情感和文采尽在一字一句的运笔之中。

下片换头两句转笔描绘景色，“烟中列岫青无数，雁背夕阳红欲暮”。“列岫”：群山。深秋的黄昏，天高云淡，极目处，轻烟缥缈，群山翠微，连绵逶迤；天空中，晚霞绚丽，映照在归雁矫健的身背上，反射出一抹即将黯淡的残红。这两句分别化用南朝谢朓“窗中列远岫”与唐代温庭筠“鸦背夕阳多”的诗句，但比原句更为生动传神。空旷惨淡的迷离秋景，渗透着孤独凄清的迷茫思情。

结拍两句“人如风后入江云，情似雨余粘地絮”，笔法出神入化，感情诚挚浓郁。重访故地，不见往日恋人，茫然若失，思绪绵绵。那如仙女一样美丽的佳人，杳无踪影，宛如随清风飘然落入江中的彩云。作者的痴情，好似雨后粘在地面的花絮，牢牢地胶连，无法摆脱。

这首词笔法娴熟，用典、比喻自然浑成。词情缠绵，思恋、追悔、伤感交织，一声太息，万种情思。缥缈的想象，让意境充满美感；沉郁的痴情，令读者为之神伤。

9. 木兰花慢 ［南宋］辛弃疾

中秋饮酒，将旦，客谓前人诗词有赋待月，无送月者，因用《天问》体赋。

可怜今夕月，向何处、去悠悠？
是别有人间，那边才见，光影东头？
是天外空汗漫，但长风、浩浩送中秋？
飞镜无根谁系？姮娥不嫁谁留？

谓经海底问无由，恍惚使人愁。
怕万里长鲸，纵横触破，玉殿琼楼。
虾蟆故堪浴水，问云何、玉兔解沉浮？
若道都齐无恙，云何渐渐如钩？

根据词序可知，在一个中秋之夜，作者与友人宴饮将至拂晓。座中有一位客人说道，前人诗词中有赋待月，而无写送月。辛弃疾便有感而发，使用屈原《天问》的文体，写下这首驰骋想象、气势恢宏的千古绝唱。

全词从酒宴将旦、月落垂西起笔。“可怜今夕月，向何处、去悠悠？”“可怜”：可爱。今夜，中秋之月娇媚可爱，在天上悠悠地向西飘游，请问你将最终去向何处？“是别有人间，那边才见，光影东头？”“光影”：意即月亮。是别有另一个人间，那边正好看见你从东方升起？ “是天外空汗漫，但长风、浩浩送中秋？”“汗漫”：浩渺无垠。那深邃的宇宙，浩渺无垠，空空荡荡，是浩浩的长风将这中秋明月送向远方？月亮，你像飞在天空的一轮明镜，却从不掉下，是谁将你用无形无影的绳子系住？是谁留住了广寒宫的嫦娥，使她至今还未出嫁？

上片遥想苍穹，下片思入深海，继续引用中国远古的神话传说，浮想联翩，发出串串奇问。“谓经海底问无由，恍惚使人愁。”“问无由”：无处可查问。据说月亮游经海底，却无处查询此事，真令人捉摸不透，让人犯愁。只怕海底万里，巨鲸有眼无珠、横冲直撞，撞坏了月宫的玉殿琼楼。“虾蟆故堪浴水，问云何、玉兔解沉浮?”月亮上的蟾蜍（蛤蟆）生性擅长游水，可那月亮上的玉兔在海底为何能自由沉浮？词的最后，由神话传说引发前面的一连串疑问，转入更深层的科学思考与发问。“若道都齐无恙，云何渐渐如钩?”如果说这上面的一切均安然无恙，明月你为何从中秋的一轮圆月渐渐变成一钩弯月？

战国时代诗人屈原的长诗《天问》，通篇设问，对天地、自然和人世的现象，一连问了一百七十多个问题。辛弃疾的这首词《木兰花慢》，模仿屈原的《天问》体，打破了宋词上下片换意的常规，对明月，提出一连串九个问题，体现了作者炉火纯青、大胆创新的艺术气魄。同时，词的用韵顺应豪放激越的感情，使得词情愈加雄劲奔放，咏读之，一气呵成，酣畅淋漓。写法上，多用诗与散文的句法，运笔自如地表达词的意境，使作品充满磅礴的气势和艺术的美感。

古典诗词中，对月发问，前已有之，如李白的“青天有月来几时，我欲停杯一问之”(《把酒问月》)，苏轼的“明月几时有，把酒问青天”(《水调歌头》)。而辛弃疾这首词的发问，巧妙地引用美丽的神话，从天上到海底；从嫦娥、蟾蜍和玉兔，到广寒宫的玉殿琼楼，让词境充溢着浓厚的浪漫主义色彩。极为宝贵的是，词人对月亮圆缺的自然现象发出询问，这是一种前所未有的朦胧的科学思考。王国维对辛弃疾这首词尤为惊叹，他在《人间词话》评道:“稼轩中秋饮酒达旦，用《天问》体作《木兰花慢》以送月曰:‘可怜今夕月，向何处、去悠悠?是别有人间，那边才见，光影东头?’词人想象，直悟月轮绕地之理，与科学家密合，可谓神悟!”

这首词，立意新颖，构思奇特，想象丰富，笔力雄放，叹为千古词苑的一朵奇葩。《四库全书总目提要》中评辛词:“其词慷慨纵横，有不可一世之概。”所评极是。

10. 玉楼春 ［南宋］刘克庄

戏林推

年年跃马长安市，客舍似家家似寄。
青钱换酒日无何，红烛呼卢宵不寐。

易挑锦妇机中字，难得玉人心下事。
男儿西北有神州，莫滴水西桥畔泪。

刘克庄，字潜夫，号后村，南宋豪放派爱国诗人。这首词是作者为规劝一位姓林的好友而作，情理交织，举重若轻。在浩如烟海的古典诗词中，此类题材之作极为罕见，它是一首不可多得的杰作。林是作者的同乡，时任推官，即地方长官的助理。“戏林推”，其中“戏”字有戏谑之意，用于朋友之间，表现关系密切。

上片，表面上描写林的豪迈与浪漫，实则指出他的生活纵欲放荡。“年年跃马长安市，客舍似家家似寄。”“长安”是唐朝首都，这里借指南宋都城临安（今杭州）；“客舍”：意指酒楼妓院。年年骑马在都市游荡，视酒楼妓院如家，而自己的家却成了寄宿的客栈。“青钱换酒日无何，红烛呼卢宵不寐。”“青钱”：古铜钱成色不同，分青钱、黄钱。“呼卢”：古时一种赌博。白天用青铜钱买酒，喝得昏天黑地，无问他事；晚上点着红烛，沉迷赌博，通宵不眠。作者深深地为这位姓林的好友惋惜。

下片，动之以情，晓之以理，婉言规劝好友。“易挑锦妇机中字，难得玉人心下事。”“锦妇机中字”：织锦中的文字。此处引用一典故，东晋十六国时期，窦滔仕前秦，为秦州刺史，后被秦王苻坚发配至流沙。其妻苏氏在家，将回文诗织在五彩的锦绣上，赠送窦滔，诗句思情凄婉（回文诗，是一种可以回环往复诵读的诗体）。词中的“锦妇”，意指林妻。“玉人”：美女，代指妓女。结发妻子的情义如同织在锦绣上的回文诗，情真意厚。妓女虽美，假情假意而已，难得其心。词的最后，晓之以大义：“男儿西北有神州，莫滴水西桥畔泪。”“水西桥”，当时妓馆密集地之一。国难当头，男儿应当心怀沦陷的北方故土，立志驰骋沙场，建功立业，莫要在花柳之地偎红倚翠，洒下不值得的感情泪水。清代词人陈廷焯点评末二句“足以使懦夫有立志”（《白雨斋词话》）。

全词格调高远，鄙薄醉生梦死的生活方式，颂扬以家国为重的人生理念，倾注了作者对林友深切的痛惜和真诚的希望。写法上刚柔有致，心中激愤，而笔下温敦，足见作者驾驭文笔的能力已至炉火纯青。

11. 木兰花慢 ［元］萨都剌

彭城怀古

古徐州形胜，消磨尽、几英雄。
想铁甲重瞳，乌骓汗血，玉帐连空。
楚歌八千兵散，料梦魂、应不到江东。
空有黄河如带，乱山起伏云龙。

汉家陵阙起秋风，禾黍满关中。
更戏马台荒，画眉人远，燕子楼空。
人生百年如寄，且开怀、一饮尽千钟。
回首荒城斜日，倚栏目送飞鸿。

萨都剌在元文宗至顺三年（1332）去江南任职，途中路经彭城（今徐州），远古尧帝时彭祖在此建大彭氏国，俯仰古今，感慨万千，写下这首怀古名词。徐州，中华九州之一，地处东西南北要冲，历来为兵家必争之地。秦亡后，项羽自封为西楚霸王，并在此建都。

上片以追忆历史人物项羽为主。起首三句："古徐州形胜，消磨尽、几英雄。"古老的徐州地势险要，多少英雄豪杰在此登场，轰轰烈烈，威武豪迈，消磨尽他们的精力和生命。短短三句，惊心动魄的历史场景和风云人物，浓缩在精练的词句中。对彭城历史的追怀，作者首先想到的是戏剧性的历史人物项羽。"想铁甲重瞳，乌骓汗血，玉帐连空。""重瞳"：项羽眼中有两个眸子；"乌骓"：项羽心爱的战马；"汗血"：汉朝时西域所出汗如血色的大宛马，又称天马。想当年，霸王项羽金戈铁马，兵帐如云，浴血奋战，推翻秦朝，声赫一时，何等辉煌。

然而，谁料到，转眼间兵败垓下，四面楚歌，"江东子弟八千人渡江而西，今无一人还"（司马迁《史记·项羽本纪》）。何颜见江东父老，只落得霸王别姬、魂断乌江的悲惨结局！"空有黄河如带，乱山起伏云龙。"（黄河故道流经徐州，"乱山起伏云龙"一作"乱山回合如龙"。）"云龙"：徐州城外的名山。改朝换代，盛衰无常，英雄人物大起大落。唯有那城外的滔滔黄河，万古奔腾，如带蜿蜒，绕城流去；云蒸霞蔚的云龙山，奇峰耸立，两侧山峦起伏，逶迤连绵，苍苍茫茫。

下片换头两句，笔锋转向项羽的对手刘邦。"汉家陵阙起秋风，禾黍满关中。""汉家陵阙"：引用李白《忆秦娥》的词句"西风残照，汉家陵阙"。得胜后的刘邦建都长安。刘邦开创的汉朝已成历史的过去，汉室巍峨的宫殿、宏伟的陵墓，如今已成萧瑟秋风下的断壁残垣，被关中漫山遍野的农作物所遮掩。楚汉相争，败家胜家，千年之后殊途同归而已！"更戏马台荒，画眉人远，燕子楼空。”更有那彭城的戏马台，项羽曾在此观看兵马操练，现今荒废破败；怜花惜玉的风流人物，早已远逝；燕子楼，香殒楼空。盛典散，风流尽，岁月悠悠，何其无情！词句中引用了与彭城有关的典故。“戏马台”：在徐州城南部，项羽依山而筑，观看兵马操演；“画眉人”：出自西汉京兆尹张敞为其妻画眉，原指张敞，在此作者因同姓意指爱怜关盼盼的张愔；“燕子楼”：唐朝节度使张愔在徐州主政时，为爱妾关盼盼建燕子楼，张愔死后，关盼盼独守空楼十余年。

词人怀古抚今，感慨万端，怅然喟叹：人生百年，犹如匆匆过客，何不忘却世间烦恼，“且开怀、一饮尽千钟”。旷达中蕴含着不尽的怆然。词的结尾意味深长：“回首荒城斜日，倚栏目送飞鸿。”回望古老的彭城，斜阳残照，荒凉衰败；独倚栏干，纵目苍天，飞鸿高高翱翔，志在远方。词人即将赴江南任职，是饮酒度日、消磨时光，还是像鸿雁奋发图强、有所作为。萨都刺并非庸庸之辈，此时他心潮起伏，思绪难平，在消极的出世与积极的入世之间矛盾、徘徊。

全词写尽历史沧桑，命运无常，思古抒怀。苍劲里充溢悲凉，沉郁中蕴含雄放。作者的这首词与他的另外两首怀古之词《念奴娇・登石头城次东坡韵》、《满江红・金陵怀古》，同为历代怀古诗词中的经典之作。萨都刺的词篇大有苏轼、辛弃疾之风，代表着元代词坛的最高水平。

12. 木兰花令　［清］纳兰性德

拟古决绝词

人生若只如初见，何事秋风悲画扇。

等闲变却故人心，却道故人心易变。

骊山语罢清宵半，泪雨霖铃终不怨。
何如薄幸锦衣郎，比翼连枝当日愿。

这是纳兰的一首广受传咏的名作，其中首句“人生若只如初见”被视为警句。词题说明这是拟古《决绝词》之作。《决绝词》是古诗的一种，如唐朝元稹《古决绝词三首》，它以被抛弃的女子口吻控诉男子的薄情，并表白与他断绝的决心。纳兰的此词借用汉唐的典故，描写一位为情所伤的女子与伤害她的男子毅然分手的心声。

上片首句“人生若只如初见”，清淡之句，凝聚着痴情的唏嘘和人生的浩叹。初见的一刹那，一见钟情，心灵碰撞，激起相慕相爱的漪澜，初恋的感情炽热而纯美。人的一生，情感如能像初见初恋时那样纯真纯情，该是多么美好。然而，忠贞不渝的爱情实不多见。“何事秋风悲画扇”，引用汉朝班婕妤被弃的典故，班婕妤为汉成帝妃，因赵飞燕谗害，被打入冷宫，后作诗《怨歌行》，以秋扇自喻。南北朝梁刘孝绰的诗《班婕妤怨》更写明“妾身似秋扇”。扇子在夏天用来驱热送爽，到了秋天就被搁置一边，古典诗词多用扇子比喻被冷落的女性。这一句的词意是，相爱之人本应厮守终生，但是女子却被喜新厌旧的男人抛弃。词情从美好的初见，拉回到冷酷的现实。

“等闲变却故人心，却道故人心易变。”化用南朝诗人谢朓《和王主簿怨情诗》中的两句：“故人心尚永，故心人不见。”“故人”：女子往日的情人。这两句以被离弃的女子的口吻道出：你是一个无情无义之徒，轻易地变了心，却反而说情人之间就是容易变心。

下片首两句“骊山语罢清宵半，泪雨霖铃终不怨”，唐明皇与杨贵妃曾于七月七日清宵之夜，在骊山华清宫长生殿里海誓山盟。对此，白居易在《长恨歌》中写下脍炙人口的诗句：“在天愿作比翼鸟，在地愿为连理枝。”安史乱起，明皇和贵妃避难入川。马嵬坡事变突发，海誓山盟尚在，杨贵妃却成了政治斗争的牺牲品，明皇将贵妃赐死。杨死前云："妾诚负国恩，死无恨矣！"死而无怨无恨。后来唐明皇从四川回长安的途中，在栈道上听到雨中铃声，勾起他对杨贵妃的思恋，遂作名曲《雨霖铃》以寄哀思。女主人以唐玄宗和杨玉环的爱情典故，回忆两人曾经有过感情缠绵的日子，并表白自己的心迹：即使最后与负心郎作诀别，也"终不怨"。

词的最后："何如薄幸锦衣郎，比翼连枝当日愿。""薄幸"：薄情；"锦衣郎"：指唐明皇。这二句承接前两句之意，女子进一步表达自己对爱情的坚贞如一。她说：你比唐明皇还要薄情，他至少还有比翼鸟、连理枝的誓愿，而你连誓言都没有。即便如此，女子决心与杨玉环一样，对爱情将至死不渝。

这首词，娴熟地引用典故，词情哀怨凄绝，意境幽微深远。作者通过抒发"闺怨"之情，表达对怨妇深切的同情和怜悯，以及对负情男子的痛恨和谴责，具有深刻的社会意义。"人生若只如初见"，是纳兰对爱情的理念，纯情而又永恒。

尘世间，理想主义者的人生，往往是最悲凉的。正因为这种悲凉的追求，才有了感人至深的悲剧之美。这正是纳兰词作的魅力之所在！

13. 减字木兰花 ［清］龚自珍

偶检丛纸中，得花瓣一包，纸背细书辛幼安"更能消、几番风雨"一阕，乃是京师悯忠寺海棠花，戊辰暮春所戏为也，泫然得句。

人天无据，被侬留得香魂住。
如梦如烟，枝上花开又十年。

十年千里，风痕雨点斓斑里。

莫怪怜他，身世依然是落花。

龚自珍，是清朝中后期振臂高呼革新图强的思想家，又是富于人生美好理想的文学家。从词序可知，作者无意中在纸堆中翻出珍藏的一包花瓣，这是十年前，嘉庆十三年（1808），京师悯忠寺海棠花的花瓣。当时他年方十七，风华正茂，意气风发，便在纸的背面用小楷精心书写下辛弃疾《摸鱼儿》（更能消、几番风雨）整首词。那枯萎的花瓣，那辛幼安的词句，以及自己十年的遭际，令作者感慨万端，泫然泪下，遂作此词。

词的首句"人天无据"，破空而来，无比慨然。没想到这十年如此艰辛与坎坷，真是人生与天意无法预料！为全词铺垫下悲凉的基调。"被侬留得香魂住"，"侬"：即我。十年前读到稼轩之词，感动之下便为这些海棠花瓣留下了一缕"香魂"，使它们免于"零落成泥碾作尘"（陆游《卜算子》）。而今壮志未酬、青春不再，惟风骨尚存。"如梦如烟，枝上花开又十年。"往事历历，如梦空幻，如烟迷离；转眼间，树枝花开花落，已又十年。人生能有几个十年呢！徒作碌碌无为、韶华易逝之叹。

下片，从咏叹花开花残，转而感伤自己的身世。"十年千里"，词人饱学多才，锐意变革。十年间，却科举考试屡次落第；揭露时弊，惨遭排挤和打击；愤然辞官南归。十年后的今天，作者身处离京城千里之遥的上海。"风痕雨点斓斑里"，化用词序中辛弃疾的词句"更能消、几番风雨"。经历了多少人生凄风楚雨，心灵深处留下了斑斑伤痕。词的结尾："莫怪怜他，身世依然是落花。""他"：纸包里枯萎的花瓣。莫要怪我怜悯这些枯萎的花瓣，自己的身世何尝不就是落花，冷落飘零。托物寄情，亦花亦人，尤感悲切。

全词，沉郁的悲情中渗透着壮志难酬的浩叹。"风痕雨点斓斑里"，花残而"香魂住"，路艰难而志未摧。词情凄婉，意境悠远，充满感人的志士情怀和艺术魅力。

长相思　长相思慢

词牌《长相思》及《长相思慢》简介

《长相思》，唐教坊曲名，后用为词牌。本词牌名源自汉代《古诗十九首》“上言长相思，下言久离别”之句。又名《长相思令》、《双红豆》、《吴山青》、《忆多娇》等。双调，上、下片各四句，三十六字，押平声韵。

以下列出《长相思》格律常用的两种与范例。

《长相思》格体一，三十六字，上下片各四句、三平韵、一叠韵。范例，唐白居易词：

汴水流，泗水流，流到瓜洲古渡头。
中中平，中中平，中仄平平中仄平。
吴山点点愁。
中平中仄平。

思悠悠，恨悠悠，恨到归时方始休。
中中平，中中平，中仄平平中仄平。
月明人倚楼。
中平中仄平。

《长相思》格体二，三十六字，上下片各四句、四平韵、无叠韵。范例，北宋欧阳修词：

蘋满溪，柳绕堤，相送行人溪水西。
平仄平，仄仄平，平仄平平平仄平。

回时陇月低。
平平仄仄平。

烟霏霏，雨凄凄，重倚朱门听马嘶。
平平平，仄平平，平仄平平仄仄平。
寒鸦相对飞。
平平平仄平。

宋人从《长相思》演化出《长相思慢》，双调，字数有一百零三字和一百零四字两种，皆平韵。

以下列出《长相思慢》格律的常用的一种与范例。

《长相思慢》，一百零三字，上片六平韵，下片四平韵。范例，北宋周邦彦词：

夜色澄明，天街如水，风力微冷帘旌。
仄仄平平，平平平仄，平仄平仄平平。
幽期再偶，坐久相看，才喜欲叹还惊。
平平仄仄，仄仄平平，平仄仄仄平平。
醉眼重醒。映雕阑修竹，共数流萤。
仄仄平平。仄平平平仄，仄仄平平。
细语轻盈。尽银台、挂蜡潜听。
仄仄平平。仄平平、仄仄平平。

自初识伊来，便惜妖娆艳质，美眄柔情。
仄平仄平平，仄仄平平仄仄，仄仄平平。
桃溪换世，鸾驭凌空，有愿须成。
平平仄仄，平仄平平，仄仄平平。
游丝荡絮，任轻狂、相逐牵萦。

平平仄仄，仄平平、平仄平平。
但连环不解，流水长东，难负深盟。
仄平平仄仄，平仄平平，平仄平平。

《长相思》及《长相思慢》历代佳作五首

1. 长相思 ［唐］白居易

别情

汴水流，泗水流，流到瓜洲古渡头。
吴山点点愁。

思悠悠，恨悠悠，恨到归时方始休。
月明人倚楼。

古代诗词中“闺怨”是一个常见题材，作品甚多，白居易的这首词，构思新颖，言浅情深，是其中的名篇之一。同时，它的格律是词牌《长相思》的正体。

上片写景，景中寓情。“汴水流，泗水流，流到瓜洲古渡头。”前三句以流水喻人，少妇的丈夫羁旅外出，随着汴水、泗水，经瓜洲古渡的大运河和长江，到了遥远的地方，隐喻着女子的思念和牵挂也随着流水、跟着丈夫的行踪，飘到远方。“汴水”：泗水的支流，源于河南开封西北的蒗荡渠，向东南，经安徽，流入泗水。“泗水”：源于山东曲阜，经徐州后，与汴水合流入淮河。“瓜洲古渡”：位于江苏扬州古运河下游与长江交汇处。“吴山点点愁”，丈夫最终到达吴山地域，在思妇的眼里，江南青翠秀丽的群山不复存在，满山只有点点忧愁。不直言人愁，而言山愁，寓意吴山处处都是少妇的离愁。

下片直抒闺妇的思情和怨恨。思与恨，无尽无穷，流水悠悠，思亦悠悠，恨亦悠悠。“恨到归时方始休”，毫无修饰，只有盼到夫婿归来团聚时，恨方休止。这一句与作者脍炙人口的诗句“天长地久有时尽，此恨绵绵无绝期”（《长恨歌》），均妙笔生花、贴切各自的题意。《长恨歌》写死别，因而恨无绝期；而这首词写生离，所以归即无恨。全词直到最后一句才出现主人翁，“月明人倚楼”。一幅凄美的画面，月色如水，丽人楚楚，怅倚楼栏，茫然远望，饱含苦涩与期盼，“恨悠悠”之中，更多的是“思悠悠”。

这首词，清幽婉约，缠绵悱恻，思与恨交织，蕴藉着少妇的痴情。南宋词人黄升在《花庵词选》里评道，此词“非后世作者所能及”，其言极是。

2. 长相思　[五代] 李煜

云一緺，玉一梭，淡淡衫儿薄薄罗。
轻颦双黛螺。

秋风多，雨相和，帘外芭蕉三两窠。
夜长人奈何！

这首词是南唐后主李煜的前期作品，美人秋夜怀思，笔调轻淡，语言明丽，与他后期词作的题材和格调迥然不同。

上片描写女子的美貌和情态。“云一緺，玉一梭”，“緺”：一緺，即一束。女子柔发如云，挽盘成一束高高的发髻，上面插着一枚梭形的玉簪。上身穿着淡色的短衫，下身配着薄薄的丝裙，飘逸的衣着，轻盈的身姿，窈窕淑女，风姿绰约。寥寥数语，惟妙惟肖地刻画出古代妙龄女子的素雅之美。“轻颦双黛螺”，“黛螺”：又名黛子螺，古代女子用以画眉的青黑色矿物颜料，借指女子的双眉。淡妆女子，眉黛微蹙，若含幽怨，似带愁思。

下片转而写景，由景入情。秋风萧瑟，秋雨淅沥，风雨交织，“帘外芭蕉三两窠”。“窠”：原意鸟兽的巢穴，在此意即“丛、簇”。窗外稀稀疏疏、三三两两的芭蕉丛，在风吹雨打中发出阵阵恼人的声音。“夜长人奈何!”百无聊赖的漫漫秋夜，孤寂一人，彻夜难眠，如何度过，深闺女子在长夜里发出忧伤的叹息。

整首词，洗尽铅华，淡雅脱俗，毫无浓妆艳抹，人物的外貌、心理与环境气氛有机融为一体。全词无一愁字，却朦胧着思愁，愁感幽深。在格律上，《长相思》的主格体是，上下片的首两句为叠韵；而李后主匠心独具，这首词并无叠韵，更加自由地抒写作者的词情。这首小令，展示了李煜独到的审美情趣和精湛的笔力功底。

3. 长相思 ［北宋］林逋

吴山青，越山青，两岸青山相送迎。
谁知离别情？

君泪盈，妾泪盈，罗带同心结未成。
江边潮已平。

林逋，是中国古代文坛的一位著名的传奇人物。北宋隐逸诗人，隐居杭州西湖孤山二十年，一生不仕不娶，以种梅养鹤为乐，人称“梅妻鹤子”。他的咏梅诗句“疏影横斜水清浅，暗香浮动月黄昏”，清丽出尘，抒发孤高自傲的情怀，成为千古咏梅的绝唱。他留下的诗作三百余首，而词仅存三首，这首《长相思》是其珍贵词作之一。

全词抒写一女子与情人诀别的情景。上片写景，景中寄情。开头采用江南民歌的风格，“吴山青，越山青”，勾画出吴越江南山清水秀的明媚风光。春秋时期，钱塘江以北多属吴国，以南则属越国。“两岸青山相送迎”，年年岁岁，钱塘江两岸的吴山和越山面对江面上迎来送往的船只，已经司空见惯。“谁知离别情?”青山虽美，却无情感，青山岂知人间离情别绪?词人借青山绿水的无情，反衬人间有情有义，词情随之转入恋人离别的场景。

下片描述离愁别恨。“君泪盈，妾泪盈”，女主人公称心上人为“君”，自己为“妾”。临别之际，两人泪水盈盈，哽咽无语，凄然相对。“罗带同心结未成”，古代男女定情时，往往用一条彩缎打成心形的花结，称作“同心结”，象征着忠贞不渝的爱情。“结未成”，喻示着他们的爱情横遭阻拦，心心相印的一对有情人却未成眷属。此时在江边挥泪而别，心底的苦与涩如那钱塘江水，翻滚涛涌，奔流不息。最后，“江边潮已平”，船已启航，“君”已远离，似乎潮水已平，实则心底的相思和忧伤，如钱塘江水悠悠流长。女子强抑住心中的悲伤，将美好的祝愿留给对方，自己默默地承受思念的煎熬和心灵的创伤。一江碧水，一生离情。

这首词吸收民歌的风格，反复咏叹，声韵和美。同时，词中还运用比兴的写法，清新柔丽，言淡情深。它是唐宋爱情词篇中的一朵绚丽飘香的鲜花。在世人眼里，林逋是一位超凡脱俗、清心寡欲、不食人间烟火之人。然而，这首词描绘的爱情，缠绵凄美，一往情深。这位隐士，是否经历过一段刻骨铭心、终生遗憾的恋情，永远是谜。从这首词中，读者可以感受到他多愁善感的内心世界，以及无怨无悔的人生理念。

4. 长相思慢 ［北宋］周邦彦

夜色澄明，天街如水，风力微冷帘旌。
幽期再偶，坐久相看，才喜欲叹还惊。
醉眼重醒。映雕阑修竹，共数流萤。
细语轻盈。尽银台、挂蜡潜听。

自初识伊来，便惜妖娆艳质，美眄柔情。
桃溪换世，鸾驭凌空，有愿须成。
游丝荡絮，任轻狂、相逐牵萦。
但连环不解，流水长东，难负深盟。

周邦彦的这首长调慢词叙述一个久别重逢、情真意切的爱情故事，它是一首思想性和艺术性均为上乘的佳作。

上片描写与佳人重逢的欣喜与欢悦。夜色澄澈明亮，天宇净洁如水，凉风送爽，垂帘拂动，旌旗飘曳。恋人再次巧遇，幽会重现。两人久久相对而视，不能确定这是真实还是梦幻，“才喜欲叹还惊”！不期而遇之喜，人生无常之叹，久别偶遇之惊，千言万语，百感交集。“醉眼重醒”，两人陶醉在无比的欣喜之中，许久方从沉醉里醒来。

“映雕阑修竹，共数流萤。”月光映照之下，翠竹疏影，雕栏幽静，良辰美景，两人相依相偎，共同数着点点闪烁的流萤。“细语轻盈”，回到闺房，细语轻柔，情话缠绵。“尽银台、挂蜡潜听。”任凭银台上的蜡烛，悄悄地听这对情人说不完的甜蜜情语，银台上的蜡烛也被他俩的缱绻之情打动。作者运用拟人的笔法，赋予无情之物银台与蜡烛以有情，凸显词中人物久别重逢后的恩爱，真可谓神来之笔。

下片首先追述当初一见钟情的情景。自从初次与你相识，便爱上你，你天生丽质，娇媚动人。“眄”：斜眼看。“美目盼兮”，脉脉含情。随后，词情回到眼前，词意推向更高更远的境界。“桃溪换世，鸾驭凌空，有愿须成。”我一定要让你如“桃溪换世”，脱离风尘，与我如愿地结为夫妻，我俩像“鸾驭凌空”，去追寻我们自己的自由与幸福。这里引用了两个典故。“桃溪换世”：传说，东汉刘晨、阮肇入浙江天台山采药，迷不得返，遇两仙女，相爱成婚，后还乡，人间已历七代人。“鸾驭凌空”：相传，春秋时秦穆公将爱女弄玉嫁给善吹箫的萧史，后来，萧史乘龙、弄玉跨凤，双双腾空而起，飞往他们理想之地，自由自在地生活。

接着，书写词中男子勉励情人。他体贴入微地对女子说：“游丝荡絮，任轻狂、相逐牵萦。”含意是：你现在虽然仍身处风尘，不得不应酬“游丝荡絮”、轻狂的公子哥儿的追逐纠缠，但是我相信你，你只爱我一人，你的心是我的。词的结语，“但连环不解，流水长东，难负深盟。”无论今后还会发生什么，两人的爱情忠贞不渝，如连环相扣，不解不散；似东流之水，永无穷尽。两人将绝不违背海誓山盟。

这首《长相思慢》，体现了作者对因生活所迫、沦入风尘的女性的深切同情，表达了祝愿她们摆脱被侮辱地位的理想，思想境界远在寻花问柳的文人墨客之上。全词构思精妙，引人入胜，高潮迭起；写景、叙事、抒情有机地融为一体，感情深沉真挚，词语优美亮丽。继柳永后，周邦彦是一位擅长写长调的杰出词人，并发展了长调写作的题材与艺术手法，这首词可见一斑。

5. 长相思 ［清］纳兰性德

山一程，水一程，身向榆关那畔行。
夜深千帐灯。

风一更，雪一更，聒碎乡心梦不成。

故园无此声。

选用《长相思》填写的词，如其词牌名，多写男女之间的爱情。纳兰的这首词则不然，它的题材是边塞羁旅。纳兰是清初重臣明珠之子，康熙皇帝有意培养锤炼他。康熙二十一年（1682）二月，云南平定后，康熙帝离京出关东巡，北上盛京（今沈阳），祭扫祖陵。作者二十八岁，身为二等侍从随行，途中写下这首独具特色的塞上词。

词的上片前三句书写行军："山一程，水一程，身向榆关那畔行。""榆关"：今山海关；"那畔"：另一边。出京后，跋山涉水，路途遥远，风餐露宿，一程又一程。身随浩浩荡荡的队伍，向山海关外前行。接着描写宿营，"夜深千帐灯"。夜深沉，茫茫的旷野，千帐营房，万盏灯火。词人思绪起伏，难以入眠。

下片头二句描绘夜间边塞的凄寒。狂风呼啸，雪花飞舞，风雪交加。"风一更，雪一更"，与上片"山一程，水一程"相呼应。"山"、"水"、"风"、"雪"，均以极简的一字，直白地表现塞外典型的地理环境和气象现象，不见炊烟，不见绿林。上片"一程"又"一程"，距离不断地延伸，越行越远；此处"一更"又"一更"，时间点滴地流逝，长夜漫漫。词人无心追逐官场的功名，一心只想做他自己喜爱的事，此时他多想返回故乡。"聒碎乡心梦不成"，"聒"：嘈杂刺耳的声音。风雪呼号，肆虐着旌旗，扑打着帐篷，传来一阵阵震耳欲聋的嘈杂声，词人心里更加烦躁，无法入睡，连回乡的梦也做不成。上片，词人写其"身"，一步步地前往山海关外；下片直抒其"心"，梦想返回故乡。词的结句，作者无不感慨："故园无此声"。故乡多好啊，哪有这些恼人的声音！思乡之情跃然纸上。

这首词上下片互相映照，以白描的笔法描述边塞自然环境的恶劣、将士行军与野营的艰辛，以及个人思乡的痛苦。语言简练，景象苍辽，感情沉郁。在纳兰诸多脍炙人口的词中，这一首尤能体现他厌倦朝官生涯、不愿涉足仕途的人生理念。由于纳兰的小令“格高韵远，极缠绵婉约之致”（清代谭献《箧中词》引周之琦点评），他的小令为历来词家所推崇，为广大读者所青睐，这是其中之一。

忆江南

词牌《忆江南》简介

《忆江南》又名《望江南》、《梦江南》、《江南好》、《江南柳》。唐教坊曲名，后用为词牌。据唐代段安节著作《乐府杂录》记载，本词牌是唐代李德裕为亡妓秋娘而作，故名为《谢秋娘》，后改为《望江南》。清代《钦定词谱》记载，因白居易《江南》词的结句为“能不忆江南”，词牌名又改为《忆江南》。

《忆江南》分单调、双调两体，均属于小令。单调，五句二十七字，第二、四、五句押平声韵。双调以五十四字为主，平韵。南唐冯延巳所作《忆江南》，双调五十九字，平仄换叶，与唐宋《忆江南》格律完全不同，仅仅词牌名相同而已。

以下列出本词牌格律常见的两种格体与范例。

格体一，单调，二十七字，五句三平韵。范例，唐白居易词：

江南好，风景旧曾谙。
平中仄，中仄仄平平。
日出江花红胜火，春来江水绿如蓝。
中仄中平平仄仄，中平中仄仄平平。
能不忆江南？
中仄仄平平。

格体二，双调，比单调的格体增加一叠，五十四字，上下片各五句三平韵。范例，北宋欧阳修词：

江南蝶，斜日一双双。
平中仄，中仄仄平平。

身似何郎全傅粉，心如韩寿爱偷香。
中仄中平平仄仄，中平中仄仄平平。
天赋与轻狂。
中仄仄平平。

微雨后，薄翅腻烟光。
平中仄，中仄仄平平。
才伴游蜂来小院，又随飞絮过东墙。
中仄中平平仄仄，中平中仄仄平平。
长是为花忙。
中仄仄平平。

《忆江南》历代佳作十三首

1. 忆江南 ［唐］刘禹锡

春去也，多谢洛城人。
弱柳从风疑举袂，丛兰裛露似沾巾。
独坐亦含嚬。

刘禹锡，字梦得，著名文学家和哲学家，仕途坎坷，屡遭贬谪。这首词的调名之下原有作者自注："和乐天春词，依《忆江南》曲拍为句。""乐天"是白居易的字。唐文宗开成三年（838），当时作者已经六十七岁。白居易为太子少傅分司东都，刘禹锡为太子宾客分司东都，二人均在洛阳，时相唱和。白居易《忆江南》共三首，回忆江南之春，直接抒发对江南的依恋。刘禹锡作和词两首，描写洛阳之春已逝，借托女子伤春惜春，寓意作者政治抱负无法实现的内心苦闷，这是其中的第一首。

“春去也，多谢洛城人。”匆匆欲去的春天，向爱春、惜春的洛阳人表示真切的感谢。“去也”，不忍去，又不得不去，一声深深的叹息。“弱柳从风疑举袂，丛兰裛露似沾巾。”柔弱的柳丝随风飘扬，像似春天在向洛城人挥袖作别；丛生的兰花娇美带露，晶莹闪光，宛若春天伤别的泪水沾满罗巾。春天犹如美人，体态纤柔，衣着罗裳，而又多愁善感。前四句描写春天向洛城人的惜别，春惜人，实则人惜春，全为结句作铺垫。词的最后出现惜春之人。“独坐亦含嚬”，“含嚬”：皱着眉头。那伤春的美人独坐庭院，愁锁眉梢，曾经的美好，曾经的憧憬，皆随春而去，失落惆怅。

这首词作者运用拟人的手法，由景触情，从春天的逝去，抒发自己盛年已去、壮志未酬的感伤。历代名家多对刘禹锡这首词有极高赞誉。晚清词人况周颐评道：“唐贤为词，往往丽而不流，与其诗不甚相远。刘梦得《忆江南》云……流丽之笔，下开北宋子野（张先）、少游（秦观）一派。唯其出自唐音，故能流而不靡，所谓‘风流高格调’，其在斯乎？”（《蕙风词话》）

值得一提的是，作者在自注中写明，这首词是“依《忆江南》曲拍”填词的，是中国文学史上开始依曲填词的宝贵记录。

2. 忆江南 ［唐］白居易

江南好，风景旧曾谙。
日出江花红胜火，春来江水绿如蓝。
能不忆江南？

白居易青年时期曾漫游江南，足迹遍布苏、杭。唐穆宗长庆二年（822）十月任杭州刺史，长庆四年五月任满离杭，回洛阳。唐敬宗宝历元年（825）五月任苏州刺史，第二年秋因病去职，回洛阳。江南的秀丽风光、历史名胜，给白居易留下深刻的美好记忆。回到洛阳十余年后，唐文宗开成三年（838）初夏，他写下组词《忆江南》名篇三首，时已六十七岁。

这是其中的第一首，对江南整体的赞美和特写。首句，词人就从内心里发出对江南的赞叹——“江南好”！“风景旧曾谙”，“谙”：熟悉。江南风景之美，曾经身临其境、亲自感受，十几年过去，依然那么熟悉，那么亲切。

在江南之景中，作者选择出最生动、最迷人的景色，春天的“江花”与“江水”。“日出江花红胜火，春来江水绿如蓝。”春天里江畔的繁花，在绚烂的朝霞之下，比火更为鲜红夺目；春江之水绿波粼粼、澄清碧蓝。寥寥数笔，江花之火，江水之绿，形成鲜明的对照，色彩绚丽明亮。作者身处洛阳，追忆江南春光之美，由衷地抒发出“能不忆江南”的情感，对江南无比眷恋。

3. 忆江南 ［唐］白居易

江南忆，最忆是杭州。
山寺月中寻桂子，郡亭枕上看潮头。
何日更重游？

这是组词《忆江南》的第二首，专忆杭州，以秋景为主。

“江南忆，最忆是杭州。”可见杭州之美，以及作者对杭州感情之深。杭州面积颇广、景点甚多，而按照词牌《忆江南》的结构，却只能填入下面两句。杭州最具代表性的景物，作者选择了秋月之下天竺寺寻桂子，以及中秋季节观赏钱塘潮水。“山寺月中寻桂子”，“桂子”：即桂花，是人们对桂花拟人化的爱称。白居易曾在《留题天竺、灵隐两寺》诗的自注中写有“天竺尝有月中桂子落”，可想而知，作者在任杭州刺史时多次前往天竺寺。神话传说，寺中的桂树为月中落下的桂子所种。秋月当空，月华如水，诗人徘徊于寂静的山寺，沉浸于桂花的幽香，低首寻找月中落下的桂子。情景超然物外，飘逸若仙。下一句从“月中寻桂”的神话传说，转到真实的杭州钱塘大潮奇观。中秋之际，潮水奔涌，漫延百里，素练横江。南宋李嵩《钱塘候潮图》：“潮头高数丈，卷云拥雪，混混沌沌，声如雷鼓。”作者并不直接描写潮水的壮观，而是以静写动，以小喻大。“郡亭枕上看潮头”，词人在做杭州刺史时，躺在郡衙里的亭子里，欣赏惊涛雪浪、万马奔腾的潮头！何等壮美的景象！词的结尾“何日更重游”，表达出词人对杭州深深的怀念。

4. 忆江南　［唐］白居易

江南忆，其次忆吴宫。
吴酒一杯春竹叶，吴娃双舞醉芙蓉。
早晚复相逢？

这是组词《忆江南》的第三首，追忆苏州，以风情为主。

“江南忆，其次忆吴宫。”“吴宫”：吴王夫差为西施所建的馆娃宫，在苏州西南灵岩山上。对于江南的回忆，下面写了苏州“吴酒一杯春竹叶，吴娃双舞醉芙蓉”。“竹叶”：为苏州的名酒“竹叶青”；“吴娃”：苏州一带的美女。在吴宫里，一边品尝着吴地的美酒，酒香犹如春花的芬芳；一边欣赏着江南美女们翩翩起舞，舞姿宛如娇媚的荷花。“春竹叶”、“醉芙蓉”，吴宫春意盎然，美酒与歌舞让人陶醉其中。作者以美轮美奂的诗句，简洁地描绘出苏州旖旎的迷人风情。那是何等美好的时光，“早晚复相逢”，何时再相逢呢？“早晚”，当时的口语，即“何时”。

白居易有一篇关于诗歌创作的重要文章，写给他的好友元稹，题为《与元九书》。其中写道：“感人心者，莫先乎情，莫始乎言，莫切乎声，莫深乎义。诗者：根情、苗言、华声、实义。”这三首《忆江南》贯穿了他的宝贵的创作理念和艺术思想，感情真挚饱满，语言质朴优雅，洋溢着对江南的迷恋，充满着生活的情调和艺术的美感。整个组诗，布局精巧，每一首自有首尾，各自独立；三首又前后连贯、互相照应，有机地形成一个完美的整体。

5. 梦江南 ［唐］温庭筠

千万恨，恨极在天涯。
山月不知心里事，水风空落眼前花。
摇曳碧云斜。

温庭筠，是唐朝较早致力于词的创作的诗人之一，为花间派的鼻祖词。词的发展，从民间曲子词上升为一种文学体裁，温庭筠在其中起了重要作用。这首词描写思妇的离恨和孤寂。温词以秾艳华美而著称，但这首词则融入了民歌的白描笔法，是作者别具一格的精品之作。

词的首两句开门见山，毫无修饰。“千万恨，恨极在天涯。”恨，千番万种，恨到极致。恨之所在，在天涯之遥的夫婿。随之寓情于景，“山月不知心里事，水风空落眼前花”。月色朦胧，远山依稀，夜阑人静，女子孤苦凄凉，无人可以诉说。彻夜难眠，举头望山月，多么希望能向山月倾诉自己的心事和苦涩，山月岂知闺妇的思念和怨恨，远在天涯的丈夫又岂知自己的离愁别绪！白天看花自怜，水面风起，娇丽的鲜花，难经摧残，白白地随风飘落。自己美好的青春年华，像花一样，一天一天地凋零。夜望山月，昼怜落花，黄昏更自愁，“摇曳碧云斜”。“摇曳”：轻轻地摇动，此处为徘徊不安。暮色之下，魂不守舍，百无聊赖，俄而踯躅徘徊，俄而凝望夕阳下的悠悠碧云。词情，从词首的“千万恨”，转为结尾的无可奈何，惟妙惟肖地刻画了闺妇的孤独和凄怨。

这首词，充分表达了作者对不幸少妇的深切同情。短短七句的小令，或直抒胸臆，词情激愤；或借景托情，蕴意委婉。夜间山月、白昼落花、黄昏碧云，浑然天成地融为一体，意境深幽。明代戏曲理论家沈际飞评之：“（山月二句）惨境何可言!”（《草堂诗余别集》）

6. 梦江南 ［唐］温庭筠

梳洗罢，独倚望江楼。
过尽千帆皆不是，斜晖脉脉水悠悠。
肠断白蘋洲。

温词以香软绮丽著称。这一首闺思闺怨的词却自然质朴，因其文美、情真、韵隽而成为历代名词之一。

晨起，女子精心梳洗打扮完毕，孤独一人登上望江楼，倚栏眺望，等待着郎君归来。“过尽千帆”，凝望滔滔江面，千百艘客船一只一只地过尽了，“皆不是”！都不是所盼望的人乘坐的船。从清晨到黄昏，望穿双眼，切盼重逢，最后陡然落空，极为失望。“斜晖脉脉水悠悠”，夕阳西下，斜晖脉脉，仿佛含着凄凉的离情，映照着望江楼；江水悠悠，好像带着哀怨的别恨，流向远方。这两句将斜晖与江水拟人化，含蓄而又深沉地描绘出女子的悲切。结句“肠断白蘋洲”，化用了唐代赵征明《思归》的诗句：“惟见分手处，白蘋满芳洲。”但更加凄婉。水边的白蘋洲，曾是当年誓言旦旦的话别处，如今荒草稀疏、蘋花零落，成了思妇眼中的断肠处！词的结尾，是无可奈何的绝望和悲叹！

这首词以广阔凄美的场景、精练疏淡的笔墨，哀婉悱恻地描写了现实生活中思妇的炽热的爱和情，以及苦恋的怨与恨。清代

词人陈廷焯评之："绝不着力，而款款深深，低徊不尽，是亦谪仙才也。吾安得不服古人？"（《云韶集》）

7. 望江柳 ［北宋］张先

隋堤远，波急路尘轻。
今古柳桥多送别，见人分袂亦愁生。
何况自关情。

斜照后，新月上西城。
城上楼高重倚望，愿身能似月亭亭。
千里伴君行。

《忆江南》有单调和双调两种格体，这首词为双调，比原来单调的格体增加了一叠。词牌《忆江南》又有多个名称，《望江柳》是其中之一。张先选择了《望江柳》为这首词的词牌，隐含着送别的词情。

上片前两句"隋堤远，波急路尘轻"，点明送别的环境。"隋堤"：位于河南商丘市至永城市之间的汴河故道。隋炀帝开通济渠，河渠旁筑御道，栽种柳树，后人称之为"隋堤"。它是一条水陆交通的要道，每天大路上车马繁忙，扬起"路尘"；河道上船帆如梭，或随波直下，或逆水而上；"波急"与"路尘轻"分写水陆两路。一个"远"字，刻画别者踏上漫漫羁旅、送者依依目断。古往今来，不知多少人在隋堤上折柳送别，"见人分袂亦愁生"，见到他人分别也倍感同情和心酸。以上四句书写隋堤上普遍的离情别绪。"何况自关情"，"何况"二字加以递进，引出词的主旨"自关情"，更何况眼下自己与心爱的人离别！不必细述，可想而知主人公痛楚的别情。

下片跳过话别时的依依惜别，另辟蹊径，着重描写送别后女主人的举止和心理。“斜照后，新月上西城。”从日落到新月挂在城头上，送者一直处于离别的痛苦之中。“重倚望”，送者明知别者已经走远，无法目及，仍然不止一次地登上高高的城楼，凝目倚望，思情绵绵。举首望新月，愿望和幻想油然而生，“愿身能似月亭亭”，“千里伴君行”。但愿此身能像柔美的明月一样，“千里伴君”，一同远行，永不分离！“亭亭”二字将新月拟人化，隐喻女主人是一位亭亭玉立的美女，娇好柔情。

这首词没有司空见惯的二人送别情景，没有凄楚的词句，语言清新柔美，基调真挚浓郁。上片以古今别情来衬托个人的离情。下片通过登楼望月，寄寓了女子一往情深的思念。全词构思精妙，词情婉丽，充满质朴的爱恋和纯美的情意，是一篇别具一格的送别之作。

8. 望江南 ［北宋］欧阳修

江南蝶，斜日一双双。
身似何郎全傅粉，心如韩寿爱偷香。
天赋与轻狂。

微雨后，薄翅腻烟光。
才伴游蜂来小院，又随飞絮过东墙。
长是为花忙。

古代咏物的诗词，或“托物言志”，或“借物抒情”，咏物为虚，寄情寓意为实。所咏之物，或有生命之物、或无生命之物，对象之多，不胜枚举。这首咏江南蝶的小令，惟妙惟肖地勾画出蝴蝶的性态，借人咏蝶，以蝶喻人，寓意深刻，乃咏物词中精品。

开篇两句，在夕阳的彩霞之下，江南蝴蝶成双成对，翩翩飞舞。“身似何郎全傅粉”，“何郎”：三国时期魏人何晏，皮肤白皙，如傅薄粉。蝴蝶的外表好像精心涂粉打扮的美男子何郎。“心如韩寿爱偷香”，“韩寿”：西晋美男子，大臣贾充的下属。贾充之女见而爱之，偷其父西域奇香相赠。事发，贾充不得已，将女嫁给韩寿。蝴蝶在花丛中采蜜，心思如同韩寿偷香。两处用典，信手拈来，妙笔天成，贴切，形象。文学中，以动物形容女子之美并不罕见，如“沉鱼落雁”。但以男性的“身”与“心”形容蝴蝶的外貌与特性，欧阳修的这首词堪称一绝！上片歇拍的点评尤为精彩，“天赋与轻狂”。江南蝶生性轻浮、恣情放浪，将用于人的形容词拟人化地用于蝴蝶，出神入化！

下片具体地描绘蝴蝶的轻狂。微雨过后，蝴蝶轻薄透明的粉翅，沾着细细的雨水，粉变“腻”了；晚霞的余辉映照在沾水发腻的蝶翅，闪烁着淡烟轻雾的浮光。“才伴游蜂来小院，又随飞絮过东墙。”汉语中有成语“浪蝶游蜂”比喻追逐戏弄女性的男子，“水性杨花”形容感情不专一的女子，杨花即飞絮。江南蝶，才伴着游蜂到访小院，又随同飞絮翻过东墙，游荡不定、飞栖匆匆，“长是为花忙”！蝴蝶的本性，全为偷香眠花而忙碌。亦蝶亦人，寓意双关。

词中的江南蝶是眠花卧柳的男子的化身，作者讽刺那些风流浪子身上的动物性，含蓄而又锋锐。这首词构思神奇，引典巧妙，语言生动，意味深长，是思想性与艺术性完美结合的杰作。

9. 望江南　［北宋］苏轼

超然台作

春未老，风细柳斜斜。

试上超然台上看，半壕春水一城花。

烟雨暗千家。

寒食后，酒醒却咨嗟。
休对故人思故国，且将新火试新茶。
诗酒趁年华。

北宋神宗熙宁七年（1074）秋，苏轼由杭州通判调任密州（今山东诸城）知州。次年八月，他命人修葺城北旧台，并由其弟苏辙题名“超然”。此词作于宋神宗熙宁九年（1076）暮春，苏轼登超然台，眺望满城春色，触动乡思，写下了此词。

上片写登台时所见景色。春已暮而未尽，春风柔和，柳条婆娑。“试上超然台上看”，超然台的修建尚未完工，作者迫不及待而又不得不小心翼翼地登上台顶。登临环顾，“半壕春水一城花”，“壕”：护城河。由近及远，春色尽收眼底：护城河蜿蜒绕城，半盈春水碧波微澜；满城春花烂漫，姹紫嫣红。“烟雨暗千家”，千家万户笼罩在朦胧的烟雨之中。

下片抒情。“寒食后，酒醒却咨嗟。”寒食已过，举杯饮酒，酒醒却生叹息。“寒食”：在清明前二日，相传为纪念介子推，从这一天起，禁火三天；寒食过后，重新点火，称为“新火”。此处进一步点明时间“寒食后”，并隐含双重意思，一是：寒食过后，可以另起“新火；二是：寒食过后，正是清明节期间，应当返乡扫墓。然而，作者却因公务在身，欲归而无法归。感情荡漾，词意委婉，寄寓作者对故乡故人的绵绵思念。随之，引出后面的诗句。“休对故人思故国，且将新火试新茶。”不必在老朋友的面前思念故乡了，姑且点上新火，烹煮一壶刚采的新茶。只好超然处之，自我排遣思乡的苦闷。“诗酒趁年华。”时苏轼四十岁，他想忘却人间的烦恼，趁着大好年华赋诗醉酒。

这首词是苏轼在密州时期矛盾与徘徊心境的具体体现。“春未老，风细柳斜斜”，作者正逢盛年，壮志未酬，心存进取，尚怀希望。但又因与王安石政见不同，自请离京多年，仿佛对自己坎坷的未来有所预感。“酒醒却咨嗟”，对自己的处境十分清醒，一声叹息；“诗酒趁年华”，自我安慰，表露出试图摆脱宦海险恶、寄情诗酒的内心世界。

超然台上，作超然之词，抒超然之情。超然处世，随遇而安，是这首词的主旨。在写作风格上，此词豪放与婉约兼备。上片一对的七字句，书异乡之景；下片一对，写思乡之情，工整对仗，为脍炙人口的名句。全词写悠悠的春景，淡淡的惆怅被轻轻排遣出来，妙手天然，浑然无瑕。

10. 望江南 ［明］王世贞

梦故乡作

无个事，湘枕睡初酣。
青织晚潮萦似带，碧攒春树小于簪。
遮莫是江南。

王世贞，苏州府太仓州（今江苏太仓）人，明朝后期政治人物、文学家和史学家，著作丰厚，种类繁多，诗文、剧本、小说俱全，诗词生动华丽。不少学者认为，《金瓶梅》作者兰陵笑笑生的真实身份便是王世贞。

这首词的词题“梦故乡作”，描写作者梦中所见的江南美景，仅二十七个字，才情横溢，格调高华，真切地抒发了词人对故乡的深情和思念。

“无个事，湘枕睡初酣。”作者思念故乡，开篇却只字不提，而是写自己空寂孤独，百无聊赖，只好以睡觉打发时光，倚着刺织湘绣的枕头，片刻便进入了酣梦，从而引出思乡的梦境。“青织晚潮萦似带，碧攒春树小于簪。”梦中，故乡江南的美景清晰如画，春江晚潮从天际缓缓涨涌而来，宛如一条青色的丝带缥缈向前；春天树木葱茏茂盛，树梢翠绿，点点攒攒，远远望去小于碧簪，玲珑妩媚。古代诗词中描写江南春色的佳句层出不穷，而这两句尤为新奇、雅致。结句“遮莫是江南”，“遮莫”：莫非、难道之意。这美景难道真的是江南吗？梦见家乡，却不敢相信家乡如此之美，凸显出作者因长年游宦他乡而引发出心中对故乡的眷恋。

这首小令构思独特，婉丽华美，感情细腻，韵味隽永，充分展现了作者高超的文学造诣和非凡的艺术才华。

11. 梦江南 ［清］柳如是

其九

人去也，人去梦偏多。
忆昔见时多不语，而今偷悔更生疏。
梦里自欢娱。

柳如是，明清易代之际的著名歌妓才女，“秦淮八艳”之首，因读南宋辛弃疾《贺新郎》中“我见青山多妩媚，料青山见我应如是”，故自号“如是”。她身在风尘，深明大义，与明末爱国志士、诗人陈子龙有一段情愫，双方情切意笃，词风亦近，为陈妻不容，不得不分手。

柳如是共作《梦江南》二十首，均为思念陈子龙而写，当时两人已经分离，这是其中的第九首。陈子龙亦写有多首想念柳如是的传世之词，如《虞美人·咏镜》（碧阑囊锦妆台晓）。

这首词的首句：“人去也”，饱含着这位多情女子对陈子龙的眷念以及对两人分手的痛惜。“人去也”，这二十首组词中的前十首都用它作为发端语。十首联吟“人去也”，反复悲叹，斯人已去，良辰不在，情何以堪！“人去梦偏多”，人已分离，思念难耐，愈加有梦，往事均入梦中。“忆昔见时多不语，而今偷悔更生疏。”梦里追忆昔日在一起的时光，两人心心相印，彼此没有多少的表白，也不必表白；如今暗自后悔，那时为什么互相没有更多的倾诉呢，离别已经多日，如果再相逢会不会反而更生疏。作者的心绪，正如南唐后主李煜《乌夜啼》中所写：“剪不断，理还乱，是离愁。别是一般滋味在心头。”何以排遣伤感的离愁别绪？“梦里自欢娱”，词人独自在梦里重温两人同居时的缠绵缱绻、柔情蜜意。以梦里自娱自乐忘却现实之悲哀，实为大悲也！无论是梦是醒，是悲是乐，皆已“人去也”，自尝苦涩，自受凄苦。

这首小令，至真至情，似梦非梦，自悲自乐，语言质朴无华，词情凄婉哀伤，读之荡气回肠！陈寅恪先生的《柳如是别传》，是他晚年的封刀之作。此时先生双目失明，双腿不便，以口述方式，由助手记录，洋洋洒洒八十万字，为柳如是作传。他认为“侠气、才气和骨气，在柳如是身上三者合一”，为之“感泣不能自已”。在书中，先生称赞这首词：“此词为二十首中之最佳者，河东君（柳如是的别称）之才华，于此可窥见一斑也。”

12. 梦江南　[清] 屈大均

悲落叶，叶落落当春。
岁岁叶飞还有叶，年年人去更无人。
红带泪痕新。

屈大均，明末清初著名学者、诗人，云游讲学，著作丰富，长年秘密从事抗清活动，以明朝遗民身份而终。这是作者组词

《梦江南》四首中的第一首，以咏“落叶”抒发个人不幸的遭遇。

落叶，本是秋季的自然现象。落叶悲秋，是中国古代诗词的题材之一，名句名作众多，如唐刘长卿“秋风落叶正堪悲”（《感怀》），唐李商隐“落叶人何在”（《北青萝》），南宋张炎“落叶与愁俱碎”（《清平乐》）。然而，这首词的作者是在绿叶繁茂的春天目睹落叶，“悲落叶，叶落落当春”，叶落在不当落的春天，落不逢时！

触景生情，由叶及人，人尚不如叶。“岁岁叶飞还有叶，年年人去更无人。”尽管叶子在不该落的春天飘零了，来年春天新芽嫩叶还会复苏；而人，一年又一年接着去世了，化为灰烬，更无一人重生。词人禁不住地悲从心来，泪如雨下，“泪痕”沾透“红带”。“红带”通常为妇女所用的红色手绢，此处沾着词人新的泪痕的红带，是作者去世不久的女子的遗物。作者一生三次丧偶两次丧女，尤其是与他的继室王华姜情投意合，不料两人生活在一起仅三年，王氏芳龄二十五岁就病逝，如同春天里的落叶，词人的悲痛可想而知，写了许多悼念王氏的诗文。这首词的字里行间，充溢着作者丧失亲人的血与泪的伤痛。

13. 梦江南　[清] 屈大均

悲落叶，叶落绝归期。
纵使归来花满树，新枝不是旧时枝。
且逐水流迟。

这是作者组词《梦江南》四首中的第二首，借“落叶”哀伤明朝之亡。蕴意含蓄曲折，词境深沉凄绝。

在第一首词中，“岁岁叶飞还有叶”，叶虽飘落，来年还有新叶复生。但在这一首里，“悲落叶，叶落绝归期”。树叶落地绝无归期，不复再生！作者对落叶的悲惨命运寄以莫大的同情，而又无比绝望。

作者对明朝忠贞不渝，长期坚持抗清复明的斗争。此时，他悲哀地看到明朝大势已去、江山颠覆无法挽救。“纵使归来花满树，新枝不是旧时枝。”纵使今后花满枝头，那长满树叶的新枝已经不是以往的树枝了。即便还会春暖花开，但江山已经易主，作者忠心耿耿的故国不在了！屈大均的一生，重气节，轻名利。亡国之悲、亡国之痛，绵绵不绝。

词人，从春天的落叶引发对早逝的亲人的思念，再由离世的故人联想到已亡的故国，痛定思痛，痛如何哉！无可奈何之下，“且逐水流迟”。落叶逐水远去，只希望流水缓慢一些，落叶不要那么快地飘得无影无踪。词人内心祈求：故人的风貌、故国的精髓不至于很快地消失殆尽。清代词人况周颐评之：“末五字含有无限凄婉，令人不忍寻味，却又不容已于寻味。”（《蕙风词话》）

组词中的第一首与第二首无限凄凉，借托落叶，家痛与国殇交织在一起，令人扼腕长叹、不忍卒读。叶恭绰先生评此组词：“一字一泪。”（《广箧中词》）

忆秦娥

词牌《忆秦娥》简介

《忆秦娥》，秦娥指秦地的美女，又名《秦楼月》、《碧云深》、《双荷叶》等。传李白首创此词，李白《忆秦娥》词中有“秦娥梦断秦娥月”之句，故得此名。双调，字数以四十六字为主，亦有三十七、三十八、四十、四十一字，属于小令。分仄韵和平韵两体，仄韵的词多用入声韵。

以下列出本词牌格律常见的两种格体与范例。

格体一，双调，四十六字，上下片各五句三仄韵、一叠韵，以押入声韵部为宜。范例，唐李白词：

箫声咽，秦娥梦断秦楼月。
平中仄，中平中仄平平仄。
秦楼月，年年柳色，灞陵伤别。
平平仄，中平中仄，仄平平仄。

乐游原上清秋节，咸阳古道音尘绝。
中平中仄平平仄，中平中仄平平仄。
音尘绝，西风残照，汉家陵阙。
平平仄，中平中仄，仄平平仄。

格体二，双调，四十六字，上下片各五句三平韵、一叠韵。范例，北宋贺铸词：

晓朦胧，前溪百鸟啼匆匆。
中平平，中平中仄平平平。

啼匆匆，凌波人去，拜月楼空。
平平平，中平中仄，仄仄平平。

去年今日东门东，鲜妆辉映桃花红。
仄平平仄平平平，中平中仄平平平。
桃花红，吹开吹落，一任东风。
平平平，中平中仄，仄仄平平。

《忆秦娥》历代佳作八首

1. 忆秦娥 ［唐］李白

箫声咽，秦娥梦断秦楼月。
秦楼月，年年柳色，灞陵伤别。

乐游原上清秋节，咸阳古道音尘绝。
音尘绝，西风残照，汉家陵阙。

李白的这首词堪称千古绝唱。寄情托兴，怀古伤今，景象空辽苍莽，意境恢宏悲壮。

“箫声咽，秦娥梦断秦楼月。”万籁俱静，月色清冷，秦地丽人春夜梦断，独处楼台。临月吹箫，箫声悲咽，如丝如缕，如诉如泣。“秦楼月，年年柳色，灞陵伤别。”秦楼上空的明月，年年地映照着灞陵桥边的依依垂柳。自从与恋人灞陵桥上伤心话别，日复一日、年复一年，对月思念，黯然神伤。“灞陵”：在长安城东七十里，汉文帝陵墓所在地。跨水作桥，古人送客至此桥，折柳送别。上片词人借用呜咽的箫声、迷离的清月、苍翠的春柳，勾画出秦娥个人的离情别绪。

下片，词情陡然跌宕，今古交融，苍辽悲怆。“乐游原上清秋节，咸阳古道音尘绝。”“乐游原”：又名“乐游园”，在长安东南郊，地势较高，汉宣帝乐游苑的故址，唐代时为游览之地。“清秋节”：即农历九月九日的重阳节。清秋佳节，情侣相牵，欢声笑语，登上乐游园，观赏秋景。来往长安与咸阳之间的咸阳古道车水马龙，络绎不绝，游子风尘而归，驿使骏马飞驰。秦娥翘首企盼，恋人音尘杳然！春夜“梦断”，秋日音绝，何其悲哉！女主人形影相吊，置身于西风萧瑟、残阳如血之中；映入眼帘的是汉朝陵墓和宫阙，曾经显赫一时，如今残墙断瓦，苍苍莽莽。

这首词极可能写于唐玄宗天宝后期、盛唐转衰之际。词人借咏秦娥以抒悲怆，感叹人间悲欢离合、王朝盛衰兴亡。上片结句“灞陵伤别”，属个人之伤，叹尘世悲凉；下片结句“汉家陵阙”，为亡朝之痛，抒历史沉思。词情，上片，春柔、感伤；下片，秋萧、喟叹。写法上，巧用本调格体中的叠句，上片“秦楼月”相叠，下片“音尘绝”重复，一唱三叹，荡气回肠。

全词笔力之酣畅，内涵之深邃，冠盖词坛！王国维先生在《人间词话》中评之：“太白纯以气象胜。‘西风残照，汉家陵阙’。寥寥八字，遂关千古登临之口。”南宋黄升所编《唐宋诸贤绝妙词选》推崇李白的《菩萨蛮》、《忆秦娥》为“百代词曲之祖”。

2. 忆秦娥 ［北宋］李之仪

用太白韵

清溪咽，霜风洗出山头月。

山头月，迎得云归，还送云别。

不知今是何时节。凌歊望断音尘绝。
音尘绝，帆来帆去，天际双阙。

北宋崇宁二年（1103），李之仪为范仲淹的次子范纯仁作遗表和行状，得罪朝廷而下狱，出狱后，编管太平州（今安徽当涂），住在城南姑溪。这首词大约写于此后第二年的崇宁三年间，作者写景抒情、借景感怀。同时，它又是一首“和词”，完全依和李白《忆秦娥》（箫声咽）的词韵，对应句子的韵脚用的是同一个字，例如第一句“咽”。

上片，清澈的溪水在山谷呜咽地流淌，刺骨的秋风吹散了缭绕山际的云彩，山头的皎月仿佛被霜风洗涤而出。“山头月，迎得云归，还送云别。”秋风吹动着浮云，在山峦飘动，好像山月迎接云的归来，又送去云的离别。清溪，霜风，山月，云游，一幅美丽的自然风光。静谧之中却有溪流咽声，一个“咽”字，世外的寂静隐含着人世的忧郁。意境里表白了词人高洁独行的性格以及内心压抑的苦闷。

下片，触景生情、有感而发。作者被贬荒僻之地，远离京城，心情郁闷。“不知今是何时节。凌歊望断音尘绝。”“凌歊”：即凌歊台，因山而筑。南朝宋孝武帝曾登此台，并筑离宫于此，遗址在今当涂县西。贬放的生活度日如年，不知今日何日。词人登临凌歊台，北望汴京（开封），毫无朝廷诏用的音讯。“音尘绝，帆来帆去，天际双阙。”音尘断绝，望中所见唯有“帆来帆去”，朝廷宫阙远在目不可及的天际！作者虽被发配，仍然期盼能受朝廷起用，以展抱负。“清溪咽”、“音尘绝”，作者的失望和凄凉尽在其中！

这首词，上片“云归”又“云别”，下片“帆来帆去”，以景寄情，作者命运飘忽，身无所依，如云似帆，心境怅惘迷茫。全词寓感伤于清幽之中，以淡语抒凄情，耐人寻味。

这首《忆秦娥》在词史上另有一番意义。词史上对《忆秦娥》（箫声咽）是否出自李白有所争议。由于北宋李之仪这首词的标题为“用太白韵”，可以证明北宋时的人已认为《忆秦娥》（箫声咽）是李白之作。

3. 忆秦娥 ［北宋］贺铸

晓朦胧，前溪百鸟啼匆匆。
啼匆匆。凌波人去，拜月楼空。

去年今日东门东，鲜妆辉映桃花红。
桃花红。吹开吹落，一任东风。

贺铸，身世高贵，地位卑微，孤傲不羁，豪爽侠士。其诗词声情激越与温柔缱绻兼而有之，尤擅书写爱情诗词。同时，他对词的音律多有自己独特的创新，这首词是其中一例。

上片以景为主。拂晓天色朦胧，门前的清溪，流水潺潺，百鸟啼鸣，展翅飞舞。主人翁兴致勃勃地远道而来，故地重游，探访佳人。然而是：“啼匆匆。凌波人去，拜月楼空。”美人如凌波仙子，不知何时匆匆而去、无影无踪；雕梁画栋、欢声笑语的拜月楼，如今空荡死寂。徒留莫大的失望和感伤。

下片，首先回忆去年今日的情景。“去年今日东门东，鲜妆辉映桃花红。”拜月楼东门外桃花盛开，佳人美丽的盛妆与桃花互相辉映，鲜红娇嫩。昔日的欢聚与愉悦，今天的冷落与孤单，形成巨大的反差。人事无常，命运难料！“桃花红。吹开吹落，一任东风。”桃花的命运任由春风摆弄，吹开又吹落。佳人的命运与桃花一样，身不由己。作者本人又何尝不是如此！人间的许多美好，往往可遇而不可求，可盼而不可得。不甘命运，与命运抗争，最终却只能“吹开吹落，一任东风”，何等惆怅，何等悲凉！

作者大胆地化用唐朝诗人崔护的名诗《题都城南庄》：“去年今日此门中，人面桃花相映红。人面不知何处去，桃花依旧笑春风。”而词情更加凄美，意境尤为隽永。

此词的音律一反《忆秦娥》押仄韵的惯例，起用平韵，婉丽清远。九百多年前，贺铸为何推陈出新，写下这首凄婉诚挚的词作？也许有一番刻骨铭心的个人情遇。如今读之，依然具有其艺术的魅力。

4. 忆秦娥 ［北宋］李清照

临高阁，乱山平野烟光薄。
烟光薄，栖鸦归后，暮天闻角。

断香残酒情怀恶，西风催衬梧桐落。
梧桐落，又还秋色，又还寂寞。

李清照被当代著名学者郑振铎先生评誉为“宋代最伟大的一位女词人，也是中国文学史上最伟大的一位女词人”（《中国文学史》），她的词作以宋朝南渡为界，前期多写相思之情，后期大都悲叹身世。

关于这首词的创作时间，有人认为写于作者南渡之前，有人认为作于南渡之后。关于此词的创作旨意，有人认为词人思念其夫，有人认为词人悼念亡夫，莫衷一是，尚无定论。根据这首词的基调、词意以及这首词与作者其他词作的比较，笔者认为这首《忆秦娥》应是李清照南渡之后的晚期词作。

上片抒写登高望远所见所闻。登上高高的楼阁，凭栏纵目，“乱山平野烟光薄”。山峦苍莽，杂乱相叠，广阔平坦的原野，笼罩着薄薄的烟雾，秋日的夕阳余辉惨淡。接着使用《忆秦娥》格体中的叠句，再次重复“烟光薄”，强化景色的萧瑟。“栖鸦归后，暮天闻角。”黄昏的天空中，乌鸦凄厉的鸣叫声刚刚飘过，又传来军营呜咽的号角声。金人侵犯，占领中原，词人千里逃亡，到达江南，南宋偷安半壁江山，不思收复失地。暮天残阳，恼人的乌鸦鸣叫，惊心的军营号角，阵阵角声，令词人的心情分外压抑沉郁。

下片起句直抒作者此时此刻的忧郁心情。“断香残酒情怀恶”，心情糟透了，点燃的香火已经断了，不想续上；独饮的酒所剩无几，无意再添。回首往昔，生活温馨无忧，“东篱把酒黄昏后”（《醉花阴》），“沉醉不知归路”（《如梦令》），词人怎能不“情怀恶”！全词只有这一句直接写出作者的情怀，但“情怀恶”却贯穿和笼罩整首词。“西风催衬梧桐落”，“催衬”：通“催趁”，宋时日常用语，意即催促。秋风无情，横扫平野，加剧了梧桐枯叶的零落。“梧桐落”，词人在此将“梧桐落”作为叠句，西风落叶引发无边的惆怅，无边的凄凉。最后，“又还秋色，又还寂寞”。年复一年萧瑟的秋色，年复一年孤独的寂寞！词人发出深深的感慨。

南渡后，李清照写了另一首双调小令《行香子》，其中写道：“草际鸣蛩，惊落梧桐。正人间天上愁浓。”此首《忆秦娥》的词意与《行香子》大体相同，尤其是《行香子》中写“惊落梧桐”，而《忆秦娥》仅仅将“落”字的顺序稍加变动，写成“梧桐落”。由《行香子》便可知《忆秦娥》的创作背景，并加深对这首《忆秦娥》的理解。作者的《行香子》，词意激荡，感情迸发。而这一首《忆秦娥》寓情于景，哀婉凝重，悲凉沉郁。

5. 秦楼月　［南宋］向子諲

芳菲歇，故园目断伤心切。

伤心切，无边烟水，无穷山色。

可堪更近乾龙节，眼中泪尽空啼血。
空啼血，子规声外，晓风残月。

向子諲，北宋与南宋之交的爱国官员，南宋爱国词作的先驱。靖康二年（1127）金军南下攻取北宋首都东京，掳走徽、钦二帝。这首词作于靖康之变后的一个暮春，抒发亡国的悲痛和愤恨，仅仅四十六字，字字饱含啼血的赤子之心。

上片，春残花凋，芳华谢尽，“故园目断伤心切”。“故园”：失去的国土。登高遥望北方，故国目不可及，黯然神伤。极目所见是“无边烟水，无穷山色”。烟水迷蒙，山色依稀，山河破碎。烟水山色里尽是无边的故国思念，无穷的哀痛悲切。触景生情，以景寓情，词情愈加忧伤。

下片起句“可堪更近乾龙节”，“可堪”：痛苦到无法忍受，将上片的“故园目断伤心切”的痛切感情进一步深化。“乾龙节”：四月十三日为宋钦宗赵桓的生日，定名乾龙节。时近乾龙节了，本应到处都是欢乐喜庆，而今徽、钦二帝被俘，江山半壁，词人难以承受切骨的国耻和残酷的现实，“眼中泪尽空啼血”！感天动地的悲哀。作者是一位力主抗金的将领，金军南下时，他曾帅军民孤守潭州（今长沙）数日。“空啼血，子规声外，晓风残月。”全词结束在凄厉惨烈的意境和痛心疾首的悲情之中。“子规”，即杜鹃鸟。传说古代春秋时期蜀国国王杜宇，号为望帝，死后变为一只杜鹃鸟，每年春季，杜鹃鸟叫唤人们“快快布谷”！啼出的血染红了漫山的杜鹃花。后来，子规啼血，常用以形容哀痛之极。“晓风残月”，直接引自柳永的名词《雨霖铃》，在此表达的已不是情人离别思念之苦，而是作者因亡国积聚在内心的莫大伤痛。朝廷腐败，苟安一隅，词人悲愤至极，在苍天大地之间发出“空啼血”的哀叹！

这是一首血泪之作。景凄凉，情悲伤，亡国之痛弥漫在字里行间。千年之后，如今读之，仍为之动容。

6. 秦楼月　[南宋] 范成大

楼阴缺，阑干影卧东厢月。
东厢月，一天风露，杏花如雪。

隔烟催漏金虬咽，罗帏黯淡灯花结。
灯花结，片时春梦，江南天阔。

范成大的词集里收录了五首《秦楼月》，描写闺中少妇思念远方亲人的离愁别绪。前四首分别描写一天之中朝、昼、暮、夜四个时辰的思情，第五首写惊蛰日的心绪。这首词为第四首，着笔春夜闺妇怀人之情，是艺术价值最高的一首。

上片抒写楼阁庭院的夜色。“楼阴缺，阑干影卧东厢月。”春夜寂静，东厢的上空一轮皎月，月华如水，小楼阴影凹缺，轮廓清晰；雕栏幽影斑驳，柔和地静卧在东厢房前。“一天风露，杏花如雪。”天空如洗，风清露淡；澄澈的月光下，庭院静谧，杏花洁白如雪。一个空灵寂寥的夜晚，一位如花似雪的美女。

下片刻画闺中少妇春夜思情。“隔烟催漏金虬咽，罗帏黯淡灯花结。”“金虬”：造型为龙的铜漏，古代滴水计时之器。夜阑人静，娇美的少妇，独卧罗帏，辗转难眠。燃油将尽，光线黯淡，灯芯结成了小小的花朵。铜龙形的漏壶，透过薄薄的烛烟，送来滴水的呜咽声。词的最后：“灯花结，片时春梦，江南天阔。”屋里昏暗，孤寂的伊人，在困倦与幽怨之中进入春梦，片刻间梦游辽阔的江南，寻夫千里。这里化用了唐代岑参《春梦》诗句“枕上片时春梦中，行尽江南数千里”，但更为凝练，含蓄而又生动地表现少妇对远方丈夫的眷恋和痴情。

春闺少妇怀人念远是古代词作的传统题材之一，作品极多，往往难有新意。这首词人物若有若无，借月下清幽空灵的庭院，隐示女子思夫的惆怅；以漏咽灯暗的房间，映托她的凄楚；用春梦千里，体现少妇感情的炽热和专一。全词清淡婉约，哀而不伤，怨而不怒，无一字言情，却处处含情，艺术手法可谓炉火纯青。在朦胧的意象之中，词人是否另有寄托，难以考证。

7. 忆秦娥 ［南宋］刘克庄

梅谢了，塞垣冻解鸿归早。
鸿归早，凭伊问讯，大梁遗老。

浙河西面边声悄，淮河北去炊烟少。
炊烟少。宣和宫殿，冷烟衰草。

刘克庄，号后村，仕途历尽坎坷、报国无门，他的词多写忧国忧民，是一位豪放派的词人。这首词借鸿雁早春北归，抒发作者对江山破碎的悲痛，以及对南宋朝廷苟且偷安的愤慨。

上片首两句：“梅谢了，塞垣冻解鸿归早。”“塞垣”：北方边塞。点明季节，江南梅花凋谢，大地回春；北方边塞地区严冰解冻，冰雪消融。鸿雁及早地从南方飞往沦陷已久的北方故地。“鸿归早，凭伊问讯，大梁遗老。”“大梁”：战国时期魏国的都城，即北宋首都汴京（今河南开封）；“凭伊”：凭借大雁；“遗老”：遗留下的老人。作者惦记着金朝统治下的宋代父老乡亲，关切他们的处境，希望凭借鸿雁带去自己对他们的问候。

下片，想象鸿雁飞往北方看到的景象。“浙河西面边声悄，淮河北去炊烟少。”“浙河西面”：浙江的西面，泛指当时接近宋、金东边分界的淮河前线地区。南宋边疆面对敌人，却防务废怠，听不见备战的军号马嘶的声音；淮河北面金人占领的地区人烟稀少，一片荒芜。词的最后作者分外伤感：“炊烟少。宣和宫殿，冷烟衰草。”“宣和”：北宋徽宗年号。北宋的名画《清明上河图》生动地记录下汴京的繁华。徽宗年间宫殿巍峨，鳞次栉比，歌舞喧天。同时宋徽宗骄奢淫逸，导致农民起义，金兵入侵无力抵御，徽、钦二帝被俘，中原沦陷。如今，雕梁画栋的宣和宫殿满目疮痍，皇苑遍地荒草；中原大地民不聊生，炊烟寥落！

全词立意高远，大处落墨，在苍辽的景色之中，寄寓悲壮的爱国之情以及深沉的忧伤。晚清词人冯煦高度评价刘克庄以及这首词：“后村词与放翁（陆游）、稼轩（辛弃疾），犹鼎三足。其生丁南渡，拳拳君国，似放翁；志在有为，不欲以词人自域，似稼轩。如《玉楼春》云：‘男儿西北有神州，莫滴水西桥畔泪。’《忆秦娥》云：‘宣和宫殿，冷烟衰草。’伤日滁乱，可以怨矣！”（《宋六十一家词选例言》）

8. 忆秦娥　［清］纳兰性德

龙潭口

山重叠。悬崖一线天疑裂。
天疑裂。断碑题字，古苔横啮。

风声雷动鸣金铁。阴森潭底蛟龙窟。
蛟龙窟。兴亡满眼，旧时明月。

龙潭口，地处清代吉林府伊通州西南，即今吉林市东郊龙潭山，有“龙潭印月”之胜景。（又有人认为是在辽宁铁岭境内。）康熙二十一年（1682）春，纳兰身为二等侍卫，扈从康熙东巡，出山海关，祭祀祖陵，并祭拜长白山。农历三月下旬，康熙到达出巡的最东部吉林乌拉（今吉林），在此逗留十天。期间，纳兰足迹龙潭口，触景生情，遂作此词。

上片描绘龙潭口的景观。山脉连绵起伏，重峦叠嶂。悬崖万丈深渊，峭壁如削，天穹一线，宛如劈裂。“断碑题字，古苔横啮。”（“古苔横啮”一作“苔痕横啮”。）山崖上屹立着刻有文字的石碑，因年代久远而断裂，斑斑的苔藓像是在啃食残存的碑文。“天疑裂”，大自然鬼斧神工的万古造化；“断碑题字”，先祖留下的千年文明遗迹。奇绝的自然景色和悠久的历史遗迹，两者深深地震撼纳兰丰富而又敏感的心灵。词人浮想翩翩，顺之转入下片。

下片抒发联想与慨叹。“风声雷动鸣金铁。阴森潭底蛟龙窟。”置身于龙潭山口，作者思绪纷飞：山谷间风声如雷，仿佛沙场上的金戈撞击、铁马嘶吼；阴森森的龙潭底部便是蛟龙藏身的洞窟。词人顿生感慨，发出悲壮的喟叹：“兴亡满眼，旧时明月。”眼前所见到的景观尽是历代王朝的兴亡啊！人间改朝换代，沧桑良田，唯有那龙潭上空的明月依然如旧，亘古永恒。“兴亡满眼”，作者巧用宋朝诗人李鹰的诗句：“兴亡满眼无人语，独倚栏干默自知。”（《游宝应寺》）

这首词作者借龙潭口之奇观，发千古兴亡之幽思。纳兰的词作以“清丽婉约，哀感顽绝”著称。这首《忆秦娥》别具一格，笔力雄浑苍劲，景象峥嵘肃杀，意境悠远深沉，堪称豪放派的杰作。

水龙吟

词牌《水龙吟》简介

《水龙吟》又名《龙吟曲》、《庄椿岁》、《小楼连苑》等。清代毛先舒《填词名解》认为此调名出自李白诗句“笛奏水龙吟”。又有称词调出自唐李贺“雌龙怨吟寒水光”诗句。双调，字数有一百零一、一百零二、一百零四、一百零六字等，以一百零二字为主。仄韵，亦有平韵之作。各家格律的格体出入颇多，但历来传诵的苏轼、辛弃疾两家之作的格体（即格体一）为最常见。

以下列出本词牌格律常见的两种格体与范例。

格体一，一百零二字，上片十一句、四仄韵，下片十句、四仄韵（又有下片第一句也押韵的）。上片第一句六字，第二句七字。范例，北宋苏轼词：

似花还似非花，也无人惜从教坠。
仄平中仄平平，中平中仄平平仄。
抛家傍路，思量却是，无情有思。
中平仄仄，中平中仄，中平中仄。
萦损柔肠，困酣娇眼，欲开还闭。
中仄平平，中平中仄，中平平仄。
梦随风万里，寻郎去处，又还被、莺呼起。
仄中平中仄，中平中仄，中平仄、平平仄。

不恨此花飞尽，恨西园、落红难缀。
中仄中平中仄，仄平平、中平平仄。
晓来雨过，遗踪何在？一池萍碎。
中平中仄，中平平仄，中平平仄。

春色三分，二分尘土，一分流水。
中仄平平，中平中仄，中平平仄。
细看来、不是杨花，点点是离人泪。
仄平平、仄仄中平，中仄仄平平仄。

格体二，与格体一唯一不同之处，此格体上片第一句七字、第二句六字，下片为十一句。范例，北宋朱敦儒词：

放船千里凌波去，略为吴山留顾。
中平平仄平平仄，中仄中平平仄。
云屯水府，涛随神女，九江东注。
中平仄仄，中平中仄，中平中仄。
北客翩然，壮心偏感，年华将暮。
中仄平平，中平中仄，中平平仄。
念伊嵩旧隐，巢由故友，南柯梦、遽如许！
仄中平中仄，中平中仄，中平仄、平平仄。

回首妖氛未扫，问人间、英雄何处？
中仄中平中仄，仄平平、中平平仄。
奇谋报国，可怜无用，尘昏白羽。
中平中仄，中平平仄，中平平仄。
铁锁横江，锦帆冲浪，孙郎良苦。
中仄平平，中平中仄，中平平仄。
但愁敲桂棹，悲吟《梁父》，泪流如雨。
仄平平仄仄，中平中仄，仄平平仄。

《水龙吟》历代佳作十首

1. 水龙吟 [北宋] 苏轼

次韵章质夫杨花词

似花还似非花，也无人惜从教坠。
抛家傍路，思量却是，无情有思。
萦损柔肠，困酣娇眼，欲开还闭。
梦随风万里，寻郎去处，又还被、莺呼起。

不恨此花飞尽，恨西园、落红难缀。
晓来雨过，遗踪何在？一池萍碎。
春色三分，二分尘土，一分流水。
细看来、不是杨花，点点是离人泪。

苏轼的词篇以豪放著称，但也有不少著名的婉约之词，这首《水龙吟》便是其婉约词篇中的经典作品之一。它是一首咏物之词，大约作于宋神宗元丰四年（1081），苏轼因“乌台诗案”被贬谪居黄州的第二年。词题中“质夫”，为章楶的字。章楶是北宋名将、诗人，苏轼的同僚和好友，他写了一首咏杨花的《水龙吟》（燕忙莺懒芳残）。苏轼非常欣赏章质夫的这首词，于是，步章词的原韵，写了这首和词，赠送给章。词题中的“次韵”，亦称步韵，用对方词的原韵，并且韵脚的字逐次相同。参见后面所附章质夫《水龙吟》（燕忙莺懒芳残）。

上片写杨花无人爱怜、无所关护的命运。“似花还似非花”，起句神来之笔，道出杨花与其他花卉不同的特性。词题中的“杨花”，即柳絮。它是花中异类，像花又像似非花，一团绒毛，没有花的娇艳和芳香。“也无人惜从教坠”，“从教”：任凭。杨花的独特，导致无人赏识，无人怜惜，任凭飘零坠落。“抛家傍路”，仔细想来，柳絮被风吹离枝头，尽管杨花“有思”有情，依恋繁枝茂叶，但仍“无情”地被“抛家”，飘落在“傍路”。以物托情，似言花，实喻人，引出下面的词句。

“萦损柔肠，困酣娇眼，欲开还闭。”这三句承接“有思”，词人将杨花想象成一位春日思夫的丽人。离愁别绪，柔肠寸断，困倦之极，却又辗转难眠，娇眼“欲开还闭”。“梦随风万里，寻郎去处，又还被、莺呼起。”思妇之梦，如同杨花随风飘舞，飞到万里之遥，在梦中与郎君相逢。好梦却被莺儿的啼鸣声惊醒，真让人恼恨！上片虽在咏杨花，却难分是咏杨花，还是写思妇。似花似人，惜花惜人，杨花与思妇融在一起。

下片书写杨花最终的命运，点出词旨。“不恨此花飞尽，恨西园、落红难缀。”春光已残，不要怨恨“无人惜”的杨花飘落飞尽，而应恨西园里受宠的百花落红无数，它们再也无法点缀春天。委婉地表达对杨花的同情，为它抱不平。“晓来雨过，遗踪何在？一池萍碎。”拂晓突然下起了一场骤雨，杨花又被冲到哪里？杨花不见，唯见一池细碎的浮萍。关切之情、怜悯之心，细微而又深沉。传说中，杨花飘入水中便化作浮萍。

怜犹未尽，惜犹未了。续而“春色三分，二分尘土，一分流水”。“春色”：代指杨花。宋初词人叶清臣的《贺圣朝》有经典名句：“三分春色两分愁，更一分风雨。”苏东坡在此信手拈来，加以翻新，更加美妙、蕴意。如果将杨花分成三份，其中两份被碾成尘土；一份化作浮萍，随流水远去。“二分尘土”与上片“抛家傍路”相呼应，暗示零落在地的杨花的命运；“一分流水”与下片“一池萍碎”相关联，化作浮萍的杨花的归宿！结尾“细看来、不是杨花，点点是离人泪”，词人由流水，联想到思妇的泪水；再由思妇点点的泪珠，转而脑际呈现纷纷飘零的杨花。杨花实为离妇泪！将词情推向最高潮，凄切悲凉，荡气回肠。

王国维在《人间词话》中说：“东坡杨花词，和韵而似原唱；章质夫词，原唱而似和韵，才之不可强也如是！”又说：“咏物之词，自以东坡《水龙吟》为最工。”章质夫的原词已经达到了极高的艺术水平，“和韵”在形式和内容上本受到原词的限制，要超越章质夫的原词难之又难。但苏东坡却举重若轻，赋予新意，神思飞越，虚实相间，词情幽怨悱恻，意境空灵深邃。

苏东坡此首“杨花词”，借咏杨花含蓄地为人世间特立独行者的遭遇鸣不平，为自己贬谪黄州鸣不平。这首词，不但是古典“次韵”词作中的精品，也是历代词苑中一朵夺目的奇葩。

附：水龙吟 ［北宋］章质夫

燕忙莺懒芳残，正堤上杨花飘坠。
轻飞乱舞，点画青林，全无才思。
闲趁游丝，静临深院，日长门闭。
傍珠帘散漫，垂垂欲下，依前被风扶起。

兰帐玉人睡觉，怪青衣、雪沾琼缀。
绣床渐满，香球无数，才圆却碎。
时见蜂儿，仰黏轻粉，鱼吞池水。
望章台路杳，金鞍游荡，有盈盈泪。

2. 水龙吟 ［北宋］秦观

小楼连苑横空，下窥绣毂雕鞍骤。

朱帘半卷，单衣初试，清明时候。
破暖轻风，弄晴微雨，欲无还有。
卖花声过尽，斜阳院落，红成阵、飞鸳甃。

玉佩丁东别后，怅佳期、参差难又。
名缰利锁，天还知道，和天也瘦。
花下重门，柳边深巷，不堪回首。
念多情但有，当时皓月，向人依旧。

据记载，秦观任蔡州（治所在今河南汝南）教授时与营妓娄琬（字东玉）关系甚密，便写这首词赠予她。此词独具特色，从男女两方抒写离情别绪，构思巧妙，一往情深，被多位名家称赞。营妓：宋代地方官妓，在乐营教习歌舞，而称“营妓”，歌舞侑酒，不侗枕席。

上片写别后女子的举止与心绪。“小楼连苑横空”，双关之意，既写小楼，又隐含着作者情人“娄琬”名字的谐音。小楼紧连着园林，横空而起。清晨，女子独自在楼上，目送楼下的恋人跨上雕有华丽图案的马鞍，策马急驰而去。“绣毂”：华贵的车辆。清明时节，红色的门帘半掩半卷，楼中佳人刚刚试穿上单薄的春衣。天气转入春暖，轻柔的东风吹拂，乍晴乍雨，微雨时有时无，就像女子不宁的心绪。

一整天，随风飘来的街头卖花声清脆诱人。想去买一朵鲜花，插在鬓角，可又为谁而容？“女为悦己者容”，心上人不在，她提不起兴致去买花。“卖花声过尽，斜阳院落，红成阵、飞鸳甃。”“鸳甃”：用对称的砖垒起的井壁。夕阳西下，卖花声已经过尽，还是没去买花。庭院里花落成阵，飞满井台。留春不住，红颜易逝，思妇孤寂神伤。上片，无一“愁”字，而弥漫着女子的离愁。

下片转而写别后男方的思情。首句中“玉佩丁东”，又是双重意思，暗藏着娄琬的字“东玉”，可见秦观对娄琬的痴情。男子行旅匆匆，身着的玉佩发出叮咚的碰撞。“丁东”：象声词，形容玉石撞击的声音。自从别后，四处漂泊，岁月蹉跎，重逢的佳期遥遥无日，心中无比惆怅。“参差”：长短、高低不齐的样子，词中为蹉跎之意。“名缰利锁”，无论走到哪里，都忘不了恋人柔情蜜意；生活所迫，不得不离开情人，为功名利禄而到处奔波。矛盾，痛苦，无法摆脱命运的羁绊。于是，发出凄凉的喟叹：“天还知道，和天也瘦。”天若有知，天也会消瘦！这两句化用李贺“天若有情天亦老”，但将“老”改为“瘦”，极为精妙，更加体现羁旅的孤单与相思的凄苦。明沈际飞评道：“天也瘦起来，安得生致？少游自抉其心。”（《草堂诗余正集》）

“花下重门，柳边深巷，不堪回首。”回忆别前的欢乐之地。情人的住所，小楼花团锦簇，庭院阁楼道道重门；坐落在柳荫旁边，小巷深处。在闺房，娄琬为少游妆扮，为少游而歌，为少游而舞，两人情投意合。今昔之比，真可谓“不堪回首”！“念多情但有，当时皓月，向人依旧。”当时，多情的皓月悬在夜空，澄澈的月光洒在两人的身上，“柔情如水，佳期如梦”（秦观《鹊桥仙》）。如今月还是那轮明月，只照在自己一人身上，可怜形影相吊！

这首词清幽凄婉，悱恻感伤，情韵兼备。词人赠给一位风尘女子娄琬的词作，如此细腻、真挚，实为性情之人。清人冯煦称少游为“古之伤心人也”（《宋六十一家词选例言》），恰如其分。

3. 水龙吟 ［北宋］晁补之

次歆林圣予惜春

问春何苦匆匆，带风伴雨如驰骤。

幽葩细萼，小园低槛，壅培未就。

吹尽繁红，占春长久，不如垂柳。
算春长不老，人愁春老，愁只是、人间有。

春恨十常八九，忍轻辜、芳醪经口。
那知自是，桃花结子，不因春瘦。
世上功名，老来风味，春归时候。
纵樽前痛饮，狂歌似旧，情难依旧。

这首词的题目为“次歆林圣予惜春”，借托“惜春”，寓情于景，情中明理，理中发议。作者读罢林圣予所写的《水龙吟》惜春一首，随之，步林圣予原词之韵，写下这首词，韵部和韵脚与原词完全一致。如今林圣予的原词已经失传，但并不影响这首词的文学特色和价值。

上片首先写惜春。请问春光为何如此匆匆，带着春风，伴着春雨，像飞驰一般来了即去。“幽葩细萼，小园低槛，壅培未就。”“壅培”：把土和肥料放在花木的根部。小园栏栅低矮，壅培尚未完毕，已是奇葩清幽、绿萼纤细。“幽葩”、“细萼”迫不及待地争妍斗艳。

然后道明春愁是自寻烦恼。“吹尽繁红，占春长久，不如垂柳。”繁花虽好，姹紫嫣红，但终被风吹雨打去，不如垂柳枝茂叶绿，与春常在。“算春长不老，人愁春老，愁只是、人间有。”即便春色长久不衰，人自作多情，忧愁春会老去，这种春愁只有人间才有！

下片前半部分话题由春愁转入春恨。首先将成语“世间不如意事十常八九”，化为春恨的词句“春恨十常八九”。年复一年，年年春回春去，春恨十有八九。“忍轻辜、芳醪经口。”“芳醪”：芳香的美酒。怎忍得因春恨而轻易地辜负了芳醪，唯有美酒能消愁遣恨。“那知自是，桃花结子，不因春瘦。”引用了唐朝诗人王建《宫词》："树头树底觅残红，一片西飞一片东。自是桃花贪结子，错教人恨五更风。"何必因"吹尽繁红"而生春恨呢？那本是桃花贪结子，才自己凋零，并非春光流逝的过错。春来春去、花开花落，是自然界的规律而已，何必空怀春恨，进而联想到自己。

"世上功名，老来风味，春归时候。"作者是"苏门四学士"之一，曾两度被贬，两度归乡。功名未成，尝遍了世态炎凉，归来已近迟暮。"纵樽前痛饮，狂歌似旧，情难依旧。"今日纵然举杯痛饮，慷慨狂歌如盛年，但难有往昔的豪情壮志了！春去花落，壮志未酬，两鬓如霜，怎不深深地喟叹！

全词以惜春为题，抒写大自然的"春归"，感慨人生之"春归"，咏叹身世不遇，华年已逝。怅惘之中透豁达，旷逸之余显无奈。感性与理性纠结在一起，回旋婉转，意味深长。

4. 水龙吟 ［北宋］朱敦儒

放船千里凌波去，略为吴山留顾。
云屯水府，涛随神女，九江东注。
北客翩然，壮心偏感，年华将暮。
念伊嵩旧隐，巢由故友，南柯梦、遽如许！

回首妖氛未扫，问人间、英雄何处！
奇谋报国，可怜无用，尘昏白羽。
铁锁横江，锦帆冲浪，孙郎良苦！
但愁敲桂棹，悲吟《梁父》，泪流如雨。

朱敦儒，河南洛阳人，生活在北宋与南宋之交，这首词大约写于南渡初期的宋高宗建炎三年、四年间（1129—1130）。金兵南侵，作者避难江南，船行驶在长江苏南一带，写下这首词，为他的中年代表之作。

上片书写船上所见景色，抒发身世感慨。开篇气象恢宏，客船千里而下，乘风破浪。面对妩媚的吴地山水，也只是顾盼而已，无心欣赏。“云屯水府，涛随神女，九江东注。”“水府”：古代星名，主水之官；“神女”：传说中的巫山神女；“九江”：词中意即长江的诸多支流。云层聚集在水府星周围，大雨将至。江涛汹涌，如同追随水神奔流而下，两岸众多支流汇入大江，滔滔向东，注入大海。置身浩渺的江天，逝者如斯，孤舟一叶，作者思绪万千。

北方游子，漂泊无定，壮心不已，却感到报国无门，老之将至。“念伊嵩旧隐，巢由故友，南柯梦、遽如许！”“伊嵩”：河南境内的伊水与嵩山；“巢由”：巢父与许由，传说中尧帝时的两位古代隐士。回想起北宋时期自己在河南伊水和嵩山的隐居生活，以及像古代隐士巢父和许由一样寄情山水的故友，那时的宁静生活竟成了南柯一梦，骤然消失，不复再来！

下片，由自己的命运转向民族的危亡。回望中原大地，被金兵占领，妖氛笼罩，试问人间：抗金的英雄如今何在！“奇谋报国，可怜无用，尘昏白羽。”遥想三国时期，诸葛亮温文儒雅，执白羽扇，奇谋报国，却因后主昏庸，佞臣当道，英雄弃用，终使白羽蒙尘，大业夭折。以诸葛亮隐喻词人自己。作者在《苏幕遮》直白地写下同样之意：“有奇才，无用处。壮节飘零，受尽人间苦。”

进而由眼前的吴地长江以及南宋苟安的现状，联想到西晋灭东吴的历史教训。吴王孙皓用心良苦，试图依仗长江天险，施出“铁锁横江”，未能阻挡西晋“锦帆冲浪”，最终落得“千寻铁锁沉江底，一片降幡出石头”（刘禹锡《西塞山怀古》）的亡国下场。词人怀古抚今，写诸葛亮，写孙皓，以史为鉴，以期报国，又不被朝廷所用，忧愤交加。“但愁敲桂棹，悲吟《梁父》，泪流如雨。”如今我泪如雨下，只能孤独忧伤地敲击着桂木制作的船桨，悲愤地低吟诸葛亮隐居南阳时谱写的《梁父吟》。

朱敦儒的这首词放船千里，触景感怀，论古伤今。叙事、抒情、发议浑然一体，个人身世的感伤与国家命运的忧愁紧密相连，凄然长啸，悲切浩叹，千古回声！

5. 水龙吟　［南宋］辛弃疾

登建康赏心亭

楚天千里清秋，水随天去秋无际。
遥岑远目，献愁供恨，玉簪螺髻。
落日楼头，断鸿声里，江南游子。
把吴钩看了，栏杆拍遍，无人会、登临意。

休说鲈鱼堪脍，尽西风，季鹰归未？
求田问舍，怕应羞见，刘郎才气。
可惜流年，忧愁风雨，树犹如此！
倩何人唤取，红巾翠袖，揾英雄泪！

这首词是辛弃疾的杰作之一，写于南宋孝宗乾道四年至六年(1168—1170)。此时作者南归已八九年了，年龄三十左右，任建康（今南京）的一名职位很低的通判。作者登临赏心亭，面对苍辽江天，抒发郁结心底的悲愤。“赏心亭”在城西下水门城上(今重建于水西门外)，下临秦淮河。

上片以写景为主，借景抒情。起笔遒劲，气势恢宏。“楚天千里清秋，水随天去秋无际。”清秋季节，登高远眺，碧空千里，长江之水波涛汹涌，奔向天际。“楚”：泛指长江中下游一带，这里战国时曾属楚国。“遥岑远目，献愁供恨，玉簪螺髻。”“遥岑”：远山。远处的群山，层层叠叠，或宛如美人头上插戴的玉簪，或像是美人头上螺旋形的发髻。秀美的江南山色，没有引起赏心悦目，却“献愁供恨”，令词人更加忧愁悲愤。

随之，词情由书写苍茫的秋水秋山，转入抒发词人苍凉的心境。“落日楼头，断鸿声里，江南游子。”“断鸿”：离群的孤雁。夕阳西下，落日挂在楼头，不愿随群的一只鸿雁，在天空翱翔，啼鸣声哀。为了抗金，词人从北方敌后奔赴南宋，如今成了“江南游子”，漂泊，孤独，就像一只孤雁。“把吴钩看了，栏杆拍遍，无人会、登临意。”“吴钩”：吴地的宝刀。无可奈何地把玩着手中的宝刀，拍遍了赏心亭的栏杆，没人领会自己登楼远望的心志，孤寂而怅惘。作者收复中原的理想无人理会，英雄无用武之地，心中的郁闷只得凭借拍遍栏杆来发泄！

下片直抒胸臆。“休说鲈鱼堪脍，尽西风、季鹰归未？”晋朝张翰，字季鹰，在洛阳做官，因秋风起而思念家乡吴中的鲈鱼脍，从而辞官回乡。词人写道：不必再说张季鹰辞官回乡吃鲈鱼的故事了，谁不想回自己的故乡呢？“休说”，反意，实为在说。尽管秋风不停地吹，已到归乡的时候，自己却回不去，因为故乡已被金兵占领了。以季鹰的典故，表达着对故乡的思念、对侵略者的痛恨，以及对南宋朝廷苟且偏安的愤慨。“求田问舍，怕应羞见，刘郎才气。”“刘郎”，指刘备；借“求田问舍”的典故，抒发凌云壮志。作者绝不像许汜那样，国难当头只顾私利，买田置产；如果那样，今后遇到像刘备这样胸怀大志的人，将会无颜相见。此典故出自《三国志·陈登传》，许汜去看望陈登，陈登怠慢他，许汜将此事告诉刘备。刘备听后却教训许汜，说：如今天下大乱，你不思国事，只顾买田地、置房产，如果换了我，也耻于与你为伍。

“可惜流年，忧愁风雨，树犹如此！”大好年华似水流逝，即便是没有感情的树，也会经不住风雨的摧残而老去，更何况是忧愁国难、感情丰富的人呢？“树犹如此”的典故出自《世说新语·言语》，东晋将领桓温北征途中经过金城，看到先前自己种的柳树，已有十围之粗了，感慨地说：“木犹如此，人何以堪？”树已长了这么大，人又怎能不老呢！词人从内心深处发出韶华易逝、北伐无望之悲。何以排解心中的郁愤？“倩何人唤取，红巾翠袖，揾英雄泪！”“倩”：请求。谁给我叫来一位拿着红巾、穿着绿衣的美女，为我擦干英雄的泪水！英雄壮志难酬，红颜知己安在！

全词酣畅淋漓地抒发了辛弃疾年华虚度的沉郁，无人知会的孤独，以及报国无门的悲切。英雄柔情，诗人壮怀。激越而又凄婉，悲凉不乏壮烈，文采飞扬，感人肺腑，不愧为千古名篇。辛弃疾之词可谓“前无古人，后无来者”。南宋词人刘克庄在《辛稼轩集序》中写道：“公所作，大声鞺鞳，小声铿鍧，横绝六合，扫空万古，自有苍生以来所无。”

6. 水龙吟 ［南宋］陈亮

春恨

闹花深处层楼，画帘半卷东风软。
春归翠陌，平莎茸嫩，垂杨金浅。
迟日催花，淡云阁雨，轻寒轻暖。
恨芳菲世界，游人未赏，都付与、莺和燕。

寂寞凭高念远，向南楼、一声归雁。
金钗斗草，青丝勒马，风流云散。
罗绶分香，翠绡封泪，几多幽怨！
正销魂又是，疏烟淡月，子规声断。

陈亮，字同甫，号龙川，辛弃疾的志同道合的好友，南宋著名的爱国词人。这首词的词题为“春恨”，作者借闺妇的春恨，抒发国破家亡之悲恨。

上片恨今日明媚的春光无人欣赏。“闹花深处层楼，画帘半卷东风软。”“层楼”：即楼台。繁花似锦的深处，楼台耸立，和煦的东风透过半卷的画帘，吹入房间。随之，景色由近逐渐推向远方。“春归翠陌，平莎茸嫩，垂杨金浅。”“莎”：莎草。春回大地，田野阡陌一片翠绿，初春青草细嫩，垂柳婆娑，枝条上点缀着金黄色的叶芽。“迟日催花，淡云阁雨，轻寒轻暖。”“阁”：即搁，停止；“阁雨”：雨歇。春日白昼渐长，阳光充沛，催动百花盛开；云淡雨歇，微寒微暖，天气宜人。

“恨芳菲世界，游人未赏，都付与、莺和燕。”如此美丽的春色，竟然只有吟莺飞燕在欢快地享受，无人观赏！词中的女主人是否对此“芳菲世界”独自去赏心悦目呢？非也！她无心欣赏周围的春色，更无法领略她记忆中的远方春光。那遥远的美丽春景，是女主人心里的故园，已经沦落于敌人之手的中原大地。这正是悲剧之所在，词题“春恨”内涵之所在。

下片恨往昔春天的欢乐一去不复返。女主人独自凄寂地登高远望，转向南楼，一行归雁声声鸣叫，却未捎来远方情人的信息。古代诗文中常将鸿雁喻为信使。“金钗斗草，青丝勒马，风流云散。”“斗草”：古代女子的一种游戏；“青丝勒马”：用青丝绳做马络头。回想当年多少赏心乐事，女伴们拔下发髻上的金钗作斗草游戏，男士们骑着装饰豪华的骏马，现在大家都已“风流云散”，杳无音讯。

“罗绶分香，翠绡封泪”，心心相印的恋人，也不得不依依惜别。临别时，女子将自己的香罗带赠送给情人。离别后，又用绿色的丝绢裹着相思的泪水寄给远方的郎君。多少离恨、多少幽怨！“正销魂又是，疏烟淡月，子规声断。”正沉于抚今追昔的伤感之中，又是稀疏的云烟缭绕着惨淡的弯月，杜鹃鸟凄厉的啼鸣声划破夜空，所见所闻令人心碎肠断！悲之切，恨之深。

南宋思想家兼文学家叶适在《书龙川集后》一文中记载，陈亮每写完一首词后，常自慨叹："平生经济之怀略已陈矣。"可见，陈亮的词作绝非风花雪月之作，而是寄托他的经邦济世的抱负和情怀。这首《水龙吟》以"春恨"为题，采用今昔对比手法，追怀往日北宋时期的欢乐，痛述当下百姓流离失所的现状。作者对南宋朝廷苟且偷安深恶痛绝，内心的沉郁和悲愤如杜鹃泣血！全词凄婉哀怨，蕴藉幽深，"言近旨远"（清代刘熙载《艺概》）。

7. 水龙吟 ［元］许有壬

半生人海风波，谤书盈箧从文致。
归来结构，且图跧伏，敢求华丽？
朝暮娱人，水声山色，柳阴花气。
笑彤闱紫闼，浮沉十载，更几载、成何事！

好是西成咫尺，秫田风、已飘香味。
安排小瓮，从今不怕，邻翁酒贵。
更筑诗坛，陪君游刃，周旋余地。
但有人来问，金銮旧话，便昏昏醉。

许有壬，元代著名文学家和重要的政治家，历事七朝近五十年，为官直言不讳。元顺帝至元元年（1335）任侍御史，不断遭到朝中一些大臣的谋算和诋毁，至元四年（1338）辞官归居故乡彰德（今河南安阳），时五十五岁。这首词作于他这一段隐居期间。

上片着重书写这次归隐的缘由。"半生人海风波，谤书盈箧从文致。""箧"：小箱子；"从文致"：即深文周纳、编造罪状之意。自二十二岁踏进仕途，大半生历经官场风波，诽谤诬陷自己的书文足以满箱。官场实在无法让人待下去，只好退避三舍，回归故里。“归来结构，且图跧伏，敢求华丽？”“结构”：意即建造住房；“跧”：趴在地上。回乡首先营建一间陋屋，只求有栖身之处，哪敢企求华丽的豪宅。

现在，每天从清晨到傍晚享受着家乡的“水声山色”，徜徉在乡村的柳荫花香之中，闲逸自乐。“笑彤闱紫闼，浮沉十载，更几载、成何事！”“闱”：宫室两侧的门；“闼”：门；“彤闱紫闼”：意指中书省官衙，作者辞官前在此任职已十四年。自己在朝廷中书省的十余载，宦海沉浮，这么多年，事事有人从中作梗刁难，有何作为与成就！付之一笑吧。一声苦笑，自我解嘲，倾吐心中的郁愤。对比之下，田园生活不亦乐乎！

下片描绘归隐之乐。“好是西成咫尺，秫田风、已飘香味。”“秫”：一种黏性高粱，可酿烧酒。丰收在望，田地里种植的秫粱已经成熟，随风飘香。词人陶醉在喜悦之中。准备好足够的小酒瓮，“从今不怕，邻翁酒贵”，诙谐幽默。句中呈现出陶渊明《和郭主薄其一》“春秫作美酒，酒熟吾自斟”的意境。词人并不直接描写畅饮的情景，而是转写“秫田”飘香，笔法细微精妙，洋溢着田园生活的情调。

作者是一位风雅的文学家，饮酒伴着赋诗，“更筑诗坛，陪君游刃，周旋余地”。以诗会友，家中高朋满座，尽主人之谊，热情款待。杯觥交错，以酒助兴，众诗友才气横溢，词人与诸君一道吟诗作赋，诗以言志，游刃有余。朋友们情趣高雅，彼此情投意合，互相争斗的官场与之无法同日而语。词的最后，作者发出无比感慨：“但有人来问，金銮旧话，便昏昏醉。”“金銮”：即金銮殿，唐朝长安大明宫的宫殿，此处意即朝廷。如果有人来问我过去朝廷的旧事，我便昏昏大睡，全然不予理睬，对过去的官场生涯再也不感兴趣了。

作者遭谗，愤然辞官归隐。这首词，如实地记述了词人乡居时的生活，抒发当时的心情，同时又是他前半生的人生感悟。一间安身之所，自食其力，酒与诗，书与友，足矣！没有含蓄的词情，没有华丽的词藻，朴实而又淡雅。“穷则独善其身，达则兼善天下”（《孟子·尽心上》），中国古代在仕与隐之间徘徊的著名文人并不罕见。至元六年（1340）春，许有壬又被朝廷召回中书省，官至中书左丞、集贤大学士，病老终仕。他始终明辨是非，知无不言，洁身自好。

8. 水龙吟 ［明］孙承宗

平章三十年来，几人合是真豪杰？
甘泉烽火，临淮部曲，骨惊心折。
一老龙钟，九扉鱼钥，单车狐搰。
念山河百二，玉镡罢手，都付与、中流楫。

快得熊罴就列，更双龙、陆离光揭。
一朝推毂，万方快睹，百年殊绝。
玄菟新障，卢龙旧塞，贺兰雄堞。
看群公撑住，乾坤大力，了心头血。

孙承宗，明末著名的政治家和军事家，具有雄才大略。在清军不断入侵、风雨飘摇之际，他于明熹宗天启二年（1622）自请督军，赴山海关，收复失地四百里，提拔培养袁宗焕等名将，但遭魏忠贤谗言，不得不辞官归乡。崇祯二年（1629），清兵长驱直入，直逼京师，明朝岌岌可危，他再次应诏以兵部尚书守通州。这首词写于临危受命、再度出山之时。

上片的前半段，痛陈朝廷腐败、国力衰微。“平章三十年来，几人合是真豪杰。”“平章”：古代官名，原本商量处理之意，这里泛指政坛。词的起句，作者痛心疾首，纵观朝廷三十年来，有几人称得上真正的英雄豪杰！国家危在旦夕，却无扭转乾坤的栋梁之才。下面作者以战略家的眼光，以古喻今，清醒地描绘当下明朝外患内忧的形势。外患，“甘泉烽火”，清军兵临城下。“甘泉”：秦汉宫名，在今陕西省淳化县。汉文帝时，匈奴十四万兵骚扰，烽火殃及甘泉宫。内忧，“临淮部曲”，“临淮”：今江苏泗洪县南。安史之乱时，唐朝名将李光弼曾坐镇临淮，治师训整，抗击叛军。在此意即，国难当头却没有李光弼这样力挽狂澜的将才。“骨惊心折”，如此局面，令人不胜堪忧，切骨之痛，心存悲凉。

上片的后半段，抒写自己遭受打击，常做徒劳无功之事。自己虽已老态龙钟，但仍精忠报国。可是“九扉鱼钥”，宫门常锁，君臣懈怠国政。“九扉”：九重门，即宫门；“鱼钥”：鱼形的门锁。“单车狐搰”，我个人单枪匹马，奋力抗战，最后只能是无力回天，无补于事。“狐搰”，引用《国语·吴语》“狐埋之而狐搰之，是以无成功”，狐狸挖洞埋物，旋儿将物取出，再另选一地挖洞埋物，意即做事徒劳无功。尽管念及祖国的山河，但“玉镡罢手，都付与、中流楫”，军权被夺，满腔报国之志，化成了未能实现的中流击楫的誓言。“玉镡”：玉制的剑首，在此意即军权。“中流击楫”比喻立志奋发图强，出自《晋书·祖逖传》：“中流击楫而誓曰：‘祖逖不能清中原而复济者，有如大江。’”

下片，笔锋振起，国难当前，词人置自己的屈辱与生命于不顾，为国驰骋沙场，洒尽热血！“快得熊罴就列，更双龙、陆离光揭。”赶快集结勇武的将士，挥舞锋芒闪亮的双剑。“熊罴”：化用《列子·黄帝》中“帅熊罴狼豹虎为前驱”；“双龙”：指剑；“陆离”：光彩斑斓，出自屈原《离骚》“长余佩之陆离”。“一朝推毂，万方快睹，百年殊绝。”今朝得以重被推举，再次委以重任，朝野与百姓寄予厚望，如此同仇敌忾，百年罕见。

接下来，作者以军事家的视野，列举出三个地势险要的边防关塞，其意只要众志成城、边防得到巩固，克敌制胜就能稳操胜算。“玄菟新陴，卢龙旧塞，贺兰雄堞”，指辽东玄菟新修建的城楼女墙，河北卢龙古老的要塞，岳飞《满江红》词中的贺兰山雄关。词的最后，作者振臂疾呼，发出保家卫国、抗击侵略者的血战誓言，“看群公撑住，乾坤大力，了心头血。”呼吁全体明朝大臣将领齐心协力，共赴国难，扭转乾坤，了却自己心头泣血的宏愿！

全词跌宕起伏，上片沉郁悲凉，下片慷慨激昂，上下片浑然一体，汹涌澎湃，令人深切地感受到作者的一颗赤诚的爱国之心。这首《水龙吟》不愧为中华历代词坛优秀的爱国词篇。

孙承宗此次出山获得“遵永大捷”。然而他处处受权臣掣肘，崇祯四年（1631）十月，他不得不告老回乡。崇祯十一年（1638），清军进攻高阳，年迈的孙承宗率领全城百姓及家人守城。城破后，他自缢身亡，为国捐躯，终年六十六岁。一代忠烈，永垂青史！

9. 水龙吟 ［清］文廷式

落花飞絮茫茫，古来多少愁人意。
游丝窗隙，惊飙树底，暗移人世。
一梦醒来，起看明镜，二毛生矣。
有葡萄美酒，芙蓉宝剑，都未称、平生志。

我是长安倦客，二十年、软红尘里。
无言独对，青灯一点，神游天际。
海水浮空，空中楼阁，万重苍翠。
待骖鸾归去，层霄回首，又西风起。

文廷式，晚清政治家，著名词人。光绪二十年（1894）由翰林院编修升为侍读学士，为光绪改革派一员。1898年戊戌变法失败，被革职，并被驱逐出京，此词是他离京后所作，悲壮而又飘逸，为诸多名家所赞赏。

上片首两句："落花飞絮茫茫，古来多少愁人意。"春末时分，柳花飘落，飞絮漫天飞舞，无边无际，古往今来引发了多少人的忧愁伤感。空间"茫茫"，时间"古来"，气势恢宏；落花人愁，苍凉惆怅。"游丝窗隙，惊飙树底，暗移人世。"飘游的柳絮沾着在窗户的缝隙里，疾风在树底回旋，暗潮涛涌，世事巨变，自己被驱逐出京。道出当下时局的逆变与自己的遭遇。

而今方如一梦醒来，面对明镜，才知华发生矣！"二毛"：头发黑白相间。宦海险恶，惨遭迫害，不禁慨然。"有葡萄美酒，芙蓉宝剑，都未称、平生志。""葡萄美酒"：出自唐王翰《凉州词》"葡萄美酒夜光杯"、"醉卧沙场君莫笑"；"芙蓉宝剑"：相传春秋时期，越王取出一把宝剑，请识剑的名师鉴定，"薛烛手振拂扬，其华淬如芙蓉始出"（《越绝书》）。作者博学多才，以变革图强为己任，深得光绪皇帝赏识，但被慈禧为首的顽固派所不容。这四句的意思是：我虽有抗御外敌、血战沙场的雄心壮志，现在都无法实现了！

下片起头三句："我是长安倦客，二十年、软红尘里。""长安"与"软红尘里"，意即首都北京。作者自从十八岁第一次入京，到四十一岁被勒令出京，频繁来往住离京城，累计在北京约二十年。二十年间，人生跌宕，政治生涯起伏，已成了伤痕累累的京城倦客。如今被迫离走，独立一人，默默地面对如豆一点的油灯，精神冲出了京城的世事纷争，畅游在遥远的天际。

他"神游天际"见到：海波浩瀚，浮光映照，空中海市蜃楼，美轮美奂；海上群岛苍翠，重峦叠嶂。"待骖鸾归去，层霄回首，又西风起。""骖鸾"：乘鸾。待我骑着鸾凤回归仙境，在层层云霄回首，西风又一次在京城吹起。放逐之中，词人仍然无法真正超脱，他心怀国事，期望变革能够再一次风起云涌。

这首词，神思飞扬，浩然悲歌，感叹身世，寄抒赤诚的爱国之心。文廷式著有词集《云起轩词钞》，近人胡先骕对这本词集作评，其中总概文廷式的词风："意气飙发，笔力横恣，诚可上拟苏、辛，俯视龙洲（刘过）。"（《评云起轩词钞》）现代著名学者叶恭绰特别称赞此词："胸襟兴象，超越凡庸。"（《广箧中词》）胡、叶二位所评恰如其分。

10. 水龙吟 ［清］况周颐

己丑秋夜，赋角声《苏武慢》一阕，为半塘所击赏。乙未四月，移寓校场五条胡同，地偏宵警，呜呜达曙，凄彻心脾。漫拈此解，颇不逮前作，而词愈悲，亦天时人事为之也。

声声只在街南，夜深不管人憔悴。
凄凉和并，更长漏短，够人无寐。
灯灺花残，香消篆冷，悄然惊起。
出帘栊试望，半珪残月，更堪在、烟林外。

愁入阵云天末，费商音、无端凄戾。
鬓丝搔短，壮怀空付，龙沙万里。
莫漫伤心，家山更在，杜鹃声里。
有啼乌见我，空阶独立，下青衫泪。

况周颐，晚号蕙风词隐，清末著名词人，与王鹏运、朱孝臧、郑文焯合称"清末四大家"。关于这首词，作者在词序中做了说明，己丑秋夜，即光绪十五年（1889）秋夜，词人三十一岁，在京城任内阁中书，曾写过《苏武慢·寒夜闻角》，抒发思亲怀乡之情，受到半塘（友人王鹏运的号）赞赏。乙未，光绪二十一年

（1895）四月，移居宣武门外校场五条胡同，通宵闻警报声，凄彻心扉，便作此词。与前词不同，这一首为“天时人事”而作，词情更悲。“天时人事”指的是中日甲午之战，1894 年 7 月 25 日爆发，中国战败，1895 年 4 月 17 日签订丧权辱国的《马关条约》。

上片书写深夜所闻所见。“声声只在街南，夜深不管人憔悴。”夜已深，警报声不停地从城南传来，不管作者已经身心交瘁，响声呜咽，通宵达旦！“凄凉和并，更长漏短，够人无寐。”警鸣声中夹带着更漏声，夜深更长，格外凄凉，令人无法入眠。上片的这前五句记述所闻，以及引发的感受。

接着，转写屋内室外所见。“灯灺花残，香消篆冷，悄然惊起。”词人陷于外面警声和漏声的困扰之中，忽然惊见屋内烛灯已残，焚香熄灭。“灺”：残余的蜡烛；“篆”：原意书体名，如大篆、小篆，此处指篆香，即盘香。“出帘栊试望，半珪残月，更堪在，烟林外。”“珪”：玉璧。夜深沉，不知外面的月色如何。步出帘栊，只见弯弯的残月犹如残缺不全的半片玉璧，高悬在远处朦胧的烟林之外。词人的心境更加孤寂、悲凉。“更堪在、烟林外”，带着浓重的悲情色彩，同时承上启下，引出下片的抒情。

下片抒发对国事的忧愁以及报国无门的痛苦。“愁入阵云天末，费商音、无端凄戾。”“商音”：五音之一，其音低沉悲凉。词人的目光从“残月”、“烟林”延伸到遥远的天边，浓云层层堆列，犹如兵阵。无边无际的忧愁，漫入云天。令人不安的警声，没完没了地在夜空回响，呜咽悲怆。“鬓丝搔短，壮怀空付，龙沙万里。”词人想到“天时人事”，想到“阵云天末”的东北，东北的大片国土已经被日军侵占，愁肠寸断，搔短了鬓发，空有班超驰骋万里沙场的凌云壮志。“鬓丝搔短”：化用杜甫《春望》“白头搔更短”；“龙沙”：沙漠，出自《汉书·班超传》“坦步葱雪，咫尺龙沙”。

“莫漫伤心，家山更在，杜鹃声里。”爱国之志无人理会，只能面对现实，自我排解。莫要太伤心了，悲切的杜鹃声里，家乡还在，京城的达官显贵醉生梦死，苟且偷安，不如归去。“有啼鸟见我，空阶独立，下青衫泪。”警声达旦，彻夜未眠，只有啼鸣的杜鹃鸟与我为伴，见到我独立于空阶，黯然神伤，泪湿青衫！南宋末期民族英雄文天祥写有诗句：“从今却别江南路，化作啼鹃带血归。”（《金陵驿二首》）词人在这里同样引用“杜鹃啼血”的典故，表达坚贞不渝的爱国之心，以及“不如归去”的极度失望和悲伤。古代传说中，周朝末年蜀地的君主，名叫杜宇，不幸国亡身死，其魂化为杜鹃鸟，暮春啼鸣，声音凄哀，以致口中流血，啼叫声如同“不如归去”。

况周颐在他的《蕙风词话》中说：“吾听风雨，吾览江山，常觉风雨江山外有万不得已者。此万不得已者，即词心也。而能以吾言写吾心，即吾词也。”这首词就是他的内心之言、泣泪之作，忧时伤世之情溢于词中，沉郁深婉，浑厚凝重。

王国维对况周颐及其词评价甚高：“蕙风词，小令似叔原（晏几道），长调亦在清真（周邦彦）、梅溪（史达祖）间，而沉痛过之。彊村（朱孝臧）虽富丽精工，犹逊其真挚也。天以百凶成就一词人，果何为哉?”（《人间词话》）

水调歌头

词牌《水调歌头》简介

《水调歌头》，相传隋炀帝凿汴河时曾制《水调歌》，唐人演为大曲，有散序、中序、入破三部分，“歌头”当为中序的第一章。又名《元会曲》、《凯歌》、《台城游》等。双调，有平韵、仄韵，亦有在同一词中平仄韵兼用。字数从九十四字到九十七字均有，以九十五字为主。

以下列出本词牌格律常见的四种格体与范例。

格体一，九十五字，上片九句、四平韵，下片十句、四平韵。范例，北宋黄庭坚词：

瑶草一何碧，春入武陵溪。
中仄仄平仄，中仄仄平平。
溪上桃花无数，枝上有黄鹂。
中平中仄平中，中仄仄平平。
我欲穿花寻路，直入白云深处，浩气展虹霓。
中仄平平中仄，中仄平平中仄，中仄仄平平。
只恐花深里，红露湿人衣。
中仄仄平仄，中仄仄平平。

坐玉石，攲玉枕，拂金徽。
中中中，中中仄，仄平平。
谪仙何处？无人伴我白螺杯。
中平中仄，平中平仄仄平平。
我为灵芝仙草，不为朱唇丹脸，长啸亦何为？
中仄平平中仄，中仄平平中仄，中仄仄平平。

醉舞下山去，明月逐人归。

中仄中平仄，中仄仄平平。

按，此体上片第三、四句，下片第四、五句，可作上六字下五字，也可作上四字下七字。而且，平仄可变通处颇多。在《水调歌头》的词作之中，以此格体居多。

格体二，九十五字，上片九句四平韵、两仄韵；下片十句四平韵、两仄韵。范例，北宋苏轼词：

明月几时有？把酒问青天。

中仄仄平仄，中仄仄平平。

不知天上宫阙，今夕是何年？

中平中仄平仄，中仄仄平平。

我欲乘风归去，又恐琼楼玉宇，高处不胜寒。

中仄平平中仄，中仄平平中仄，中仄仄平平。

起舞弄清影，何似在人间？

中仄仄平仄，中仄仄平平。

转朱阁，低绮户，照无眠。

中中中，中中仄，仄平平。

不应有恨，何事长向别时圆？

中平中仄，平中平仄仄平平。

人有悲欢离合，月有阴晴圆缺，此事古难全。

中仄平平中仄，中仄平平中仄，中仄仄平平。

但愿人长久，千里共婵娟。

中仄中平仄，中仄仄平平。

格体三，九十七字，上片九句、四平韵，下片十一句、四平韵。范例，南宋张孝祥词：

雪洗卤尘净，风约楚云留。
仄仄仄平仄，平仄仄平平。
何人为写悲壮，吹笛古城楼。
平平仄仄平仄，平仄仄平平。
湖海平生豪气，关塞如今风景，剪烛看吴钩。
平仄平平平仄，平仄平平平仄，仄仄仄平平。
剩喜然犀处，骇浪与天浮。
仄仄平平仄，仄仄仄平平。

忆当年，周与谢，富春秋。
仄平平，平仄仄，仄平平。
小乔初嫁，香囊犹在，功业故优游。
仄平平仄，平平平仄，平仄仄平平。
赤壁矶头落照，淝水桥边衰草，渺渺唤人愁。
仄仄平平仄仄，平仄平平平仄，仄仄仄平平。
我欲乘风去，击楫誓中流。
仄仄平平仄，仄仄仄平平。

格体四，九十五字，几乎每一句都用韵者，平仄韵通押，平韵与仄韵大体交错，宋代仅一例。范例，北宋贺铸词：

南国本潇洒，六代浸豪奢。
中仄仄平仄，中仄仄平平。
台城游冶，襞笺能赋属宫娃。
中平中仄，平中中仄仄平平。
云观登临清夏，璧月留连长夜，吟醉送年华。

中仄平平中仄，中仄平平中仄，中仄仄平平。
回首飞鸳瓦，却羡井中蛙。
中仄仄平仄，中仄仄平平。

访乌衣，成白社，不容车。
中中中，中中仄，仄平平。
旧时王谢，堂前双燕过谁家？
中平中仄，平中平仄仄平平。
楼外河横斗挂，淮上潮平霜下，樯影落寒沙。
中仄平平中仄，中仄平平中仄，中仄仄平平。
商女篷窗罅，犹唱《后庭花》。
中仄中平仄，中仄仄平平。

《水调歌头》历代佳作十首

1. 水调歌头　［北宋］苏轼

丙辰中秋，欢饮达旦，大醉，作此篇，兼怀子由。

明月几时有？把酒问青天。
不知天上宫阙，今夕是何年？
我欲乘风归去，又恐琼楼玉宇，高处不胜寒。
起舞弄清影，何似在人间！

转朱阁，低绮户，照无眠。
不应有恨，何事长向别时圆？
人有悲欢离合，月有阴晴圆缺，此事古难全。

但愿人长久，千里共婵娟。

这首脍炙人口的千古名词，作于宋神宗熙宁九年（1076）中秋，作者时任密州（今山东诸城）知州。从题序可知，作者酒醉后对月抒情，怀念胞弟子由（苏辙）。在经历一番宦游之后，苏轼浮想天上人间，借咏月以抒胸臆、道哲理、表心志，酣畅淋漓，寓意深远。

上片，望月抒怀，情雅神逸，思绪翩翩。开篇：“明月几时有？把酒问青天。”词人仰首呵问浩渺的苍穹，明月从何时开始有的呢？仿佛超脱人世、追溯宇宙之源，此处与屈原的《天问》以及李白的《把酒问月》异曲同工，大气磅礴。天上一日，人间数载，不知明月何时诞生。词人更进一层地幽思：“不知天上宫阙，今夕是何年？”思索明月的起源，探问今夕是月宫的何年。作者对中秋明月如此痴迷、如此深情，他痴迷于明月的亘古久远，深情于明月的清丽皎洁，以此寄寓着词人浩然的胸襟、清高的个性以及向往美好的人生理念。

“我欲乘风归去，又恐琼楼玉宇，高处不胜寒。”将中国远古神话中的“广寒清虚之府”富于想象地化入词中，出神入化地表达了作者在道家“出世”退隐与儒家“入世”有为之间的矛盾心理。官场的挫折和污浊，迫使词人幻想超然物外；然而，对生活的热爱和建功立业的抱负，又让他留恋人间。“起舞弄清影，何似在人间！”与其飞往美玉砌成的仙宫楼宇，不胜高寒，不如留在温暖的人间，月下起舞，与自己的清影相伴。苏轼的一生在“出世”与“入世”之间徘徊，但始终并没有真正退隐。万难不摧，坚韧挺拔，积极的人生是他的精神最可贵之处。

下片，由写景物转入情思，从月之圆缺念及亲人聚别，推至人间大爱，发出感人至深的真诚的祝愿。“转朱阁，低绮户，照无眠。”月光转过朱红色的楼阁，低低地透过雕花的门窗，照着今夜难以入睡的作者。中秋的月华之下，词人思念着远方的骨肉兄弟子由。他联想到，此时此刻，天下还有多少人和自己一样相思着不能团聚的亲人，沉浸在月下的无眠之夜！“不应有恨，何事长向别时圆？”明月不会对人间有什么不满吧，为何总是在人们离别时才圆呢？将月拟人化，借月的圆缺，表达词人对亲人离别的悲戚、对天下离居家庭的同情，由衷地抒发出内心深处悲天悯人的思想感情。早于作者的北宋文人石延年（字曼卿）就有诗句“月如无恨月长圆”。苏轼在此对石曼卿的诗意加以发展和延伸，以询问的口吻，强化了内在的感情。

“人有悲欢离合，月有阴晴圆缺，此事古难全。”天空的月亮有阴晴圆缺，地上的人间有悲欢离合，这样的事自古就无法求全，实不应埋怨月亮啊。词句千回百转，委婉转折，由怨艾转为旷达，抒情而又明理，词情分外醇厚，词意愈加隽永。中秋明月之夜，亲人之间无法团圆，乃一大缺憾。然而，千里之遥，彼此共在皎洁如水的月色之下，岂不足以慰藉！“但愿人长久，千里共婵娟。”“但愿”二字，尤为感人肺腑，词人发出对天下人的美好祝愿！

这首词是历代中秋咏月诗词中的绝唱。南宋文学家胡仔赞道：“中秋词，自东坡《水调歌头》一出，余词俱废。”（《苕溪渔隐丛话后集》）全词豁达旷放，清远飘逸。妙笔挥洒的文采之美，深邃睿智的人生哲理，宽广博大的仁爱情怀，无不留给后人以纯美的享受，感情的熏陶，以及人生的启迪。

此首《水调歌头》是现实主义与浪漫主义的完美结合。苏轼，既是醒者，又是梦者。醒，大觉大悟；梦，美轮美奂……

2. 水调歌头 ［北宋］黄庭坚

瑶草一何碧，春入武陵溪。

溪上桃花无数，枝上有黄鹂。

我欲穿花寻路，直入白云深处，浩气展虹霓。
只恐花深里，红露湿人衣。

坐玉石，敧玉枕，拂金徽。
谪仙何处？无人伴我白螺杯。
我为灵芝仙草，不为朱唇丹脸，长啸亦何为？
醉舞下山去，明月逐人归。

黄庭坚，生前与苏轼齐名，世称“苏黄”。曾参加编写《神宗实录》，以文字讥笑神宗的治水措施，后来又被诬告为“幸灾谤国”，导致他晚年两次被贬放西南，最后死于偏远的贬所。这首词大约写于他的晚年，词中描述作者神游心目中的理想王国“桃花源”，表达对污浊的现实社会的蔑视，以及绝不卑躬屈膝、同流合污的品格。

上片描写步入桃花源的情景。“瑶草一何碧，春入武陵溪。”“瑶草”：仙草；“武陵”：郡名，今湖南常德，陶渊明《桃花源记》中的桃花源所在地。瑶草是何等的碧绿，春天回到了武陵溪。词人的心情豁然开朗，走进了桃花源。“溪上桃花无数，枝上有黄鹂。”溪水潺潺，岸边桃树成林，粉红的桃花开满枝头，可爱的黄鹂在枝上脆鸣。以白描的笔法，书写进入桃花源时所见所闻的景色。这四句精妙地化用陶渊明《桃花源记》的开篇：“晋太元中，武陵人捕鱼为业，缘溪行，忘路之远近，忽逢桃花林。”

“我欲穿花寻路，直入白云深处，浩气展虹霓。”词人为桃花源的仙境所迷，渴望着穿过桃花源的花丛，寻找通往深处的小路，直达白云飘浮的山顶，开怀放歌，胸中的浩然之气，化作美丽的虹霓。在理想的世界，作者幻想着自由地施展自己的才华和抱负。然而，“白云深处”可望而不可即，“只恐花深里，红露湿人衣。”恐怕花丛深处，露水沾湿衣服。曲折含蓄表达了作者对“出世”与“入世”

的矛盾心理，仍然不甘心在“白云深处”过着隐居的生活。“红露湿人衣”一句，化用王维《山中》诗句“山路元无雨，空翠湿人衣”，将“空翠”换成“红露”，与自己的词作浑然一体，不着痕迹。

下片抒写作者身处逆境、孤傲脱俗的风骨。坐着玉石，倚着玉枕，弹着瑶琴。“金徽”：金色的琴徽，意指琴。“谪仙何处？无人伴我白螺杯。”李白如今在哪儿呢？李白不在，知音难寻，当今尘世无人能配得上与我做伴，用田螺之杯、饮桃源之酒。“谪仙”：谪居人间的神仙，是对李白的称谓。

“我为灵芝仙草，不为朱唇丹脸。”表明进入桃花源的真意。我为了寻觅高贵珍稀的“灵芝仙草”而来，不是为了寻求凡花俗草。苏轼寓居黄州定惠院时，写了一首咏海棠的诗，其中有“朱唇得酒晕生脸，翠袖卷纱红映肉”，形容海棠的艳丽。黄庭坚词中“朱唇丹脸”化用了苏轼的诗句，但是赋予其新意。“长啸亦何为？”没能如愿找到“灵芝仙草”，又为何还要长啸？长啸，对空宣泄心中的郁愤；长啸，对空倾诉高洁的心志。即便被迫害贬谪，也绝不卑躬屈膝。最后，“醉舞下山去，明月逐人归”，独自喝醉了酒，手舞足蹈，我行我素地下山而去。无人相伴，孤独又何惧？自有皎洁的明月追随着我，伴我归来！从梦幻的桃花源仙境，回到受苦受难的人间，依然清高不凡。

整首词清雅高远，飘逸恢宏。它体现了作者虽被贬至边陲，仍泰然处之的个性，洁身自好的人格，以及对美好的执着向往。清代黄苏《蓼园词选》评赞道：“一往深秀，吐属隽雅绝伦”。

3. 台城游 ［北宋］贺铸

南国本潇洒，六代浸豪奢。

台城游冶，襞笺能赋属宫娃。

云观登临清夏，璧月留连长夜，吟醉送年华。

回首飞鸳瓦，却羡井中蛙。

访乌衣，成白社，不容车。
旧时王谢，堂前双燕过谁家？
楼外河横斗挂，淮上潮平霜下，樯影落寒沙。
商女篷窗罅，犹唱《后庭花》。

这是一首金陵怀古的词作。同样题材的名词有数首，早于这首词的便有王安石的《桂枝香》（登临送目）。贺铸的这首词与众不同，怀古发议，爱憎分明，鄙弃丑恶，而且具有独特的文学价值，故为诸多名家所推崇。

上片起笔两句，指点江山，痛陈史实，不同凡响。“南国本潇洒，六代浸豪奢。”“浸”：逐渐之意。贺铸登金陵台城之时，正值天高云淡的秋季，作者用“潇洒”一词，既描写南国景色，又形容南国人情，贴切而又意远。江南历来就是温柔水乡，人杰地灵。南朝六代（222—589）均在金陵（今南京）建都，六代君王，一代比一代更为骄奢淫逸，最后的一位陈后主沦为亡国之君。六朝时期齐国的诗人谢朓曾写有诗句：“江南佳丽地，金陵帝王州”。

上片的后半段，选择最典型的陈后主，将其糜烂的生活与可耻的下场加以对照。“台城游冶，襞笺能赋属宫娃。”“台城”：为六朝皇宫所在地，在今南京建康宫遗址；“襞”：折叠。陈后主在台城沉迷于游乐，令八女子折叠彩笺，信笺上作诗。选其中艳诗，谱以新曲，如《玉树后庭花》。“云观登临清夏”，夏天，登临高耸的楼阁，消夏避暑，日夜纵乐。“云观”，指陈后主所建的三座高达数十丈的楼阁。“璧月留连长夜，吟醉送年华。”陈后主沉溺于酒色之中，通宵达旦，流连忘返，醉生梦死之中昏庸度日。“璧月”，有双重意思，一指月圆如璧，又指贵妃们的花容月貌。

公元 589 年，隋朝军队攻破金陵，在台城烧起一把熊熊大火，

“飞鸳瓦”，宫殿梁断瓦飞。慌忙中，陈后主带着张、孔两贵妃，逃入井底。隋兵呼之不应，“欲下石，乃闻叫声，以绳引之”（《南史·陈后主本纪》）。上片最后两句“回首飞鸳瓦，却羡井中蛙”，勾画出陈后主欲做井中蛙而不得的结局。词人在此引用了杜牧《台城曲》中的诗句：“谁怜容足地，却羡井中蛙。”但是，把“井中蛙”与“飞鸳瓦”对用，艺术手法尤为巧妙。

下片多处化用唐人诗句，抒发沧桑巨变、朝代兴亡之感。“访乌衣，成白社，不容车。”“乌衣”，即乌衣巷，秦淮河畔，六朝东晋时王、谢两家豪门居住地，两族子弟都喜欢穿乌衣以显身份尊贵，而得此名。“白社”，地名，在河南洛阳东，晋代高士董京常宿于白社，乞讨度日。词中“白社”意指穷人聚居之地。昔日豪门大户之地，如今成了穷困白社，街巷狭窄，不容车马。“旧时王谢，堂前双燕过谁家？”当年在王谢两家雕梁画栋作巢的双燕，如今又飞到了谁家？这两句出自刘禹锡的《乌衣巷》：“旧时王谢堂前燕，飞入寻常百姓家。”但词人将原诗的陈述改为反问，引发深思。

下片的后半段，由沉重的怀古转入眼前的景象。“楼外河横斗挂，淮上潮平霜下，樯影落寒沙。”登楼仰望，夜空澄澈，深邃浩渺，银河横天，繁星璀璨，北斗七星斜挂天际。秋月的清辉映照着波光粼粼的秦淮河，数枝桅樯的幽影，静卧在银色的沙滩上。“商女篷窗罅，犹唱《后庭花》。”化用了杜牧《泊秦淮》：“烟笼寒水月笼沙，夜泊秦淮近酒家。商女不知亡国恨，隔江犹唱后庭花。”从船篷的窗缝里，飘来歌女吟唱的《后庭花》，令人神伤。与上片相呼应，陈后主所作的靡靡亡国之音《玉树后庭花》还在秦淮河上回荡。歌舞升平的今天，有几人思考兴亡之道以及国家的命运！

这首怀古之词饱含厚重的历史沧桑。写史，精练凝重；绘景，幽美意深。全词笔力雄劲，声情激越，错落有致。词中化用前人的诗句，手法炉火纯青，赋予创意，与自己的作品浑然一体。同时，这首词在音律上推陈出新，一反《水调歌头》仅押平声韵的旧规，它不仅平仄通押，而且皆用同韵部的豪壮的声韵。近代著名学者俞陛云先生在《宋词选释》评此词："节短而韵长，调高而音凄，其雄恢才笔，可与放翁（陆游）、稼轩（辛弃疾）争驱夺槊矣。"

4. 水调歌头 ［南宋］张元干

追和

举手钓鳌客，削迹种瓜侯。
重来吴会，三伏行见五湖秋。
耳畔风波摇荡，身外功名飘忽，何路射旄头？
孤负男儿志，怅望故园愁。

梦中原，挥老泪，遍南州。
元龙湖海豪气，百尺卧高楼。
短发霜粘两鬓，清夜盆倾一雨，喜听瓦鸣沟。
犹有壮心在，付与百川流。

张元干，金兵围困汴京，入抗金名将李纲麾下，坚决抗金。李纲免职，他亦获罪，随后漫游江浙等地。南宋绍兴十二年（1142），因反对秦桧，被抄家、入狱。出狱后，他曾重返吴县，这首词作于此时。词题为"追和"，依照他南渡之初所写的《水调歌头·同徐师川泛太湖舟中作》原词牌原韵部。两词写作时间相距大约二十年。

上片以白昼为时间背景，抒写词人豪放不羁的性格、浪迹江湖的萍踪，以及忧国忧民、壮志难酬的惆怅。"举手钓鳌客，削迹种瓜侯。""钓鳌客"：唐代大诗人李白自称"海上钓鳌客"；"削迹"：隐居；"种瓜侯"：秦国东陵侯邵平，秦亡，为布衣，种瓜于长安城东。我本是李白一样的钓鳌的巨手，如今却成了邵平那样种瓜的隐士。作者辞官南渡后过着隐居的生活，故以“种瓜侯”自嘲。“重来吴会，三伏行见五湖秋。”“吴会”：即吴县，在太湖附近；“五湖”：指太湖。三伏盛夏来到吴县，故地重游，入秋便可观赏太湖的美景。

“耳畔风波摇荡，身外功名飘忽”，我虽远离官场，但时局的风波总在耳边回响，功名本是身外事，却依然如幻影在身旁飘忽。“何路射旄头？”何时何处才能让我张开劲弓、击退金兵？“旄头”：星名，即昴宿，古代当作胡星，这里指金兵。李白写有诗句：“安得羿善射，一箭落旄头。”词人万分感慨，从心底发出喟叹：“孤负男儿志，怅望故园愁。”“孤负”：即辜负。朝廷辜负我大丈夫的凌云壮志，如今只能惆怅地遥望中原失去的故土，无法杀敌报国。

下片转入夜间，更进一步地倾诉激越的情怀，以及浓郁的悲愤。“梦中原，挥老泪，遍南州。”梦见沦陷的中原大地，悲切伤心，老泪横流，洒遍江南。夜不能寐，壮怀激烈，“元龙湖海豪气，百尺卧高楼。”“元龙”：陈登，字元龙，曾经隐居，后为东汉末年著名将领与官员。《三国志·陈登传》记载刘备曾与刘表、许汜谈及陈登，许汜说陈登见他时睡在高床上，让他睡在地上，“湖海之士，豪气不除”。刘备答道：你胸无大志，如我是陈登，我将睡在百尺高楼。后世用此故事，表示江湖奇才，豪侠之气，志向远大。作者以陈登自喻，如今我人在江湖，但豪气不减，志在天下。

“短发霜粘两鬓，清夜盆倾一雨，喜听瓦鸣沟。”头发稀疏，两鬓如霜。宁静之夜，突然大雨倾盆，滂沱的雨水倾注于屋顶的瓦沟，轰鸣之声如金戈铁马，激起词人重返沙场的兴奋和喜悦。“犹有壮心在，付与百川流。”壮心犹在，却只能付与百川，随之东流而去！梦想的喜悦，陡然一落千丈，陷入无比的悲哀。

整首词是一曲感情激荡的悲歌。笔墨驰骋，白昼与深夜，现实与梦想，雄心不已与壮志难酬，激昂慷慨与悲切孤愤，交织在一起，词情起伏跌宕，汹涌澎湃，苍凉悲壮。南渡后，作者多写时事，词风豪放，为辛派词人的先驱。张元干与张孝祥二人并称南宋初期“词坛双璧”。

附：水调歌头 ［南宋］张元干

同徐师川泛太湖舟中作

落景下青嶂，高浪卷沧洲。
平生颇惯，江海掀舞木兰舟。
百二山河空壮，底事中原尘涨，丧乱几时休。
泽畔行吟处，天地一沙鸥。

想元龙，犹高卧，百尺楼。
临风酹酒，堪笑谈话觅封侯。
老去英雄不见，惟与渔樵为伴，回首得无忧。
莫道三伏热，便是五湖秋。

5. 水调歌头 ［南宋］范成大

细数十年事，十处过中秋。
今年新梦，忽到黄鹤旧山头。
老子个中不浅，此会天教重见，今古一南楼。
星汉淡无色，玉镜独空浮。

敛秦烟，收楚雾，熨江流。
关河离合，南北依旧照清愁。
想见姮娥冷眼，应笑归来霜鬓，空敝黑貂裘。
酾酒问蟾兔，肯去伴沧洲？

宋淳熙四年（1177）中秋，作者因病离任四川制置使，乘舟东归。路经鄂州（今湖北武汉）。八月十五日晚，知州刘邦瀚在黄鹤山的南楼设宴赏月，范成大席间赋此词。

明月当空，星移斗转，岁月匆匆。词人“举头望明月”（李白《静夜思》），回首往事，“细数十年事，十处过中秋”。细细算来，十年宦海，十年漂泊，在十处度过中秋，不胜感慨。“今年新梦，忽到黄鹤旧山头。”“黄鹤山”今称蛇山。人生如梦，萍踪飘忽，今年中秋如同作了新梦，飘然而至，仙游黄鹤山。

“老子个中不浅，此会天教重见，今古一南楼。”“老子”：词人自称；“个中”：此中。东晋庾亮镇守武昌时，曾于秋夜登此南楼，与幕僚谈笑风生，说：“老子于此处兴复不浅。”作者引用此典故，并以庾亮自喻。老子今夜豪兴不浅，上苍安排，九百年前的聚会今天重现，今夜赏月的南楼，仍然是古人聚会的那同一座南楼啊。何等幸运，何等豪迈！月朗星稀，银河迷蒙；一轮皓月，高悬清空，浮游天际。今夕何夕，如梦如幻，超然世外。

下片，作者极目大江南北，浮思半生劳碌，思绪万千，不胜慨然。“敛秦烟，收楚雾，熨江流。”江北烟消云散，江南雾收雨息，滔滔长江水波不兴，宛如一条熨平的白练，蜿蜒而去。“秦”：泛指江北广阔的土地；“楚”：江汉一带，意即江南。词人神思万里，大好河山，沉醉其中。突然清醒，面对残酷的现实：“关河离合，南北依旧照清愁。”金人占领了半壁江山，关山河流已被割断，月色之下，无边的离愁依然笼罩着江南江北。

再联想到自己：“想见姮娥冷眼，应笑归来霜鬓，空敝黑貂裘。”徒劳半生，于国无补，想来高居月宫的嫦娥正在冷眼地看着我，笑我白发而归，空损貂裘，壮志未酬。“敝”：破烂。“空敝黑貂裘”，借用一典故：战国时，苏秦游说秦王，十次上书均未被采纳，资金耗尽，所穿的黑貂皮衣服也已破旧不堪，只好离秦返家。这里比喻作者碌碌无为、理想落空，产生退隐之念。“酾酒问蟾兔，肯去伴沧洲?”今夜，我举杯邀明月，肯否伴我同回故乡?“酾酒”：斟酒。“蟾兔”：古代神话传说，月中有蟾蜍、白兔，此指月亮。“沧洲”：水边之地，隐者所居，意即故乡。

整首词表达了作者对祖国山河破碎的忧愁，对个人难有作为的痛惜。神话与典故，运用恰到好处。笔法飘逸，意境开阔，内涵丰富，格调高雅。

6. 水调歌头 ［南宋］张孝祥

闻采石战胜

雪洗虏尘静，风约楚云留。
何人为写悲壮，吹角古城楼?
湖海平生豪气，关塞如今风景，剪烛看吴钩。
剩喜然犀处，骇浪与天浮。

忆当年，周与谢，富春秋。
小乔初嫁，香囊未解，勋业故优游。
赤壁矶头落照，肥水桥边衰草，渺渺唤人愁。
我欲乘风去，击楫誓中流。

这首词的题目为“闻采石战胜”。宋高宗绍兴三十一年(1161)十一月，在东采石(今安徽马鞍山)，虞允文指挥三军大败南侵的金帝完颜亮，使南宋转危为安。作者怀着无比激动的心情，写下这首词。

上片，描写作者听到采石胜战的兴奋与喜悦。“雪洗虏尘静”，“虏尘”：胡虏扬起的战尘。采石大胜，雪洗了宋徽、钦二帝被掳走的靖康之耻，敌寇嚣张的气焰一扫而空，平静下去。“风约楚云留”，作者当时任抚州知州，因地方公务在身，留在后方，无法参战。“何人为写悲壮，吹角古城楼？”有谁为出生入死、舍身杀敌的将士们谱写悲壮的颂歌？就是那古城楼上激昂壮烈的号角声。

“湖海平生豪气，关塞如今风景，剪烛看吴钩。”“湖海平生豪气”，《三国志·陈登传》中记许汜说：“陈元龙（登），湖海之士，豪气不除。”“吴钩”，春秋时期吴国以青铜铸成的弯刀，泛指刀剑。词人平生怀有三国陈登将军的豪气，如今关隘边塞风起云涌、硝烟弥漫，夜不能寐，挑灯看剑，期盼奔赴战场，为国而战。他不能亲临作战的现场，于是想象着激烈的采石鏖战：“剩喜然犀处，骇浪与天浮。”来犯的金兵如同妖魔鬼怪，在我军汹涌澎湃、气冲霄汉的攻势之下，纷纷溃败而逃！“然犀”，“然”，同“燃”；引用东晋名将温峤的典故，温峤至武昌牛渚矶，相传其下多有怪物，燃犀角照之，见水族奇形怪状。作者借此将金兵喻为怪物。

下片，以古代英雄人物歌颂采石战的主将虞允文，同时抒发自己驰骋沙场、报效祖国的雄心壮志。“忆当年，周与谢，富春秋。小乔初嫁，香囊未解，勋业故优游。”遥想当年，三国周瑜和东晋谢玄，均在雄姿英发的盛年。周瑜正值小乔初嫁，“谈笑间、樯橹灰飞烟灭”（苏轼《念奴娇·赤壁怀古》）；谢玄还未解下少年佩带的香袋，建立丰功伟业。作者以赤壁之战的周瑜和淝水之战的谢玄来赞扬虞允文，“勋业故优游”，虞允文像周瑜与谢玄一样儒雅从容，优游之中建立了不朽的勋业。

接着，词情转入当前：“赤壁矶头落照，肥水桥边衰草，渺渺唤人愁。”“肥水”：即淝水。赤壁矶头唯有残阳夕照，淝水桥边衰草丛生，采石虽然大胜，但广大的失地依然荒芜，尚未收复，无限的忧愁涌上心头。“我欲乘风去，击楫誓中流。”“击楫”：东晋北伐将领祖逖中流击楫。此时张孝祥年方三十，我要乘风破浪，做当今的祖逖，率军北伐，击楫中流，收复中原故土。词的结尾，壮志凌云，慷慨激昂。

全词激情洋溢，笔力雄劲，用典精致。欢庆采石大胜，歌颂参战的将士，而又喜忧交集，“欢欣之中复带悲凉，雄壮之下亦含沉郁”（盖国梁编选《唐宋词三百首》）。同时，作者坚定不移地表达了自己精忠报国的志向。整首词充满了浓郁的爱国主义精神和强烈的艺术感染力。

7. 水调歌头 ［南宋］辛弃疾

盟鸥

带湖吾甚爱，千丈翠奁开。
先生杖屦无事，一日走千回。
凡我同盟鸥鹭，今日既盟之后，来往莫相猜。
白鹤在何处？尝试与偕来。

破青萍，排翠藻，立苍苔。
窥鱼笑汝痴计，不解举吾杯。
废沼荒丘畴昔，明月清风此夜，人世几欢哀？
东岸绿阴少，杨柳更须栽。

宋孝宗淳熙八年（1181），四十一岁的辛弃疾被主和派弹劾罢官，闲居在信州带湖（今江西上饶北灵山下），并在此建筑新居。这首词作于他在带湖的第二年，描绘他与鸥鹭约盟为友、栖隐水乡的情景。

上片，抒写带湖之美以及对带湖之爱。带湖是我最钟爱的地方，广阔千丈的湖面，如同翠绿色的镜匣，一片清澈明亮。“翠奁”：翠绿色的镜匣。“先生杖屦无事，一日走千回。”“屦”：麻鞋。“先生”：作者自称。我闲来无事，手拄竹杖，脚穿麻鞋，徘徊于湖畔，一日多达千余回。

“凡我同盟鸥鹭，今日既盟之后，来往莫相猜。”呼应词题“盟鸥”。鸥鹭啊，今日已经与你结伴为盟，日后常来常往，互相以诚相待，莫相猜疑。“白鹤在何处？尝试与偕来。”还有，白鹤在哪里呢？鸥鹭，拜托你邀请它一起进来吧。将鸥鹭与白鹤拟人化。作者经历了官场的明枪暗箭，回到宁静纯朴的大自然中，愿与鸥鹭白鹤结盟作友，以诚相待，绝不在污浊的官场同流合污。

下片，由鸥鹭不解人意，进而表露出词人内心的真实感受。首先描写鸥鹭的动作和情态。鸥鹭立在水边苍苔之上，或破开浮萍，或排去绿藻。“窥鱼笑汝痴计，不解举吾杯。”原来鸥鹭正在专心致志地偷窥鱼儿，伺机捕食。可笑你那么痴呆地盯住游鱼，却不理解我此时举杯庆贺我与你的结盟，鸥鹭更不理解词人举杯消愁的心理。

“废沼荒丘畴昔，明月清风此夜，人世几欢哀？”昔日这里是废弃的沼泽、荒芜的土丘，今夜住在新居，明月当空，清风徐来。昔日驰骋沙场的将领，而今隐居带湖，与鸥为盟，明月清风做伴，感慨油然而生，人世间几度欢乐，几度哀愁？“东岸绿阴少，杨柳更须栽。”看来要在此长久栖居了，湖的东岸绿荫稀少了些，需要多栽一些杨柳。流露出被迫退隐的孤寂的处境，以及凄凉的心情。

作者力主抗金，一心早日北伐，收复失地，却被贬谪到荒无人烟的带湖。这首词并非写隐居的闲情逸兴。它以“盟鸥”为题，构思新奇，笔法幽婉，境界高远，寓意词人内心的冤屈、孤愤和苍凉。

8. 水调歌头　［南宋］陈亮

送章德茂大卿使虏

不见南师久，漫说北群空。

当场只手，毕竟还我万夫雄。
自笑堂堂汉使，得似洋洋河水，依旧只流东？
且复穹庐拜，会向藁街逢！

尧之都，舜之壤，禹之封。
于中应有，一个半个耻臣戎！
万里腥膻如许，千古英灵安在，磅礴几时通？
胡运何须问，赫日自当中！

陈亮，字同甫，号龙川。根据词题，这首词的创作背景如下：由于金朝大军的胁迫，宋孝宗隆兴二年（1164），南宋与金朝签署第二个屈辱和约“隆兴和议”，其中订下每年元旦和双方皇帝生辰，互派使节祝贺。随后，宋使在金，多受歧视。淳熙十二年（1185）十二月，宋孝宗命陈亮的好友章森（字德茂）为正使，以大理少卿试户部尚书头衔，北去金国祝贺万春节（金世宗完颜雍生辰）。这本是苟且偷安的南宋朝廷的奇耻大辱，陈亮作此词为章德茂壮行，表达不甘屈辱的正气以及洗雪国耻的决心。

词的开头便不寻常，一改送别的词句，笔锋直指金国的侵略者。“不见南师久，漫说北群空。”不要以为很久不见南方的宋军北伐，就错误地认为南宋没有能征善战的将才。“北群空”，借用韩愈《送温处士赴河阳军序》“伯乐一过冀北之野而马群遂空”的字面，而反其意，以骏马为喻，说明宋朝大有人在。接着承接上句，称赞章德茂就是一位南宋的俊杰，并转入章德茂出使之事：“当场只手，毕竟还我万夫雄。”愿你此次出使，不辱使命，只手力举千钧，“还我”宋使的尊严，一展万夫莫当之雄。

可笑我堂堂汉使，岂能像东流的河水，永远向敌国朝拜？“且复穹庐拜，会向藁街逢！”暂且再去拜你金廷一次，将来必定将金王的头颅悬挂在藁街上。“穹庐”：北方少数民族居住的圆顶毡房，这里借指金廷。"藁街"：汉朝长安城南门内少数民族居住的地方。汉将陈汤曾斩匈奴郅支单于之首，悬之于藁街。

下片，扬我中华之威，伸张民族正气，坚信金朝必败。"尧之都，舜之壤，禹之封。于中应有，一个半个耻臣戎！"奇峰突起，气势雄壮，激情豪迈。尧的都市，舜的土地，禹的封疆，泱泱中华，其间总应该有一个半个耻向金人称臣之士！你、我二人就是铮铮硬骨、拒向金廷称臣的豪杰。

"万里腥膻如许，千古英灵安在，磅礴几时通？"中原大地充斥着金人游牧民族的腥膻之气，千古以来的爱国志士的英灵今日安在，宋军何时才能以磅礴之势讨伐敌寇、所向披靡？"胡运何须问，赫日自当中！"胡人的下场还须问吗，我们现已经如日中天，胜利指日可待！

南宋的词篇不乏爱国之作，大多凄切悲凉。然而，陈亮的这首词像嘹亮的号角，雄壮的战鼓，激荡着必胜的信念，在南宋词作中独树一帜！全篇以词论政，但构思新颖，音律铿锵，意象高远，其思想之深邃、艺术之造诣堪称为精品。清代李调元《雨村词话》说："陈同甫无媚词，与稼轩同唱和，笔亦近之。余甚爱其《水调歌头》一阕云……读之令人神往。"

9. 水调歌头 ［金］元好问

赋三门津

黄河九天上，人鬼瞰重关。
长风怒卷高浪，飞洒日光寒。
峻似吕梁千仞，壮似钱塘八月，直下洗尘寰。
万象入横溃，依旧一峰闲。

仰危巢，双鹄过，杳难攀。
人间此险何用，万古秘神奸。
不用燃犀下照，未必佽飞强射，有力障狂澜。
唤取骑鲸客，挝鼓过银山。

元好问，字裕之，号遗山，金代文坛第一人。词题中“三门津”，即三门峡，是黄河中十分险要的地段，因峡中有三门而得名，河面分人门、鬼门和神门。历史上以三门津的奇观为题材的名篇不少，元好问这首词，神思飞扬，笔力雄奇，气势恢宏，借咏三门津，抒发自己的心志，为咏唱三门津诗词中的上乘之作。

上片，首先纵目仰视，展现黄河波澜壮阔的远景。黄河之水从九天而来，接着俯瞰矗立在峡谷中的人门和鬼门，人门与鬼门如同万夫莫开的雄关。“长风怒卷高浪，飞洒日光寒。”眼前，狂风卷起巨浪，汹涌澎湃，惊涛拍岸，飞溅的浪花在阳光下寒光闪闪。

随之，以吕梁山和钱塘潮形容三门津黄河的巨浪。“峻似吕梁千仞，壮似钱塘八月，直下洗尘寰。”浩荡的黄河之水顿时收束到狭窄的三门峡，浪峰高峻起伏，宛如重峦叠嶂的吕梁山脉；滚滚而来的波涛，就像八月钱塘潮水；从天直下，一洗风尘的寰宇。然后，特写三门津中央的砥柱山，“万象入横溃，依旧一峰闲”。奔腾咆哮的黄河水，势不可挡，万物溃塌，唯有那中流的砥柱山，傲视狂涛巨浪，闲逸淡定，岿然不动。在惊涛骇浪中，更显砥柱山的风骨与雄姿。

下片具体地刻画砥柱山的峻峭和神奇。“仰危巢，双鹄过，杳难攀。”鸟儿在砥柱山高危的峭壁上筑巢，展翅的双鹄悠然地从山崖飞过，陡峭的砥柱山几乎无法攀援。人间如此险要之处有何之用？“万古秘神奸”，那是远古为了鉴别神物与妖魔，将魔怪禁封在山底。“秘”：禁闭之意，神话中险峻的砥柱山下是禁闭怪物之处。“神奸”：出自《左传·宣公三年》，传说夏禹将百物形象铸于鼎上，“使民知神、奸”，使民辨别神物和恶物。“不用燃犀下照”，砥柱山将怪物封压在山底，就不需要用“燃犀下照”，窥探怪物了。“燃犀下照”为一典故，《晋书·温峤传》记载，温峤行至武昌牛渚矶，人言其下多怪物，“峤遂燃犀角而照之”，立刻照到奇形异状的水族。

“未必佽飞强射，有力障狂澜。”“佽飞”：春秋楚国的勇士，曾斩长蛟，后为汉代武官名。如果惹怒了这些怪物，它们就会掀起狂澜，即便佽飞的强弓劲弩，也未必能制服它们。洞察妖物的温峤，强射蛟龙的佽飞，都无力降服魔怪，唯有依仗万古不倒的砥柱山。前面对三门津的景观多层次、多方位，进行纵横交错的描述，意犹未尽。词的最后到达高潮，出现劈波斩浪的豪杰。“唤取骑鲸客，挝鼓过银山。”“骑鲸客”：意即豪杰，李白曾自称“海上骑鲸客”；“挝”：敲击。无论三门津如何险恶，我要唤来像李白那样的豪客高士，击着威武之鼓，穿越波涛翻滚、浪如雪峰的三门津。以雄伟的三门津作陪衬，一展词人大气磅礴的胸襟！

清代词人况周颐《蕙风词话》云：“遗山之词，亦浑雅，亦博大。有骨干，有气象。”这首《水调歌头》代表着元好问豪放的词风。作者紧扣词题，重墨于三门津雄奇险峻的景色，飘逸旷放而又错落有致，环环相扣，博大的情怀与恢宏的景象融为一体。词的最后点出主旨，寄寓词人无论风云变幻、锐意进取的人生理念。

10. 水调歌头 ［清］张惠言

春日赋示杨生子掞（其一）

东风无一事，妆出万重花。
闲来阅遍花影，唯有月钩斜。

我有江南铁笛，要倚一枝香雪，吹彻玉城霞。
清影渺难即，飞絮满天涯。

飘然去，吾与汝，泛云槎。
东皇一笑相语，芳意在谁家？
难道春花开落，更是春风来去，便了却韶华。
花外春来路，芳草不曾遮。

张惠言是清代著名词学家，江苏武进（今常州）人，他开创的常州词派对后世影响甚大。张惠言少时贫寒，艰苦自学，对儒家学说的研究至深，深悟儒家的理念。中国古典文学研究专家叶嘉莹先生，对张惠言所作的五首《水调歌头》给予了高度的评价，在《小词之中的儒家修养》一文中，叶嘉莹先生称张惠言“把儒家的修养和儒家的义理写成美妙的小词”。叶先生和迟宝东合写的另一篇文中，称这一组词“是词史中难得一见的佳作”（《元明清词鉴赏辞典》）。

这五首《水调歌头》是一组定格连章的作品，词序均为“春日赋示杨生子掞”，杨子掞是张惠言赏识的一位学生。这五首词既是词人对弟子诲人不倦的慰勉，又是作者本人独立于世的自白。此词是组词中的第一首。

起首：“东风无一事，妆出万重花。”紧扣词序中的“春日”。春风吹拂，不经意间，“妆”点出“万重花”，繁花盛开，万紫千红。春光明媚，谁来欣赏“万重花”？不是“杨生子掞”，也不是作者自己，而是“闲来阅遍花影，唯有月钩斜”。闲情逸致，“阅遍花影”，唯有那斜挂在夜空的弯月。天上的一钩斜月，阅遍人间婆娑的花影。人间的花影，亦为天上弯弯的月亮而摇曳，天上人间相对，幽微、淡雅且温馨。

而你和我呢？“我有江南铁笛，要倚一枝香雪，吹彻玉城霞。”

我要吹奏江南清脆的铁笛，倚着一枝幽香雪白的梅花，让那清脆的笛声飘向天上，飘到神仙居住的“玉城”的云霞之中。清婉的词句，高远的理想，飘逸而又激昂。“玉城”，那是作者向往着高洁的境地。美妙的幻想之后，思绪蓦然一转，回到现实。“清影渺难即，飞絮满天涯。”天上玉城的云光霞影高不可及，理想落空；落花的飞絮纷纷扬扬，洒遍天涯。韶华易逝，春日不再！如何对待无情的现实？顺之转入下片。

“飘然去，吾与汝，泛云槎。”出自《论语·公冶长》，孔子曰：“道不行，乘桴浮于海，从我者，其由与！”孔子说：“如果自己的主张无法推行，我想乘着木筏漂流于海上。但跟随我的，恐怕只有仲由了。”词人化用孔子之语，对他的得意门生杨子掞推心置腹：理想的向往和追求固然美好，世事却难以预料。如果理想不能实现，我就带着你，乘木筏，泛海飘然而去。将上片结句中尘世里壮志难酬的惆怅，化作江海中逍遥自在的解脱。用精练优美的词的语言，表达儒家倡导的人生理念：“穷则独善其身，达则兼善天下。”（《孟子·尽心上》）

那么，美的真谛又是什么呢？“东皇一笑相语，芳意在谁家？”东皇太一，是古代传说中的春神。春神与词人相视一笑，亲切地问道：至美的意境究竟在哪里？“难道春花开落，更是春风来去，便了却韶华。”难道是在春花开放与零落、春风的归来与离去，以及韶华的美好与流逝之中？词人借东皇之口，抒发自己对美的真谛以及人生追求的反思。作者自问自答，最终的感悟：“花外春来路，芳草不曾遮。”儒家之道永远如春日，春花凋零送不去，春草枯萎遮不断。心守儒家之道，无论是挫折，还是顺利；无论是“出世”，还是“入世”，人生永如“春日”，生活永远美好。词的结尾既点出题序中“春日”的另一层内涵，又写明题序中具体的“赋示”。

全篇意内言外，比兴寄托，含深邃之理，于飘逸之词。整首词，亦词心亦道心，亦哲理亦词情，抒发了作者永不媚俗的自我操守，蕴藉着儒家修养的至高境界。清代词人谭献在《箧中词》称张惠言这五首《水调歌头》“胸襟学问，酝酿喷薄而出，开倚声家未有之境也”，“倚声家”即词家，作者以胸怀和博学尽情挥笔，开启向来未有的境界。

附：水调歌头　四首　［清］张惠言

其二

百年复几许，慷慨一何多。
子当为我击筑，我为子高歌。
招手海边鸥鸟，看我胸中云梦，蒂芥近如何？
楚越等闲耳，肝胆有风波。

生平事，天付与，且婆娑。
几人尘外相视，一笑醉颜酡。
看到浮云过了，又恐堂堂岁月，一掷去如梭。
劝子且秉烛，为驻好春过。

其三

疏帘卷春晓，蝴蝶忽飞来。
游丝飞絮无绪，乱点碧云钗。
肠断江南春思，粘著天涯残梦，剩有首重回。
银蒜且深押，疏影任徘徊。

罗帷卷，明月入，似人开。

一尊属月起舞，流影入谁怀？
迎得一钩月到，送得三更月去，莺燕不相猜。
但莫凭阑久，重露湿苍苔。

其四

今日非昨日，明日复何如？
竭来真悔何事，不读十年书。
为问东风吹老，几度枫江兰径，千里转平芜。
寂寞斜阳外，渺渺正愁予！

千古意，君知否？只斯须。
名山料理身后，也算古人愚。
一夜庭前绿遍，三月雨中红透，天地入吾庐。
容易众芳歇，莫听子规呼。

其五

长镵白木柄，劚破一庭寒。
三枝两枝生绿，位置小窗前。
要使花颜四面，和着草心千朵，向我十分妍。
何必兰与菊，生意总欣然。

晓来风，夜来雨，晚来烟。
是他酿就春色，又断送流年。
便欲诛茅江上，只恐空林衰草，憔悴不堪怜。
歌罢且更酌，与子绕花间。

生查子

词牌《生查子》简介

《生查子》唐教坊曲名，后用为词牌。又名《陌上郎》、《绿罗裙》等。传说汉代张骞乘槎往天河，本词牌名源于此，“查”为古“槎”字。双调，仄韵，字数四十、四十一、四十二字三种，以四十字为主。

以下列出本词牌格律常见的两种格体与范例。

格体一，四十字，上下片各四句、两仄韵。范例，北宋欧阳修词：

去年元夜时，花市灯如昼。
中平中仄平，中仄平平仄。
月上柳梢头，人约黄昏后。
中仄仄平平，中仄平平仄。

今年元夜时，月与灯依旧。
中平中仄平，中仄平平仄。
不见去年人，泪满春衫袖。
中仄仄平平，中仄平平仄。

格体二，四十一字，下片第一、二句为三字，上片两仄韵，下片三仄韵。范例，五代牛希济词：

春山烟欲收，天澹星稀小。
平平平仄平，平仄平平仄。
残月脸边明，别泪临清晓。

平仄仄平平，仄仄平平仄。

语已多，情未了。回首犹重道。
仄中平，平中仄。平仄平平仄。
记得绿罗裙，处处怜芳草。
仄仄仄平平，仄仄平平仄。

《生查子》历代佳作五首

1. 生查子　[五代] 牛希济

春山烟欲收，天澹星稀小。
残月脸边明，别泪临清晓。

语已多，情未了。回首犹重道。
记得绿罗裙，处处怜芳草。

牛希济是唐末五代的词人，现代学者、文学史家郑振铎《唐五代两宋词史稿》说："其词虽存者不过十余首，却可看出其为一大诗人。"这首词描写女子送别的情景，是他著名的代表作。

上片以景托情，春山残月，离情别泪。首两句，以优美的词句，简洁地勾画出季节、时间和环境。春天黎明时分，缭绕群山的晨雾即将消散。天色微明，远处星儿稀疏，点点晶莹。一个明媚的春日就要开始，相爱的情人却要远去，女主人分外悲伤。"残月脸边明，别泪临清晓。"天空一弯残月，幽幽的清辉映照在丽人俊俏的脸上，在这破晓之时，她离别的泪水禁不住地无声流淌。词情从而由景入情，进入下片。

下片以语道情，难舍难分，思情绵绵。“语已多，情未了”，夜里，两人已经千言万语，倾诉衷肠，意犹未尽。刚刚分手往回走了几步，女子又转过身来，再向郎君嘱咐：“记得绿罗裙，处处怜芳草。”无论你走得多么遥远，天涯处处有芳草，当你看到翠绿的青草时，请你想起我绿色的丝裙，想起我们缠绵缱绻的时光，想起我对你日夜的思念，珍惜我俩纯洁的爱情。在这首词以前，就有将芳草与罗裙联系在一起的古诗，如南朝江总的妻子《赋庭草》：“雨过草芊芊，连云锁南陌。门前君试看，是妾罗裙色。”然而“记得绿罗裙，处处怜芳草”这两句更为深切感人，成为广为传咏的经典爱情词句。

这首词笔调清淡婉丽，感情质朴真切，为多位名家所点赞。近代古典文学家李冰若在他的《栩庄漫记》写道：“‘记得绿罗裙，处处怜芳草’，词旨悱恻温厚，而造句近乎自然，岂飞卿（温庭筠）辈所可企及！‘语已多，情未了。回首犹重道。’将人人共有之情，和盘托出，是为善于言情。”

2. 生查子 ［北宋］欧阳修

去年元夜时，花市灯如昼。
月上柳梢头，人约黄昏后。

今年元夜时，月与灯依旧。
不见去年人，泪满春衫袖。

关于这首词的作者，或称是北宋秦观，亦有认作南宋朱淑真，但南宋曾慥所编《乐府雅词》中将它归为欧阳修之作，较为可信。元宵节又称灯节，农历正月十五，在汉魏之后成为民俗节日，自唐朝起形成了观灯闹夜的民间风俗。北宋时从正月十四到十八，每夜花灯与烟花，通宵达旦，提供了年轻人密约幽会、谈情说爱的大好机会。这首词通过女主人对去年此时甜蜜情景的回忆，与今日物是人非的鲜明对比，表现女子凄凉的伤感心情。

上片写“去年元夜”的情事。元宵之夜，张灯结彩，火树银花，宛如白昼。“月上柳梢头，人约黄昏后。”一轮明月刚刚升到柳树枝梢，黄昏悄退，暮色降临。情人约她在柳荫下幽会，月色清幽，灯光朦胧，在悄无人处彼此倾吐爱慕，两人柔情缠绵。

下片写“今年元夜”的孤独。依然是那轮元宵的圆月，依然是如昼的万盏花灯。“不见去年人，泪满春衫袖。”却不见去年的情郎，没有去年甜蜜的幽会，泪水湿透了美丽的衣裳。“泪满”两字直白地写尽了女主人的悲凉和凄戚。

这首词，题材贴切百姓生活，词情凄婉感人。写法上，形象生动，浅显易懂。上、下片多句互相关联对应，“年”、“元夜”、“灯”、“月”、“人”等字词重复出现，构成歌曲似的往复咏叹，充满着民歌直朴的风味。这些特色，使之成为一首脍炙人口的名篇。其中“月上柳梢头，人约黄昏后”，景幽情深，韵味隽永，为千百年来深受人们喜爱的经典之句。

3. 生查子 ［北宋］晏几道

关山魂梦长，鱼雁音尘少。
两鬓可怜青，只为相思老。

归梦碧纱窗，说与人人道。
真个别离难，不似相逢好。

晏几道，字叔原，号小山。这首词写的是游子思归之情。上片直写远离故乡的相思之苦，下片则以托梦的形式，抒发对妻子的眷恋。

“关山魂梦长，鱼雁音尘少。”“关山”：关隘和山川；“鱼雁”：指书信，引自汉乐府诗《饮马长城窟行》“呼儿烹鲤鱼，中有尺素书”，以及《汉书·苏武传》：“教使者谓单于，言天子射上林中，得雁，足有系帛书。”关山重重，远水迢迢，千里之外的家乡，在游子魂牵梦绕之中。无奈天遥地远，朝思暮盼的音信，却少之又少。离家时青春年华，不知世事；苦涩的思情催人衰老，如今已是两鬓斑白。怎不令人感伤！

下片开始：“归梦碧纱窗，说与人人道。”“人人”：宋代口语，对心上人的昵称。思归的倦客，随着归乡之梦飞回家中。梦里与妻子依偎在碧纱窗前，情话绵绵，对她喃喃细语：“那离别的日子真是凄苦难熬，哪里像团聚在一起这么好。”往昔的恩爱，痴迷的依恋，跃然纸上，真挚感人。然而这一切恩爱和依恋只是在归梦之中，醒来愈加忧伤。以梦境的甜美反衬现实的凄凉。

这首小令并无“悲”与“愁”的字眼，而意境里却弥漫着羁旅的悲凉以及想念妻子的愁苦，体现了小山的词风，情在言外，以梦托情，深婉诚挚。现代古典文学家吴世昌先生称晏几道之词：“以言明白自然，情丽宛转，千古无如小山。”（《词林新话》）

4. 生查子　[南宋] 辛弃疾

独游雨岩

溪边照影行，天在清溪底。
天上有行云，人在行云里。

高歌谁和余？空谷清音起。
非鬼亦非仙，一曲桃花水。

这首词，是作者被罢官、退居带湖期间所作，题目中的“雨岩”位于江西永丰县西南博山脚下。辛弃疾是词坛豪放派的杰出人物，词风以慷慨激越著称，但亦有不少清丽婉约之作。此词便是后一种风格的代表作之一。

上片独游所见。独自一人在雨岩的溪边漫步，溪面水波不兴，清澈见底，作者的倒影随人而行，蔚蓝的天空映照在清清的溪水之中。“天上有行云，人在行云里。”天上的行云，倒影在溪水里飘动；人在水中的身影，亦在水里的行云之中。词中的“天”、“云”和“人”，都不是实体，而是各自分别在水里的倒影。幽境独游，词人仿佛飘然若仙，与天上水底的碧空行云相伴，超然出尘，高洁不凡。

下片独游所闻。“高歌谁和余？空谷清音起。”高声放歌，谁与我相和？唯有不绝的清音，在空荡的山谷里回响。“非鬼亦非仙，一曲桃花水。”环顾四周，这清音既非鬼怪的声音，亦非神仙的声音，而是桃花林里一湾潺潺的溪水声。词人力主抗金，振聋发聩，如同空谷清音，和者甚寡，自己屡遭打击，何等失望，何等悲凉！此时，退隐江湖的词人，依然心系国事，山河破碎的忧伤犹如“一曲桃花水”，时刻流淌，无人理会。词的结句与首句相呼应，词情悠远，词意深沉。

这首小令紧扣词题“独游雨岩”，在独游中，上片以所见的动态画面为主，舒缓清丽；下片则重笔所闻的山谷之声，空灵缥缈。作者将沉郁的心情，寄意于清纯的大自然，清溪清音，疏淡深幽。在唯美的视觉与听觉之中，词人深切婉转地抒发自己鹤立鸡群、壮志难酬的感伤和忧愤。写作手法上，这首词体现了辛弃疾炉火纯青的功底，充溢着艺术的魅力。

5. 生查子　[清] 彭孙遹

旅夜

薄醉不成乡，转觉春寒重。
鸳枕有谁同？夜夜和愁共。

梦好却如真，事往翻如梦。
起立悄无言，残月生西弄。

彭孙遹，是清朝初期的一位饱学之士，善文史，工诗词。羁旅，是古代词坛的重要题材之一，佳作比比皆是。这首词笔法深婉，独具特色，不写山遥水远、风尘之辛，而是着笔词题“旅夜”，以抒发离家羁旅之苦。

上片描述夜宿旅店、微醉难眠的愁楚。“薄醉不成乡”，将“醉乡”一词拆开，使含义更加幽微。词人夜居客栈，孤独寂寞，唯有借酒消愁。没有酒友，把酒独酌，无心酣畅痛饮。“薄醉”，微醉犹醒，难以进入梦乡。辗转床头，更觉春寒袭人。“鸳枕有谁同？夜夜和愁共。”回想在家中与妻子同床共枕，鸳鸯恩爱，如今孤枕一人，夜夜只有愁苦相伴，黯然神伤。

下片书写美梦引发的惆怅。“梦好却如真”，梦境虽幻，却如同真实一样的美好。在梦中反复地重温往昔与妻子的旖旎缠绵，但愿长梦不复醒，却又无法不醒。夜阑时分，从梦中醒来，梦醒与“梦好”形成强烈的反差。“起立悄无言，残月生西弄。”“弄”：里弄，小巷。起身茫然若失，孤苦伶仃，凄切无语；一人伫立窗前，只见一钩残月悬挂在西巷的尽头，寒意料峭，小巷冷清，月色惨淡。

《生查子》属于小令，篇幅很短。这首词，在短短的八句词句中，作者紧扣旅夜“醉”、“梦”和“起”三个以时间为顺序的行为，通过醉与醒、梦与真，形象地描绘了客旅的思家之情。虚实相间，婉丽凄美，首尾两句尤为精妙、蕴藉。

永遇乐

词牌《永遇乐》简介

《永遇乐》又名《消息》。双调，一百零四字，以仄韵为主。格律的格体有多种，最常见的是苏轼、辛弃疾词的格体（即格体一）。南宋陈允平始创平韵之作。

以下列出本词牌格律常见的两种格体与范例。

格体一，一百零四字，上下片各四仄韵。范例，北宋苏轼词：

明月如霜，好风如水，清景无限。
平仄平平，中平平仄，平仄平仄。
曲港跳鱼，圆荷泻露，寂寞无人见。
仄仄平平，平平仄仄，仄仄平平仄。
紞如三鼓，铿然一叶，黯黯梦云惊断。
中平中仄，平平仄仄，中仄仄平平仄。
夜茫茫，重寻无处，觉来小园行遍。
仄平平，平平中仄，仄平中中平仄。

天涯倦客，山中归路，望断故园心眼。
平平仄仄，平平平仄，中仄中平中仄。
燕子楼空，佳人何在，空锁楼中燕。
仄仄平平，中平平仄，平仄平平仄。
古今如梦，何曾梦觉，但有旧欢新怨。
仄平平仄，中平中仄，中仄中平中仄。
异时对，黄楼夜景，为余浩叹。
中平仄，平平仄仄，仄平仄仄。

格体二，一百零四字，上下片各四平韵。范例，南宋陈允平词：

玉腕笼寒，翠阑凭晓，莺调新簧。
仄仄平平，仄平平仄，平平平平。
暗水穿苔，游丝度柳，人静芳昼长。
仄仄平平，平平仄仄，平仄平仄平。
云南归雁，楼西飞燕，去来惯认炎凉。
平平平仄，平平平仄，仄平仄仄平平。
王孙远、青青草色，几回望断柔肠。
平平仄、平平仄仄，仄平仄仄平平。

蔷薇旧约，尊前一笑，等闲辜负年光。
平平仄仄，平平仄仄，仄平平仄平平。
斗草庭空，抛梭架冷，帘外风絮香。
仄仄平平，平平仄仄，平仄平仄平。
伤春情绪，惜花时候，日斜尚未成妆。
平平平仄，仄平平仄，仄平仄仄平平。
闲嬉笑、谁家女伴，又还采桑。
平平仄、平平仄仄，仄平仄平。

《永遇乐》历代佳作五首

1. 永遇乐 ［北宋］苏轼

彭城夜宿燕子楼，梦盼盼，因作此词。

明月如霜，好风如水，清景无限。

曲港跳鱼，圆荷泻露，寂寞无人见。
紞如三鼓，铿然一叶，黯黯梦云惊断。
夜茫茫，重寻无处，觉来小园行遍。

天涯倦客，山中归路，望断故园心眼。
燕子楼空，佳人何在，空锁楼中燕。
古今如梦，何曾梦觉，但有旧欢新怨。
异时对，黄楼夜景，为余浩叹。

苏轼的这首词，写于宋神宗元丰元年（1078）十月，作者时任徐州知州。在此之前，因政见不同，受排挤离京，相继任杭州通判、密州知州。

词题中的燕子楼，是唐朝节度使张愔在徐州主政时，为爱妾关盼盼所建。张去世后，盼盼念其情而不嫁，居住楼中十余年。这首词，苏轼以“夜宿燕子楼，梦盼盼”为题，即景抒情，追怀历史，思索人生，抒发疏旷的感慨和洞彻的感悟。

上片前半段抒写燕子楼庭院的夜景。皎洁的月光，洒在地面上，如同铺上一层银色的薄霜；秋风送爽，如水清凉；夜空澄澈深邃，浩渺无际。在一片静谧之中，却见鱼儿在弯曲的池湾里跳动；圆圆的荷叶上，露珠晶莹流动，滴下池塘。景色由大入小、由静变动，细微的动，更呈现月夜的宁静。燕子楼如此美的夜景，夜复一夜，无人足迹，无人欣赏，词人不胜惋惜，“寂寞无人见”。

接着，从所见到所闻，游园惊梦。“紞如三鼓，铿然一叶，黯黯梦云惊断。”“紞”：拟音字。幽静的深夜，只有三更鼓声乍响、落叶铿锵作声，词人从超然尘外的梦中惊醒，黯然神伤。醒来，夜色迷蒙，神思惝恍，“重寻无处，觉来小园行遍”。重寻梦境，却已无处寻觅，独自在小园里徘徊，不禁思绪万千。

下片，慨然抒发人生的感悟，以及历史的沉思。多年浪迹天涯、宦海沉浮，我已厌倦；登燕子楼远眺，归乡之路，山重重，路遥遥，望眼欲穿，思归无法归。接着，词人的思绪又回到眼前："燕子楼空，佳人何在，空锁楼中燕。"燕子楼，当年绚丽的爱情故事，烟消云散，人去楼空；能歌善舞、体态轻盈的盼盼，如今安在；燕子楼里所见，唯有空锁着的金雕玉刻的飞燕。这三句为历代名家品味不已，极为赞誉，其中晚清词人郑文焯的评语尤为精辟："咏古之超宕，贵神情不贵迹象也。"（《大鹤山人词话》）此三句的"神情"何在？转入下面的词句。

"古今如梦，何曾梦觉，但有旧欢新怨。"燕子楼空，佳人不在，古往今来，人生均同一梦，又有谁曾经梦醒，全为了那"剪不断、理还乱"的旧欢新怨。今之醒者，从古之梦者的往事中得到感悟；后之醒者，又会怎样地评说今之梦者？今之醒者，亦是今之梦者，苏轼也。最后，词人由燕子楼想到黄楼，由自己推及来者："异时对，黄楼夜景，为余浩叹。"词人当下夜宿燕子楼，联想起自己在徐州所建的黄楼，怅然而思：后人面对黄楼夜景，追忆当年筑起黄楼的我，又将会发出怎样的浩叹！深远的幽思，空茫的喟叹。黄楼是苏轼为纪念抗洪胜利所建。苏轼任徐州知州两年，勤政爱民，政绩显赫，其中功彪青史的首推治水。宋熙宁十年（1077）四月到任，黄水未至，苏轼使民开建防洪工程。七月黄河决口，水及彭城下，苏轼"以身帅之"，誓言"吾在是，水决不能败城"，率民战胜黄河洪水。苏轼弟弟苏辙在《黄楼赋》中对此有详细记载。现在，黄楼已成为徐州的重要历史景点之一。

整首词，景，清幽空灵；情，深婉悠长；理，浑厚博大。景中抒情，情中寓理，景、情、理，浑然一体。追昔，思今，浮想至遥远的未来："后之视今，亦犹今之视昔，悲夫!"（王羲之《兰亭集序》）怀古抚今，"古今如梦"；由今及后，"为余浩叹"。全词笔法飘逸，蕴涵精深，读罢，久久余音绕梁，回味不尽。

2. 永遇乐 [北宋]李清照

落日熔金，暮云合璧，人在何处？
染柳烟浓，吹梅笛怨，春意知几许！
元宵佳节，融和天气，次第岂无风雨？
来相召、香车宝马，谢他酒朋诗侣。

中州盛日，闺门多暇，记得偏重三五。
铺翠冠儿，捻金雪柳，簇带争济楚。
如今憔悴，风鬟霜鬓，怕见夜间出去。
不如向、帘儿底下，听人笑语。

李清照，自号易安居士，生活在北宋和南宋交替之际。这首词是李清照晚年的名作之一。经历了家破国亡、漂泊流离，当时，她孤身独居南宋都城临安（现杭州），年已六十六岁。词人借元宵佳节抒怀，伤今追昔，感国家盛衰，叹身世之悲，全词渗透着时代的沧桑。

上片描写今年元宵节的景象和自己的心境。璀璨的落日，如同赤熔的金盘；暮色之中，彩云缭绕着璧玉般的圆月。如此绚丽的晚霞，“人在何处”？作者发出迷惘寂寥的叹息。初春时节，迷蒙的烟雾笼罩着柳林，空中传来一曲《梅花落》哀怨的笛声，梅花已经凋谢，“春意知几许”！眼下春意究竟有多少呢！词人流露出春意尚浅的惆怅。

“元宵佳节，融和天气，次第岂无风雨？”“次第”：当时的口语，意即转眼间。元宵佳节，风和日丽。天气难测，谁能知晓转眼间不会风疾雨骤？词人历经几十年的国家动荡、个人颠沛流离，以及生活大起大落，即便眼前“融和天气”，她也毫无心思欣赏，想到的却是不测的风雨。接着，“来相召、香车宝马，谢他酒朋诗侣”。酒朋诗侣驾着宝马香车来接，盛情地邀请我一道出外赏景赴会，均被我婉言谢绝了。年逾六旬、饱经风霜的词人，对热闹的场合兴趣索然。

下片的前半段由上片写今转入对往昔的回忆。李清照少年时期随父亲生活在汴京，条件优越，并在词坛崭露头角。“中州盛日，闺门多暇，记得偏重三五。”“中州”：原为意中原，此处意指汴京（今开封）；“三五”：正月十五元宵节。遥想当年汴京繁华鼎盛，我身居闺房，多有闲暇时间，诸多节日之中，就偏爱元宵佳节。“铺翠冠儿，捻金雪柳，簇带争济楚。”“雪柳”：雪白如柳叶状的头饰；“簇带”：簇即簇团，带即戴；“济楚”：美观，漂亮。“簇带”与“济楚”均为宋时的俗语。元宵之夜，我和女伴们，头上戴着插有翠鸟羽毛的时尚帽子，还有用闪亮的金线丝所制的雪柳，打扮得整齐大方、时髦亮丽，一同说说笑笑，前去观灯赏花。

后半段词情回到现实，表现苍老的面容和孤寂的心态。当年楚楚动人的少女，如今面容憔悴，鬓发零乱，不愿让人看见我晚间出去、一副老态龙钟的模样。“不如向、帘儿底下，听人笑语。”倒不如待在家里，悄悄地透过门帘的下面，听听外面他人的欢声笑语。心底仍然存有少女时代对元宵佳节的钟爱，然而，如今面对外面的欢庆，自己只愿隔帘重温遥远的旧梦了！历经风吹雨打的垂暮词人，一方面，心灵深处对美好生活的迷恋与向往并未泯灭；另一方面，精神世界又沉淀着厚重的孤独和凄凉。

这首词运用今昔对比的写法，将国家的兴衰与个人的哀乐融为一体，深沉的伤感蕴含在美丽的情景中。南宋末年著名词人刘辰翁在他的《永遇乐》词序中写道：“余自乙亥上元诵李易安《永遇乐》，为之涕下。今三年矣，每闻此词，辄不自堪。”由此可见，李清照这首词具有强烈的时代气息和感染力。

在艺术上，词人妙笔生辉，俗中见雅，雅俗相宜。正如南宋张端义在《贵耳集》对这首词的点评：“皆以寻常语度入音律。炼句精巧则易，平淡入调者难。”作者将寻常平淡的言语融入词的音律之中，多处娴熟地插入浅显生动的民俗口语。填词造句精巧华丽相对容易，朴实无华而又内涵丰富却极难，一般词人很能达到李清照这样炉火纯青的文学造诣。

3. 永遇乐 ［南宋］辛弃疾

京口北固亭怀古

千古江山，英雄无觅，孙仲谋处。
舞榭歌台，风流总被，雨打风吹去。
斜阳草树，寻常巷陌，人道寄奴曾住。
想当年、金戈铁马，气吞万里如虎。

元嘉草草，封狼居胥，赢得仓皇北顾。
四十三年，望中犹记，烽火扬州路。
可堪回首，佛狸祠下，一片神鸦社鼓。
凭谁问、廉颇老矣，尚能饭否？

这首词写于宋宁宗开禧元年（1205），时辛弃疾六十六岁。当时，南宋权相韩侂胄筹划北伐，闲置已久的辛弃疾于前一年被起用为浙东安抚使，同年初春，受命任镇江知府，守卫江防要地京口（今江苏镇江）。表面看，朝廷似乎对他重用，实则利用他主战派元老的招牌。辛弃疾到任后，积极部署军事准备；同时，他意识到政坛的险恶，忧心韩侂胄轻敌冒进，又深感自己难有作为。在这种背景下，词人登上京口北固亭，写下这首千古传诵的历史名篇。

词题“京口北固亭怀古”，“京口”，是三国时期吴大帝孙权设置的重镇，并一度为吴国都城，它又是南朝宋武帝刘裕生长的地方。“北固亭”，坐落在北固山上，北临长江。作者登临北固亭，面对雄伟江山和历史遗迹，怀古伤今，焦虑忧思，而又壮怀激烈。

上片抒发怀古之情。登临纵目，面对一片历史悠久、雄伟壮丽的大好江山。三国孙权曾在此抵御曹魏，雄踞一方，而今已无处寻觅。无论是当时的舞榭歌台，还是英雄人物孙权，都已在岁月的风吹雨打中湮没。但是，眼前的千古江山见证着孙仲谋显赫的业绩。

接下来三句转而描写刘裕。“斜阳草树，寻常巷陌，人道寄奴曾住。”“寄奴”：南朝宋武帝刘裕小名。远处，斜阳映照着杂草老树，其间普通百姓的小巷清晰可见，人们说南朝刘宋开国君主刘裕就曾住在那一带。（注：刘宋，420—479，南朝时期的宋朝，因国君姓刘，为了与后来赵匡胤建立的宋朝相区别，故历史上又称之为刘宋。）想当年，刘裕金戈铁马、驰骋沙场，平息内乱，取代东晋，建立了中国南北朝时期的南朝第一个朝代“宋”。随后，刘裕率军两次北伐，横扫万里，气势犹如猛虎。

词人选择了与京口有关的两位典型的历史人物。孙权，继承父兄的业绩，抗击曹魏。刘裕，创立新朝，积极进取。尽管孙权和刘裕这样的英雄人物最终也退出了历史舞台，长眠于苍茫大地，但他们英雄的伟业永留青史，他们壮心不已的精神为后人仰慕。作者颂扬古代英雄人物，抒发自己挥师北伐、收复失地的抱负，并为南宋朝廷偷安一隅、不求进取而痛心。

下片词意分成三层，回旋激荡，意境深幽。作者头三句引用历史的典故，语重心长地告诫南宋朝廷，在北伐前必须做好充分准备，切不可轻敌妄动，否则反遭溃败。“元嘉草草，封狼居胥，赢得仓皇北顾。”元嘉年间，刘宋文帝轻率起兵北伐，企图获得霍去病那样“封狼居胥”的大胜，反被北魏军击败，落得仓皇逃归，对方大举南侵，直抵长江北岸。“元嘉”：刘裕的儿子宋文帝刘义隆的年号（424—453）。“封狼居胥”：狼居胥山，在内蒙古西北部。汉武帝元狩四年（前119）霍去病出塞，大败匈奴，歼敌七万余，于是“封狼居胥山，禅于姑衍”，在山上积土为坛，祭天曰封，祭地曰禅，以告天地，庆贺胜利。

接着，作者回望四十三年前的情景。“四十三年，望中犹记，烽火扬州路。”一江之隔，京口的长江对面就是扬州。绍兴三十二年（1162），词人在敌占区领导起义军，驰骋在烽火连天的扬州以北地区，奋勇抗击金兵，随后率起义军南归，寄希望于南宋朝廷。往事历历在目！

“可堪回首，佛狸祠下，一片神鸦社鼓。”“佛狸祠”：北魏太武帝拓跋焘的小字佛狸伐，元嘉二十七年（450）他率大军反击刘宋，抵达长江北岸，在瓜步山（即今南京瓜埠山）建立行宫，后成为庙宇。金朝皇帝完颜亮曾经发动南侵，驻扎在瓜步山。在这首词中，佛狸祠象征着金兵侵略者留下的痕迹。“神鸦社鼓”：一种迎神祭祀的社会活动。词人悲叹道：当年金朝侵略军蹂躏的地方，如今却成了神鸦社鼓的场所，毫无备战的气氛，与四十三年前“烽火扬州路”形成鲜明的对比。再想到南归四十三年来，自己抗金的主张一次又一次地受到打击，心中无比悲哀，不堪回首！

即便如此，在此筹备抗金北伐之际，已经年迈的词人重燃实现终生夙愿的激情。最后写下惊天地、泣鬼神的警句：“凭谁问，廉颇老矣，尚能饭否？”有谁会来问：廉颇将军已老，身体是否依然强壮如故？是否可以重返沙场？这里，作者引用了一个著名的历史典故：廉颇，战国时赵国名将，战功卓著，后不为赵国所用；赵被秦围困时，赵王派使者见他，廉颇在使者面前，“一饭斗米，十斤肉，被甲上马”（司马迁《史记·廉颇蔺相如列传》），表示一如既往、忠心耿耿，愿为赵国效命，可是廉颇最终未能如愿。

辛弃疾出神入化地引用这个典故，意味尤为深长，暮年之际，一生遭际竟然与廉颇如此相同。年已六十六岁，自己仍愿作为主帅，冲锋陷阵，北伐克敌，收复国土。文韬武略，赤胆忠心，始终不为朝廷所重用！沉郁之忧，积压之愤，赤诚之心，全在结束的三句之中！

全词，作者在老迈之年，以正、反的历史典故为鉴，苦心积虑地告诫南宋朝廷。同时，作者老当益壮，抒发抗金报国的坚定意志。豪放悲壮，披肝沥胆，感天动地。这首词，深受历代名家推崇，明代著名文学家杨慎在他的《词品》中评道："稼轩词中第一。发端便欲涕落，后段一气奔注，笔不得遏。廉颇自拟，慷慨壮怀，如闻其声。谓此词用人名多者，当是不解词味。辛词当以'京口北固亭怀古'《永遇乐》为第一。"所言极是。

但可惜的是，辛弃疾在这首词中的忠告没有得到朝廷的采纳。开禧二年（1206）四月，韩侂胄出兵北伐，由于军事准备不足，加之出现了内奸叛徒，开禧三年北伐失败。同年十月三日，辛弃疾病故于家中。十一月三日韩侂胄被暗杀。南宋又一次与金朝签订屈辱的"和议"。

4. 永遇乐　［南宋］刘辰翁

余自乙亥上元，诵李易安《永遇乐》，为之涕下。今三年矣，每闻此词，辄不自堪。遂依其声，又托之易安自喻。虽辞情不及，而悲苦过之。

壁月初晴，黛云远澹，春事谁主？
禁苑娇寒，湖堤倦暖，前度遽如许。
香尘暗陌，华灯明昼，长是懒携手去。
谁知道、断烟禁夜，满城似愁风雨。

宣和旧日，临安南渡，芳景犹自如故。
缃帙流离，风鬟三五，能赋词最苦。
江南无路，鄜州今夜，此苦又谁知否？
空相对、残釭无寐，满村社鼓。

这首词的序文记述了作者写此词的缘由。易安是李清照的自号，她晚年在南宋临安元宵节写下《永遇乐》（落日熔金），怀念北宋汴京盛况，悲叹家国之伤。“乙亥上元”，南宋恭帝德祐元年（1275）元宵节，刘辰翁读诵李清照的《永遇乐》，悲痛万分，“为之涕下”，当时蒙古大军侵入江淮，南宋风雨飘摇。三年后，宋端宗景炎三年（1278），临安已被元军占领了两年，南宋残余政权濒临灭亡，作者流离失所，实为亡国之民，“悲苦过之”，处境比当年李清照更为凄惨，遂依李词之韵，写下这首泣血之词。

词的上片书写临安元宵节的今昔对比。前半段写临安沦陷后的情景，在临安被元军占领后，词人曾重访此地。元宵佳节，春雨刚过，暮色初晴，一轮满月，皎洁如同璧玉，天空清澈，远处青黛色的薄云如丝如缕。如今临安已经易主，这美好的春色属于何人？“禁苑娇寒，湖堤倦暖，前度遽如许。”“禁苑”：皇帝的苑园；“前度”：上一次，引用唐刘禹锡诗句“前度刘郎今又来”。皇宫苑园轻寒袭人；西湖堤岸稍有一点暖意，令人倦乏，到处毫无早春的生机。与上一次所见相比，在元军的统治下，转眼间都城如此冷落，变化之快，让人分外心寒。

上片的下半段，首先回忆南宋时临安元宵节的盛况。“香尘暗陌，华灯明昼，长是懒携手去。”人流熙攘，车水马龙，仕女们乘坐的香车卷起尘土，遮暗了巷陌；花灯满街，五彩缤纷，照得夜如白昼。年复一年，热闹非凡，作者也就常常懒得与友人携手同去观赏了。这三句呼应李清照原词中的“来相召、香车宝马，谢他酒朋诗侣”。接着再回到当前。谁料到，今日的元宵节元军宵禁，断绝烟花灯火，不见香车游人，满城风雨萧瑟，愁云笼罩！

下片前半段，词人叙述李清照南渡时的遭遇，扣住词序，并为后半段抒写自己的境况铺垫。“宣和旧日，临安南渡，芳景犹自如故。”李清照南渡以后，常常回忆北宋徽宗宣和年间（1119—1125）汴京的往事，繁华景象历历在目。“缃帙流离，风鬟三五，能赋词最苦。”“缃帙”：书卷；“三五”：正月十五，元宵佳节。南渡后，李清照流离颠沛，收藏的书画古董散失殆尽。李清照赋写的《永遇乐》词句“如今憔悴，风鬟霜鬓，怕见夜间出去”，满纸辛酸，悲苦之极！

接着，词人倾诉自己的现状。“江南无路，鄜州今夜，此苦又谁知否?”“鄜州”：州名，今陕西延安富县。此处引用杜甫《月夜》中的诗句“今夜鄜州月，闺中只独看”，安史之乱时，杜甫的家人在鄜州，杜甫却被安史叛军禁于长安。刘辰翁的困境犹如当年的杜甫，江南元军入侵，烽火连天。此时词人滞留在临安附近的一处乡村，他的家在庐陵（今江西吉安），有家归不得，时刻挂牵着远隔的亲人。这种痛苦又有谁知晓？“空相对、残釭无寐，满村社鼓。”“残釭”：油尽将灭的烛灯；“社鼓”：古代社日祭神时鸣奏的鼓乐。作者孤寂一人，空对残灯，无法入眠，外面传来满村社祭的鼓声，喧闹嘈杂，更加引发思乡的愁苦。

这首词，笔法遒劲，情节跌宕，哀婉凄绝。构思中多用对比，加深了感情的色彩和历史的沉淀。尤其是通过南宋亡国之际个人的感受，与大约一百五十年前李清照相对比，“悲苦过之”。整首词承载着中华民族南宋时期的历史悲怆，其思想的深度和艺术的魅力，使之不失为词坛的杰作。清末词人况周颐《蕙风词话》称：“须溪（刘辰翁别号）词风格遒上似稼轩（辛弃疾），情辞跌宕似遗山（元好问）。”此词可见一斑。

5. 永遇乐 ［清］徐灿

舟中感旧

无恙桃花，依然燕子，春景多别。
前度刘郎，重来江令，往事何堪说。
逝水残阳，龙归剑杳，多少英雄泪血。
千古恨、河山如许，豪华一瞬抛撇。

白玉楼前，黄金台畔，夜夜只留明月。
休笑垂杨，而今金尽，秾李还消歇。
世事流云，人生飞絮，都付断猿悲咽。
西山在、愁容惨黛，如共人凄切。

徐灿，江苏吴县（今苏州市）人，明末清初著名的女词人、诗人和书画家，她的词多抒发身世之感、亡国之痛。有评家认为，她是中国古代唯一可与李清照相提并论的女词人。

明末崇祯年间，她的丈夫陈之遴任编修一职，她随夫在京生活两年，后离京。清顺治二年（1645）陈之遴投身新朝。陈在清廷任职后，徐灿携子女乘舟，再度赴京，她在舟中写下这一首感慨万千、凄凉悲切的名作。

上片起首三句书写自然景色。别来十多年，桃花艳丽，燕子飞翔，春景依然如故，大自然不知沧桑巨变、物是人非。进而由写景转入写人。“前度刘郎，重来江令，往事何堪说。”“前度刘郎”：引用唐刘禹锡诗句“前度刘郎今又来”；“江令”：隋朝江总先后仕南朝梁、陈、隋三朝，仕陈时官至尚书令，人称“江令”。词人借用这两个典故抒发感慨：一些曾在明朝做官的人，如今又回到京城，在清廷任职。江山兴衰，人事变迁，往事不堪回首，难以言说！

上片后半段抒发明朝亡国之恨。舟中望去，逝者如斯，残阳如血，苍苍茫茫。面对“逝水残阳”，词人深深地怀念那些抗清的英烈。“龙归剑杳，多少英雄泪血。”多少浴血奋战的抗清英雄，壮志未酬，以身殉国，永垂青史！“龙归剑杳”：《晋书·张华传》记载，张华望丰城（今江西丰城）有剑气，乃以雷焕为丰城令，焕掘得双剑，一给华，一自佩。张华与雷焕死后，焕之子持剑经福建延平津，剑忽跃出堕水，化为二龙而没，后人用神剑之化比喻人离世。词中以此隐喻抗清英烈人已离世、精神永存。“千古恨、河山如许，豪华一瞬抛撇。”河山依旧，朝代更迭，明朝的豪华瞬间烟消云散，留下千古遗恨！

下片起头三句感叹改朝换代导致人才凋零殆尽。“白玉楼前，黄金台畔，夜夜只留明月。”昔日人才云集之地，如今冷冷清清，门可罗雀，夜夜只有一轮孤月。这里化用两个典故。“白玉楼”：传说天帝建成白玉楼，召唐代诗人李贺任记事一职，实为美差，李贺不幸遂亡，后指才子英年早逝，或文人卒亡；“黄金台”：相传燕昭王筑台，置重金于上，招揽天下贤士。接着，词情更深一层：“休笑垂杨，而今金尽，秾李还消歇。”且莫笑绿丝婆娑而今金色褪尽的垂柳，那艳丽的桃李不也将衰败凋谢。历经风云变幻，词人深感命运无常，发出“人无千日好，花无百日红”之叹！

下片后半段直抒国家易主之痛、个人漂泊之苦。世事如风卷流云，变幻莫测；人生似飞絮，身不由己；家国和个人的一切伤痛，尽付与哀猿不停的啼咽声。客舟已抵临京城，词人眺望西山，群峰逶迤，抚今追昔。明亡前，作者家居北京西面，常“闲登亭右小丘，望西山云物，朝夕殊态”（出自陈之遴为作者写的《拙政园诗余序》）。如今，“西山在”，西山见证着几十年间词人的流离颠沛、悲欢离合；见证着战火纷飞、生灵涂炭；见证着王朝更迭、历史沧桑。“愁容惨黛，如人共凄切。”将西山拟人化，美丽的西山为人间的苦难而惨淡失色，与人共凄切。词人内心深处的凄切无以言状！

晚清词人谭献评此词：“外似悲壮，中实凄咽，欲言未言。”（《箧中词》）作者在抒发个人身世之伤的同时，更重笔于民族盛衰之叹，词情沉郁凄凉，深刻地反映了清初明代遗民的伤痛。写法上，寓情于景，用典精辟，文笔深婉凝重。

西江月

词牌《西江月》简介

《西江月》，又名《江月令》、《步虚词》等。原为唐教坊名，后用为词牌。词牌名出自唐代李白《苏台怀古诗》诗句“只今惟有西江月，曾照吴王宫里人”。双调，字数有五十、五十一、五十六字等，以五十字为主。

以下列出本词牌格律常见的两种格体与范例。

格体一，五十字，上下片第二、三句押平韵，第四句押仄韵，而且平仄韵脚在同一韵部。范例，南宋辛弃疾词：

明月别枝惊鹊，清风半夜鸣蝉。
中仄中平平仄，中平中仄平平。
稻花香里说丰年，听取蛙声一片。
中平中仄仄平平，中仄平平中仄。

七八个星天外，两三点雨山前。
中仄中平平仄，中平中仄平平。
旧时茅店社林边，路转溪桥忽见。
中平中仄仄平平，中仄平平中仄。

格体二，五十字，上下片第二、三句押平韵，第一、四句押仄韵。范例，北宋苏轼词：

点点楼头细雨，重重江外平湖。
仄仄平平仄仄，平平平仄平平。
当年戏马会东徐，今日凄凉南浦。

平平仄仄仄平平，平仄平平平仄。

莫恨黄花未吐，且教红粉相扶。
仄仄平平仄仄，仄平平仄平平。
酒阑不必看茱萸，俯仰人间今古。
仄平仄仄仄平平，仄仄平平平仄。

《西江月》历代佳作九首

1. 西江月 ［北宋］司马光

宝髻松松挽就，铅华淡淡妆成。
青烟翠雾罩轻盈，飞絮游丝无定。

相见争如不见，多情何似无情。
笙歌散后酒初醒，深院月斜人静。

司马光是北宋时期的一代名臣，著名的政治家、史学家和文学家。他勤奋、耿直，著作丰厚，存词仅三首，其中这首艳词最为出色。历史上有人从卫道士的眼光来判断，认为它不是司马光之作。然而，北宋上层士大夫的生活氛围和写作题材，让诸多重臣，如欧阳修、范仲淹等，均写有艳丽的词篇，非伪道学者所能理喻的。“窈窕淑女，君子好逑”，思而不邪，乃常人心态。作者在一次酒宴上偶遇一位舞女，一见倾心，席散酒醒，不见其人，写下了这首词。

上片首两句从发髻和淡妆描绘女子的容貌。头上挽着一个松松的云髻，脸上抹上薄薄的香粉，素雅脱俗。后两句勾画她的体态和舞姿，“青烟翠雾罩轻盈，飞絮游丝无定”。青烟翠雾般的半透明的丝纱裙衣，笼罩着婀娜多姿的轻盈身材。舞姿飞旋飘忽、纤柔清丽，如飞絮，似游丝。这是一位楚楚动人、色艺双全的妙龄女子。

下片直抒对这位美女的思念。“相见争如不见，有情何似无情。”“争如”：怎如、倒不如。舞女的倩影历历在目，爱慕之情挥之不去，一次相见倒不如不见。自己是有情的男子，自作多情，自寻烦恼，倒不如冷漠无情，不为情所苦。曼舞演罢，笙歌散去，微醉初醒。“深院月斜人静”，独自置身于深幽的庭院，斜月临空，夜阑人静。短短的小令以景语结束，无言之句，不尽之意，耐人寻味。此时，词人该是怎样的追忆和感受呢？眷恋？失落？怅惘？……

全词，作者抒发对这位淡雅脱尘的美女的单相思，感情坦荡自然，笔调优雅婉丽。一位老学究似的政治家和学者，毫无矫揉造作地表白与常人一样的内心情感，既难能可贵，又特别可爱。

2. 西江月　［北宋］苏轼

世事一场大梦，人生几度秋凉。
夜来风叶已鸣廊，看取眉头鬓上。

酒贱常愁客少，月明多被云妨。
中秋谁与共孤光，把盏凄然北望。

宋神宗元丰二年（1079）八月，苏轼因“乌台诗案”被诬入狱，第二年春二月被谪至湖北黄州。此年中秋，“东坡在黄州，中秋夜对月独酌，作《西江月》词”（南宋胡仔《苕溪渔隐丛话》）。在遭受人生第一次重大打击之后，词人借中秋之景，抒发内心的感伤、对友情的期盼以及对美好的向往。

上片起首两句直抒内心的沉郁和感叹。“世事一场大梦，人生几度秋凉。”曾几何时，意气风发，满怀抱负，谁料飞来横祸，下了大狱，死里逃生，贬到黄州。世事如同大梦一场，朝为座上客，夕为阶下囚，人生还要经历多少次突如其来的秋凉。在此，“秋凉”二字既对应中秋，又赋予深层的含义。深夜，西风阵阵，落叶萧萧，风声、叶声在长廊里回响。以夜间秋风落叶，寓意自己的景况。随之，直写“看取眉头鬓上”。念及自身，两鬓已斑，愁锁眉头，心境悲切！词人年方四十五岁，正值施展才华、大有作为的盛年，如今前程茫然。

下片书写作者的孤寂和苦闷。“酒贱常愁客少，月明多被云妨。”世态炎凉，戴罪之身，贫困窘迫，只能买些价廉的酒肴，盼望客人到来，却门庭冷落。明月多被云遮，才高总被人妒，小人得势，英才落难。词的最后，作者发出悲伤的慨叹：“中秋谁与共孤光，把盏凄然北望。”中秋之夜，亲人团聚、友人互送情谊之夜，谁与我一同仰望皓月，谁知我高洁的心灵与情怀。因谗遭贬，沦落天涯，乡离友别，独自把酒一盏，遥望北方的京城，内心分外凄然。词人表露出贬发之中的悲愤与凄凉，以及对朝廷仍心存希冀，呼唤朝廷能够还自己以清白。

全词情景交融，在苍凉清幽的中秋之夜，慨然抒怀，郁愤悲歌，表白词人在第一次被贬谪之初对世事与人生的沉思，世事如梦，人生无常。然而，作者不言放弃，苦难之中渴望理解，追求美好。整首词言浅意深，荡气回肠，充溢着伤感的悲剧色彩，悲情之中蕴含着与命运抗争的悲怆，具有强烈的感染力。

3. 西江月 [北宋] 苏轼

顷在黄州，春夜行蕲水中，过酒家饮。酒醉，乘月至一溪桥上，解鞍曲肱，醉卧少休。及觉已晓，乱山攒拥，流水锵然，疑非尘世也。书此语桥柱上。

照野弥弥浅浪，横空隐隐层霄。
障泥未解玉骢骄，我欲醉眠芳草。

可惜一溪风月，莫教踏碎琼瑶。
解鞍欹枕绿杨桥，杜宇一声春晓。

在贬发湖北黄州、任团练副使期间，苏轼写下不少寄情于山水的诗词与散文。这首小令抒写东坡春夜漫行的情景，耐人品味。词序以简练优美的散文笔调，写出地点、时间、漫行的过程。词序中的“蕲水”：溪水名，流经湖北蕲春县境，在黄州附近。

上片首两句描写归途所见之景：“照野弥弥浅浪，横空隐隐层霄。”“弥弥”：水波闪动的样子。月光洒满春天芳香的绿野，映照着波光粼粼、流水潺潺的溪面；苍辽澄澈的天宇，漂浮着淡淡的云层，若隐若现。“障泥未解玉骢骄，我欲醉眠芳草。”“障泥”：用锦或布制作的马鞯，垂于马的两侧，以挡泥土；“玉骢”：白色的良马。词人在酒家畅饮之后，骑上矫健的马儿，此时已经不胜酒力，酒醉欲睡。他急忙从马背上下来，等不及卸下马鞍和马鞯，便想沉睡于柔软的芳草上。无际的夜空，薄云缥缈；月下的原野，小溪流淌；夜阑人静，芳草如茵，词人沉醉其中，得到莫大的精神慰藉。

过片二句，进一步抒发词人对春夜月色的迷恋，细腻而又深情。“可惜一溪风月，莫教踏碎琼瑶。”“可惜”：可爱，怜惜。清风明月之下的一溪流水，何等可爱，让人怜惜。小溪碧波闪闪，犹如晶莹剔透的翠玉，可莫教马蹄前去将它们踏碎。“解鞍欹枕绿杨桥”，词人解下马鞍作睡枕，斜卧在绿杨遮掩的桥上，在幽美静谧的月色下进入梦乡。“杜宇一声春晓”，“杜宇”：杜鹃鸟。醒来已是春天的黎明，鸟语花香。词的最后，作者引用“望帝啼鹃”“杜鹃啼血”的古代传说，寓喻他虽因谗遭贬，但心志不移，豁达旷放。

苏东坡谪居黄州第一年的中秋写了《西江月》（世事一场大梦），词情郁愤凄然。时隔不久，词人在皓月淡云、大江扁舟之中找到精神的超脱、感情的寄放，随遇而安，忘却苦难，写下许多传世的散文和诗词，这首小词是其中之一。情思飘逸，文笔洒脱，景致空灵幽美，意境高洁清远。在纤尘不染的春色月夜之景中，展现作者超凡脱俗的内心世界。阅读与欣赏东坡的名词，乃是一种美的享受、精神的熏陶。

4. 西江月 ［南宋］张孝祥

题溧阳三塔寺

问讯湖边春色，重来又是三年。
东风吹我过湖船，杨柳丝丝拂面。

世路如今已惯，此心到处悠然。
寒光亭下水如天，飞起沙鸥一片。

此词在有些选本上没有词题，也有词题为“丹阳湖”或“洞庭”的。这里采用《唐宋词鉴赏辞典（南宋·辽·金）》中的词题。其中的三塔寺位于三塔湖畔，三塔湖在江苏溧阳西七十里。这首词大约作于南宋绍兴三十二年（1162）春，作者经历了一番官场沉浮之后，故地重游，有感而发，写下这首名词。

上片首两句：“问讯湖边春色，重来又是三年。”“问讯”：问候。时隔三年，再次来到三塔湖边，就像从未忘记的老友，久别重逢，心情激动，迫不及待地走向前去问候。而词人亲切问候的是“湖边春色”，湖边的春花芳草、春燕垂柳，别来无恙。“东风吹我过湖船，杨柳丝丝拂面。”东风徐来，水波不兴，杨柳仿佛善解人意，殷勤地婆娑拂面，小船乘风而行，轻轻地划过湖面，词人心旷神怡，到达三塔寺。

过片：“世路如今已惯，此心到处悠然。”词人力主收复中原，在过去的三年之内两次被罢官。世路坎坷不平，宦海漩涡恶浪，已经习以为常；无论走到哪里，我都泰然处之。实乃不得已而为之的随遇而安，在大自然中寻求寄托。“寒光亭下水如天，飞起沙鸥一片。”（一作“寒光亭下水连天”。）“寒光亭”：在三塔寺内；“沙鸥”：沙洲上的鸥鸟。词人来到三塔寺前，尘嚣一空；“寒光亭下”，水天一色。作者豁然超脱了“世路”的羁绊，精神世界像沙鸥一样腾空而起，在广阔的碧水蓝天之间，自由自在地飞翔。词的结尾两句紧承上句的“到处悠然”，落笔于此时此处的“悠然”。

这首词，作者以轻快明丽的笔调，抒发对纯净大自然的迷恋，表达对污浊官场的厌恶，以及对自由的向往。最后两句，以景寓情，疏淡空辽，展现出词人高远的心迹，以及娴熟的艺术才华，清代李佳在其《左庵词话》中赞之为词坛的“警句”。

5. 西江月 ［南宋］辛弃疾

夜行黄沙道中

明月别枝惊鹊，清风半夜鸣蝉。
稻花香里说丰年，听取蛙声一片。

七八个星天外，两三点雨山前。
旧时茅店社林边，路转溪桥忽见。

黄沙岭在江西上饶西四十里，岭高约十五丈，下有清泉和农田。作者因力主抗战而多次遭贬。宋孝宗淳熙八年（1181），他被弹劾罢官，退隐上饶带湖，先后在此生活长达近十五年，其间写下诸多脍炙人口的词作，这首词是其中之一。由词题可知，这首词描写作者夜行黄沙道的情景。

词的首两句："明月别枝惊鹊，清风半夜鸣蝉。""别枝"：斜枝；"明月"一句，化用苏轼《次韵蒋颖叔》诗："月明惊鹊未安枝，一棹飘然影自随。"明月当空，月光皎洁，惊醒的鹊儿在斜枝间穿梭；夜阑人静，清风微拂，送来悦耳的蝉鸣声，山间的夏夜柔美恬逸。"稻花香里说丰年，听取蛙声一片。"行至山下，扑面而来稻花飘香，蛙声合唱。田园一片祥和，预兆着丰收在望。词人与当地农民甘苦与共，从内心深处抒发出丰年的喜悦，字里行间洋溢着浓郁而又朴实的乡土气息。

过片两句，作者的视野转向更为开阔的空间。"七八个星天外，两三点雨山前。"遥远的天际，星星稀疏，若隐若现；身边的山前，飘落着零散的雨点。对仗工整的两句，典型的取景，精妙的词句，勾画出一幅由远及近、清幽空灵的画卷。作者沿途沉浸在迷人的夜景中，不知不觉就到了社庙林边的茅屋小店，那可是我多次光顾的店铺啊。顺路一转，方知已经到了汩汩的小溪，一拱木桥不期而至，突现眼前。"夜行黄沙道"，犹如世外桃源的景致，正是此时此刻词人恬淡旷达的心境的写照。

全词布局错落有致，词情清新真醇，语言自然明快。作者以农村极为寻常而又典型的景物为素材，包揽视觉、听觉、嗅觉所感受到的夏夜山村风光，婉丽疏朗，洒脱情深。词中，作者分享着普通农民的生活乐趣，同时抒发诗人的浪漫情调，寄托志士的高洁胸怀。这首小令，宛若一幅山村的水墨画，又如一首田园的小夜曲，给人以唯美的愉悦。

6. 西江月 ［南宋］辛弃疾

遣兴

醉里且贪欢笑，要愁那得工夫。
近来始觉古人书，信著全无是处。

昨夜松边醉倒，问松：“我醉何如？”
只疑松动要来扶，以手推松曰：“去！”

这首词作于辛弃疾闲置于江西上饶期间。表面上看，此词如其标题所注，是一首遣兴消闲之作，实则作者以诙谐的笔调，宣泄内心的积愤和悲怆。

上片首二句：“醉里且贪欢笑，要愁那得工夫。”其中第一句化用南唐后主李煜《浪淘沙》的词句“梦里不知身是客，一晌贪欢”。作者自嘲，我暂且在醉乡里自得其乐，哪还有工夫去忧愁世事。醉里暂且欢笑，比清醒痛哭更悲哀！南宋朝廷偏安半壁江山，不思收复中原，爱国志士辛弃疾屡遭贬发，满怀忧愤。接下来，杜康无法解愁，便沉于书卷之中，然而，却发出尤为愤激之言：“近来始觉古人书，信著全无是处。”近来才发觉古人之书，全无可信之处！作者更深层的意思是：古书中的许多至理名言，在当今世道根本行不通，如今南宋政坛太昏庸、太黑暗了，不可理喻！辛弃疾在此翻用《孟子·尽心下》中的名言：“尽信《书》，则不如无《书》。”此处《书》特指《尚书》，后人阐发为：书中所写的内容和思想并非完全正确，不可全信，读书时自己独立思考是非常重要的，如果不假思索而全信，倒不如无书。

上片写了饮酒读书，以解苦闷；下片则描述醉中憨态，表白不惧孤独、挺拔如松的心境。词人昨夜醉倒在松树边，以岁寒之松为友，酒醉的他亲切地与松树攀谈起来，问松树："我醉何如?"我醉到何等程度了？"只疑松动要来扶，以手推松曰：'去!'"自己摇摇晃晃，却以为松枝在摇动，要前来将他扶起，连忙用手一推，说道："去!"一个动作"推"，一字话语"去"，干脆利落，醉中依然保持倔强自立的性格。下片短短的二十五字，通过醉态的动作、神情和对话，惟妙惟肖地绘出作者本人的一幅自画像，狂傲不羁，"不恨古人吾不见，恨古人不见吾狂耳"（辛弃疾《贺新郎》）。在污浊的官场，词人宁可遍体鳞伤，也绝不同流合污。

这首词借酒醉，以貌似轻松的诗句，抒发作者胸中的忧愤，以及傲然于世的个性。"醉"字在词里重复出现三次，寓喻"举世皆浊我独清，众人皆醉我独醒"（《楚辞·渔父》）。在词中，作者大胆地引入道白，新颖奇绝，生动形象，再次展现辛弃疾非凡的艺术想象力和创造性。

7. 西江月 ［南宋］刘辰翁

新秋写兴

天上低昂似旧，人间儿女成狂。
夜来处处试新妆，却是人间天上。

不觉新凉似水，相思两鬓如霜。
梦从海底跨枯桑，阅尽银河风浪。

这是刘辰翁晚年所作的一首词，距宋亡已有十几二十年。南宋亡后，作者常于节日作怀念故国之词。七夕节，农历七月七，中国民间的传统节日。相传，牛郎织女一年一度七夕在天上鹊桥相会，这天晚上妇女儿童皆着新衣。这首词的标题“新秋写兴”，词人借七夕节，抒发对国土沉沦的悲伤，以及对人们麻木的痛心。

上片书写七夕节人们欢庆的景象，隐含着词人内心悲凉的感触。“天上低昂似旧，人间儿女成狂。”七夕之夜，一切依旧。天上，苍穹宛若凸起的巨大半球覆盖大地，银河横空，繁星璀璨；人间，男男女女热闹非凡，尽情狂欢，处处可见换上新装的妇女儿童。“却是人间天上”，仿佛是人间天堂。“却是”，无法明说的反刺。此时此刻，许许多多的百姓忘记了江山易主，忘记了他们已经生活在元朝的统治之下！

下片直抒作者故国之思、亡国之恨。“不觉新凉似水，相思两鬓如霜。”当人们欢庆七夕节之际，词人不经意地感受到初秋似水的凉意。多年来对故国的相思，已让我两鬓如霜。全词最后以作者的梦境收尾：“梦从海底跨枯桑，阅尽银河风浪。”其中的“银河”呼应词题“新秋”七夕。星移斗转，沧海桑田，词人梦见自己从海底跨越枯桑、跨越漫长的时间；又梦见自己看尽了天上银河风起浪涌。海底枯桑，银河风浪。作者含蓄地倾诉内心深沉的悲凉，自己的一生历经了改朝换代的沧桑，以及到处漂泊的风浪，不胜感慨！

进入元朝，刘辰翁矢志不仕，归乡隐居，埋头著书，以此终老。这首词，没有慷慨悲歌，没有热血誓言，一位爱国老人，以婉约伤感的笔调，写下独自对故国的眷念。其情，感人至深；其意，寻味隽永。

8. 西江月 ［清］曹雪芹

无故寻愁觅恨，有时似傻如狂。

纵然生得好皮囊，腹内原来草莽。

潦倒不通世务，愚顽怕读文章。
行为偏僻性乖张，那管世人诽谤。

曹雪芹在《红楼梦》第三回里为贾宝玉写了两首《西江月》。这一回，《红楼梦》里最重要的人物贾宝玉在书中第一次登场。描写完贾宝玉的外貌之后，书中写道："看其外貌，最是极好，却难知其底细。后人有《西江月》二词，批宝玉极恰。"接下来便是这两首词。所谓的"后人"，实则是封建社会的卫道士。作者借"后人"之词，看似对贾宝玉进行嘲讽与否定，但正话反说，集中赞美和歌颂了贾宝玉的叛逆性格和率真善良的可贵品质。同时，这两首《西江月》还为贾宝玉个人的命运以及贾府的结局，埋下伏笔。

在写作手法上，由于作者借俗不可耐的"后人"的口吻，道出这两首词，所以笔调浅俗直白，如果仅从字面上理解，几乎不需多加解释。

这是其中的第一首，描绘贾宝玉反叛封建道德思想的鲜明个性。

"无故寻愁觅恨，有时似傻如狂。"无缘无故地自寻忧愁与怨恨，有时像是傻瓜，有时行为癫狂。"纵然生得好皮囊，腹内原来草莽。""皮囊"：外表，长相；"草莽"：丛生的杂草。"面如敷粉，唇若施脂；转盼多情，语言常笑。天然一段风骚，全在眉梢；平生万种情思，悉堆眼角。"（《红楼梦》第三回）虽然如此，但腹中不学无术，是一个草包，真可谓"金玉其外，败絮其中"（明代刘基《卖柑者言》）。

"潦倒不通世务，愚顽怕读文章。""潦倒"：本意困顿，此处意即懒散。他落拓不羁，自由散漫，不懂人情世故。愚笨顽劣，不愿安分读书。"行为偏僻性乖张，那管世人诽谤。"行为乖僻，不按常理处事，我行我素；从不在乎世人的流言蜚语、诽谤诋毁。

9. 西江月 ［清］曹雪芹

富贵不知乐业，贫穷难耐凄凉。
可怜辜负好韶光，于国于家无望。

天下无能第一，古今不肖无双。
寄言纨绔与膏粱，莫效此儿形状。

这是曹雪芹在《红楼梦》第三回中为贾宝玉写的第二首《西江月》，描写贾宝玉蔑视封建功名利禄的人生理念。

“富贵不知乐业，贫穷难耐凄凉。”富贵时，不知安居乐业，继承家产，居安思危；贫穷时，没有生存能力，经不住饥饿与寒冷。这两句隐示着贾府后继无人，最终破落衰败；贾宝玉生活孤苦伶仃，困苦不堪。“可怜辜负好韶光，于国于家无望。”可惜的是：少时辜负了大好时光，韶华流失，他今后于国于家都毫无益处。

“天下无能第一，古今不肖无双。”“不肖”：不孝，不成材。人世间，数此人最无能；古往今来，如此没有出息者仅此一人。“寄言纨绔与膏粱，莫效此儿形状。”奉劝富贵家庭的公子哥儿们，不要效仿贾宝玉这样的男儿。“纨绔”：细绢裤，泛指华丽的衣着，借指富贵人家子弟。“膏粱”：膏，肥肉之意；粱，细粮；膏粱，原指美味的饭菜，引申为富贵之家。

贾宝玉天性纯真，看透皇权父权、男尊女卑的封建社会的黑暗。《红楼梦》第二回借冷子兴之口说出贾宝玉的话：“我见了女儿我便清爽，见了男子便觉浊臭逼人。”他爱情至上，对林黛玉的爱情，唯美、纯洁而又真挚。他厌恶经济仕途，拒绝走读书做官的人生道路。他反感学习封建说教的经典著作，喜爱阅读风俗人情的书籍。在《红楼梦》里多处见他旁征博引，才思敏捷，具有独到的才学。这一切，以封建社会正统的道德理念来判断，他便成了这两首词里“草莽”、“乖张”、“无能”和“不肖”的不可理喻的异类，但这些正是作者笔下贾宝玉的最可贵之处。

贾宝玉是一位为人善良、重情重义的男儿。鲁迅先生在《中国小说史略》中对贾宝玉的人格作了精辟的概括：“爱博而心劳，而忧患亦日甚矣。”贾宝玉是封建社会中一名勇敢的叛逆者，理想主义的悲剧人物。鲁迅先生又说：“悲凉之雾，遍被华林，然呼吸而领会之者，独宝玉而已。”

曹雪芹的这两首《西江月》，明贬暗褒，用反讽的笔调，惟妙惟肖地刻画了贾宝玉的人物形象。题材独特，构思精巧，文笔妙不可言，意境耐人寻味，是历代词坛奇绝的佳作。曹雪芹不愧为中国历史上最杰出的语言大师、文学巨匠。

行香子

词牌《行香子》简介

《行香子》又名《爇心香》、《读书引》。双调，平韵。字数有六十四、六十六、六十八和六十九字等，以六十六字为主。

以下列出本词牌格律常见的三种格体与范例。

格体一，六十六字，上片八句、五平韵，下片八句、四平韵。范例，北宋苏轼词：

一叶舟轻，双桨鸿惊。
中仄平平，中仄平平。
水天清、影湛波平。
中平中、中仄平平。
鱼翻藻鉴，鹭点烟汀。
中平中仄，中仄平平。
过沙溪急，霜溪冷，月溪明。
仄中平中，中平仄，中平平。

重重似画，曲曲如屏。
中平中仄，中仄平平。
算当年、虚老严陵。
中平中、中仄平平。
君臣一梦，今古空名。
中平中仄，中仄平平。
但远山长，云山乱，晓山青。
仄中平中，中平仄，仄平平。

格体二，六十六字，上、下片各八句、五平韵。范例，北宋秦观词：

树绕村庄，水满陂塘。
仄仄平平，仄仄平平。
倚东风、豪兴徜徉。
仄平平、平仄平平。
小园几许，收尽春光。
仄平仄仄，平仄平平。
有桃花红，李花白，菜花黄。
仄平平平，仄平仄，仄平平。

远远围墙，隐隐茅堂。
仄仄平平，仄仄平平。
飏青旗、流水桥旁。
仄平平、平仄平平。
偶然乘兴，步过东冈。
仄平平仄，仄仄平平。
正莺儿啼，燕儿舞，蝶儿忙。
仄平平平，仄平仄，仄平平。

格体三，双调六十九字，上片八句、五平韵，下片八句、三平韵，三“儿”字皆衬字。范例，北宋李清照词：

草际鸣蛩，惊落梧桐。
仄仄平平，平仄平平。
正人间天上愁浓。
仄平平平仄平平。

云阶月地，关锁千重。
平平仄仄，平仄平平。
纵浮槎来，浮槎去，不相逢。
仄平平平，平平仄，仄平平。

星桥鹊驾，经年才见，
平平仄仄，平平平仄，
想离情别恨难穷。
仄平平仄仄平平。
牵牛织女，莫是离中。
平平仄仄，仄仄平平。
甚一霎儿晴，一霎儿雨，一霎儿风。
仄仄仄平平，仄仄平仄，仄仄平平。

《行香子》历代佳作四首

1. 行香子　［北宋］苏轼

过七里濑

一叶舟轻，双桨鸿惊。
水天清、影湛波平。
鱼翻藻鉴，鹭点烟汀。
过沙溪急，霜溪冷，月溪明。

重重似画，曲曲如屏。
算当年、虚老严陵。

君臣一梦，今古空名。
但远山长，云山乱，晓山青。

苏轼因在京反对王安石激进的变法，宋神宗熙宁四年（1071），皇帝朱笔御批“通判杭州”，离京外放杭州，时三十五岁，在杭州任官三年。期间，熙宁六年（1073）二月，词人泛舟富春江，由新城至桐庐，经过七里濑时作此词。“七里濑”：又名七里滩，在桐庐县城南三十里，钱塘江在这一段两岸青山夹峙，水流湍急，连绵七里，故名七里濑。“濑”：流得很急的水。

上片描写乘舟的欢乐和江水的美景。一只扁舟轻盈如叶，荡着双桨，小舟宛如惊起的鸿雁，飞快地掠过水面。词的起首，通过双桨挥动、小舟如箭，展现了作者兴致盎然的情趣，以及英姿勃发的风采。江水清澈，碧空如洗，风平浪静，倒影投入江底。“鱼翻藻鉴，鹭点烟汀。”“鉴”：明镜，意指水面平静透明；“汀”：水滩。江中游鱼时而跃出水面，水下青藻清晰可见；沙洲水雾蒙蒙，白鹭点点、悠闲自得。

接着，用一个“过”字领出三字的三句，描写小舟空间的游径以及时间的推移：“过沙溪急，霜溪冷，月溪明。”二月的富春江，不同的时间，不同的景象，给人以不同的感受。白天，小船经过沙洲，河道狭窄，急流奔腾，心情兴奋而又紧张；凌晨，江水清冷，两岸山峦起伏，森林染上一层白霜，使人感到寒气袭人；夜晚，明月当空，天宇澄澈，银波荡漾。置身于透明净洁的江天，人的心灵超然脱尘，忘却官场纷争、宦海沉浮以及尘世营营。

下片描绘两岸的山景，追忆历史人物，抒发人生感慨。“重重似画，曲曲如屏。”横看两岸，重峦叠嶂，好似一幅美丽的画卷；纵观前方，山脉蜿蜒，犹如一道无边的屏障。真是世外的绝美之地，词人想起曾在富春山隐居的东汉严光（字子陵）。“算当年、虚老严陵。”这番如同仙境的水光山色，想来当年的严光未尝领略，未尝享受，他白白地在此终老。

旋而，词人更进一层地联想到东汉开国皇帝刘秀，他与严光原是同学，亦是好友，后为君臣。“君臣一梦，今古空名。”皇帝也好，隐士也罢，如今君臣二人均像梦一样，消失得无影无踪，在古今历史上均只能留下微不足道的空名。刘秀当皇帝后，多次聘请严光，许以高官，均被回绝。严光隐姓埋名，退居富春山，终日钓鱼，并在此地离世。对严子陵的隐居，有人认为是钓名沽誉，唐代韩偓的《招隐》诗中写道：“时人未会严陵志，不钓鲈鱼只钓名。”亦有不少人称赞，如范仲淹写有：“云山苍苍，江水泱泱，先生之风，山高水长。”（《严先生祠堂记》）苏轼在词中对此坦陈了自己的见解。随之，一个“但”字转回山景，呼应下片起首的山色；并且领出三字的三句，对应上片收尾的水景。“但远山长，云山乱，晓山青。”放眼处，但见远山连绵起伏，山间白云翻卷，晨曦下青山翠微，心胸为之一阔。

林语堂说，苏轼“一生最快活的日子是在杭州度过的”（《苏东坡传》）。杭州一带，美丽的风光，轻松的生活，让他自由自在、尽情地展示诗情才气，于是就产生了这首无比优美的词篇。整首词文采飞扬，远近相间，静动互换，景致幽美，意境空渺，充溢着作者生活的激情，以及对大自然的挚爱。面对灵秀的富春江山水，苏轼沉思历史的启迪，思索人生的价值，山川永恒，寄寓不图虚名的人生理念。这首《行香子》给人以唯美的享受和深邃的哲理。

2. 行香子　[北宋] 苏轼

清夜无尘，月色如银。
酒斟时、须满十分。
浮名浮利，虚苦劳神。
叹隙中驹，石中火，梦中身。

虽抱文章，开口谁亲。
且陶陶、乐尽天真。
几时归去，作个闲人。
对一张琴，一壶酒，一溪云。

元丰八年（1085），年仅十岁的宋哲宗即位。高太后以哲宗年幼为名，临朝听政，苏轼被召回朝。经历了“乌台诗案”、五年黄州贬放的苏东坡得以重用，升至翰林学士、知制诰，负责起草诏书。此后，他看到朝廷的腐败，提出谏议，又遭诬陷，既不容于新党，又不见谅于旧党，于是再度请求外调。宋哲宗元祐四年（1089），五十三岁的苏东坡身为龙图阁学士，出任杭州知州，第二次到杭州作官，直到元祐六年（1091）。这首词是他任杭州知州时所作，表白对官场极度的厌倦，抒发退隐之意。

上片对月抒怀，人生苦短，渴望摆脱名利的羁绊。清凉静谧的夜晚，天宇如洗，纤尘不染。银色的月光，皎洁透明，天上人间沐浴在月华的清辉之中。词人独自仰望星空，对月举杯，经历了二十多年宦海跌宕起伏、人生酸甜苦辣的苏东坡，已经没有“把酒问青天”的情致，没有“起舞弄清影”的豪气。他苦闷，他疲惫。“酒斟时、须满十分。”太多的悲凉，太多的感伤。倒酒时，必须将酒杯倒满，把酒痛饮，以解郁闷。

名与利，均如天上飘忽的浮云。追名逐利，完全是自找辛苦，徒劳伤神。“叹隙中驹，石中火，梦中身。”“驹”：少壮的骏马，古人将日影喻为白驹。词人一声叹息，人生短暂，犹如日影瞬间移过墙壁的缝隙，以及击石迸出一闪即灭的火花，浮生如梦一场而已。此处作者化用了三个典故。《庄子·知北游》：“人生天地之间，若白驹之过隙，忽然而已。”南北朝时期北齐刘昼《新论·惜时》：“人之短生，犹如石火，炯然而过。”《关尹子·四符》：“知此身如梦中身。”苏轼知识渊博、才华横溢，在此他妙用了三个前人有关人生认知的语句，凝练而又贴切地表达自己此时的思想感情。对于人生，苏轼在《前赤壁赋》中抒发过同样的感叹，“哀吾生之须臾”。两者异曲同工，这首词中的感慨更为浓烈。

下片抒发怀才不遇，表露退隐之意。“虽抱文章，开口谁亲。”虽有满腹经纶，无法施展，提出的政见又有谁听，反而受到非议，乃至陷害。“且陶陶、乐尽天真。”“陶陶”：快乐的样子，引自《诗经·王风·君子阳阳》：“君子陶陶，……其乐只且！”姑且自我排遣心中的烦恼，自寻其乐。但这绝不是长久之计，词人考虑在归隐中度过余生。

“几时归去，作个闲人。”几时才能脱离官场，像陶渊明那样“归去来兮”，归隐田园，做一个无拘无束、悠闲自在之人。“对一张琴，一壶酒，一溪云。”到那时，没有多少奢望，只需弹琴，饮酒，游山玩水，观云赏月，足矣。这便是古代文人高雅的闲情逸致，淡泊的生活方式。

苏轼平生最敬重陶渊明，他说“渊明吾师”，“深愧渊明，欲以晚节师范其万一”。然而，他始终在入世与出世之间徘徊，从未走上陶渊明的路。苏轼具有远大的政治抱负和理性的政治见解。他不愿卷入争权夺利的官场斗争，仍屡遭诬陷、排挤和打击。他多次自请离开京城，远离政治的漩涡，却屡次降职贬放。“一张琴，一壶酒，一溪云”，宁静，闲适，优雅，心存向往，却未能实现。降临他晚年的是：越走越远的贬谪之路，蛮荒的惠州、儋州！

这首词以景开启，随景兴怀，景作铺垫，以情为主。作者抒发了怀才不遇、政治理想无法实现的苦闷，渴望精神上的解脱。词情忧闷孤愤，而又飘逸旷达。难以自拔的内心矛盾，使得整首词在疏朗的基调里蒙上一层淡淡的伤感色彩。正因为此，细细品味，尤为感人。

苏轼，一位中国古代绝无仅有的士大夫。元祐七年（1092）

三月，苏东坡受潮州知州王涤请求，替潮州重新修建韩愈庙撰文。他在其中写道："浩然之气，不依形而立，不恃力而行，不待生而存，不随死而亡矣。故在天为星辰，在地为河岳，幽则为鬼神，而明则复为人。"（《潮州韩文公庙碑》）这是苏轼自己绝好的写照。非凡的人生，不朽的灵魂，光照千秋。

3. 行香子 ［北宋］秦观

树绕村庄，水满陂塘。
倚东风、豪兴徜徉。
小园几许，收尽春光。
有桃花红，李花白，菜花黄。

远远围墙，隐隐茅堂。
飏青旗、流水桥旁。
偶然乘兴，步过东冈。
正莺儿啼，燕儿舞，蝶儿忙。

秦观，字少游，号淮海居士，江苏高邮军武乡左厢里（今高邮市三垛镇少游村）人。他于宋神宗元丰八年（1085）考中进士，步入官场。这首词作于他身居家乡、尚未入仕之时。（但也有人疑为明代张綖所作。）它描写作者家乡春天明媚的风光，是唐、五代、北宋的词篇中不可多得的乡村题材的作品，整首词随着词人的步履和视野而展开。

上片描写一座村庄的景色。首先是村庄的概貌，"树绕村庄，水满陂塘"。"陂塘"：池塘。绿树成荫，环绕着村庄；一泓春水，涨满了池塘，一幅春意盎然的乡村景象。沐浴着和煦的东风，词人兴致勃勃，闲情漫游。

然后选取村落里的一个特景。“小园几许，收尽春光。有桃花红，李花白，菜花黄。”作者来到一座小园前，为它绚丽的春色所吸引。园子虽小，布局有序，繁花盛开，春光尽收其中。里面有鲜红的桃花，洁白的李花，嫩黄的菜花，色彩缤纷，花香满园。

下片描绘村外的景色。“远远围墙，隐隐茅堂。飐青旗、流水桥旁。”远远望去，一道蜿蜒的围墙立在田野。墙内，茅草的房屋隐约可见。墙外，小桥流水的边上，有一家酒店，酒店的青旗随风飘扬。温馨的画面使人想起“借问酒家何处有，牧童遥指杏花村”（杜牧《清明》）的意境。柔丽恬静的农村，平和安逸的生活。

“偶然乘兴，步过东冈。”对应上片“豪兴徜徉”。词人的“徜徉”并未结束，他即兴而又随意地走过东面的小山冈，眼前别有一派亮丽春光。“正莺儿啼，燕儿舞，蝶儿忙。”正逢雏莺啼鸣，幼燕飞舞，粉蝶双双忙碌地穿梭花丛之中。清脆悦耳的鸟声，鸟儿、蝶儿欢快的翅膀，充满春天的活力。词人用“啼”、“舞”、“忙”准确形象地勾画了三种小鸟和飞虫的特性。

下片最后的三句对应着上片结尾的三句，均由一个字引领三个三字的排偶句。上片的三个排偶句描写三种色彩各异的春花，下片则是春天里三种尤为活跃的鸟虫。静态的鲜花与动态的鸟虫，相辅相成，构成了春天风物的完美景象。

整首词，人在景中徜徉，景随漫步展现。全景、特写切换；近景、远景交替；静态、动态相间，将乡村美丽的春光尽收其中。词人用朴实清新的语言，深情地写出了对家乡的热爱，婉丽纤柔，疏朗明快。如晚清冯煦所言：“他人之词，词才也；少游，词心也，得之于内，不可以传。”（《宋六十一家词选例言》）在结构上，作者精妙地发挥《行香子》上下片完全对称的特点，随着信步的所见所闻，层次分明地组成上下两片，彼此独立而又互相映照，形成一个有机的整体。

4. 行香子 ［北宋］李清照

草际鸣蛩，惊落梧桐。
正人间天上愁浓。
云阶月地，关锁千重。
纵浮槎来，浮槎去，不相逢。

星桥鹊驾，经年才见，
想离情别恨难穷。
牵牛织女，莫是离中。
甚一霎儿晴，一霎儿雨，一霎儿风。

宋朝南渡以后，宋高宗建炎二年（1128），李清照丈夫赵明诚任江宁（今南京）知州。第二年二月因兵变，赵明诚弃守江宁，逃往安徽。不久兵乱平息，高宗驾临江宁，诏令赵明诚任湖州知州，并要他火速到江宁听圣谕。赵明诚将李清照安顿在池阳（今安徽贵池）之后，自己飞驰江宁，时李清照四十六岁。转眼到了七夕，李清照以牛郎织女的神话传说为题材，写了这首《行香子》，抒发天上人间同样的离情别绪。

上片从人间起笔，引出天上。“草际鸣蛩，惊落梧桐。”“蛩”：蟋蟀。七夕之夜，相依为命的夫婿不在身边。异族入侵，风雨飘摇，词人忧心忡忡。院落的草丛中，蟋蟀凄凄的哀鸣声，惊动了梧桐，梧叶纷纷零落。梧桐之惊，实为词人心中之惊。金兵入侵以来，一个又一个接踵而至的灾难，让词人处于高度紧张、胆颤心惊的状态，不知随时会发生什么突如其来之灾，正如杜甫《春望》中所写：“感时花溅泪，恨别鸟惊心。”词人孤独凄凉地仰望横在苍穹的银河，发出长叹，“正人间天上愁浓”，这正是人间天上离愁别绪最为沉郁的时刻。

“云阶月地，关锁千重。”“云阶月地”：即天宫，出自杜牧《七夕》：“云阶月地一相过，未抵经年别恨多。”天宫以月为地，以云为阶，重重关卡，难以进入。“纵浮槎来，浮槎去，不相逢。”“槎”：用竹木编成的筏子。据晋代张华《博物志》中的传说：银河与大海相通，有人乘着木筏，带着食物，从海上出发，航行十余天，到了天上，看见牛郎在河边牵牛饮水，织女在天宫织布。夜空星汉璀璨，明月清幽，词人幽思遐想，纵使自己乘着浮槎到达银河，再返回，由于“关锁千重”，也无法见到牛郎织女，问候他俩。易安居士沉入深深的感伤，为天上人间所有分离的夫妻而悲，为自己与丈夫的分离而悲。

下片直接描写这首词的主角牛郎与织女。“星桥鹊驾，经年才见，想离情别恨难穷。”“星桥鹊驾”：“驾”，意同“架”。传说，农历七月七日之夜，喜鹊在银河上搭桥，故称“鹊桥”，又名“星桥”，以渡织女过河与牛郎相会。东汉应劭《风俗通》：“织女七夕当渡河，使鹊为桥。”唐李商隐《七夕》有诗句“星桥横过鹊飞回”，咏此故事。词人凝望银河两岸的牛郎星与织女星，浮想着：一群喜鹊搭好了星桥，牛郎织女分别一年，只在今夕相会，离情别恨怎能穷尽！对牛郎织女的长期分离寄以无比的同情和痛惜。

“牵牛织女，莫是离中。”作者心事重重，惦念着牛郎织女。相聚的时间非常短暂，她猜疑牛郎与织女是否已经处于分别的时刻。“莫”：猜疑，大概之意。词人进一层地写道，这种猜疑并非空穴来风。你看，天上“甚霎儿晴，霎儿雨，霎儿风”。天空正在一会儿晴朗，一会儿骤雨，一会儿狂风。“甚”：正在；“霎”：极短的时间。李清照巧妙地构思天气急速的变化，忽晴，忽雨，忽风，用以形容牛郎织女离情别恨，惊天地，泣鬼神！离别时刻，天上风起云涌，为两人悲恸。这正是词人此时此刻无比悲伤的心境！七夕之夜，词人思念着身在异地的丈夫，联想到在此国破家亡之际，无数恩爱夫妻和自己一样，两地分离，有的甚至分隔在大江南北，不知何时才能相聚，悲情倾泻于笔端！

整首词，作者将幽怨凄婉的感情注入牛郎织女的故事之中，借此神话传说，发挥奇妙的想象力，幻想与现实融为一体，道出人间的离情，倾诉心中的哀伤。在写法上，词人娴熟地将口语引入其中，使得词作更加生活化、平民化，更加凄恻感人。

词中，寄托着女词人对丈夫的相思，词的首两句更流露出忧虑和不安。写完这首词后不几天，她收到赵明诚的信，直奔江宁，赶到丈夫身边，赵明诚已病入膏肓。原来赵明诚因皇帝圣旨之命，冒着酷暑，昼夜赶路太急，到了江宁就大病不起。八月中旬，四十九岁的赵明诚含恨离世。生离竟然成了死别！李清照当场昏死过去，生活在一起二十八年的恩爱夫妻，霎时间天上人间！从此，李清照孤身一人在凄风腥雨中漂泊。

她柔弱而又刚强，“生当作人杰，死亦为鬼雄”（《夏日绝句》）是她的自白。在动荡的岁月，在男人的世界，李清照独自一人，继续走自己的路，用她的笔，写她的情……

齐天乐

词牌《齐天乐》简介

《齐天乐》又名《台城路》、《如此江山》等。最早由见于北宋周邦彦《片玉词》，因其词中有“绿芜凋尽台城路”句，而得名《台城路》。双调，仄韵。字数有一百零二、一百零三以及一百零四字三种，以一百零二字为主。

以下列出本词牌格律常见的两种格体与范例。

格体一，一百零二字，上片十句、五仄韵（也有第一句押韵的），下片十一句、五仄韵。上片第七句、下片第八句的第一字为领字格，用去声，如以下的“叹”、“正”。范例，北宋周邦彦词：

绿芜凋尽台城路，殊乡又逢秋晚。
仄平平仄平平仄，平平仄平平仄。
暮雨生寒，鸣蛩劝织，深阁时闻裁剪。
仄仄平平，平平仄仄，平仄平平平仄。
云窗静掩。叹重拂罗裀，顿疏花簟。
平平仄仄。仄平仄平平，仄平平仄。
尚有綀囊，露萤清夜照书卷。
仄仄平平，仄平中仄仄平仄。

荆江留滞最久，故人相望处，离思何限。
平平仄平仄仄，仄平平仄仄，平仄平仄。
渭水西风，长安乱叶，空忆诗情宛转。
仄仄平平，平平仄仄，中仄平平中仄。
凭高眺远。正玉液新篘，蟹螯初荐。
平平仄仄。仄中仄平平，仄平平仄。

醉倒山翁，但愁斜照敛。
仄仄平平，仄平平仄仄。

格体二，一百零二字，上片十句、五仄韵，下片十一句、六仄韵，下片起句换韵。范例，南宋吴文英词：

麹尘犹沁伤心水，歌蝉暗惊春换。
仄平平仄平平仄，平平仄平平仄。
露藻清啼，烟罗淡碧，先结湖山秋怨。
仄仄平平，平平仄仄，平仄平平平仄。
波帘翠卷。叹霞薄轻绡，汜人重见。
平平仄仄。仄平仄平平，仄平平仄。
傍柳追凉，暂疏怀袖负纨扇。
仄仄平平，仄平平仄仄平仄。

南花清斗素靥。画船应不载，坡靖诗卷。
平平平仄仄仄。仄平平仄仄，平仄平仄。
泛酒芳筒，题名蠹壁，重集湘鸿江燕。
仄仄平平，平平仄仄，平仄平平平仄。
平芜未翦。怕一夕西风，镜心红变。
平平仄仄。仄仄仄平平，仄平平仄。
望眼愁生，暮天菱唱远。
仄仄平平，仄平平仄仄。

《齐天乐》历代佳作四首

1. 齐天乐 ［北宋］周邦彦

绿芜凋尽台城路，殊乡又逢秋晚。
暮雨生寒，鸣蛩劝织，深阁时闻裁剪。
云窗静掩。叹重拂罗裀，顿疏花簟。
尚有綀囊，露萤清夜照书卷。

荆江留滞最久，故人相望处，离思何限。
渭水西风，长安乱叶，空忆诗情宛转。
凭高眺远。正玉液新篘，蟹螯初荐。
醉倒山翁，但愁斜照敛。

这首词是作者晚年之作，倾诉客旅之愁，抒发迟暮之悲，追怀故友之情。关于写作地点有两种说法，一说湖北荆南，另说江宁（今南京），从词的首句看，地点应是后者。

上片的前半段描写窗外深秋的萧瑟。“绿芜凋尽台城路，殊乡又逢秋晚。”“台城”：原东晋和南朝宫殿所在地，故址江宁，遗址现在南京市内。“殊乡”：他乡。往昔台城绚烂的皇家苑林，如今绿叶凋零，杂草丛生，一片荒芜；客居异乡江宁，又逢晚秋，更加孤独悲凉。“暮雨生寒，鸣蛩劝织，深阁时闻裁剪。”“蛩”：蟋蟀，因其鸣声响如织布机，又名促织。黄昏秋雨潇潇，寒意袭人；蟋蟀嘈杂的鸣叫声，仿佛在催促妇女们快去织布；倦客衣单，不时传来闺中女子裁剪制作寒衣的声音，倍感羁旅孤单凄寒。

随之转入书写窗内的景况。“云窗静掩。叹重拂罗裀，顿疏花簟。”“裀”：夹褥；“簟”：竹凉席。紧闭着高高的窗户，屋内寂静无声，暑去秋来，撤下编有图案的凉席，铺上丝织的夹褥。感叹时光如梭，转眼间已年逾六十，老大无成，不胜惆怅。“尚有綀囊，露萤清夜照书卷。”“綀”：薄布；“露萤”：出自古人车胤“囊萤夜读”的故事，见《晋书·车胤传》：“（车胤）恭勤不倦，博学多通。家贫不常得油，夏月则练囊盛数十萤火以照书，以夜继日焉。”尚有薄布制作的袋子留用，清夜豆灯映照着书卷。词人时已年迈，孤寂贫寒，仍不移书生本色。作者的一生，疏于侯门官场，潜心苦学，勤于诗词声律的研究和创新。

下片的前半段记述往事，倾吐对友人的怀念。“荆江留滞最久，故人相望处，离思何限。”“荆江”：即荆州，今湖北江陵。作者在荆江任教授等职时，年方三十多岁，正值盛年。回想起来，我在荆江居留的时间最久，离别甚久，想必故友正翘首以待，盼望我回去与他们重聚。词人在江宁怀念荆州的旧友，却言故人相望，笔法委婉，情感尤深。接着，转而怀念词人汴京的朋友：“渭水西风，长安叶乱，空忆诗情宛转。”前两句化用贾岛《忆江上吴处士》的诗句“秋风吹渭水，落叶满长安”，以唐都长安喻宋都汴京。作者二三十岁时居住汴京多年，此时在江宁，凭高眺远，汴京正处深秋，西风劲吹，落叶飘零。追忆当年在京都，风华正茂，以文会友，朋友们情趣相投，诗情荡漾。而今空梦一场，韶华已逝，友人何处！

词人悲从心来，以酒解愁。“正玉液新篘，蟹螯初荐。”“篘”：竹制的滤酒器具；“蟹螯”：意即螃蟹。正值美酒新酿、螃蟹上市，置上美酒佳肴，借酒消愁。“醉倒山翁，但愁斜照敛。”作者以山翁自喻，虽然像山翁一样酩酊大醉，但见到斜阳西下，触景生情，自己年已迟暮，事业未就，陷入深深的愁伤之中！词人心志高远，一生孜孜不倦，珍惜时间，在宋词的创新和创作上卓有建树。暮年回顾平生，他不是心存欣慰，而是自感愧疚，不无憾缺。这种永不自满的精神令人起敬!

晚清词学家陈廷焯《白雨斋词话》评道:“‘绿芜凋尽台城路,殊乡又逢秋晚。’伤岁暮也。结云:‘醉倒山翁,但愁斜照敛。’几于爱惜寸阴。日暮之悲,更觉余于言外。此种结构,不必多费笔墨,固已意无不达。”所言极是。这首词,时间:从暮年追溯到壮年,直至青年;空间:从江宁返回荆州,再延伸到汴京。短短的一首词,凝聚着漫长而又丰富的人生,蕴含着作者对光阴的珍惜、友情的执着以及生命的依恋,悠长而又厚重。全词运笔细微精致,词情沉郁苍凉,格调幽深高雅。

2. 齐天乐 [南宋] 姜夔

丙辰岁,与张功父会饮张达可之堂,闻屋壁间蟋蟀有声,功父约予同赋,以授歌者。功父先成,词甚美;予徘徊茉莉花间,仰见秋月,顿起幽思,寻亦得此。蟋蟀,中都呼为促织,善斗;好事者或以三、二十万钱致一枚,镂象齿为楼观以贮之。

庾郎先自吟愁赋,凄凄更闻私语。
露湿铜铺,苔侵石井,都是曾听伊处。
哀音似诉。正思妇无眠,起寻机杼。
曲曲屏山,夜凉独自甚情绪?

西窗又吹暗雨。为谁频断续,相和砧杵。
候馆迎秋,离宫吊月,别有伤心无数。
豳诗漫与。笑篱落呼灯,世间儿女。
写入琴丝,一声声更苦。

这是一首咏物的名篇,借描写蟋蟀凄鸣,书写人间离愁别绪、幽怨遗恨。由词序可知，这首词作于丙辰年，即宋宁宗庆元二年（1196）。张功父，即张镃，先赋《满庭芳·促织儿》，写蟋蟀之形；姜夔则别开生面，咏蟋蟀之声。

上片的前半段以庾郎为代表，写文人墨客听蝉鸣之感。“庾郎”：庾信（513—581），南北朝时期的文学家，曾作《愁赋》等。杜甫写有诗句：“庾信平生最萧瑟，暮年诗赋动江关。”（《咏怀古迹五首》其一）这首词的开头两句：“庾郎先自吟愁赋，凄凄更闻私语。”忧忧不得志的庾信正在自吟悲伤的《愁赋》，又传来凄切细碎的蝉虫私语，心中更为凄凉。“露湿铜铺，苔侵石井，都是曾听伊处。”“铜铺”：古时门上铜环的底座；“伊”：蟋蟀。露水浸湿的铜铺，沾满青苔的石井，都曾听到蟋蟀的凄鸣。无论在书房，还是在室外，“寒蝉凄切”，这声音弥漫在秋色之中。

接着，以蟋蟀的“哀音似诉”承上启下。蟋蟀，因其鸣声响如织布机，又名促织。促织如诉如泣的哀鸣声，让本已辗转难眠的闺中女子更加无法入睡，只得起床，以织布来排遣心烦意乱的思绪。作者巧妙地将蟋蟀的别名化入词意，秋蝉的凄鸣声与机杼声融成一片，深刻地勾画了思妇的孤寂和苦闷。“曲曲屏山，夜凉独自甚情绪？”织布女子面对屏风上的山水景象，挂牵和眷念着远方的夫婿，何时方能将亲手织就的冬衣送到他的手中？何时他方能回到自己的身边？深秋寒夜，独自一人，闺妇提不起任何情绪来自我安慰！

下片首句“西窗又吹暗雨”，运笔出神入化，天衣无缝地将词情进行了场景的切换，空间上是从上片结尾的窗内移动到窗外。西窗外，夜深沉，风雨交加。再由户内的织布女换成井边的洗衣女。“为谁频断续，相和砧杵？”“砧杵”：捣衣石和棒槌。那秋蝉究竟为谁断续不止地悲吟？与它相伴是不远处井边的阵阵捣衣声。接下来，随着蟋蟀鸣声由近及远，场景的空间、时间以及人物越来越远，感情越来越沉郁悲切。“候馆迎秋，离宫吊月，别有伤心无数。”“候馆”：迎宾候客的馆舍；“离宫”：皇帝外巡时的行宫。秋风萧瑟，候馆内的游子迁客；残月高悬，离宫里的皇帝妃子；他们均是匆匆过客。秋去秋来，只有那候馆边、离宫外的秋蝉之声，年年细诉着人间无数的伤心之事。

紧接着词人妙笔一转，以乐事写悲情，蝉声更苦。“豳诗漫与”，“豳诗”指《诗经·豳风·七月》，其中写有蟋蟀的诗句：“七月在野，八月在宇，九月在户。十月蟋蟀入我床下。”词人先是自语，《诗经·豳风》中的《七月》曾经描写过蟋蟀，我被蟋蟀的鸣声感染，诗句率意而出。于是，写下貌似调侃的词句：“笑篱落呼灯，世间儿女。”可笑世上那些天真无知的孩子们，他们蹲在篱笆的角落，兴奋地呼喊着：快拿灯来，捉蟋蟀！清代词人陈廷焯对以上两句做了极为精辟地点赞：“以无知儿女之乐，反衬出有心人之苦，是为入妙。”（《白雨斋词话》）词的最后点出主旨：“写入琴丝，一声声更苦。”有谁知道，如果将秋蝉的鸣声谱成琴曲，弹奏出来，一声声将是何等的凄苦！

南宋末期词人张炎在《词源》说：“诗难于咏物，词为尤难。”这首咏物之词，充分展示了姜白石精湛的艺术造诣。序文与正词，上片与下片，以蟋蟀之声一脉相连。作者发挥超凡的想象力，由蟋蟀的哀鸣声，联想到古今不同层次人物的悲苦。意象回转，层层递进，浑然一体，极尽情思、文采、声韵之妙。正如晚清冯煦对姜夔词作的评价：“天籁人力，两臻绝顶。”（《宋六十一家词选例言》）

3. 台城路 ［元］钱霖

次邵复孺韵

碧云深处遥天暮，经年雁书沉影。

雨散梅魂，风醒草梦，还见春回乡井。
花明柳暝。念贾箧香空，谢池诗冷。
流水斜阳，旧家那是旧风景。

怀思横泖雅趣，故人吟啸里，得意酬领。
谱缀台城，缄传蒨水，肯把俊游重省。
凭高倚迥。纵老兴犹浓，不堪驰骋。
隔断相思，浦潮波万顷。

这是一首唱和并答谢友人之词，作于元至正十五年（1355）春。他的朋友邵亨贞（字复孺）先作《齐天乐》一首，作者用邵复孺原词的韵，填写了这首《台城路》，以应和酬谢。

上片首先抒发收到对方词作时的激动心情。“碧云深处遥天暮，经年雁书沉影。”“经年”：几年。两人相距天遥地阔，数年没有音讯了。但彼此一往情深，志趣均像碧云一样高远。“雨散梅魂，风醒草梦，还见春回乡井。”欣然读到老友的新作，顿觉春雨驱散了寒梅的冬魂，春风唤醒了枯草的沉梦，春回乡野村落。“花明柳暝”，鲜花盛开，柳树成荫。以春雨、春风、春回大地，形容自己读到远方故友新作的欣喜。

接着描写对老友的想念。“念贾箧香空，谢池诗冷。”“箧”：存放珍贵物品的小箱子。词人以“香空”和“诗冷”向对方诉说：友人远走后，自己寂寞孤单，无人切磋诗词，心中怀念与故友在一起的美好时光。此处化用了两个典故。《晋书·贾充传》记载，贾充珍藏稀有的香料，贾充之女与韩寿私通，贾女将香料偷来给韩寿。贾充闻到香味便察觉此事，于是成全二人，将女儿嫁给了韩寿。后人常用此典表示男女之间的痴情。在这首词中，作者以此寓意往昔在故乡时的儿女之情。“谢池”，指南朝诗人谢灵运家中的池塘。《南史·谢惠连传》记载，谢惠连的族兄谢灵运“于永嘉西堂思诗，竟日不就，忽梦见惠连，即得‘池塘生春草’，大以为工”。后常以此典表示兄长思弟之情。在这首词中，作者用此表达怀念年龄低于自己的旧友。“流水斜阳，旧家那是旧风景。”故乡还是旧时景，故友还是旧日情，只是光阴似流水，转眼间，人生已到夕阳之年，不胜慨然！

下片的前半段，具体地描绘往日在一起时的情景。“怀思横泖雅趣，故人吟啸里，得意酬领。”“泖”，古湖名，在今上海郊区。想当年，泖湖水阔，那是我俩钟爱的地方。临湖傍水，你吟诗放歌，我欣然赋诗相和，好不惬意。“谱缀台城，缄传蒨水，肯把俊游重省。”“台城”：原东晋和南朝宫殿所在地，故址在江宁（今南京）。我们结伴，在江宁的台城怀古抚今，畅游江宁的江河湖泊，如今重温那次欢快的旅游，尤为珍贵温馨。

最后，作者的思绪回到现实。“凭高倚迥。纵老兴犹浓，不堪驰骋。”凭高远眺，思绪万千，纵然游兴未减，但已年迈，不堪远游了。“隔断相思，浦潮波万顷。”与你相隔千山万水，我的思念如同黄浦江的春潮，波涛万顷，浩荡奔流。步你《台城路》词作之韵，谱写拙作一阕，寄我相思之情。

写这首词时，词人出家为道士已经多年，但仍与高雅之士有所交往。全词布局有序，笔力浑厚，用典精妙，抒情与叙事融为一体，语言凝练优美。尘外之人，迟暮之年，思念故友之情真挚浓郁，带着淡淡的惆怅，却无丝毫的悲伤，为元词中别具一格的佳作。

4. 齐天乐　［清］厉鹗

吴山望隔江霁雪

瘦筇如唤登临去，江平雪晴风小。

湿粉楼台，酽寒城阙，不见春红吹到。

徽茫越峤。但半沍云根，半销沙草。
为问鸥边，而今可有晋时棹？

清愁几番自遣，故人稀笑语，相忆多少！
寂寂寥寥，朝朝暮暮，吟得梅花俱恼。
将花插帽。向第一峰头，倚空长啸。
忽展斜阳，玉龙天际绕。

厉鹗，号樊榭，清代著名文人，终生贫寒，著作丰富，有词集《樊榭山房词》，其词幽隽婉约、情雅神逸。这首词游景抒情，是他的名篇之一。词题中的吴山，位于钱塘江以北的杭州西湖东南，春秋时期地处吴国的南端边界，故称为吴山。吴越两国以钱塘江为界，北为吴国，南为越国。

上片首先描写作者出门登吴山时的情景。“瘦筇如唤登临去，江平雪晴风小。”“筇”：竹杖。细瘦的竹杖仿佛在召唤我去登山观赏雪景；天色放晴，风和日丽，钱塘江水波不兴。词人游兴甚浓，以拟人的写法，自己想外出游览雪景，却说是竹杖劝他去登山。登山所见，“湿粉楼台，酽寒城阙，不见春红飞到”。“酽寒”：严寒。楼台上铺着薄薄的白色积雪，好像抹上一层湿粉；整个城阙笼罩在严寒之中，一眼望去，尚不见春天的鲜花。

接着突出词题“吴山望隔江霁雪”。“霁雪”：雪止放晴。“微茫越峤。但半沍云根，半消沙草。”“峤”：山尖；“沍”：寒气凝结。在吴山上遥望，对岸古代越国之地山峦起伏，若隐若现；有的山腰为低垂的冻云缭绕，有的山脚消失在沙滩上丛生的荒草之中。雪止天晴，山寂江平，词人顿发奇想：“为问鸥边，而今可有晋时棹？”“为问”一句，词句由写景转入抒情。请问江边的鸥鸟，今天是否会有故人乘舟不期而至？“晋时棹”，是东晋王徽之（字子猷）的故事。《世说新语》记载，大雪之夜，住在山阴（今绍兴）的王子猷一觉醒来，突然想起住在剡（今浙江嵊州）的友人戴安道，便乘船前去。到了戴的家门口："造门不前而返。人问其故，王曰：'吾本乘兴而行，兴尽而返，何必见戴。'"后来，"晋时棹"被用为访友之词。

下片的前半段承接上片对友人的思念。持杖登临，本为排遣自己的清愁，没料到触景生情，想起旧友，往昔的欢声笑语依稀浮现，相忆之情，难以挥去。"寂寂寥寥，朝朝暮暮，吟得梅花俱恼。"自己平素甚为寂寥，朝朝暮暮想念故友。眼下春梅吐艳，赏梅吟诗作赋，引发更多的思情，以及无法相见的烦恼。梅花既象征着气节风骨，又寄托友谊。"吟得梅花俱恼"与苏轼"为爱君诗被花恼"（《和秦少游梅花诗》），二者有异曲同工之妙。

然后，笔锋骤转，词情从抑郁中解脱，精神为之一振。由前文"吟得梅花俱恼"，转为洒脱地"将花插帽"，虽不一定确有其事，作者已将烦恼抛至脑后。更进而，"向第一峰头，倚空长啸"。向着最高峰，仰天长啸。胸襟开阔，疏狂豪放。词的结尾："忽展斜阳，玉龙天际绕。"站在吴山，忽见斜阳西照，晚霞璀璨，逶迤的雪山犹如玉龙在天际起舞。以壮美的景句结束，大气磅礴，超然物外。

全词紧扣词题中的"望"与"雪"二字，以登山时所见的雪景落笔，以夕阳西下所望的雪景收笔。布局精致，跌宕起伏，景色清幽空灵，意境旷放高远。陈廷焯称："厉樊榭词幽香冷艳，在清初词人中，别树一帜，可谓超然独绝者矣。"（《白雨斋词话》）

江城子

词牌《江城子》简介

《江城子》又名《江神子》、《水晶帘》等。唐和五代时均为单调，属于小令，平韵。字数有三十五、三十六以及三十七字三种，以三十五字为主。从宋朝开始，多为双调，七十字，上下片各八句、五平韵；但亦有仄韵之作。属于中调。

以下列出本词牌格律常见的两种格体与范例。

格体一，双调，七十字，上下片各八句、五平韵。范例，北宋苏轼词：

十年生死两茫茫。不思量，自难忘。
中平中仄仄平平。仄平平，仄平平。
千里孤坟，无处话凄凉。
中仄平平，中仄仄平平。
纵使相逢应不识，尘满面，鬓如霜。
中仄中平平仄仄，平仄仄，仄平平。

夜来幽梦忽还乡。小轩窗，正梳妆。
中平中仄仄平平。仄平平，仄平平。
相顾无言，惟有泪千行。
中仄平平，中仄仄平平。
料得年年肠断处，明月夜，短松冈。
中仄中平平仄仄，平仄仄，仄平平。

格体二，单调，三十五字，八句、五平韵。范例，五代牛峤词：

鸡鹊飞起郡城东。碧江空，半滩风。
中平中仄仄平平。仄平平，仄平平。
越王宫殿，蘋叶藕花中。
中平中仄，中仄仄平平。
帘卷水楼鱼浪起，千片雪，雨蒙蒙。
中仄中平平仄仄，平仄仄，仄平平。

《江城子》历代佳作十首

1. 江城子 ［五代］牛峤

鸡鹊飞起郡城东。碧江空，半滩风。
越王宫殿，蘋叶藕花中。
帘卷水楼鱼浪起，千片雪，雨蒙蒙。

牛峤生活于唐末与五代时期。他的词作大多描写男女之情，语言俊丽，雅俗兼备。这首《江城子》在他的词中别具一格，写景怀古，含蓄深沉。

全词首先落笔于“郡城”的外景：“鸡鹊飞起郡城东。碧江空，半滩风。”“鸡鹊”：又名池鹭，一种水鸟；“郡城”：古代会稽（今浙江绍兴），春秋时为越国国都。一江碧水从城东流过，江面空阔，沙滩阵阵秋风，数只池鹭掠过水面，翩翩飞翔。一幅秀丽、空辽的郡城市郊的秋景。

“越王宫殿，蘋叶藕花中。”作者触景生情，怀古沉思。春秋时期，越王勾践曾此建都，卧薪尝胆，成就一代霸业。如今越王雄伟华丽的宫殿毫无痕迹，只见一片片翠绿的蘋叶，和那一朵朵亭立的荷花了。曾经的霸主显赫，经不住岁月流逝，沧桑无情！

结尾回到眼前的景观："帘卷水楼鱼浪起，千片雪，雨蒙蒙。"登上临江的水楼，卷起帏帘，凭栏眺望，江面上鱼跃浪卷，激起千片雪浪，水点如细雨，迷迷蒙蒙。风景如画，千古依然。

《江城子》分单调和双调两种格体。这首词属于单调，仅仅三十五字，文笔秀美，风物缤纷，景色空灵。词人以景托情，发怀古之幽思，叹天地之永恒，蕴意苍凉。近代学者俞陛云《唐五代两宋词选释》评说，第四、五句"与李白咏勾践诗'宫女如花满春殿，只今惟有鹧鸪飞'皆怀古苍凉之作"，"此词兼咏越溪风物，风吹雪浪，在空蒙烟雨中，诗情与画景兼之"。

2. 江城子 ［北宋］苏轼

密州出猎

老夫聊发少年狂。左牵黄，右擎苍。
锦帽貂裘，千骑卷平冈。
为报倾城随太守，亲射虎，看孙郎。

酒酣胸胆尚开张。鬓微霜，又何妨？
持节云中，何日遣冯唐？
会挽雕弓如满月，西北望，射天狼。

苏轼因反对王安石激进的变法，宋神宗熙宁四年（1071）被外放杭州任通判，熙宁七年秋调至密州（今山东诸城）任知州。这首词写于熙宁八年（1075）冬，是苏轼豪放激越的代表作之一。他曾在《与鲜于子骏书》中说："近却颇作小词，虽无柳七郎（柳永）风味，亦自成一家。""令东州壮士抵掌顿足而歌之，吹笛击鼓以为节，颇壮观也。"可见这是"自成一家"之作，不同寻常。

上片，词的起句“老夫聊发少年狂”，对应词题“出猎”，对于苏轼这样的文人，出猎也许是偶然的一时豪兴，故为“聊发少年狂”。一个“狂”字，一腔豪情，贯穿通篇。时苏轼三十九岁，自称“老夫”，一位活脱的英雄豪杰。左手牵着黄犬，右手擎着苍鹰，威武豪迈。随从的武士人人都身着猎装，戴着锦葛帽，穿着貂裘衣。千骑奔腾，疾风般地席卷原野山冈，好一派龙腾虎跃的壮观景象！“为报倾城随太守，亲射虎，看孙郎。”“太守”：即作者本人；“孙郎”：三国时代的孙权。为了答谢倾城的人随我而来、观赏打猎的盛意，请大家看看我亲自射虎的英姿，就像当年的孙权骑马射虎于凌亭！豪气勃发，狂放不羁。

上片写实，重墨于“出猎”。下片，由实入虚，进一层地抒发因出猎而激发的驰骋沙场、保家卫国的雄心与抱负。“酒酣胸胆尚开张”，“尚”：更加之意。尽兴畅饮，胸怀愈加开阔，胆气更为雄壮：“鬓微霜，又何妨？”鬓角有几缕白发，又算得了什么？此时，词人正值盛年，虽受到一些挫折和打击，仍然豪情壮志不减。“持节云中，何日遣冯唐？”这里引用了一个典故：汉文帝时，魏尚任云中太守（云中郡，今内蒙古托克托县一带，包括山西西北部分地区），魏尚抗击匈奴有功，但因报功不实而获罪削职。后汉文帝听了冯唐的话，派冯唐持节去赦免魏尚的罪，让魏尚仍然担任云中郡太守。苏轼在此借用这个典故，希望得到朝廷的信任，派遣他去边疆抗敌。“会挽雕弓如满月，西北望，射天狼。”“天狼”：为天狼星，古代喻为侵略者，这里指地处西北的西夏。最后这一句气势非凡，体现了词人挽弓射雕的大无畏的英雄气概，纵横边陲、击退西夏侵略的凌云之志。当时西北边界局势紧张，熙宁三年，西夏大举侵犯环、庆二州（今甘肃庆阳一带），四年占领抚宁等城（今属陕北榆林地区）。

苏轼在宦海沉浮的生涯中，曾于宋哲宗元祐七年（1092）九、十两月任兵部尚书。这首《江城子》以出猎为题，儒雅之笔，豪壮之情，酣畅淋漓地抒发了作者兴国安邦的雄心壮志。当时的北宋词坛充斥着闺妇之怨、羁旅之愁，其中不乏无病呻吟。苏轼的这首词振聋发聩，打破了词坛萎靡的声音，拓展了词的内容，深化了词的意境，对后世词的创作具有深远的影响。

3. 江城子 ［北宋］苏轼

乙卯正月二十日夜记梦

十年生死两茫茫。不思量，自难忘。
千里孤坟，无处话凄凉。
纵使相逢应不识，尘满面，鬓如霜。

夜来幽梦忽还乡。小轩窗，正梳妆。
相顾无言，惟有泪千行。
料得年年肠断处，明月夜，短松冈。

这是苏轼为怀念原配妻子王弗而写的一首悼亡词。苏轼十九岁时与年方十六的王弗结婚。王弗年轻貌美，温柔贤惠，两人伉俪情深。可惜，王弗年仅二十七就离世了，苏轼的悲痛难以言状。宋熙宁八年（1075），苏轼外放到密州（今山东诸城），任知州。时距王弗辞世恰十年，此年正月二十日，词人夜间梦见爱妻王氏，写下这首脍炙人口、感人肺腑的千古名作。

上片抒发对亡妻的深切怀念。起句，直白的真情表露，沉痛悲伤。“十年生死两茫茫”，生死诀别已经整整十年了，天上人间，茫茫相隔。“不思量，自难忘。”十年间词人政治上遭到挫折，事务繁忙，生活困顿，无法时时想念亡妻，但从未忘却。十年忌日，积郁内心深处的思念如开闸的江水，涛涌奔流。“千里孤坟，无处话凄凉。”王弗埋葬于四川老家，苏轼身处山东，无法前往祭拜，无处倾诉心中的凄凉。千里遥祭，词人伤感地对爱妻的亡灵推心置腹地述说：即便相逢，你也认不出我了，我已经“尘满面，鬓如霜”。感情的痛苦，宦海的浮沉，心力交瘁，苦不堪言，唯有向已经去世十年的至爱倾诉。

下片头五句进入词题“记梦”。日有所思，夜有所梦。梦里飞回千里之外的故乡，两人曾经甜蜜相处的地方。“小轩窗，正梳妆。”爱妻音容笑貌宛如当年，在雅致的小窗镜前，正精心地梳妆打扮。然而，生离死别，天上人间，并没有久别重逢的亲昵。词人想到曾经的美好，想到如今“生死两茫茫”，更加凄凉。“相顾无言，惟有泪千行。”无言，胜过万语千言，情深凄绝！最后三句，从梦中醒来，回到现实：“料得年年肠断处，明月夜，短松冈。”“短松冈”指王弗的墓地。凄清幽冷的明月，照在爱妻“千里孤坟”的“短松冈”，那就是年年的这一天作者伤心欲绝的断肠之处！

这首词以白描的笔法，平白如话，不加雕饰，内心感情自然流淌。梦境与现实相结合，在对亡妻的哀思之中，又向亡灵诉说自己身世的感叹。天上人间，死者生者，夫妻二人生死不渝的爱情，真挚深婉，感天动地。这首《江城子》流传千古，堪称悼亡词的绝唱。

4. 江城子　[北宋] 秦观

西城杨柳弄春柔。动离忧，泪难收。
犹记多情，曾为系归舟。
碧野朱桥当日事，人不见，水空流。

韶华不为少年留。恨悠悠，几时休？

飞絮落花时候、一登楼。

便做春江都是泪，流不尽，许多愁。

这是一首暮春怀念离别之人的词，细腻而深情。

上片由杨柳引起回忆。“西城杨柳弄春柔，动离忧，泪难收。”西城杨柳婆娑飘舞，拨弄着春天的柔情，触动内心离别的忧伤，不禁泪水洒落，难以控制。之所以如此伤感，是因为“西城杨柳”惹起了回忆。“犹记多情，曾为系归舟。”还记得多情的你，曾经将我的归舟拴在西城河边的杨柳上，不让我再离开。“碧野朱桥当日事”，碧绿的田野，朱红的小桥，依然如故，那时的情景历历在目。此次归来你却离去，如今天各一方，惟有“水空流”，我“泪难收”！

下片叹嗟韶华易逝，抒发离恨。“韶华不为少年留”，美好的青春年华并不为年少而停留，人生易老，不知情人何时相见。离恨如流水悠悠，不知何时休止。“飞絮落花时候、一登楼”，杨花飘落的暮春，登上楼台，形只影单，翘首企盼，不见恋人的归舟。“便做春江都是泪，流不尽，许多愁。”即便是一江春水都化作泪水，也流不尽心中的凄楚和忧愁。词的收尾翻新李煜的名句：“问君能有几多愁？恰似一江春水向东流。”南唐后主的哀愁一泻千里，汹涌澎湃；而秦少游的离愁柔情深婉，伤感惆怅。

这首词凄婉悱恻，情韵兼胜。在写法，下片的“飞絮”与上片的“杨柳”相呼应，寓意着离情别绪。上片的“泪难收”、“水空流”，为下片的“春江都是泪”、“流不尽”埋下伏笔。词情层层铺叙，最后，悲伤的感情如春江之水滔滔不绝。宋末著名词人张炎说秦观的词“体制淡雅，气骨不衰，清丽中不断意脉，咀嚼无滓，久而知味”（《词源》）。细读这首词，品味其意境，便知张炎的评价恰如其分。

5. 江城子 ［南宋］王炎

癸酉春社

清波渺渺日晖晖。柳依依，草离离。
老大逢春，情绪有谁知？
帘箔四垂庭院静，人独处，燕双飞。

怯寒未敢试春衣。踏青时，懒追随。
野蔌山肴，村酿可从宜。
不向花边拚一醉，花不语，笑人痴。

南宋有两位王炎，均有词作传世。一位王炎（1115—1178），字公明，南宋重臣，曾为陆游的上司。而此词作者王炎是南宋词人，字晦叔，号双溪，癸酉年（1213）七十五岁。春社是中国古代的重要节日之一，大约在春分前后，祭祀土地，以祈丰收，乡镇村落都举行许多热闹非凡的民俗庆祝活动。王炎是一位热爱生活的人，虽然年老力衰，在春社的节日里无法参加村民们的聚会，但他以自己的方式享受春社的快乐。这首词生动地描写了他在那一天的景况。

上片描写词人“老大逢春”的情绪。以景起篇：“清波渺渺日晖晖。柳依依，草离离。”春水悠长，春晖柔丽，杨柳婆娑，青草葱茏。“老大逢春，情绪有谁知?”外面春色盎然，美景诱人，老迈的词人正赶上了明媚的春天。闲不住，又出不去，有谁知晓我内心的情绪呢？珠帘四垂，庭院幽静，屋里“人独处”，屋外“燕双飞”。词人在这里化用五代翁宏《春残》“落花人独立，微雨燕双飞”诗句，以“燕双飞”衬托“人独处”，精妙地展现了作者寂寞难耐、急于走出家门的心情。

下片按照时间顺序，抒写春社当天作者的活动。“怯寒未敢试春衣。踏青时，懒追随。”“踏青”：春日郊游。心里怯寒，不敢换上春衣。去外面踏青，步履蹒跚，小心翼翼，懒于追随他人，实则也追随不上。于是，“野蔌山肴，村酿可从宜”。摆上少许新鲜的野菜山味，斟上乡村酿制的醇酒，自尝自饮，聊以欣慰。“不向花边拚一醉，花不语，笑人痴。”自己已非盛年，不可开怀痛饮，不必“花边拚一醉”。花儿不语，笑我这个老翁依然痴情，痴迷春光，痴迷生活。

王炎著有一部词集《双溪诗余》。在《自序》中，他讲述自己填词的准则是“不溺于情欲，不荡而无法”，“惟婉转妩媚为善”。这首《江城子》是此准则的绝佳范例。词中，作者抒发“老大逢春”的怅然若失与失而复得的身心活动，章法精致，平和淡雅，惟妙惟肖，极尽“婉转妩媚”之美。

6. 江城子 ［南宋］李好古

平沙浅草接天长。路茫茫，几兴亡。
昨夜波声，洗岸骨如霜。
千古英雄成底事，徒感慨，漫悲凉。

少年有意伏中行。馘名王，扫沙场。
击楫中流，曾记泪沾裳。
欲上治安双阙远，空怅望，过维扬。

南宋时期，金人多次攻入维扬（今扬州），破坏惨重。作者过维扬，百感交集，心情沉重，写下这首思想锋锐、独具一格的怀古伤今之作。

上片，触景生情，苍凉悲怆。江岸的沙滩平坦荒芜，长满了稀疏矮小的短草，无边无际，与天相连。词人心境悲凉，叹国家前景渺茫，历代王朝几度兴亡。“昨夜波声，洗岸骨如霜。”江水冲洗着岸上白色如霜、惨不忍睹的遗骨，仿佛在述说着往昔金兵在这里的残暴杀戮，令人哀恸、愤慨！现代词学家夏承焘评以上两句：“写夜间听到波声拍岸，使人激奋而气节凛然。”（《唐宋词选注》）“千古英雄成底事，徒感慨，漫悲凉。”“底事”：何事。国家不幸，生灵涂炭，千古英雄今安在，徒感慨，空悲伤。由此引出下片壮志难酬的悲愤。

“少年有意伏中行。馘名王，扫沙场。”“伏”：降服、制服。“中行”：是汉文帝时的一名宦官，全名为中行说，后投降匈奴，成为汉朝的大患；这里暗指朝廷里的投降派。“馘”：战时割下敌人的左耳以记功。“名王”：指金兵的统帅。青少年时代，希望有朝一日降服朝廷里的投降派，横扫战场，割下金兵统帅的头颅。“击楫中流，曾记泪沾裳。”那时，以东晋北伐名将祖逖为榜样，中流击楫，立志北伐，收复中原失地。至今还记得，自己曾壮怀激烈，热泪沾裳。“欲上治安双阙远，空怅望，过维扬。”“治安”：西汉初期年轻的政论家贾谊作有《治安策》；“双阙”：意指皇宫朝廷。一心想陈述治国良策，无奈皇宫遥远，皇帝高高在上。途径维扬，遥望京城临安，空余惆怅！结尾与词首呼应，并点明写作的地点。

这首词即景抒情，以情为主，情中发议。写情，由今及古，以历史兴亡，哀叹南宋的衰败；以古人祖逖与贾谊的事迹，吐露自己身不逢时的伤痛，词情幽深沉郁。南宋著名的爱国词人和词作甚多，李好古这首《江城子》直接指出：国破家亡的根源在于统治者不用忠良，不纳忠言。在那个时代，作者具有如此深切的思考和批判的精神，难能可贵！

7. 江城子 ［金］段成己

阶前流水玉鸣渠。爱吾庐，惬幽居。
屋上青山，山鸟喜相呼。
少日功名空自许，今老矣，欲何如。

闲来活计未全疏。月边渔，雨边锄。
花底风来，吹乱读残书。
谁唤九原摩诘起，凭画作、倦游图。

段成己，金末曾中进士，官至宜阳主簿。金亡，与兄长克己隐居龙门山（今山西河津黄河边），远离官场与尘嚣。这首词通过对隐居之乐的书写，蕴含着词人对半生经历的反思，具有深刻的思想内涵。

上片，首先描写隐居之所的周围环境。门口阶前，溪水潺潺，水音清脆，宛如玉鸣。屋后山峦青翠，山鸟欢叫，彼此呼应。“爱吾庐，惬幽居。”深爱着自己居住的山间小屋，享受着幽静安宁的环境，心满意足。“少日功名空自许，今老矣，欲何如。”青少年时代曾经以建功立业为人生目标，由于改朝换代而落空。如今垂垂老矣，我复何求，还求什么呢！作为前朝遗民，不愿入仕新朝，“穷则独善其身”（《孟子·尽心上》），隐居是一种迫不得已之下的最佳选择。词人表露出内心深处不得已而为之的真实感受。

下片，转而抒写日常的生活。“闲来活计未全疏。月边渔，雨边锄。”以闲逸的心情，从事一些并不生疏的农活，月下捕鱼，雨中耕锄。与此同时，保持书生本色，于花前清风中，潜心阅读古代贤哲的书籍。“谁唤九原摩诘起，凭画作、倦游图。”“九原”：

指唐朝著名诗人兼画家王维的墓地；“摩诘”：王维字摩诘；“倦游”：倦于出外游宦。王维曾隐居于陕西蓝田，赋诗作画。作者非常尊崇王维，谁能唤醒长眠于九原的诗画大师王维呢？自己的生活与画作如同一幅“倦游图”。词人自然而然地想起王维，认为自己与王维是同路人，彼此都“倦”于纷乱的世事，乐于归隐的生活。

全词如行云流水，清美而高远。身处乱世，安贫乐道，淡泊自守，旷放闲逸之中飘着淡淡的人生感伤，耐人寻味。

8. 江城子 ［元］倪瓒

满城风雨近重阳。湿秋光，暗横塘。
萧瑟汀蒲，岸柳送凄凉。
亲旧登高前日梦，松菊径，也应荒。

堪将何物比愁长？绿泱泱，绕秋江。
流到天涯，盘屈九回肠。
烟外青蘋飞白鸟，归路阻，思微茫。

倪瓒，江苏无锡人，生活在元末明初，是一位集诗人、画家与书法家于一身的著名文人，终年七十四岁。动荡的年代，没有入仕，中年家境破落，他散尽家财，最后二十年，漫游于太湖区域。这首词作于重阳节之际，抒发词人漂泊异乡的愁绪，以及对故乡亲友的思念。

上片描写重阳节的景色。九九重阳是中国的一个重要的民俗节日，秋高气爽，亲友相伴，登高赏景。然而，词人眼前却是完全不同的景象。“满城风雨近重阳。湿秋光，暗横塘。”“秋光”：秋日的景色；“横塘”：古代苏州胥江的一个重要渡口。满城风雨迷蒙，横塘乌云笼罩，一片暗淡阴湿。横塘水边，蒲草在萧瑟的秋风中枯萎；横塘岸上，垂柳挂着稀疏的黄叶，仿佛记述着离别亲友的凄凉。“亲旧登高前日梦”，遥忆往年重阳节时与亲朋旧友登高赏秋的欢乐，那已是一去不复返的美梦了。“松菊径，也应荒。”此处翻用了陶渊明《归去来兮辞》中的“三径就荒，松菊犹在”，但意境已非“松菊犹在”，而是松菊的小径荒芜了。灰蒙、阴暗、荒凉的秋色，是词人孤独和悲凉的心境。

下片抒发故乡深沉的思念。“堪将何物比愁长?”又有什么比乡愁更加悠长的呢?以水喻愁的诗词名句很多，诸如南唐后主李煜《虞美人》:“问君能有几多愁?恰似一江春水向东流。”北宋秦观《江城子》:“便做春江都是泪，流不尽，许多愁。”均是愁似春水春江，一泻千里。“绿泱泱，绕秋江。流到天涯，盘屈九回肠。”倪瓒这首词里的愁，如同碧波无垠的秋江水，九曲回肠，千盘百回，流到天涯海角。“烟外青蘋飞白鸟，归路阻，思微茫。”极目远望，云烟之外，只见白色的飞鸟出没于芦苇丛中，无忧无虑，自由自在。然而词人自己，故乡归路隔山隔水，山高水远，思绪迷茫，无比惆怅。

这首词，作者借重阳佳节表达长年浪迹萍踪的愁情。写法上以景为主，景中寓情。清代况周颐《蕙风词话》说:“吾听风雨，吾览江山，常觉风雨江山外有万不得已者在。此万不得已者，即词心也。”此词之景便是其词心。词人以画家的构思为整幅画卷抹上暗淡的基调。风物的选取，既有恢宏之景，如“风雨”、“秋江”；又有精致之景，如“蒲”、“柳”、“径”、“鸟”。飘然于秋色秋景之外的是，作者一颗孤寂凄凉的心、一片哀婉思乡的情。这首《江城子》充分展现了作者诗画兼长的高超的艺术造诣。

9. 江城子 ［明］陈子龙

病起春尽

一帘病枕五更钟。晓云空，卷残红。
无情春色，去矣几时逢？
添我几行清泪也，留不住，苦匆匆。

楚宫吴苑草茸茸。恋芳丛，绕游蜂。
料得来年，相见画屏中。
人自伤心花自笑，凭燕子，骂东风。

陈子龙，明末著名文学家、抗清捐躯的民族英雄。现代词学大师龙榆生先生高度评价陈子龙的词作，认为：“词学衰于明代，至子龙出，宗风大振，遂开三百年词学中兴之盛。”（《近三百年名家词选》）这首《江城子》的具体写作年代不详，它的题目为“病起春尽”，可见作者是在春末一场大病之后触景生情，写下此词。

上片感伤春天无情地飞速消逝。“一帘病枕五更钟。晓云空，卷残红。”“一帘”：意即卧室。病躺在床上，天色将明，五更的钟声透过帘幕传来。掀开帘子，朝云散尽，残留的春花已被东风卷去。春色如此无情，就这样转眼间消失殆尽，何时再来呢？仿佛春天永远不会再来。“添我几行清泪也，留不住，苦匆匆。”留春不住，苦于春天走得如此匆匆，禁不住地流下几行心酸的泪水。陈子龙投身于抗清复明的运动，浴血奋战，未能挽救南明土崩瓦解的命运，作者对短暂的南明王朝的覆灭而哀伤。

下片以史喻今，抒发深层的痛苦。“楚宫吴苑草茸茸。恋芳丛，绕游蜂。”“楚宫吴苑”：历史上的亡国遗迹，此处意指已经灭亡的南明的故宫。吴楚宫苑的废墟，野草茂密，杂花丛生，游蜂飞绕。“游蜂”，南明存在时招来一群游蜂似的祸国殃民的奸臣。“料得来年，相见画屏中。”春意去也。到了来年，只有在屏风的画面中看到虚幻的春天了。“人自伤心花自笑，凭燕子，骂东风。”如今，明王朝不复存在了。想到这种凄惨的结局，作者独自伤心，画屏上的春花却不解人意，依然娇艳。任凭春天的使者飞燕去怨恨葬送春天的东风吧。何尝不是词人内心的怨恨呢？在陈子龙的词中，“东风”常常是送走春天的罪魁，如“夭桃红杏春将半，总被东风换”（《虞美人》）。这首词里的“东风”隐喻推翻南明的清朝。

晚清词学家陈廷焯评陈子龙的词风，“以秾艳之笔，传凄婉之神”（《白雨斋词话》）。整首词借景抒情，哀楚凄绝，伤时托志，寓意深沉。近代词人谭献说：“然则重光（李煜字）后身，惟卧子（陈子龙别字）足以当之。”（《复堂日记》）只有陈子龙像南唐李后主一样，念念不忘亡国的伤痛。他坚持开展抗清斗争，明知不可为而为之，清顺治四年（1647）五月初被捕，五月十三日在押往南京的船上投水殉节，壮烈牺牲，时四十岁。一世英才，名垂青史。

10. 江城子 ［清］纳兰性德

咏史

湿云全压数峰低。影凄迷，望中疑。
非雾非烟，神女欲来时。
若问生涯原是梦，除梦里，没人知。

纳兰性德的词作题材广泛，思情飘逸，语言清雅，格高韵远。

他的笔下，爱情缠绵凄婉，友谊披肝沥胆，边塞空辽苍凉，怀古隽永深沉。

这首《江城子》的格体是单调，词题“咏史”。其咏史别开生面，独具一格。它不以任何一个具体的历史事件或历史人物为主题，而是借神话巫山神女，对历史的整体抒发作者的认知和感悟。

起句“湿云全压数峰低”以景喻史，俯瞰，深沉，凝重。潮湿厚重的云雾，布满整个天宇，低垂地笼罩着广袤的大地，数座高耸的山峰仿佛被“湿云”压低了下去。“影凄迷，望中疑”，苍辽的山峦江河影影绰绰，凄清迷蒙，似梦似幻，作者不禁对自己的所见发生怀疑，这是真是假?

这种景象让作者遥想到远古神秘而又美丽的神话，巫山云雨的神女。“非雾非烟，神女欲来时。”神女即将来到巫山时，巫峡群峰浮云缭绕，似雾非雾，似烟非烟，变幻莫测。屈原的弟子宋玉在《高唐赋》描写神女：“妾在巫山之阳，高丘之阻，旦为朝云，暮为行雨，朝朝暮暮，阳台之下。”可见“非雾非烟”以及首句中的“湿云”即巫山神女的“朝云”。而对于“神女欲来时”，宋玉《神女赋》有更精彩的描述：“忽兮改容，婉若游龙乘云翔。”风姿绰约，千姿百态。作者以神女比喻历史，神奇美妙。

作者发出喟叹：“若问生涯原是梦，除梦里，没人知。”其中“若问生涯原是梦”，翻用唐朝诗人李商隐《无题》的诗句：“神女生涯原是梦，小姑居处本无郎。”纳兰巧妙地将李诗中的“神女”换成“若问”，原本“神女”为主角的陈述，换成了作者为主角的设问。词句中的“生涯”，已非某一个人的人生经历，而是风云变幻的历史长卷。词人更将苏东坡“人生如梦”（《念奴娇·赤壁怀古》）的慨然浩叹，演绎成史如“神女”的怅然咏叹。最后，词人对自己的设问进行自答：“除梦里，没人知。”历史扑朔迷离，神秘而又缥缈，只能在梦中遐想，无人能够真正洞察与知晓。这是纳兰读史的感悟，它蕴含着作者的历史哲思。

王国维赞誉纳兰性德："其所为词，悲凉顽艳，独有得于意境之深，可谓豪杰之士，奋乎百世之下者矣。"（《人间词话》）纳兰这首咏史词，构思精妙，文笔清美，意境深邃，在对历史的咏叹之中，流露着他对美好的追求，美好却如梦一样的虚幻，令人茫然惆怅！

阮郎归

词牌《阮郎归》简介

《阮郎归》又名《醉桃源》、《碧桃春》。南朝宋刘义庆《幽明录》中载神话故事：东汉明帝永平五年（62），刘晨、阮肇二人到天台山采药，迷路不得返，沿溪水而上，在桃源深处遇两美貌仙女，同住半载，欢愉恩爱。后二人思乡，两仙女引路辞别。刘、阮还乡后，发现家人早已离世，人去物非，仙境数月，人间几百年。此词牌名以及它的别名均源自这一典故。双调，平韵，四十七字。

以下列出本词牌格律常见的两种格体与范例。

格体一，四十七字。上片四句，下片五句。上、下片各四平韵，一韵到底。范例，北宋晏几道词：

天边金掌露成霜。云随雁字长。
中平平仄仄平平。平平中仄平。
绿杯红袖趁重阳。人情似故乡。
仄平平仄仄平平。中平中仄平。

兰佩紫，菊簪黄。殷勤理旧狂。
平仄仄，仄平平。中平中仄平。
欲将沉醉换悲凉。清歌莫断肠！
中平中仄仄平平。中平中仄平。

格体二，四十七字。上片四句、三平韵、一重韵，下片五句、三平韵、一重韵。范例，北宋黄庭坚词：

烹茶留客驻金鞍。月斜窗外山。
平平平仄仄平平。仄平平仄平。
别郎容易见郎难。有人思远山。
仄平平仄仄平平。仄平平仄平。

归去后，忆前欢。画屏金博山。
平仄仄，仄平平。仄平平仄平。
一杯春露莫留残。与郎扶玉山。
仄平平仄仄平平。仄平平仄平。

《阮郎归》历代佳作五首

1. 阮郎归 ［北宋］晏几道

天边金掌露成霜。云随雁字长。
绿杯红袖趁重阳。人情似故乡。

兰佩紫，菊簪黄。殷勤理旧狂。
欲将沉醉换悲凉。清歌莫断肠！

晏几道是北宋初期重臣晏殊的第七子，年轻时过着风流浪漫的生活。父亲死后，家道中落，他经历了生活的酸甜苦辣，词作由疏狂逐渐走向凄婉。这首词是他悲情伤感的代表作之一，写于汴京重阳佳节之际。

上片由景生情，并点出了写作的时间和地点。“天边金掌露成霜。云随雁字长。”时值深秋，远处汴京皇城白露已经凝成秋霜，空中大雁列成人字，向南高飞；淡云舒卷，随着雁群飘游。首句借用一个著名的史实，汉武帝在长安建章宫前建高二十丈的铜柱，上有铜人，掌托承露盘，承接“玉露”，饮之，以求长生不老。后来，“承露金掌”意指皇宫的建筑物。“绿杯红袖趁重阳。人情似故乡。”趁着九九重阳的酒宴歌席，对着“红袖”美人，举起“绿杯”美酒；“每逢佳节倍思亲”，人情的温暖如同故乡的亲人。词人饱尝世态炎凉之后，愈加领悟人与人之间真情的温馨和珍贵。

下片头三句进一步描写宴筵歌席。“兰佩紫，菊簪黄。殷勤理旧狂。”席间歌女们身佩紫兰花，头簪菊黄玉，歌喉婉转，红袖长舞，很久没有享受这种娱乐了，此次还得“殷勤”尽力地“理”出旧日狂欢的兴致。然而今非昔比，悲从中来，词情陡转。“欲将沉醉换悲凉。清歌莫断肠。”真想借今朝的沉醉换掉平日的悲凉，清歌莫唱断肠曲，让我忘却失意，忘却悲伤！词人自知内心的伤痛太深，于是请歌女们莫唱悲情的歌曲，否则连“沉醉换悲凉”也做不到了！佳节酒筵，原本偶得人情的慰藉，暂且摆脱多年的悲凉，却不经意地触到伤痛。最后两句，积压心底的凄楚，欲吐又止，“而今识尽愁滋味，欲说还休”（辛弃疾《丑奴儿·书博山道中壁》）。

晏几道，生性自由孤傲，宁可抑郁不得志，也不趋炎附势。浅语深情，是小山词作的特点。这首词，浓愁淡写，含蓄蕴藉。写景精练意远，抒情委婉跌宕，由温馨的人情切入心底的悲凉，逐次深化。现代词学家陈匪石先生在《宋词举》中评道：“此在《小山词》中，为最凝重深厚之作。”

2. 阮郎归　[北宋] 苏轼

初夏

绿槐高柳咽新蝉。薰风初入弦。

碧纱窗下水沉烟。棋声惊昼眠。

微雨过，小荷翻。榴花开欲然。
玉盆纤手弄清泉。琼珠碎却圆。

这首词作于宋神宗元丰七年（1084）初夏。当时苏轼刚调离黄州（今湖北省黄冈市），结束被贬发的逆境，有望被重新启用。赴京城的途中，词人短暂地留住在风景优美的江苏常州，心情如同新生一般的轻松愉悦。词题“初夏”，描绘初夏时节的少女，美丽，天真，无忧无虑。

上片抒写美好的初夏中午的景色。“绿槐高柳咽新蝉”，明媚的初夏，槐树枝叶茂盛，柳树婆娑多姿，幼蝉鸣声悦耳。“薰风初入弦”，“薰风”：温润的南风。此处化用了典故，古代有《南风歌》，对南风大为赞颂：“南风之薰兮，可以解吾民之愠兮。南风之时兮，可以阜吾民之财兮。”据《礼记·乐记》记载：“昔者，舜作五弦之琴以歌《南风》。”词中之意，初夏时分，南风初起，万物迅速生长，人们快乐地弹奏起《南风歌》。接着，词景从屋外转向室内。“碧纱窗下水沉烟”，“水沉”，即水沉香，又名沉香，一种木质香料。碧纱窗下，香炉轻烟袅袅，散发出沉香清淡的芳香。闺房幽雅、恬静、清香。“棋声惊昼眠”，清爽静谧的初夏中午，少女沉于甜美的梦乡，外面传来的清脆的棋盘落子声，将她从睡梦中惊醒。困意未消，却无怨尤，她已被窗外的景色所吸引。

下片描写这位妙龄少女醒来之后，纯真地享受着初夏的大自然美景。“微雨过，小荷翻。榴花开欲然。”“然”：同“燃”。微雨乍过，池塘荷叶娇小幼嫩，随风翻动；不远处，雨后的石榴花，花团锦簇，红花似火。田野处处生机勃勃，秀色盎然。花季年华的少女情不自禁地走到池边戏耍。“玉盆纤手弄清泉。琼珠碎却圆。”“玉盆”：荷叶。她用纤柔娇嫩的小手，将清澈的池水泼洒在荷叶上；晶莹的水珠宛如细碎圆润的玉珠，在荷叶上轻盈地滚动。少女美丽而又可爱的形象，跃然纸上。

在词坛上，闺情题材的词作不胜枚举，基调离不开孤独、倦慵和相思。而苏东坡的这首词一扫多愁善感的闺怨。全词情致娴雅轻快，笔法简练生动。构思截取初夏典型的景色，选择少女特有的活动；将健康活泼的少女置身于明亮和煦的环境之下，清纯的少女之美与柔丽的初夏大自然之美，和谐而又完美地融为一体，给人以淡雅恬逸的精神享受和艺术美感。

这首词，是词坛上不可多得的一朵亮丽的奇葩。东坡在他落难之后看到重启的希望，写下了这首充满生机、充满光明的词篇。词人多么期望从此得以施展自己的才华、实现人生的抱负，这才是此词蕴涵的意境之所在。

3. 阮郎归 ［北宋］秦观

湘天风雨破寒初。深沉庭院虚。
丽谯吹罢《小单于》。迢迢清夜徂。

乡梦断，旅魂孤。峥嵘岁又除。
衡阳犹有雁传书。郴阳和雁无。

秦观聪颖博学，志向远大，宋神宗元丰八年（1085）进士。宋哲宗元祐初，任太学博士，升至秘书省正字，兼国史院编修官。宋哲宗绍圣元年（1094），受新党排挤，贬任杭州通判。继而又被劾，贬监处州（今浙江丽水）酒税，后又远徙郴州。绍圣三年岁暮抵达贬所。在郴州贬所，他孤苦伶仃，度日如年地熬过了一年。除夕之际，词人无比悲伤，写下此词。

上片，书写除夕之夜的凄凉。“湘天风雨破寒初。深沉庭院虚。”寒冬刚过，春天未至，郴州所处的湘南风雨不断，贬所庭院阴森，空荡寂寥。除夕之夜，本应合家团聚，喜庆欢乐，词人却蜗居在偏远而又狭小的贬所，与世隔绝，孤单凄切。“丽谯吹罢《小单于》。迢迢清夜徂。”“丽谯”：城门的更楼，原为三国曹操所建的一座名楼。《小单于》是唐代曲名，旋律苍凉，此处代指凄凉的画角声。“徂”：往，过去。从城楼上传来呜咽的画角声。长夜漫漫，清冷凄寒，时间显得异常缓慢地流逝，一个难熬的除夕之夜！

下片，倾诉凄楚的思乡之情。“乡梦断，旅魂孤。峥嵘岁又除。”“峥嵘”：极不寻常，比喻岁月艰难。远徙漂泊，孤魂落魄，思乡的梦，无法实现，令人愁肠寸断。接二连三的贬放，煎熬地度过一个又一个除夕，苦难盼不到尽头，日子看不到希望！“衡阳犹有雁传书。郴阳和雁无。”“郴阳”：即郴州，今湖南郴州市。在衡阳的时候，还可以有鸿雁传书、收到亲友的书信；如今郴阳在衡阳以南几百里，比衡阳更加遥远，连雁子都毫无只影，更无大雁捎来亲友的音讯。词人借用鸿雁传书的典故，道出被贬之地的边远，以及举目无亲的悲凉，哀伤至极！

秦观的一生多受打击，屡经贬发，他是一位“古之伤心人也”（清代冯煦《宋六十一家词选》）。其词如南宋词人张炎所评，“咀嚼无滓，久而知味”（《词源》）。这首词，写景、抒情、用典均简练语浅，感情真切哀怨，是其凄婉词篇中的代表作之一。细细品味，对词人的身世唏嘘不已，倍感同情！

4. 醉桃源 ［明］汤显祖

不经人事意相关。牡丹亭梦残。
断肠春色在眉弯。倩谁临远山？

排恨叠，怯衣单。花枝红泪弹。

蜀妆晴雨画来难。高唐云影间。

汤显祖，江西临川人，明代戏曲家，被称为“中国的莎士比亚”，他的戏剧作品享誉世界。《牡丹亭》是他的代表作，人们熟知的《游园惊梦》便出自《牡丹亭》。同时，汤显祖又是一位著名的词人，其词婉丽清新，情景至美。这首词出自《牡丹亭》第十四出《写真》的第一曲，是剧中女主角杜丽娘与其侍婢春香的道白。全词为杜丽娘的美貌与痴情“写真”画像。

在词中，首二句为杜丽娘的独白。“不经人事意相关。牡丹亭梦残。”“不经”：荒诞不经；“人事”：世事，意指男女情爱。在这一出戏之前，《牡丹亭》第十出《惊梦》与第十二出《寻梦》，杜丽娘在梦中与书生柳梦梅欢会于牡丹亭，醒后方知南柯一梦。她又到牡丹亭寻梦，未见那书生，回来忧闷不已，相思成病。这二句，杜丽娘自白：梦中与那书生的情事看似近乎荒诞，实则符合感情的意愿；牡丹亭的梦境如此短暂，令人无比眷恋与惆怅。

接下来的两句是侍婢春香的独白。“断肠春色在眉弯。倩谁临远山？”“倩”：请；“临”：临摹；“远山”：秀眉，汉刘歆《西京杂记》称卓文君“眉色如远山”。你看女主人，她娇媚的容貌愁云密布，柔肠寸断的动人神情凝聚在弯弯的蛾眉上，让人好不心疼。请问哪位画师此时能够临摹她那远山般的美眉。春香道出杜丽娘为梦伤情的娇容，并同情女主人无法与心上人重聚的哀伤。

下片前三句杜丽娘再次独白。“排恨叠，怯衣单。花枝红泪弹。”“排”：排遣。无力排遣心中重重叠叠的相思愁恨，身形日渐消瘦，弱不胜衣。为情而伤，见花落泪，泪水沾着脸上的胭脂，染红了花枝。

最后两句是杜丽娘与春香的合白。“蜀妆晴雨画来难。高唐云影间。”这两句化用宋玉《高唐赋》和《神女赋》中的故事。“蜀妆”：四川女子装束；“高唐”是楚襄王的父亲楚怀王梦会巫山神女之处，神女离开高唐时对楚怀王说，妾“旦为朝云，暮为行雨”，高唐之上，“须臾之间，变化无穷”（《高唐赋》），忽而“晴雨”，忽而“云影”。神女身着蜀女的装束，风姿绰约，“旦为朝云，暮为行雨”。汤显祖以巫山神女的风韵来形容杜丽娘的美貌，杜丽娘在梦中与柳梦梅的牡丹亭欢会，朦胧缥缈，好似楚怀王在梦里与神女的高唐幽会，此种景象非人间丹青妙手所能画出。

这首《醉桃源》，作者为杜丽娘画像，亦为他心目中理想的女性画像，至美至情，为情而生，为情而死，正如他在《牡丹亭记题词》所写：“情不知所起，一往而深，生者可以死，死者可以生。”全词神思飘逸，文笔挥洒，现实的悲凉与浪漫的美妙相结合，给人以艺术的美感和纯情的遐想。同时，它充分体现了汤显祖的词论：“其填词皆尚真色，所以入人最深，遂令后世之听者泪，读者颦，无情者心动，有情者肠裂。”（《焚香记总评》）

5. 阮郎归 ［清］恽敬

画蝴蝶

轻须薄翼不禁风。教花扶着侬。
一枝又逐月痕空。都来几日中。

曾有伴，去无踪。阑前种豆红。
蜜官队里且从容。问心同不同。

恽敬，江苏阳湖（今属常州）人。这是一首咏物词，标题为“画蝴蝶”，为蝴蝶作画，描绘蝴蝶的性态。全词托物寓意，意味隽永。

上片描写蝴蝶无所依托的遭际。“轻须薄翼不禁风。教花扶着侬。”“侬”：吴语的“我”，拟人化的蝴蝶自称。一只蝴蝶，轻轻的触须，薄薄的飞翼，体态轻盈，弱不禁风。好在它以花为友，有赖于花枝的扶撑，飞舞在花间，尚不感到孤寂。“一枝又逐月痕空”，然而，随着月亮的流转，春去秋来，仅剩的一枝花也凋零殆尽。“都来几日中”，没有多少天，它已无花枝可以栖息。“教花扶着侬”的好景不长，便陷入可怜的无助境地。

下片赞美蝴蝶的情感与情操。“曾有伴，去无踪。”曾有相爱的情侣，比翼双飞，形影不离。如今伴侣“去无踪”，只剩下它形影相吊，无依无靠。“阑前种豆红”，化用王维《相思》中诗句“红豆生南国”、“此物最相思”。红豆又名相思子，栏前种下的红豆已经熟了。以此形容这只蝴蝶对离去的伴侣一往情深、痴情如故。失伴的它，如今只能“蜜官队里且从容”，在“蜜官”的队伍里从容自得地翩飞。“蜜官”，指蜜蜂，出自温庭筠诗句“蜜官金翼使”。“问心同不同”，试问蝴蝶与蜜蜂同行是否同心？两者虽同飞，但志向迥然相异。蝴蝶在花丛中穿梭，传花粉为媒，非为己；蜜蜂在繁花中奔忙，采花粉酿蜜，实为己。词中的“蜜官”隐射人间的贪官，而孤单的蝴蝶暗喻作者这样为民的清官。

恽敬为官清廉，刚正不阿，虽仅为知县，鄙视趋炎附势，后被诬陷罢官。他从此远离官场，居家潜心于学问，有著作诗词传世。这首词，作者匠心独运，精妙地描绘蝶与蜂习性貌似相同，彼此却有本质的区别，借咏蝴蝶，抒发自己高洁的心志。词句细致形象，意境幽微深刻。

如梦令

词牌《如梦令》简介

《如梦令》又名《忆仙姿》、《如意令》、《宴桃源》等。本名《忆仙姿》。因后唐开国君主庄宗李存勖《忆仙姿》的末句："如梦！如梦！残月落花烟重。"苏轼便将该词牌名改为《如梦令》。又因李词的首句为"曾宴桃源深洞"，故该词牌亦名《宴桃源》。《如梦令》有单调、双调两种。单调三十三字，双调六十六字，以单调为主。

以下列出本词牌格律常见的两种格体与范例。

格体一，单调，三十三字，七句、五仄韵、一叠韵。范例，北宋李清照词：

昨夜雨疏风骤，浓睡不消残酒。
中仄中平平仄，中仄中平平仄。
试问卷帘人，却道海棠依旧。
中仄仄平平，中仄仄平平仄。
知否，知否？应是绿肥红瘦。
平仄，平仄，中仄仄平平仄。

格体二，单调，三十三字，七句、五平韵、一叠韵。范例，南宋吴文英词：

秋千争闹粉墙，闲看燕紫莺黄。
平平平仄仄平，平平仄仄平平。
啼到绿阴处，唤回浪子闲忙。
平仄仄平仄，仄平仄仄平平。

春光，春光，正是拾翠寻芳。
平平，平平，仄仄仄仄平平。

《如梦令》历代佳作七首

1. 忆仙姿　[五代] 李存勖

曾宴桃源深洞，一曲清歌舞凤。
长记欲别时，和泪出门相送。
如梦！如梦！残月落花烟重。

该词作者李存勖是五代时期后唐的开国皇帝，他建都洛阳。这首词题材取自一个美丽的神话传说。相传东汉时，刘晨、阮肇二人到天台山采药，迷路不得返，沿溪水而上，在桃源深处遇两位美貌仙女，同住半载，欢愉恩爱，后刘、阮二人思乡，两仙女引路辞别。这首《忆仙姿》描写刘、阮和仙女离别时的依依惜别，以及别后对佳人的深切怀念。

“曾宴桃源深洞，一曲清歌舞凤。”刘晨、阮肇与两位仙女住在静谧的世外桃源，曾经欢宴于幽美的深洞之中，席间二位仙女如鸾鸟宛转清歌，似朝凤轻盈曼舞，意殷殷，情切切。短短两句，典型的场景，生动的诗句，描绘了这个神话传说中的旖旎生活。

“长记欲别时，和泪出门相送。”“长记”：即“常记”。回乡后，刘、阮二人常常记起当时即将离别时的情景，两位仙女含着泪水“出门相送”，彼此难舍难分，依依惜别。直白的叙述，言浅情深。

词的最后，作者从上面的写实转入感情的抒发。“如梦！如梦！残月落花烟重。”佳期如梦，离情如梦！词人精妙地使用这个词牌的叠句，用两个“如梦”，反复咏叹，加深了感情色彩，愈加惆怅，愈加感伤。一弯残月，一地落花，一片云烟，萧瑟而悲凉。以景句结束，情不尽，思无穷。

这首小令，笔调婉丽，缠绵悱恻，意境纯美。难于想象这首词出自一位驰骋沙场、建功立业的开国皇帝之手。苏轼由于这首词中的“如梦”之句，便将该词牌名改为《如梦令》。又因首句中的“宴桃源”，该词牌又名《宴桃源》。由此可见这首词的艺术魅力。李存勖，不愧为词史上的一位奇人。

2. 如梦令 ［北宋］苏轼

为向东坡传语，人在玉堂深处。
别后有谁来？雪压小桥无路。
归去，归去，江上一犁春雨。

苏轼因“乌台诗案”于宋神宗元丰三年（1080）二月被贬至黄州。第二年，他在城外开辟了约十亩地，命名为东坡，耕耘其中，乐在其中，心在其中，他为自己取号为“东坡居士”。从此，世人敬重而又亲切地称他“苏东坡”。

元丰七年（1084）四月，苏东坡离开黄州。自宋哲宗元祐元年（1086）九月，至元祐四年（1089）三月，他在京城任翰林学士。作者在此期间写了这首《如梦令》，寄给在黄州的友人杨使君，抒发对“东坡”这块田地的怀念，以及归隐“东坡”的意愿。

首二句：“为向东坡传语，人在玉堂深处。”“玉堂”：指翰林苑。作者亲切地将他在黄州开辟的那一块“东坡”农田拟人化。他对友人说：请你代我“向东坡传语”，如今我身处翰林苑的深处，心里牵挂着黄州的东坡。“东坡”这块不大的土地，对于苏轼意义非凡，在他落难黄州的岁月里，它是苏轼安身安心之地。林语堂在《苏东坡传》的“东坡居士”一章中写道：“苏东坡最可爱，是在他身为独立自由的农人自谋生活的时候。”

接下来的两句，苏轼继续“向东坡传语”：“别后有谁来？雪压小桥无路。”别后是否有谁来过？如果大雪压住了小桥，便无路可通了。词人惦念着他离开黄州以后东坡的景况，揣想着那里很可能荒寂无人。作者用婉曲的“雪压小桥”，形象地表述对黄州东坡的关切，以及深厚的感情。

末三句：“归去，归去，江上一犁春雨。”继续向黄州东坡“传语”，直抒归耕东坡的心愿。陶渊明在《归去来兮辞》里写下：“归去来兮，田园将芜胡不归！”苏东坡对陶渊明推崇备至，他言称“渊明吾师”，又说：“吾于诗人无所甚好，独好渊明之诗。”苏轼与陶渊明都是中国历史上影响深远的古代文人，两人生活的年代相距约七百年，苏东坡与陶渊明心心相通。在这首词里，苏轼直接引用陶渊明的“归去来兮”，并采用叠句“归去，归去”，表达归隐的决心。“江上一犁春雨”，词人畅想着回到黄州东坡后的情景，江上春雨温润，雨后春耕忙碌，把犁耕作。以精练的诗句描绘出雨后春耕的景象，景中飘逸着词人在东坡躬耕时陶然自得、恬淡惬意的情趣。以“一犁春雨”描写农夫，尤为精妙婉丽。

清人周济在《介存斋论词杂著》中说：“人赏东坡粗豪，吾赏东坡韶秀。”这首小令便是苏轼清新秀丽之作，无一字雄奇，无一句豪放，全词如同春风化雨，散发着田野的清香。它反映了苏东坡厌恶钩心斗角的京城官场，向往自由自在的田园生活。

3. 如梦令 ［北宋］秦观

遥夜沉沉如水，风紧驿亭深闭。

梦破鼠窥灯，霜送晓寒侵被。

无寐，无寐，门外马嘶人起。

宋绍圣三年丙子（1096），作者自处州（今浙江丽水）再远贬至郴州（湖南郴州）。时值深秋，途中他夜宿驿站，写了这首词，将内心的感受付诸所见、所闻。

首两句描绘外景。“遥夜沉沉如水，风紧驿亭深闭。”“遥夜”：长夜；“驿亭”：古代供传递公文的使者以及来往官员中途寄宿换马的客栈。夜深沉，漫长而又寒冷，如同一江秋水。荒郊旷野，秋风呼啸，驿站门户紧闭。贬谪的词人，栖身于此，孤寂凄凉。

转而书写屋内的景况。“梦破鼠窥灯，霜送晓寒侵被。”梦中被老鼠的动静惊醒，狭小昏暗的小屋，如豆的灯火摇曳闪烁。墙角鼠目阴幽，老鼠半夜出来偷吃灯油，正窥视着灯盘里的残油，令人毛骨悚然。拂晓将临，秋霜愈重，寒气侵透了被褥。

被褥冰冷，心烦意乱，无法继续安睡，作者发出“无寐，无寐”的无可奈何的悲叹。漫漫长夜，寒风紧吹，丑陋的老鼠，冰冷的床铺，好不容易熬到了天明。“门外马嘶人起”，门外驿马嘶叫，人声嘈杂。作者还在困顿之中，新的一天，翻山越岭、长途跋涉又要开始。遥遥的贬放之路看不到尽头，他在苦难中煎熬。

秦观多次惨遭诬陷，屡被贬谪，越贬越远。全词没有直接抒发本人的心情，而是通过夜间驿馆内外典型环境的描写，婉转地哀怨不幸的遭遇，倾诉心底的悲切。白描之景，凄婉之情，阴冷沉重。

4. 如梦令　[北宋] 李清照

常记溪亭日暮，沉醉不知归路。

兴尽晚回舟，误入藕花深处。

争渡，争渡，惊起一滩鸥鹭。

李清照是山东历城（今济南）人，出生于生活优裕的书香门第，十六岁随父亲到京都汴京，十八岁在汴京与太学生赵明诚成婚。这首《如梦令》，是她在汴京期间所作，回忆少女时代故乡生活的情趣，属于这位女词人的早期作品。（也有学者认为，这是李清照十六岁时的处女作，当时她刚到汴京不久。有些学者则认为“常记”应为“尝记”，写的是她过去的记忆。）

“常记溪亭日暮，沉醉不知归路。”常常回忆那一次难忘的郊游，暮色降临，在溪边凉亭游玩；饮宴之后，不胜酒力，昏沉欲睡，忘记了回家的路。点明了游玩的地点“溪亭”和时间“日暮”，以及流连忘返的兴致。“常记”，表达出对少女时代生活的眷念。

接下来的两句转入“归路”时的情景。“兴尽晚回舟，误入藕花深处。”天色已晚，“兴尽”，实则兴犹未尽，不得不返回小舟。划着小船，却“误入”了荷花丛中。“误入”生动而又具体地呼应前面的“不知归路”，委婉而又形象地刻画游兴未尽。

“争渡，争渡，惊起一滩鸥鹭。”“鸥鹭”：水鸟。一叶扁舟，在荷花盛开的迷途中“争渡，争渡”，使劲地划，急于找到正确的水路，以至惊飞了栖息在滩洲上的一群鸥鹭。词情到达高潮，戛然而止，将遐想赋予鸥鹭飞翔的苍茫夜空。

这首小令，清新的自然景观，活泼的行为动作，展现作者少女时代的生活画卷，天真无邪，无拘无束，给人以健康、纯洁之美。在词中，作者高超地选取一次游赏中的几个故事性的片段，随意之笔，凝练亮丽，流畅明快，凸显出词人少女时代已经才华横溢，崭露头角。

5. 如梦令 ［北宋］李清照

昨夜雨疏风骤，浓睡不消残酒。

试问卷帘人，却道海棠依旧。

知否，知否？应是绿肥红瘦。

现存李清照《如梦令》词两首，均是她的早期之作，皆为词苑奇葩。其中这一首尤为历代名家所推崇，堪称词坛经典之作。简短的小令，七句三十三字，借酒醒后的对话，以传神之笔，委婉含蓄地抒发作者怜花惜花的情愫，忧思美好青春的短暂。

首两句交代全词的背景。“昨夜雨疏风骤，浓睡不消残酒。”“疏”：意即疏狂，并非稀疏。昨宵风狂雨骤，以酒消闲，虽然酣睡了一整夜，也未能将残存的酒醉消去。以“雨疏风骤”、“浓睡”、“残酒”为铺垫，引出后面的对话。

拥衾未起，酒醉尚存，狂风暴雨过后，最惦念的是庭院里的海棠花。“试问卷帘人，却道海棠依旧。”“卷帘人”：侍女。听到外面侍女正卷起门帘，准备收拾房屋，急忙询问侍女：“海棠花怎么样了？”侍女却漫不经心地笑着回道：“好着呢，好着呢，海棠花仍然和往常一样。”词人运笔细微精妙，一个“试”字，栩栩如生地刻画出自己微妙的心理，欲知花事又怕知花落。一夜风雨，海棠花必定被摧残凋零，侍女的回答让她感到不可思议、不足相信，顺理成章地带出最后的两句。

“知否，知否？应是绿肥红瘦。”词人对侍女反诘地说：“傻丫头，你知道吗，园子里的海棠树应该是绿叶更茂、红花见少。”海棠花好，而风雨无情，无可奈何，不尽的惜花之情流淌其中。“应是”，贴切地描叙了词人对庭院景况的推测与判断。末了“绿肥红瘦”，堪称绝妙之笔。“绿”喻叶，“红”喻花，两种颜色鲜明对照。风雨后：“肥”，绿叶光润茂盛；“瘦”，红花凋落稀少；叶与花两种状况巨大的反差。四个寻常之字，词人创造性地搭配组合，赋予新意，生动形象，令人叹服。宋代陈郁《藏一话腴》说：“‘绿肥红瘦’之句，天下称之。”

这首小令，情节曲折，环环紧扣，灵动轻巧，言浅意浓。正如清代黄苏《蓼园词选》中所赞叹："短幅中藏无数曲折，自是圣于词者。"词人心系春花，怜花惜花，为花艳而喜，为花瘦而悲。少女情怀，珍惜如花的年华，此乃言外的不尽之意。

6. 如梦令 ［明］刘基

题画

草际斜阳红委，林表晴岚绿靡。
何许一渔舟？摇动半江秋水。
风起，风起，棹入白蘋花里。

刘基，字伯温，浙江青田（今浙江文成）人，明朝开国元勋。朱元璋登基后，他急流勇退，于洪武四年（1371）告老还乡，隐居在山水如画的故里，期间写了这首词。由词题可知，这是一首题画的小令。作者以闲雅雄放之笔，品画之中融入自己恬淡的心态，以及高雅的情趣。

词的首两句："草际斜阳红委，林表晴岚绿靡。""岚"：山林中的雾气。一副工整的对偶句，笔法雄浑。夕阳西下，一缕残红轻抹在无际的衰草上；山峦连绵，森林绿叶枯萎，林梢淡雾缥缈。一片苍辽空寂的秋色。

接着两句，将静态的画面活化，显现出人间的生机与灵动。"何许一渔舟？摇动半江秋水。"怎样的一只轻盈的渔舟？竟然摇动了半江的秋水。用一个疑问句，描绘了词人内心的惊喜与惊叹。同时，将视线从前两句的整幅画面集中到一叶渔舟、半江秋水，景色由空辽疏淡转入清丽明朗。

词尾三句承接前两句："风起，风起，棹入白蘋花里。"江面上秋风阵阵，船桨划入漂浮着白色蘋花的水中，掀起微澜涟漪。词人将自己置身于画中，心境悠然自得，秋风不再是萧瑟的秋风，而是送爽的凉风。“诗中有画，画中有诗”，诗情画意，词人的诗情赋予画面新的意境。

一幅凄冷的秋景画，在词人飘逸的笔下，转化成富有生机的山水之乡。远处的山林，江中的渔舟，由远及近，静动相宜，空灵淡雅。

刘基辅佐朱元璋得天下，立下盖世之功，民间流传有“三分天下诸葛亮，一统江山刘伯温”之语。他博学睿智，深知朱元璋对开国功臣心怀猜忌。于是，这位政治家效仿范蠡、张良，不贪恋高官厚禄，功成身退，辞官归乡，以保全自己。此首《如梦令》，体现了他淡泊名利、超然物外的情怀，给人以大自然和人世间净洁无尘的美感，堪称明词中的精品。

7. 如梦令　［清］纳兰性德

万帐穹庐人醉，星影摇摇欲坠。
归梦隔狼河，又被河声搅碎。
还睡，还睡，解道醒来无味。

康熙二十一年（1682）二月，纳兰性德奉命扈驾东出山海关，祭祀长白山。这首《如梦令》是作者夜宿白狼河（今辽宁大凌河）以东时所作。它与纳兰另一首小令《长相思》（山一程）均为纳兰同时期的边塞词作的名篇，表达羁旅思乡、厌倦官场的心情。但这两首词的地点不同，景象各异，笔法与意境亦有殊别。

首两句以苍劲之笔抒写塞外军营的夜景。“万帐穹庐人醉，星影摇摇欲坠。”“穹庐”：圆穹顶的毡帐。荒漠无垠，夜空深邃，繁星点点，万顶圆穹形的营帐错落在广袤的大地上。帐外寰宇苍辽，词人醉眼蒙眬，步履踉跄，抬望眼，清晰明亮的星星变得若隐若现，“摇摇欲坠”，思乡之情怅然而起。

“归梦隔狼河，又被河声搅碎。”京城遥不可及，娇妻与挚友历历在目，归乡之梦被蜿蜒的狼河阻隔，又被滔滔的水声搅得粉碎。何等无望，何等悲伤！无奈之中，将思乡之梦破碎的缘由归咎于狼河的阻挡、狼河的水声。景情交织，悱恻凄婉。

“还睡，还睡，解道醒来无味。”“解道”：知道。寒冷的狼河，涛声呜咽，令人愁肠寸断，还是睡觉去吧。“还睡，还睡”，巧用《如梦令》词牌格律的叠句，反复表白希望能够沉入睡眠之中，词人知道醒时比醉中与梦中更加“无味”。纳兰位居皇帝器重的侍卫，在世人眼里荣耀富贵、前途无量。然而，他是一位性情中的诗人，淡泊功名，儿女情长。醒来看到的是自己不愿意而又无法摆脱的生活，被迫从事军旅，远离亲友，其痛苦难以忍受。

全词，景致空旷苍凉，感情孤寂愁怆，意境深婉蕴藉。王国维高度评价这首词，在《人间词话》中，他说：“‘明月照积雪’、‘大江流日夜’、‘中天悬明月’、‘黄（当作‘长’）河落日圆’，此种境界，可谓千古壮观。求之于词，唯纳兰容若塞上之作，如《长相思》之‘夜深千帐灯’，《如梦令》之‘万帐穹庐人醉，星影摇摇欲坠’差近之。”

好事近

词牌《好事近》简介

《好事近》又名《钓船笛》、《翠圆枝》。双调，仄韵，以入声韵为宜。字数有四十五、四十六字两种，以四十五字为主。

以下列出本词牌格律常见的两种格体与范例。

格体一，四十五字，上下片各四句，每片第二、四句押仄韵。范例，北宋秦观词：

春路雨添花，花动一山春色。
中仄仄平平，中仄仄平平仄。
行到小溪深处，有黄鹂千百。
中仄仄平平仄，仄中平平仄。

飞云当面舞龙蛇，天矫转空碧。
中平中仄仄平平，中中仄平仄。
醉卧古藤阴下，了不知南北。
中仄仄平平仄，仄中平平仄。

格体二，四十五字，上、下片各四句、三仄韵。范例，南宋陆游词：

客路苦思归，愁似茧丝千绪。
仄仄仄平平，平仄仄平平仄。
梦里镜湖烟雨，看山无重数。
仄仄仄平平仄，仄平平平仄。

尊前消尽少年狂，慵著送春语。
平平平仄仄平平，平仄仄平仄。
花落燕飞庭户，叹年光如许。
平仄仄平平仄，仄平平平仄。

《好事近》历代佳作三首

1. 好事近 ［北宋］秦观

梦中作

春路雨添花，花动一山春色。
行到小溪深处，有黄鹂千百。

飞云当面化龙蛇，夭矫转空碧。
醉卧古藤阴下，了不知南北。

秦观，字少游，号淮海居士，因受新党排挤，于北宋绍圣初年（1094）被贬为杭州通判，同年再贬监处州（今浙江丽水）酒税，此词作于第二年（1095）春。由词题可知，词中描写的是作者的梦境，梦里抒发对美好生活的向往，忘却身世的不幸。

上片描写梦中雨后出游山路的景象。起首二句："春路雨添花，花动一山春色。"春雨催花，山路上增添了许多娇艳的鲜花。花儿随着和煦的春风拂动，满山万紫千红，春色盎然。作者以娴熟的笔力，白描写真，毫无华丽辞藻，两句中各妙有一个动词，"添"，雨后景色焕然一新；"动"，山花烂漫，生机勃勃。词人心旷神怡，沿着姹紫嫣红的春路蜿蜒向前，"行到小溪深处，有黄鹂千百”。曲径通幽，小溪深处，清泉潺潺。山空人静，林间无数娇小的黄鹂，羽毛艳丽，穿梭枝头，鸣声啁啾，婉转清脆。

过片二句，词人仰望天空，“飞云当面化龙蛇，夭矫转空碧”。飞动的云彩在眼前变幻万千，在碧空云舒云卷，伸展盘曲，宛如龙蛇。词人在梦境里获得的精神解放。词的结尾，作者在梦中进入超然物外的境地，“醉卧古藤阴下，了不知南北”。“了”：完全，全然。蓝天下，溪水边，词人独自忘情痛饮，醉卧在古藤的浓荫之下酣睡，全然不知东南西北。作者进入超然物外的境地，不知自己一再被贬发的苦难！明人沈际飞评末二句曰：“白眼看世之态。”（《草堂诗余续集》）

在这首词里，作者以浪漫的笔调，勾画出一种纯美的梦境，不同于他通常写实的艺术风格，如同清代词人周济说：“造语奇警，不似少游寻常手笔。”（《宋四家词选》）秦观，有着一颗清婉纤柔的心。在自我梦幻的美景中，他方能摆脱现实的黑暗，忘却内心深处无法排遣的凄凉。

这首《好事近》有名于当时，苏东坡曾说有供奉官“能诵少游事甚详，为予道此词至流涕”（《书秦少游词后》）。秦观的好友黄庭坚有诗句：“少游醉卧古藤下，谁与愁眉唱一杯？”千载以来，此词感动了无数评家和读者。明人郎瑛在《七修类稿》中记载：“后有近代刘菊庄题云：“‘名并苏黄学更优，一词遗墨至今留。无人唤醒藤州梦，淮水淮山总是愁。’”

2. 好事近　[北宋] 朱敦儒

渔父词

摇首出红尘，醒醉更无时节。
活计绿蓑青笠，惯披霜冲雪。

晚来风定钓丝闲，上下是新月。

千里水天一色，看孤鸿明灭。

朱敦儒，字希真，经历北宋与南宋的国家兴衰，人生的跌宕起伏，隐居、被召出仕，因与秦桧政见不同而罢官，最终退隐不仕。他在高宗绍兴十九年（1149）离开官场后，晚年长期隐居嘉禾（今浙江嘉兴），这个地区景色秀丽，著名的南湖坐落其间。陆游说朱敦儒："居嘉禾，与朋侪诣之，闻笛声自烟波间起，倾之，棹小舟而至，则与俱归。"可见作者寄情山水，过着世外桃源式的生活。期间他写了六首《好事近·渔父词》，抒发悠闲自得的情趣，这是其中的一首。

上片描写渔父生活的概貌。首二句："摇首出红尘，醒醉更无时节。"词人对红尘官场"摇首"，不屑一顾，坚决离开，过着隐居的生活。何时睡醒、何时饮醉，不必再考虑时间与节气。行动起居，不受官场的束缚，自由自在。"活计绿蓑青笠，惯披霜冲雪。""蓑"：用草或棕麻编织的雨衣；"笠"：用竹篾、箬叶编的雨帽。平时在湖上干活时，身穿绿色的蓑衣，头戴青色的斗笠；已经习惯了披风霜、迎雨雪的江湖生活。这两句巧妙地化用了唐代张志和词句"青箬笠，绿蓑衣，斜风细雨不须归"（《渔歌子》），以及柳宗元诗句"孤舟蓑笠翁，独钓寒江雪"（《江雪》）。全然一副活脱的渔父形象，恬淡自适。

下片截取渔父生活的一个断面，晚间湖边垂钓。"晚来风定钓丝闲，上下是新月。"晚上，湖面风平浪静，钩丝悠闲不动；湖水澄澈透明，如同明镜，碧空一弯新月，湖底新月的倒影清晰逼真。渔父垂钓，志不在鱼，而在水天也。纵目千里，"水天一色"，苍辽的夜空，"孤鸿明灭"，身影缥缈，若隐若现。词的结句与苏东坡"缥缈孤鸿影"（《卜算子·黄州定慧院寓所作》）有异曲同工之妙，借托孤鸿，寓意超凡脱俗，独来独往，心志高远。

全词清丽淡雅，生动地描绘了作者像渔父一样的生活画卷和精神世界。在艺术手法上，昼夜交替，动静有致，虚实相兼，情景浑然一体，具有极高的鉴赏价值。

3. 好事近 ［南宋］杨万里

七月十三日夜登万花川谷望月作

月未到诚斋，先到万花川谷。
不是诚斋无月，隔一庭修竹。

如今才是十三夜，月色已如玉。
未是秋光奇艳，看十五十六。

杨万里，字廷秀，号诚斋，江西吉水人，南宋中期著名文学家。这是一首别具一格的咏月之词，从词题可知，写作的时间是农历“七月十三夜”，地点为“万花川谷”。

上片以物托月。“月未到诚斋，先到万花川谷。”“诚斋”：杨万里书房的名字，也是他的别号；“万花川谷”：离“诚斋”不远的一个花圃之名，在江西吉水东部，地处作者居宅的上方。登临万花川谷，澄澈的月光未能照到我的书房，万花川谷却沐浴在月华之中。“万花川谷”与“诚斋”相距不远，何以月光未到书斋。词人道出缘由，“不是诚斋无月”，而是被长满庭院的高高修竹遮隔了，书房处于竹林的幽深之处。上片采用间接的手法描写月亮。人们常用“烘云托月”婉转地描绘月亮，词人另辟蹊径，以“斋”、“谷”和“竹”来烘托月亮，含蓄地表达作者对书斋、修竹，以及周边环境的挚爱。

下片抒发万花川谷望月的随想。如今才是七月十三的夜晚，月色已经冰清玉洁，赏心悦目。“未是秋光奇绝，看十五十六。”“秋光”：秋天的月光。然而，还未到欣赏秋天月光的最佳时间。十五十六，秋光方是美轮美奂、奇绝无比。作者没有直接写十五十六的秋光，而是用十三如玉的月色称不上奇绝，来反衬十五十六秋光之美，蕴藉着词人对美的执着追求。笔法委婉，韵味悠长。

这首词，上片的“未到”、“先到”、“不是”，下片的“才是”、“未是”，均是以口语入词，浅显活泼，回转起伏，洋溢着清新诙谐的民歌风味。全词构思奇特，立意新颖，以物写月，借月写人，着笔月下的庭院、竹林和书斋，寄寓作者高雅的情趣以及恬淡的胸襟。

声声慢

词牌《声声慢》简介

《声声慢》又名《胜胜慢》、《凤示凰》、《寒松叹》等。据传南宋蒋捷以此调抒写题为《秋声》的词，词中俱用“声”字为韵脚，故得此词牌名。双调，九十六字至九十九字，押平韵或仄韵两种，仄韵用入声。以九十七字、仄韵为主。

以下列出本词牌格律常见的两种格体与范例。

格体一，九十七字，上下片各九句、五仄韵。范例，北宋李清照词：

寻寻觅觅，冷冷清清，凄凄惨惨戚戚。
平平仄仄，仄仄平平，平平仄仄仄仄。
乍暖还寒时候，最难将息。
仄仄平平平仄，仄平平仄。
三杯两盏淡酒，怎敌他、晓来风急？
平平仄仄仄仄，仄仄平、仄平平仄。
雁过也，正伤心、却是旧时相识。
仄仄仄，仄平平、仄仄仄平平仄。

满地黄花堆积。憔悴损，如今有谁堪摘？
仄仄平平平仄。平仄仄，平平仄平平仄。
守着窗儿，独自怎生得黑？
仄仄平平，仄仄仄平仄仄。
梧桐更兼细雨，到黄昏、点点滴滴。
平平仄平仄仄，仄平平、仄仄仄仄。
这次第，怎一个、愁字了得！

仄仄仄，仄仄仄、平仄仄仄。

格体二，九十九字，上片九句四平韵，下片八句四平韵。范例，北宋晁补之词：

朱门深掩，摆荡春风，无情镇欲轻飞。
平平仄仄，仄仄平平，平平仄仄平平。
断肠如雪撩乱，去点人衣。
仄仄平平仄仄，仄仄平平。
朝来半和细雨，向谁家、东馆西池。
平平仄平仄仄，仄平平、仄仄平平。
算未肯、似桃含红蕊，留待郎归。
仄仄仄、仄仄平平仄，仄仄平平。

还记章台往事，别后纵、青青似旧时垂。
仄仄平平仄仄，仄仄仄、平平仄仄平平。
灞岸行人多少，竟折柔枝。
仄仄平平仄仄，仄仄平平。
而今恨啼露叶，镇香街、抛掷因谁。
平平仄平仄仄，仄平平、仄仄平平。
又争可、妒郎夸春草，步步相随。
仄仄仄、仄仄平平仄，仄仄平平。

《声声慢》历代佳作三首

1. 声声慢　[北宋] 李清照

寻寻觅觅，冷冷清清，凄凄惨惨戚戚。

乍暖还寒时候，最难将息。
三杯两盏淡酒，怎敌他、晓来风急？
雁过也，正伤心、却是旧时相识。

满地黄花堆积。憔悴损，如今有谁堪摘？
守着窗儿，独自怎生得黑？
梧桐更兼细雨，到黄昏、点点滴滴。
这次第，怎一个、愁字了得！

这首词是李清照晚年的著名词作。经历了国破家亡、流离颠沛，深秋之际，作者孤寂凄戚，写下这首如诉如泣之作。

词的起首三句便用了一连串七对叠字，在诗词赋曲中绝无仅有，奇妙而又真切地描述了作者悲凉的心情。“寻寻觅觅，冷冷清清，凄凄惨惨戚戚。”清早起来，茫然若失，到处漫无目的地寻找什么，一无所获，倍感冷清，心里不禁凄惨悲戚。“乍暖还寒时候，最难将息。”“将息”：宋代口语，养息调理。破晓时分，朝阳初升，天尚微暖，夜寒犹存，真是让人不知道如何对付这样恼人的天气。喝上两三杯淡酒，又怎能抵挡住“晓来”的清晨寒风袭人？酒，无法驱寒；酒，无法消愁。（“晓来”一作“晚来”。俞平伯《唐宋词选释》认为“其实词写一整天”，从拂晓到黄昏，并从前人几种词集选本做了考证，认同“晓来”。）“雁过也，正伤心、却是旧时相识。”年复一年，转眼间又到了深秋。一行大雁，从北方飞向南方，匆匆而过。那是似曾相识的大雁，从故土飞来的大雁。中原沦陷，国破家亡，何日重返故乡，令人伤心啊！

下片，先从由暮秋的天空转入自家的庭院。“满地黄花堆积。憔悴损，如今有谁堪摘？”丛丛簇簇的黄花，已经飘零满地，自己年迈，心情忧伤，憔悴损瘦，再也无力去采摘残存的菊花了，也无人会去采摘，只好任由花谢花落吧。怜花惜花之心如旧，却不能再照料庭院里的花了，情何以堪！“守着窗儿，独自怎生得黑？”“怎生”：怎么。无所事事地孤守坐在窗前，独自一人怎样才能熬到天黑呢？梧桐树叶渐渐枯黄。好不容易到了黄昏，天又下起了细雨，雨珠淅淅沥沥地打在片片的叶面上，仿佛点点滴滴地落在心头。“这次第，怎一个、愁字了得！”“次第”：情形，景况。这情景，怎能用一个“愁”字就道尽呢！这愁，非千杯万盏淡酒所能消退，也非点点滴滴的黄昏细雨所能寄寓。这愁，欲说还休，无以言状！

南渡以后，李清照的词风变为沉郁苍凉，到了迟暮之年，词情愈加悲凉凄婉。这首悲秋之作，悲季节之秋，悲孤独凄凉的人生之秋。在艺术上，词句蕴藉，情景交织，打破宋词的常规，连续使用七组叠字，深沉地表达内心的凄切与哀伤。语言自然，不加修饰地引入生活中的口语，贴切地抒发真实的心情。它体现了作者独特的词作风格，以及非凡的文学造诣。

2. 声声慢 ［南宋］蒋捷

秋声

黄花深巷，红叶低窗，凄凉一片秋声。
豆雨声来，中间夹带风声。
疏疏二十五点，丽谯门、不锁更声。
故人远，问谁摇玉佩，檐底铃声？

彩角声吹月堕，渐连营马动，四起笳声。
闪烁邻灯，灯前尚有砧声。
知他诉愁到晓，碎哝哝、多少蛩声！
诉未了，把一半、分与雁声。

这首词的标题是“秋声”，不同于其他以秋色、秋思为题材的词篇。它以一个秋夜之中的种种声音，谱写秋天的旋律，描绘苍凉的景象，抒发词人的愁绪。构思独特，写法新颖，全词八个韵脚，用的是同一个字“声”，各种秋声此起彼伏，连绵不绝，整首词宛若一曲悲秋的音乐，回旋，震荡，落魄断肠。

上片起首三句点明时节，直扣词题，铺开全词的基调。“黄花深巷，红叶低窗，凄凉一片秋声。”深幽的小巷，路边黄色的菊花朵朵开放，火红的枫叶掩映着低低的窗户，秋声四起，一片凄凉。接着，逐一地描写作者听到的各种凄凉的声音。在繁杂的秋声中，响彻最广的是秋雨、秋风。“豆雨声来，中间夹带风声。”“豆雨”：农历八月，豆子开花时下的雨。夜里，淅沥的秋雨声，夹带着凄厉的秋风声，让人难以入眠。

“疏疏二十五点，丽谯门、不锁更声。”“丽谯门”：泛指城楼，丽谯原为三国曹操所建的一座名楼，谯门为城墙上望远的楼门。随着风雨声，传来了城楼上稀疏的打更声。更声一点一点，整整一夜，已经打了二十五点。深夜已残，到了五更，词人心烦意乱，高高的城楼为什么不锁闭住更声呢！古代把一夜分为五更，一更分为五点。这里直写“二十五点”，不但意指五更，尤其寓意词人忧心忡忡，辗转床头，彻夜未眠。风声送来了远处沉闷的更声，突然又送来了一阵清脆的铃声，“故人远，问谁摇玉佩，檐底铃声”。词人第一反应，莫不是哪位远道而来朋友身上的玉佩声，再细细一听，原来是屋檐下清脆的风铃声。这隐示着词人形影孤单、时刻思念故友的心理活动。

下片，时间从深夜到了拂晓。“彩角声吹月堕，渐连营马动，四起笳声。”“彩角”：画角。月亮西坠，更声悄息，吹来苍凉的号角声。渐而传来了军营马匹的嘶鸣声、骚动声、四面八方元军的胡笳声。此时，南宋已被元朝所亡，作者是南宋的遗民，改朝换代以后，蒋捷不肯出来做官，不愿为元朝服务，隐居江南太湖一带。他听到元军号角声、胡笳声，心中亡国的伤痛，不言而喻，凄凉之感远深于秋风秋雨！元军的声音令他悲切，左邻右舍民家的声音是否能让他获得宽慰？“闪烁邻灯，灯前尚有砧声。”邻居灯光闪烁，从灯光处还在传来砧石上捣衣声。一个“尚”字，表明这家女子为了给远方的亲人赶制冬衣通宵达旦地忙碌，何等辛苦。

“知他诉愁到晓，碎哝哝、多少蛩声！”“蛩”：蝉，即蟋蟀，因鸣声近于织机的声音，别名促织。邻家女子忙制寒衣，蝉声忙于“促织”，声音细细碎碎，从深夜到拂晓，似乎在不住地“诉愁”。“诉未了，把一半、分与雁声。”天上，大雁飞鸣而过，仿佛是蟋蟀将它未诉完的愁苦分出一半，给了南飞的大雁。词人将他不尽的悲愁移情于地上的蛩虫、空中的飞雁。上片结尾词人由风铃声想到远方的故人，下片以雁声结尾，远飞的大雁在诗词中寓喻着信使，上、下片的收尾相呼应，表达了词人思念远方故友的心情。

全词以秋声为题材，从夜间到黎明，描写了深秋十种不同的声音。在词人的听觉里，自然界与人世间，每一种声音都是愁声、悲声、凄凉之声。作者寓情于物，凄凉的秋声中尽是词人难以倾诉的孤独的苦闷、亡国的哀伤、悲凉的心声，一唱三叹，荡气回肠。

3. 声声慢　［清］朱孝臧

辛丑十一月十九日，味聃赋《落叶词》见示，感和。

鸣螀颓城，吹蝶空枝，飘蓬人意相怜。
一片离魂，斜阳摇梦成烟。
香沟旧题红处，拚禁花、憔悴年年。

寒信急，又神宫凄奏，分付哀蝉。

终古巢鸾无分，正飞霜金井，抛断缠绵。
起舞回风，才知恩怨无端。
天阴洞庭波阔，夜沉沉、流恨湘弦。
摇落事，向空山、休问杜鹃。

朱孝臧，号彊村，清末词坛四大家之一，这首词是作者为悼念光绪皇帝眷爱的珍妃而作。它以诗词的形式倾诉珍妃悲惨的命运，饱含对光绪与珍妃爱情悲剧的深切的同情，悲凉沉重。

清光绪二十四年（1898），戊戌变法失败后，慈禧太后再出，临朝训政，光绪皇帝被囚禁于中南海瀛台。光绪二十六年（1900）八国联军攻陷北京，慈禧仓皇挟光绪西行，离宫前阴险凶残地命人将光绪深爱并支持变法的珍妃推入宁寿宫外的大井中。当时的中国出现了一批以“落叶”为题影射此事的诗词。光绪二十七年（1901）七月，清朝政府与各国使臣签订了丧权辱国的《辛丑条约》；八月，慈禧偕同德宗（光绪）自西安回銮；十一月，抵达北京。由词题可知，此时朱孝臧的好友洪汝冲（字味聃）作《声声慢·落叶》，随即朱孝臧作此词相和。这首词，如龙榆生《彊村本事词》所指出，“为德宗还宫后恤珍妃作”，是当时悼念珍妃诗词中最感人之作。

词的起笔三句直切主题，抒写清宫悲凉的落叶景象，寓喻光绪皇帝与珍妃的爱情悲剧。“鸣螿颓墄，吹蝶空枝，飘蓬人意相怜。”“螿”：寒蝉；“墄”：台阶；“蓬”：蓬草。寒蝉在颓败的台阶下凄鸣；落叶好似蝴蝶，在萧瑟的秋风中飘舞，树枝上片叶无存；蓬草身不由己，随风游荡。年轻貌美的珍妃如同落叶坠入井下，化作美丽的蝴蝶，而无枝可栖。光绪就像蓬草，被慈禧挟持着西去，他离开前对珍妃深为爱怜和担忧。身为皇帝，却爱莫能助，情何以堪！作者借用梁祝化蝶的凄美感人的故事，描述珍妃对光绪至死不渝的感情。“一片离魂，斜阳摇梦成烟。”光绪重返紫禁城时，心爱的珍妃已经香消玉殒。珍妃的离魂，像一片落叶，如梦似烟，在斜阳下摇曳飘忽。不愿离去的魂灵，柔美而又倔强的魂灵。

上片的后半段光绪追忆往事。“香沟旧题红处”，用香沟红叶题诗的典故：唐宣宗时，卢渥赴京应举，偶临御沟，拾得红叶，上有题诗；后宣宗放出部分宫女，渥得一人，她就是在红叶上题诗红叶的宫女。后来，用此这一典故比喻两人的婚姻是命中有缘。这里形容当年与珍妃志同道合、亲密无间的爱情，两人真是天配的一对。然而，珍妃为慈禧所不容，“拚禁花”是说珍妃成了宫禁的一朵鲜花，在拼命的抗争中挣扎地生活，心情沉郁，“憔悴年年”，光绪沉于痛苦的回忆。“寒信急，又神宫凄奏，分付哀蝉。”“寒信”：寒冷的信息，意指寒风；“神宫”：光绪囚禁的宫殿瀛台。寒风凄厉，秋风声与蝉鸣声交织在一起，如同一曲凄凉的音乐，在瀛台回荡；对珍妃的悼念之情，尽付于寒蝉的哀鸣之中。珍妃命如落叶，光绪命如寒蝉，两人何其悲哉！

下片前半段延续着上片的情节。“终古巢鸾无分，正飞霜金井，抛断缠绵。”“巢鸾”：巢居之鸾，鸾常用以喻后妃，此处指珍妃；“金井”：珍妃井。本想与珍妃白头偕老，谁知竟然终成有缘无分。光绪于 1901 年飞霜的季节从西安回到京城，在珍妃魂断的井边，悲痛欲绝。西太后残酷无情地将爱妃堕入井底，从此再也无法与心爱的珍妃相厮相守、恩爱缠绵。“起舞回风，才知恩怨无端。”落叶在秋风中回旋、飞舞。珍妃的惨死，让光绪省醒，“才知”慈禧太后“恩怨无端”，喜怒无常，专横跋扈。在她的手中，珍妃青春的生命被夭折，自己的爱情被夭折，自己支持的戊戌变法被夭折，大清王朝岌岌可危。“才知”二字，道出了光绪心中的怨与愤！

后半段以两个凄美的古老传说咏叹珍妃。先将场景从紫禁城的深宫后院转移到浩渺的洞庭湖。“天阴洞庭波阔，夜沉沉、流恨湘弦。”隐含《楚辞·九歌》中《湘夫人》“袅袅兮秋风，洞庭波兮木叶下”的诗意。天阴阴，夜沉沉，秋风袅袅，落叶萧萧，思情犹如洞庭之波，无边无际地翻滚。“湘弦少知音”（孟郊《湘弦怨》），以湘夫人对舜帝的思念，隐喻光绪对珍妃的哀思，知音安在，遗恨像秋水一样，长流不尽。结尾，词境从洞庭苍茫的秋天秋水，转向更为凄切的空山杜鹃，由舜帝湘夫人转用远古蜀国望帝“杜鹃泣血”的故事。“摇落事，向空山、休问杜鹃。”珍妃的身世宛如一片飘摇的落叶，魂兮归来，冤魂化作泣血的杜鹃，在空山日日夜夜哀鸣，其冤其悲，又何须问！“摇落事”，双关意，亦暗示着大清王朝已经风雨飘摇、气息奄奄。

此词咏落叶，实咏珍妃。朱孝臧是一位富有同情心和正义感的官员和词人。这是一首令人落泪的词篇，充满作者对珍妃的怜悯，对光绪与珍妃爱情悲剧的哀痛，以及对慈禧的深恶痛绝。词情悲婉沉郁，形象地书写了近代中国一件著名的历史悲剧，刻画出清朝末年摇摇欲坠的政治局势。全篇以词写史，深含着那个时代的哀痛，具有极高的历史与艺术价值。

附：声声慢　［清］洪汝冲

落叶

银瓶坠水，金谷飘烟，西风一叶惊秋。
凤宿鸾栖，等闲摇落飕飕。
春工剪裁几费，肯随波、流出宫沟。
吹梦紧，问人间何世，半晌淹留？

连理桃根犹在，甚花难蠲忿，草不忘忧。
浸玉寒泉，昭阳往事今休。
哀蝉莫弹幽怨，怕稠桑、无语凝眸。
谁认取，满荒郊、都是乱愁。

苏幕遮

词牌《苏幕遮》简介

《苏幕遮》原为唐教坊曲名，乐曲来自西域，传入中国时间在唐玄宗之前，后用为词牌。又名《古调歌》、《鬓云松》、《云雾敛》等。

本词牌只有一种格体。双调，六十二字，上下片各七句，每片第二、四、五、七句押仄韵。范例，北宋范仲淹词：

碧云天，黄叶地。
仄平平，平仄仄。
秋色连波，波上寒烟翠。
中仄平平，中仄平平仄。
山映斜阳天接水。
中仄平平平仄仄。
芳草无情，更在斜阳外。
中仄平平，中仄平平仄。

黯乡魂，追旅思。
仄平平，平仄仄。
夜夜除非，好梦留人睡。
中仄平平，中仄平平仄。
明月楼高休独倚。
中仄平平平仄仄。
酒入愁肠，化作相思泪。
中仄平平，中仄平平仄。

《苏幕遮》历代佳作三首

1. 苏幕遮 ［北宋］范仲淹

碧云天，黄叶地。
秋色连波，波上寒烟翠。
山映斜阳天接水。
芳草无情，更在斜阳外。

黯乡魂，追旅思。
夜夜除非，好梦留人睡。
明月楼高休独倚。
酒入愁肠，化作相思泪。

范仲淹，北宋杰出的政治家、军事家和文学家，江苏吴县（今苏州）人。他留下了许多广为传诵的散文与诗歌，但词作仅存五首，均为脍炙人口的杰作。这首词大约作于宋仁宗康定元年（1040）至庆历三年（1043）间，当时作者正在西北边塞任陕西四路宣抚使，主持防御西夏的军事。它的题材是常见的羁旅，但独具特色，景象旷远，词情深挚。

上片描写高远开阔的秋景，隐示着足迹所至已经远离故乡。起首两句笔力遒劲，景象苍辽。“碧云天，黄叶地”，碧空万里，白云缥缈，苍茫的大地秋叶覆盖，一片金黄。“秋色连波，波上寒烟翠”，秋色清淡，远方水波浩渺，水面上迷蒙着一层翠色的寒烟。“山映斜阳天接水。芳草无情，更在斜阳外。”在古代诗词中，芳草常用以寓意乡思乡恋，出自《楚辞·招隐士》中“王孙游兮不归，春草生兮萋萋”的诗意。极目处，水天相连，残阳映照着连绵起伏的山峦；芳草萋萋，一直绵延到斜阳照不到的天外，不谙边塞将士的思情。望断天涯，斜阳外是游子那魂牵梦绕的故乡。

下片，由上片结尾的“芳草”和“斜阳外”自然地转入倦客的乡愁。“黯乡魂，追旅思。”独自默默地思念远方的亲人，黯然神伤；在漫长的军旅中，离情别绪，时刻跟随着自己，无法摆脱。“夜夜除非，好梦留人睡。”除非每一个夜晚在好梦中沉睡，方能在梦中忘掉断肠的乡恋。“除非”，正道出长夜难眠，“好梦”不成。“明月楼高休独倚”，明月之下，独倚高楼，遥望家乡，却无济于事，反而增添更多的愁绪。只得以酒消愁。“酒入愁肠，化作相思泪。”谁知，热酒入肠，更加苦涩，化成了点点滴滴的相思之泪，“举杯消愁愁更愁”（李白《宣州谢朓楼饯别校书叔云》）。

倦旅之词，层出不穷，而这首词，非他人所能写。范仲淹亲自在西北边陲，度过多年的军旅生涯，苍凉的塞外景象，孤寂的思乡之情，均是他切身的经历和感受。全词，上片写景，气象恢宏，寥廓清丽；下片抒情，直抒愁肠，沉郁深挚。将军的壮怀与诗人的柔情融为一体，格高情深。其中，“碧云天，黄叶地”已成为经典的诗句，王实甫《西厢记》中“碧云天，黄花地”，便是化用了这两句，呈现出美丽的画面，旷辽的境界。

2. 苏幕遮 ［北宋］梅尧臣

草

露堤平，烟墅杳。

乱碧萋萋，雨后江天晓。

独有庾郎年最少。

窣地春袍，嫩色宜相照。

接长亭，迷远道。
堪怨王孙，不记归期早。
落尽梨花春又了。
满地残阳，翠色和烟老。

梅尧臣，字圣俞，少年崭露才华，却仕途失意。这是一首即席而作的咏物之词，借咏草，抒写自己的身世。宋代吴曾《能改斋漫录》记载，一日梅圣俞在欧阳修处作客，因宋代著名隐士林逋写有词作《点绛唇·草词》，梅尧臣以同样的词题即席赋此作，与之试比长短，“欧公击节赏之”。

上片前四句描写雨后春草葱茏。“露堤平，烟墅杳。”晨曦绚烂，大堤平坦，堤上绿草茵茵，圆润的朝露沾满草地，晶莹闪烁。远处的庐屋，在朦胧的翠烟里若隐若现。雨过天晴，原野嫩草萋萋，一片碧绿，拂晓的江天清新辽阔。后三句由物及人。“独有庾郎年最少”，“庾郎”即庾信，南朝梁代文学家，少年得名，但人生坎坷，十五岁时入宫，为侍梁东宫讲读，生逢乱世，身不由己，数国宦游。杜甫写有著名诗句：“庾信平生最萧瑟，暮年诗赋动江关。”（《咏怀古迹五首》其一）这句是说到处春意盎然，英俊少年有如庾信风姿，独与春色同辉。“独有”，形象地写出庾信初入官场时的春风得意。在此，梅尧臣以庾信自喻。“窣地春袍”，“窣”：拂动；“春袍”，即青袍。庾信在《哀江南赋》中写有“青袍如草”。古代踏进仕途的年轻官员，身穿拖地的青袍。春天嫩绿的草色和青袍的颜色最为相宜映照。以生机勃勃的春草形容刚刚步入官场的年轻人，朝气蓬勃，意气风发。

下片书写一番宦游后的感受。“接长亭，迷远道。”化用李白《菩萨蛮》的词句：“何处是归程？长亭连短亭。”官场凶吉未卜，举步维艰，前程渺茫。“堪怨王孙，不记归期早。”“王孙”：贵族子弟。词人离乡宦游，职场不顺，对踏足仕途极为后悔，怨艾自己为什么忘记了归期，为什么没有早日脱离官场。“落尽梨花春又了”，梨花落尽之时，便是春天终了之日。作者多年来官职低微，自感仕途的春天正在消逝，晋升无望，前途暗淡。词的结尾：“满地残阳，翠色和烟老。”残春迟暮，残阳夕照，苍茫的大地，沉浸在惨淡的黄昏之中，那春草的翠绿黯然褪色，那拂晓的青烟唯余几缕。萋萋的春草，转眼间进入衰老。岁月蹉跎，春残思归，何不归去!

词题咏草，全篇没有一个“草”字，从头到尾却没有离开“草”，草形的盛衰，草色的蜕变。草，是作者个人命运的写照。写自然之景，含不尽之意，这首词堪称一绝。

3. 苏幕遮 ［北宋］周邦彦

燎沉香，消溽暑。
鸟雀呼晴，侵晓窥檐语。
叶上初阳干宿雨。
水面清圆，一一风荷举。

故乡遥，何日去?
家住吴门，久作长安旅。
五月渔郎相忆否?
小楫轻舟，梦入芙蓉浦。

周邦彦，钱塘（今杭州）人。此词作于宋神宗元丰六年（1083）至宋哲宗元祐元年（1086）之间，作者当时在汴京任职。这首词由荷花而展开。历代描写荷花的诗词大多着墨于它“出污泥而不染”的高洁，而周邦彦的这首词借荷花、抒发乡恋之情。

上片写眼前之景。“燎沉香，消溽暑。”“燎”：细焚；“沉香”：一种香料，可以驱蚊消暑；“溽”：湿。酷热的夏天，房间里燃起沉香，星火点点，香烟袅袅，驱散着闷热潮湿的暑气。“鸟雀呼晴，侵晓窥檐语。”“鸟雀呼晴”：民间认为乌鸦的叫声预示着晴天的到来；“侵晓”：破晓；侵，渐近。鸟雀在欢快地鸣叫，呼唤着晴天的来临；拂晓时分，屋檐下鸟儿向窗内窥视，叽叽喳喳地细语，仿佛向屋里的主人翁报告雨过天晴。

随之，场面从内景转向外景。“叶上初阳干宿雨。水面清圆，一一风荷举。”“宿雨”：昨夜下的雨。清晨的阳光，晒干了荷叶上昨夜的雨水；水面上，一枝枝荷干挺立，将荷叶擎起；清新圆润的荷叶，随风摇曳，朵朵荷花，亭亭玉立。一个“举”字，勾画出荷花的动态与神态。

下片由眼前京城的荷花遥想起故乡的荷花。起首二句直抒胸臆：遥远的故乡，何时才能归去？“家住吴门，久作长安旅。”“吴门”，泛指吴越一带，在此即为词人的家乡钱塘；“长安”：唐代都城，这里借喻北宋都城汴京（今河南开封）。我的家乡在江南钱塘，自己客居汴京已经太久了。思乡之情，平白如话地脱口而出。

“五月渔郎相忆否？”久别故乡，少年时代一起玩耍的小伙伴，如今长大成了渔郎。五月里，你是否还在想念我？不言自己思念故友，而是推测对方正在想念自己，可见彼此感情之深。“小楫轻舟，梦入芙蓉浦。”梦里，我划着一叶扁舟，悠然自得地进入芙蓉盛开的钱塘小水湾。轻松、浪漫、神往的梦境，那是作者魂牵梦绕的故土水乡，怎不令人发出何日归去的惆怅。

周邦彦是词坛婉约派的重要代表人物。这首词，以荷花为中心，将任职的汴京与心中的家乡连在一起。从而，上下片如行云流水般一气贯通，娓娓道出对故友故乡的真切怀念。婉丽清新，淡雅恬逸，它是作者诸多词篇中别具一格的小令。王国维赞曰：“‘叶上初阳干宿雨。水面清圆，一一风荷举。’此真能得荷之神理者。”（《人间词话》）

更漏子

词牌《更漏子》简介

《更漏子》，古代用滴漏计时，夜间以滴漏上的刻度为记打更，故名更漏。晚唐温庭筠用该词牌填写的作品中多咏更漏，故得此名。又名《无漏子》、《独倚漏》、《翻翠袖》等。双调，在词作中平韵与仄韵换叶，字数有四十五、四十六以及四十九字等，以四十六字为主。

以下列出本词牌格律常见的两种格体与范例。

格体一，四十六字，上片六句两仄韵、两平韵；下片六句三仄韵、两平韵。范例，唐温庭筠词：

柳丝长，春雨细。花外漏声迢递。
仄平平，平仄仄。中仄中平中仄。
惊塞雁，起城乌。画屏金鹧鸪。
平仄仄，仄平平。仄平中仄平。

香雾薄，透帘幕。惆怅谢家池阁。
平中仄，中平仄，中仄中平中仄。
红烛背，绣帘垂。梦长君不知。
中中仄，仄平平。中平中仄平。

格体二，四十六字，上、下片各六句，两仄韵、两平韵。范例，五代韦庄词：

钟鼓寒，楼阁暝。月照古桐金井。
平仄平，平仄仄。仄仄仄平平仄。

深院闭，小庭空。落花香露红。
平仄仄，仄平平。仄平平仄平。

烟柳重，春雾薄。灯背水窗高阁。
平仄仄，平仄仄。平仄仄平平仄。
闲倚户，暗沾衣。待郎郎不归。
平仄仄，仄平平。仄平平仄平。

《更漏子》历代佳作四首

1. 更漏子 ［唐］温庭筠

柳丝长，春雨细。花外漏声迢递。
惊塞雁，起城乌。画屏金鹧鸪。

香雾薄，透帘幕。惆怅谢家池阁。
红烛背，绣帘垂。梦长君不知。

温庭筠，字飞卿，为李商隐同期的唐代诗人。他较早致力于词的创作，也是始用《更漏子》词牌之人。此词描写一位女子长夜闻更漏声而引起的愁思。

上片主要刻画漏声中的外景，以景象铺垫思情。垂柳婆娑，丝丝缕缕；春雨绵绵，雨水细密。“花外漏声迢递”，“漏声”：漏壶滴水的声音，古代用漏壶滴水计时。夜深人静，更漏声在夜空飘荡，仿佛来自花墙外遥远的地方。女子的情思就像柳丝一样纤柔、雨丝一样迷蒙；又像花墙外的漏声，深沉悠长。长夜难眠，窗外一景一声，均触动怀人的愁肠。“惊塞雁，起城乌，画屏金鹧鸪。”“塞雁”：北方边塞飞来的大雁。静夜，沉闷的更漏声惊动了北方飞来的大雁、唤起了城头的乌鸦，“恨别鸟惊心”（杜甫《春望》），思妇心烦意乱。唯有那屋内画屏上金色的鹧鸪，默默无语，像是在同情女主人的孤寂与苦闷。上片的结句意味深长，同时又承上启下，词情由此过渡到下片的内景。

下片描绘女子的居所以及闺怨的心情。“香雾薄，透帘幕。惆怅谢家池阁。”“谢家”：即谢娘家，此处意指女主人的住处。谢娘，唐代一位名妓，后人以她作为眉清目秀、体态娇好的美女的代称。华丽的楼阁，面临着幽静的池塘；庭院深深，轻淡的香雾漫过薄纱的帘幕，吹进闺房。空阁佳人，孤独寂寥，郎君音讯杳，分外惆怅。唐代诗人韦庄在一首《浣溪沙》中写有：“惆怅梦余山月斜，孤灯照壁背窗纱。小楼高阁谢娘家。”温、韦二人齐名，词风相近，人称“温韦”，韦庄出生稍晚于温，极有可能，韦庄在《浣溪沙》化用了温庭筠以上的三句。词的结尾：“红烛背，绣帘垂。梦长君不知。”绣帘低垂，女子神色黯然，背对着暗淡的红烛。夜夜在长梦中思念君，君却不知，何日君归来！词情凄婉动人。

温庭筠是中国词坛早期花间派的主要创始人，题材以闺怨旅愁为主，词藻艳丽，以景托情，缠绵悱恻。这首词是他的代表作之一，历代名家多有点评。王国维先生在《人间词话》特评：“‘画屏金鹧鸪’，飞卿语也，其词品似之。”认为此句概括了温词的风格。

2. 更漏子 ［唐］温庭筠

玉炉香，红蜡泪。偏照画堂秋思。
眉翠薄，鬓云残。夜长衾枕寒。

梧桐树，三更雨。不道离情正苦。

一叶叶，一声声。空阶滴到明。

温庭筠用词牌《更漏子》写了多首闺怨词，这首词是其中的最佳之作。它借秋夜之景，描写思妇相思的愁怀。

上片描绘画堂中的景况。“玉炉香，红蜡泪”，华美的闺房里，玉色的香炉，暗香浮动，轻烟袅袅；鲜红的蜡烛，豆光摇曳，烛泪点点。一个“泪”字点出全篇的词情，“红蜡泪”，丽人泪。“偏照画堂秋思”，“秋思”：像秋天一样凄凉的情思。画堂里，昏暗的烛光偏偏映照着漫无边际的愁思。烛光“偏照”的是无法照到的惆怅的思绪，以虚写实，烛光正照着沉入缠绵相思的女子。前三句写景，以景寓情，接下来的三句直接写人。“眉翠薄，鬓云残。夜长衾枕寒。”屋中的佳丽，美眉弯弯，一抹翠黛；美发如云，蓬松散乱，女主人精神慵懒萎靡。漫漫秋夜，独守空房，被褥枕头使她感到从头到脚的冰凉。

下片从屋内所见转到屋外所闻。“梧桐树，三更雨。不道离情正苦。”“不道”：不管。夜半三更，潇潇的秋雨不断地洒落在梧桐树上，不管女子的离情别恨有多么凄苦！“一叶叶，一声声。空阶滴到明。”雨水滴打着片片梧桐叶，不停地发出淅淅沥沥的响声；秋雨从夜晚下到天明，溅落在空无一人的石阶上。在清冷空寂的长夜，雨打树叶声，雨落空阶声，声声敲打在女子苦闷的心上。她彻夜未眠，愁思悱恻，心境悲凉。直写雨声，间写凄情。

全词构思精妙，文笔典雅，融情于景，词情凄苦。历代名家对这首词多有赞誉，宋人胡仔在《苕溪渔丛话》说：“庭筠工于造语，极为绮靡，《花间集》可见矣。《更漏子》一词尤佳。”现代词学家唐圭璋评道：“此首写离情，浓淡相间，上片浓丽，下片疏淡。……其境弥幽，其情弥苦。”（《唐宋词简释》）

李清照《声声慢》（寻寻觅觅）有：“梧桐更兼细雨，到黄昏、点点滴滴。这次第，怎一个、愁字了得。”元代文学家白朴写有一部著名杂剧，将其取名为《唐明皇秋夜梧桐雨》，又名《梧桐雨》。李清照的词句、白朴的剧名是否是从这首词下片之中获得的灵感，不得而知。

3. 更漏子 ［北宋］晏几道

柳丝长，桃叶小。深院断无人到。
红日淡，绿烟晴。流莺三两声。

雪香浓，檀晕少。枕上卧枝花好。
春思重，晓妆迟。寻思残梦时。

闺怨是古代诗词中的题材之一，名篇诸多。晏几道的这首小令别具特色，没有灰暗的色调，没有沉重的凄苦，而是纯美的意境，柔丽的怨思。

上片描写春天深院的景色。柳条如丝，细长地低垂；桃树吐翠，叶芽娇嫩可爱。“深院断无人到”，庭院深深，幽美宁静，终日寂无人迹。一个“断”字，隐示着女主人的怨意。这是一位善解人意、性格温顺的女性，她虽有怨，但平缓疏淡。“红日淡，绿烟晴。”淡淡的清晨红日，和煦的阳光照进小院，绿树丛中轻烟迷蒙。“流莺三两声”，几只流莺在树枝间穿梭，偶尔传来婉转清脆的啼鸣声。上片的结句，以流莺的脆鸣反衬深院的幽静，犹如王维《过感化寺昙兴上人山院》“谷鸟一声幽”的诗意，同时又承上启下，唤醒睡梦中的女子。

下片转入居所室内的人物。“雪香浓，檀晕少。”闺妇雪白的肌肤透溢着浓浓的芳香，眉间浅赭色的妆晕消退了好许。那枕头上绣着低压枝头的花儿，依然娇好。貌美的佳人，孤枕独眠。一幅中国古典睡美人的画面，美人似花，诗情如画。词的结尾，方呈现春思的主题，“春思重，晓妆迟。寻思残梦时”。明媚的春天，撩起浓重的思情，拂晓起身，精神慵懒。“女为悦己者容”，郎君不在身边，迟迟无心梳妆，独自寻思、回味着清晨温馨的残梦，醒来不胜惆怅。怨而不露，尤为动人。

这首词笔调淡雅清丽，感情深婉浅怨。晚清著名词家陈廷焯在《白雨斋词话》中评之：“婉转缠绵，情深一往。”

4. 更漏子 ［清］王夫之

本意

斜月横，疏星炯。不道秋宵真永。
声缓缓，滴泠泠。双眸未易扃。

霜叶坠，幽虫絮。薄酒何曾得醉。
天下事，少年心。分明点点深。

王夫之，湖广衡阳（今湖南衡阳）人，明末清初的三大著名思想家之一，与顾炎武、黄宗羲齐名。同时，他又是一位杰出的爱国诗人。

词牌《更漏子》，始于唐温庭筠，由古代长夜更漏而得名，又有所谓夜曲之称。以此词牌所作的词篇，题材大体是男女情爱、离情别绪。王夫之生逢明清易代之际，他忠于明朝，图谋复国。这首词绝非儿女情长之作，它抒发一位志士仁人的忧伤。词的标题为“本意”，即沿用原本更漏的意象。

上片描绘秋空的夜色，以及更漏声中词人的心情。“斜月横，疏星炯”，广袤深邃的夜空，一轮皎月斜挂在西边，稀疏的星点在苍穹闪烁，晶莹明亮。“不道秋宵真永”，“不道”：不曾想到。国事堪忧，心思忡忡，未曾预料到秋夜那么漫长，词人发出痛切的伤感。“声缓缓，滴泠泠”，长夜的更漏，一点一滴，声音缓缓地回荡，点点滴滴冰冷地敲打在作者的心底。“双眸未易扃。”“扃”：门上的钩、闩，引申为关门，在此即闭眼之意。作者彻夜难眠，一双眼睛实在无法像门窗那样闭合。

下片转向秋宵中的落叶与蝉鸣，以更漏直抒作者的胸臆。“霜叶坠，幽虫絮”，秋风习习，霜叶纷纷飘坠，萧瑟凄凉；幽暗的角落里，蝉虫絮语不止。作者心境悲凉如秋。“薄酒何曾得醉”，痛苦至极，少许的酒怎能让我沉醉！“双眸”难以闭合，“薄酒”不能沉醉，原因何在？“天下事，少年心。分明点点深。”胸怀天下兴亡的大事，是少年时代立下的心志。秋夜，更漏声，点点深沉，更是词人悲忧交集的深沉心事。

“国破山河在”（杜甫《春望》），国家沦入清廷之手，作者义无反顾地献身于抗清复明的斗争中。失败后，他隐居于衡阳石船山，著书终老，人称船山先生。

全词以秋宵更漏为主线，“声缓缓”、“滴泠泠”、“点点深”，亦景亦情，遒劲悲怆，抒发了船山先生忧国忧民的爱国情怀。现代学者叶恭绰先生在《广箧中词》评王夫之词：“故国之思，体兼骚、辨。船山词言皆有物，与并时批风抹露者迥殊。”此词正是如此。

沁园春

词牌《沁园春》简介

《沁园春》，又名《洞庭春色》、《寿星明》等。据《后汉书·窦宪传》记载：东汉章帝时，窦宪之妹被立为皇后，窦宪仗势强夺汉明帝沁园公主的园林。后人作诗咏叹其事，此调因此得名，词牌创于唐朝。

《沁园春》双调，平韵。字数有一百十二至一百十六字多种，以一百十四字为主。

以下列出本词牌格律常见的两种格体与范例。

格体一，一百十四字，上片十三句、四平韵，下片十二句、五平韵。上片第四句与下片第三句皆以一字领下四言四句；上、下片结尾又以一字领下四言二句；各领字宜用去声字，如以下陆游词中“念”、“幸”、“叹”、“有”。范例，南宋陆游词：

孤鹤归飞，再过辽天，换尽旧人。
中仄平平，仄仄平平，仄仄仄平。
念累累枯冢，茫茫梦境，王侯蝼蚁，毕竟成尘。
仄中平中仄，中平中仄，中平中仄，中仄平平。
载酒园林，寻花巷陌，当日何曾轻负春。
中仄平平，中平中仄，中仄平平中仄平。
流年改，叹围腰带剩，点鬓霜新。
平平仄，仄中平中仄，中仄平平。

交亲零落如云，又岂料如今余此身。
平平中仄平平，仄中仄平平中仄平。
幸眼明身健，茶甘饭软，非惟我老，更有人贫。

仄中平中仄，中平中仄，中平中仄，中仄平平。
躲尽危机，消残壮志，短艇湖中闲采莼。
中仄平平，中平中仄，中仄平平中仄平。
吾何恨，有渔翁共醉，溪友为邻。
平平仄，仄中平中仄，中仄平平。

格体二，一百一十四字，上片十二句、四平韵，下片十三句、六平韵。范例，北宋贺铸词：

宫烛分烟，禁池开钥，凤城暮春。
平仄平平，仄平平仄，仄平仄平。
向落花香里，澄波影外，笙歌迟日，罗绮芳尘。
仄仄平平仄，平平仄仄，平平平仄，平仄平平。
载酒追游，联镳归晚，灯火平康寻梦云。
仄仄平平，平平平仄，平仄平平平仄平。
逢迎处，最多才自负，巧笑相亲。
平平仄，仄平平仄仄，仄仄平平。

离群。客宦漳滨。但惊见、来鸿归燕频。
平平。仄仄平平。仄平仄、平平平仄平。
念日边消耗，天涯怅望，楼台清晓，帘幕黄昏。
仄仄平平仄，平平仄仄，平平平仄，平仄平平。
无限悲凉，不胜憔悴，断尽危肠销尽魂。
平仄平平，仄平平仄，仄仄平平平仄平。
方年少，恨浮名误我，乐事输人。
平平仄，仄平平仄仄，仄仄平平。

《沁园春》历代佳作八首

1. 沁园春 ［北宋］苏轼

孤馆灯青，野店鸡号，旅枕梦残。
渐月华收练，晨霜耿耿，云山摛锦，朝露漙漙。
世路无穷，劳生有限，似此区区长鲜欢。
微吟罢，凭征鞍无语，往事千端。

当时共客长安，似二陆初来俱少年。
有笔头千字，胸中万卷，致君尧舜，此事何难？
用舍由时，行藏在我，袖手何妨闲处看。
身长健，但优游卒岁，且斗尊前。

苏轼与弟弟苏辙（字子由）感情深厚。苏轼在杭州任通判期间，其弟在齐州（今山东济南）为官，因思念甚切，为彼此接近，苏轼向朝廷请求调到密州（今山东诸城），获准，改任密州知州。此词作于宋神宗熙宁七年（1074）十月，苏轼赴密州途中，写给弟弟，所以有的选本上有小序：“赴密州，早行，马上寄子由。”全词直抒胸臆，向子由倾诉自己内心深处的思想感情。

上片的前半段描写早起踏上行程的景象。“孤馆灯青，野店鸡号，旅枕梦残。”凌晨时分，偏僻的旅馆，灯光青灰暗淡，野村雄鸡鸣叫。睡意未尽，便中断了残梦，收拾行装，匆匆启程。拂晓，晨霜重，月亮渐渐褪去了绢练般的皎洁。“云山摛锦，朝露漙漙。”“摛”：舒展；“漙漙”：露水丰沛。白云如舒展的锦绣，缭绕着群山；露水丰盈，浸湿了草地。早行，“孤馆”与“梦残”，“月华”

与“云山”，“晨霜”与“朝露”，体味着这些，词人的心情与自然的环境，融为一体，孤寂、苍远、清冷。

漫长的旅途，词人油然联想到人生的征途，发出感慨。“世路无穷，劳生有限，似此区区长鲜欢。”人世间的道路崎岖漫长，没有穷尽，而劳顿的生命却非常有限，常为微不足道的生计所困扰，鲜有人生的欢乐。作者是一位胸怀远大抱负的人，不愿苟且于营营小事之中。“微吟罢，凭征鞍无语，往事千端。”独自低吟，吟罢不禁思绪万千，骑在马上怆然无语，浮想联翩，多少往事历历在目。

下片的前半段承接上片的结尾，回忆往事。“当时共客长安，似二陆初来俱少年。”“长安”：唐代首都，此处代指北宋京都汴京；“二陆”：指西晋文学家陆机、陆云兄弟。当年我俩赴京应试，双双进士及第，我年方二十一，你仅十九，就像陆机、陆云兄弟，少有奇才，才华崭露，一时间，轰动京城朝野。“有笔头千字，胸中万卷”，落笔生辉，挥洒自若，文章冠世；胸藏诗书万卷，博学广识，经纶济世。“致君尧舜，此事何难?”辅佐国君，助其成为尧舜一样的圣明君主，又有何难?淋漓尽致地抒发了苏氏两兄弟青年时代建功立业的雄心壮志。

写这首词时，苏轼三十九岁。近二十年过去，现实与理想相距甚远，当年的凌云壮志未能如愿。接着，作者将典故之言化入词中，与弟弟互相勉励，道出了这首词的主旨。“用舍由时，行藏在我”，化用孔子《论语·述而》之句：“用之则行，舍之则藏。”个人是否被重用、才华能否得以施展，全在时运、在于朝廷；至于进退和行隐，则在你我自己的权衡之中。“袖手何妨闲处看”，不妨淡定，闲处袖手，静观风云变幻。词的最后，宽慰弟弟：“身长健，但优游卒岁，且斗尊前。”“斗”：戏耍娱乐；“尊”：酒杯。来日方长，好在我俩身体健康无恙，只需优哉游哉、自由自在地度过一年又一年，姑且饮酒自乐，休管官场纷争、宦海沉浮。最后这两句分别化用了《左传》中记载的《诗经》逸句“优哉游哉，聊以卒岁”，以及唐代牛僧孺《席上赠刘梦得》的诗句：“休论世上升沉事，且斗尊前见在身。”

苏轼与苏辙手足情深在这首词中可见一斑。在苏轼的一生中，兄弟二人患难与共。宋绍圣四年（1097），苏轼从蛮荒的广东惠州再次贬谪到天涯海角的海南岛，子由送他到雷州半岛的海边。临别前夕，兄弟二人和家人在船上过了一夜，互相安慰。在此，特选他们二人表达兄弟感情的若干珍贵诗文。苏轼《送李公择》诗句：“嗟予寡兄弟，四海一子由。”《初别子由》诗句：“岂独为吾弟，要是贤友生。”他在狱中写诗道：“与君今世为兄弟，又结来生未了因。”苏辙《次韵子瞻秋雪见寄二首》诗句则说：“自信老兄怜弱弟，岂关天下少良朋。”又《东坡墓志铭》说：“扶我则兄，诲我则师。”读罢感人至深！

这首《沁园春》回旋起伏，而层次清晰。写景、抒情、议论，浑然一体。融入经典论述与诗句，信手拈来，天衣无缝。壮志未酬的苦闷与自我排遣的慰藉，政治抱负与人生情趣，入世与出世的深思，或惆怅，或旷达，尽在这首一百一十四字的词篇中。作者广博的知识、丰富的感情、人生的哲理，以及驾驭文笔的才华，叹为观止！

2. 沁园春 ［南宋］陆游

孤鹤归飞，再过辽天，换尽旧人。
念累累枯冢，茫茫梦境，王侯蝼蚁，毕竟成尘。
载酒园林，寻花巷陌，当日何曾轻负春。
流年改，叹围腰带剩，点鬓霜新。

交亲零落如云，又岂料如今余此身。
幸眼明身健，茶甘饭软，非惟我老，更有人贫。

躲尽危机，消残壮志，短艇湖中闲采莼。
吾何恨，有渔翁共醉，溪友为邻。

陆游，四十五岁入蜀，随后在蜀、陕多处任职，直到五十四岁，孝宗淳熙五年（1178）秋天，从四川返回阔别已久的家乡浙东山阴（今浙江绍兴）。回归故里，盛年不再，故人不在，他百感交集，写下这首《沁园春》。

上片的前半段书写故乡物是人非。“孤鹤归飞，再过辽天，换尽旧人。”词的起首两句引用陶渊明的《搜神后记》中的一个故事：丁令威，辽东人，学道于灵虚山，后化鹤归辽。词中，陆游以孤鹤自喻。自己如同一只孤鹤，从遥远的四川飞回故乡，往日的老人以及故友都已无影无踪。“念累累枯冢，茫茫梦境”，这一座座枯草丛生的坟茔，埋在里面的死者，生前谁不都有各自追求的美梦。“王侯蝼蚁，毕竟成尘。”这两句化用杜甫《谒文公上方》中的诗句：“王侯与蝼蚁，同尽随丘墟。”在世时，是高贵显赫的王侯也好，为卑微弱小的蝼蚁也罢，最终殊途同归，死后都进入坟墓，化成一抔尘土！

接着，作者念及自己，追昔抚今。“载酒园林，寻花巷陌，当日何曾轻负春。”想当年，风华正茂，经常呼朋唤友，满载美酒，饮之于原野园林；或在花香鸟语的田间阡陌，或在灯红酒绿的城中小巷，尽情地游玩娱乐，何曾轻负了青春岁月。似水年华，如今已消瘦衰老，衣带渐宽，双鬓斑白，华发如霜。人生如此短暂，壮志未酬，令词人长叹不已！

下片描写回到家乡后独居的生活。“交亲零落如云，又岂料如今余此身。”亲朋好友烟消云散，或已过世，或远走他乡，未曾料到如今只剩下自己形影孤单。所幸的是，“眼明身健”，尚能品赏茶的甘香，饱食饭肴的美味，非我一人老而贫，还有人远不如我。

“躲尽危机，消残壮志，短艇湖中闲采莼。”“莼”：莼菜，一种水生的草本，味鲜美。回首宦海生涯，官场险恶，自己侥幸地躲过了重重危机，消磨尽凌云壮志。现在退隐山阴，闲来乘一叶扁舟，在宁静的鉴湖上采割鲜嫩的莼菜。“吾何恨，有渔翁共醉，溪友为邻。”我还有何遗恨呢？天下一放翁，与湖畔渔翁饮酒共醉，与溪边农友为邻，足矣。作者回家乡之前，在蜀、陕前线戎马多年，一心挥师中原，收复失地，然而朝廷苟且偷安，“渭水岐山不出兵，却携琴剑锦官城”（陆游《即事》），无端地被朝廷闲置归里，宏愿终成泡影。而今只能无可奈何地自我宽慰，排遣沉郁。

这首《沁园春》反映出陆游诗词风格的一大转折，除却了壮年时期的豪情与浪漫，呈现出晚年作品的质朴、感伤，以及清淡的田园气息。始终如一的是他那真实的深情。陆游的晚年在家乡度过，泛舟鉴湖，田间耕桑，吟诗作赋，思念前妻唐婉，心系故国江山，“王师北定中原日，家祭无忘告乃翁”（陆游《示儿》）。这首词与他的其他诗词一样，充满着爱国的情怀，以及对友情的眷念。

3. 沁园春 ［南宋］刘过

寄辛承旨。时承旨招，不赴。

斗酒彘肩，风雨渡江，岂不快哉！
被香山居士，约林和靖，与坡仙老，驾勒吾回。
坡谓：“西湖，正如西子，浓抹浅妆临镜台。”
二公者，皆掉头不顾，只管衔杯。

白云：“天竺去来，图画里、峥嵘楼阁开。
爱东西双涧，纵横水绕；两峰南北，高下云堆。”
逋曰：“不然，暗香浮动，争似孤山先探梅。
须晴去，访稼轩未晚，且此徘徊。”

这是词史上绝无仅有、妙趣横生的奇作。此词作于宋宁宗嘉泰三年（1203），当时辛弃疾担任浙东安抚使。由词题可知，辛弃疾邀请作者到绍兴府相会，刘过因事无法赴约，便在杭州写了这首《沁园春》，讲述推迟行期的缘由。

词的首三句书写受邀后的喜悦之情。“斗酒彘肩，风雨渡江，岂不快哉！”“彘”：即猪。“斗酒彘肩”：引用楚汉相争时的一典故。项羽设鸿门宴，宴请刘邦，樊哙随从，并闯入营帐护卫刘邦。项羽赐酒一杯和一条猪腿。樊哙将酒一饮而尽，片刻间将整条猪腿大口吃完。作者以此典故表示辛弃疾与自己均为天下豪杰。你用美酒佳肴邀请我，我将在风雨中渡过钱塘江，到绍兴赴宴，何等快乐之事！开笔豪迈奔放，气势不凡。

随之，情节突变，笔锋陡转。我正兴致勃勃地要启程赴会，却有了变故。其原因竟然是：“被香山居士，约林和靖，与坡仙老，驾勒吾回。”唐代大诗人白居易邀约了北宋隐士林逋和苏东坡仙老，三位已经作古的文学家勒住了我的车驾，强把我拉了回去。“驾勒吾回”：即“勒吾驾回”的倒装。香山居士为白居易的别号，坡仙即苏东坡，两人均曾在杭州作官，并留下许多不朽名篇。林逋隐居西湖孤山二十年，种梅养鹤，人称“梅妻鹤子”，离世后有“和靖先生”之称。词人构思奇绝，将不同时代在杭州居住的三位文豪，集在一首词里，聚在一个场合。

接着，作者打破了宋词上下片的限制，一气呵成，用美妙的词句，以三人的神侃，分别道出各自在杭州写下的经典之句。东坡抢先吟哦：“西湖，正如西子，浓抹浅妆临镜台。”（“临镜台”一作“临照台”。）西湖恰如美女西施，在明镜前，无论浓抹粉黛，还是淡施化妆，总是风姿绰约，国色天香。此处，点化东坡的千古名句：“欲把西湖比西子，淡妆浓抹总相宜。”（《饮湖上初晴后雨二首》）进而，作者诙谐地描写在场的另外二人：“二公者，皆掉头不顾，只管衔杯。”白居易与林逋正在自得其乐、开怀畅饮，好像并不介意东坡在说什么。

待苏轼言罢，白居易开腔。他将视野从西湖的水色转向周边的山景，娓娓道来：天竺山白云悠悠，风景如画，山林中寺庙巍峨。东西两条溪涧，清澈见底，流水潺潺，在山谷间蜿蜒。南北高峰耸立，云遮雾障。词中六句，化用了白居易的诗《寄韬光禅师诗》："一山门作两山门，两寺原从一寺分。东涧水流西涧水，南山云起北山云。"

最能沉住气的是隐士林逋。白居易说完之后，他不紧不慢、不冷不热地吐出两个字"不然"，不尽如此。西湖水好、山好、寺庙好，都不如我培植的梅花好。"暗香浮动，争似孤山先探梅。"怎比得上先到我的孤山，欣赏那漫山遍野的梅花，疏影横斜，暗香浮动。他不失时机地推出自己最得意的咏梅绝唱："疏影横斜水清浅，暗香浮动月黄昏。"（《山园小梅》）

词的最后，作者没有忘记给辛弃疾一个满意的回复。他借林逋之口，说："须晴去，访稼轩未晚，且此徘徊。"待到雨过天晴，再登门拜访您稼轩，也不算晚，我们暂且在杭州逗留一下。与词的开端三句相呼应，接受您的盛情邀请，因故改日到访，滴水不漏，合情合理。

清代词家刘熙载在《艺概》中评刘过的词作："狂逸之中，自饶俊致。"这首词最能体现他的独特词风，狂放不羁，雄奇飘逸，风趣诙谐，而又合乎情理。

4. 沁园春 ［南宋］刘克庄

答九华叶贤良

一卷《阴符》，二石硬弓，百斤宝刀。

更玉花骢喷，鸣鞭电抹，乌丝阑展，醉墨龙跳。

牛角书生，虬须豪客，谈笑皆堪折简招。
依稀记，曾请缨系粤，草檄征辽。

当年目视云霄，谁信道、凄凉今折腰。
怅燕然未勒，南归草草，长安不见，北望迢迢。
老去胸中，有些磊块，歌罢犹须著酒浇。
休休也，但帽边鬓改，镜里颜凋。

刘克庄，福建莆田人，生活在南宋中晚期，这首词具体作于何时，尚不清楚。由词题可知，这首词为答友人叶贤良而作。叶贤良是作者的同乡，“九华”，为山名，应是叶贤良的居处，据《乾隆兴化府莆田县志》记载，此山在莆田城北五里。安徽青阳有座著名的九华山，并非此词所指的山。在这首词中，作者向挚友倾诉自己青年时代的壮志以及迟暮的悲怀。

上片追忆年轻时文韬武略、豪情壮志。“一卷《阴符》，二石硬弓，百斤宝刀。”《阴符》：古代兵书；“二石”：古时的重量，相当于现在二百四十斤。胸中通晓古代兵法，两臂拉开二石硬弓，双手挥舞百斤宝刀。这一组三句的第一字，连用“一”、“二”、“百”这三个递增的数字，气势喷发，展现出一位意气风发的英才。随之，一个“更”字领出两对偶句，前一对威武，后一对儒雅，文笔工整，雄劲有力。“更玉花骢喷，鸣鞭电抹，乌丝阑展，醉墨龙跳。”“玉花骢”：名马；“乌丝阑”：书写用纸。更豪迈的是：我飞舞马鞭，鞭如闪电，宝马奔驰，不停地喷出热气；铺展开乌丝织成的绢素，笔端行云流水，龙腾虎跃。

接着引用古人功成名就的典故，书写当年豪爽的性格和远大的志向。“牛角书生，虬须豪客，谈笑皆堪折简招。”“牛角书生”：出自隋末唐初群雄之一李密的故事，李密少时曾牛角挂书，一手拿着牛绳，一手翻书阅读，勤奋学习。“虬须豪客”：唐传奇小说《虬髯客传》中的人物虬髯客，侠肠义胆。“折简”：短信。交往的朋友都是胸怀理想、勤奋苦学的文人，以及行侠仗义、视死如归的豪侠，非常值得寄信邀请他们聚会，家中经常高朋满座，道古论今，谈笑风生。“依稀记，曾请缨系粤，草檄征辽。”依稀记得，曾立志报国，收复中原，征战塞外。此处引用两典故，“请缨系粤”：汉武帝时终军“愿受长缨”征服南越；“草檄征辽”：唐朝虞世南草拟征辽檄文。

下片回到现实，韶华已去，壮志未酬，黯然神伤。过片三句承上启下：“当年目视云霄，谁信道、凄凉今折腰。”“折腰”：弯腰之意，这里反用陶渊明不为五斗米折腰的典故。当年傲视一切，谁肯信，如今不得不苟且度日。反差如此巨大，沉痛而凄凉。“怅燕然未勒，南归草草，长安不见，北望迢迢。”“燕然”：即杭爱山，位于今蒙古境内；“勒”：在石上记录，据《后汉书·窦宪传》记载，东汉汉和帝元年（89），窦宪大破北匈奴，穷追三千余里，登燕然山，“刻石勒功而还”；“长安”：唐代首都，意指北宋汴京开封。宋军未能击退金兵的侵犯，在燕然山刻石记功，反而仓皇南逃，丢失大好河山，怎不痛心；翘首北望，不见遥远的故都汴京。词人念念不忘北方失地，挥师北伐之志并未泯灭。

面对现实格外悲凉。年已老迈，即便对酒狂歌、以酒浇愁，胸中郁结的忧闷也无法排遣。最后，“休休也，但帽边鬓改，镜里颜凋”。英雄末路，罢了罢了，但见帽子两边鬓发已改，镜里容颜憔悴，华发苍颜，已是垂垂老矣！

刘克庄是南宋后期的爱国之士，怀才自傲，一心北伐，不为当局所容，屡次作官，屡遭弹劾，屡被罢免。这首词集中反映了词人的心志与遭遇，慷慨悲壮，苍凉沉郁。虽用典较多，但贴切词意，并不晦涩。清末学者俞陛云先生在《唐五代两宋词选释》评此词：“笔锋犀利，若并刀剪水；音节高亢，若霜夜鸣笳；临风高咏，千载下如闻叹息声也。”

5. 沁园春 ［元］白朴

夜枕无梦，感子陵、太白事，明日赋此。

千载寻盟，李白扁舟，严陵钓车。
□故人偃蹇，足加帝腹，将军权幸，手脱公靴。
星斗名高，江湖迹在，烂熳云山几处遮。
山光里，有红鳞旋斫，白酒须赊。

龙蛇起陆曾嗟，且放我、狂歌醉饮些。
甚人生贫贱，刚求富贵，天教富贵，却骋骄奢。
乘兴而来，造门即返，何必亲逢安道耶。
儿童笑，道先生醉矣，风帽欹斜。

白朴，元代著名杂剧家，元曲四大家之一，终身布衣，不肯作官。作者在词序中写着：深夜无眠，浮想联翩，有感于东汉严子陵以及唐代李太白两位鄙薄权贵、超脱世俗的事迹，心存仰慕，第二天写下这首述志之词。

上片首先表白自己决意走李白和严陵的人生道路。“千载寻盟，李白扁舟，严陵钓车。”“严陵”：即严子陵，名严光。作者追溯千年的历史长河，寻找志同道合的盟友，李白有“人生在世不称意，明朝散发弄扁舟”（《宣州谢朓楼饯别校书叔云》）之句，严光则隐居铜庐，垂钓于富春江畔。作者愿与这两位前人一样，闲逸旷达、无拘无束。历来隐士难以计数，词人何以偏爱严光、李白二人，接下来的四句道出缘由。“□故人偃蹇，足加帝腹，将军权幸，手脱公靴。”（此句第一个字现已缺失。）“偃蹇”：盛气凌人。严、李都曾有过皇帝的宠遇，但却不利用这样的机会，享受高官厚禄。前两句引用严光的故事：严光与东汉开国皇帝刘秀是同窗好友，世有盛名。故人刘秀登上皇位，君临天下，多次聘请他，均被谢绝。一次，刘秀召见，共叙友情，晚上两人睡在一起，严光全然不在乎皇帝的威严，将脚放在刘秀的腹上。后两句是李白的故事：李白酒醉，唐玄宗召他入官写诏书，李白让杨贵妃磨墨，唤权臣高力士为他脱靴。李、严两人蔑视权贵，狂傲不羁。

随后进一步书写严、李二人自由的生活。“星斗名高，江湖迹在，烂熳云山几处遮。”两人名高星斗，却喜爱远离尘嚣，浪迹江湖，在云雾缭绕的山林深处，寄托情志。“山光里，有红鳞旋斫，白酒须赊。”在湖光山色中，严子陵悠然垂钓，将钓来的红鳞鲤鱼切作细脍，烹制成美味，尽情享受；李太白诗曰：“问君何为言少钱，径须沽取对君酌。”（《将进酒》）即便缺钱，赊酒也要痛饮，我行我素，杜甫在《饮中八仙歌》中赞李白：“长安市上酒家眠，天子呼来不上船。”

下片的前半段描写与李、严二人相反的名利之徒，表示对他们的鄙夷。“龙蛇起陆曾嗟”，历史上有许多饱学的隐逸之士，如同龙蛇，蛰伏而起，然后进入仕途，以图施展抱负，失败告终，令人嗟叹。“且放我、狂歌醉饮些。”我绝不做“龙蛇起陆”这样沽名钓誉的隐士。让我纵情于江湖，狂歌醉饮，远离官场。“甚人生贫贱，刚求富贵，天教富贵，却骋骄奢。”作者对追名逐利之徒，发出诘问：为什么在贫贱时拼命追求富贵，当老天爷给他们权势富贵后、却又骄奢淫逸呢？词人对这种典型的社会现象进行深层的思索，发人深省。

“乘兴而来，造门即返，何必亲逢安道耶。”这三句化用又一典故，表达随心所欲、不求功利的生活情态。“安道”：东晋画家戴逵的字。《世说新语》记载：东晋名士王徽之（子猷）居山阴（今浙江绍兴），一日夜雪初晴，忽然思念住在剡溪的戴逵，即刻夜乘小船造访，天方亮到达戴逵家，未进门与其相会，便乘船返回。人问其故，他说："吾本乘兴而行，兴尽而返，何必见戴?"词的最后，寥寥数语，风趣生动地绘出作者本人的自画像："儿童笑，道先生醉矣，风帽欹斜。"天真烂漫的儿童嬉笑地朝他呼喊着："先生，你已经大醉了，风把你的帽子都吹歪啦!"词句间，洋溢着词人返璞归真的童趣，凸显出傲然于世、放纵自由的风貌。

这首词，叙事诙谐，抒情洒脱，议论精辟，将异代高士的典故与作者本人的个性浑然一体，毫无粘滞生涩，形象地呈现了词人心目中的人生理念。在艺术上，展现了作者精湛的文采。

6. 沁园春 ［明］高启

雁

木落时来，花发时归，年又一年。
记南楼望信，夕阳帘外，西窗惊梦，夜雨灯前。
写月书斜，战霜阵整，横破潇湘万里天。
风吹断，见两三低去，似落筝弦。

相呼共宿寒烟，想只在、芦花浅水边。
恨呜呜戍角，忽催飞起，悠悠渔火，长照愁眠。
陇塞间关，江湖冷落，莫恋遗粮犹在田。
须高举，教弋人空慕，云海茫然。

高启是元末明初的著名诗人，明初为翰林院国史编修官，修《元史》。朱元璋拟委任他为户部右侍郎，力辞不受，返回吴淞江畔的青丘，以教书治田为生，此词写于辞官归田之后。这首《沁园春》的词题是"雁"。作者还写有一首题为"孤雁"的五言律诗。两者异曲同工，以咏雁抒情志，高远、孤独而又凄凉，仿佛预感到自己不幸的人生结局。

上片大雁顽强地飞翔。落木萧萧时，鸿雁从北方飞来；百花盛放时，大雁匆匆归去；秋来春去，年复一年，不辞辛苦，不惧路遥。“记南楼望信，夕阳帘外，西窗惊梦，夜雨灯前。”由大雁的萍踪，作者追忆客居他乡的岁月，每逢帘外夕阳西下，便在居所眺望长空，期盼大雁捎来远方家人的信函；屋外夜雨淅沥，室内灯火摇曳，大雁哀鸣，词人长夜难眠，无意官场，思归故里。四句构成两对工整的偶句，前一对，夕阳下南楼望雁影；后一对，夜雨中西窗闻雁声，冷寂孤凄。其中，南楼出自唐代赵嘏《寒塘》的诗句“乡心正无限，一雁度南楼”，此词里泛指作者在他乡时的住所；“西窗”二句，由李商隐“何当共剪西窗烛，却话巴山夜雨时”（《夜雨寄北》）化出，信手拈来，浑然一体。

接着，具体地刻画大雁飞行的雄姿。“写月书斜，战霜阵整，横破潇湘万里天。”晚霞消退，明月初上，霜天苍辽，雁群在月色下斜飞，书写出一个壮观的“人”字。雁阵横空，整齐有序，冲破重峦叠嶂，穿越潇湘万里云天，飞往衡山的回雁峰。“风吹断，见两三低去，似落筝弦。”秋风凛冽，突然一阵狂风吹断了鸿雁的队伍，只见两三只雁子缓缓落下，犹如筝弦断落。

下片的上半段描写离队大雁的栖息。寒烟迷蒙，两三只孤雁互相呼唤、互相照应，无意寄栖人间的村庄田园，只想共宿荒僻的芦花浅滩。“恨呜呜戍角，忽催飞起，悠悠渔火，长照愁眠。”本想远离红尘，安宁隐居，可恨那军营呜咽的号角声将它们惊动，只好“飞起”；还有那水边悠悠的渔火，彻夜闪烁，让它们惊悚不安，难以入眠。“悠悠渔火，长照愁眠”，由唐代张继的诗句“江枫渔火对愁眠”演化而来，用一个“愁”字，将“雁”人格化，同时，点出全词以雁喻人的意境。

作者为孤雁命运而担忧。“陇塞间关，江湖冷落，莫恋遗粮犹在田。”为了安全，远走高飞吧，孤雁！飞越大西北的陇塞关山，飞越寒冷凄凉的江河湖泊，莫要贪恋农田里残留的粮粒，高飞，远飞，愈快愈好。词的最后："须高举，教弋人空慕，云海茫然。""弋人"：用箭射鸟的人；"弋人空慕"：化用西汉扬雄《法言》"鸿飞冥冥，弋人何慕焉?"离群索居的雁儿，必须凌空飞到云霄之外，不要被暗箭射中，让凶残的猎手徒有贪婪、无从下手，让他们望着云海无可奈何地兴叹。

晚清著名词家陈廷焯在《云韶集》里赞誉这首《沁园春》："此作句句精秀，虽非宋人风格，固自成明代杰作。'横波'七字，精湛而雄秀，真才子之笔。"这首咏雁之词，是高启的血泪之作，用心良苦，构思精细。文笔清秀苍劲，词情忧郁凄婉，蕴含深沉凝重。全词借雁喻己，精神的压抑，命运的忧虑，内心的不屈，充溢着整首词篇。

《四库全书总目提要》称高启"天才高逸，实据明一代诗人之上"。明初，高启清醒地意识到封建统治的残忍，辞官归田，处事谨慎，以求自保。这位天才的诗人，最终仍未能逃脱悲惨的命运，他被朱元璋腰斩时，年仅三十九岁！他短短的一生，写有千余首诗词。在这些优秀作品中，他抒发自己的情志，反映百姓的疾苦，为中华民族留下了宝贵的文化遗产。

7. 沁园春　[清] 陈维崧

题徐渭文《钟山梅花图》，同云臣、南耕、京少赋

十万琼枝，矫若银虬，翩如玉鲸。
正困不胜烟，香浮南内，娇偏怯雨，影落西清。
夹岸亭台，接天歌板，十四楼中乐太平。
谁争赏？有珠珰贵戚，玉佩公卿。

如今潮打孤城，只商女船头月自明。
叹一夜啼乌，落花有恨，五陵石马，流水无声。
寻去疑无，看来似梦，一幅生绡泪写成。
携此卷，伴水天闲话，江海余生。

陈维崧，是清初一位享有盛誉的重要词人，出身于爱国世家。南京钟山明孝陵前有一座梅花山，康熙十年（1671），画家徐渭文作《钟山梅花图》，以寄明亡之痛。随后，一批心怀易代之伤的词人纷纷为此画题词。在这些题词中，陈维崧的这一首《沁园春》最为出众，全词由《钟山梅花图》的画作，引发今非昔比的感慨和改朝换代的悲伤。

上片的前半段直接描写明朝时期梅花山的美景。“十万琼枝，矫若银虬，翩如玉鲸。”“虬”：龙的一种。漫山的梅花树，开满着洁白的花朵；枝干盘曲挺拔，宛若银色的苍龙；轻盈舒展，犹如玉鲸跃出海面。“正困不胜烟，香浮南内，娇偏怯雨，影落西清。”“南内”：即南宫，朱元璋时的皇宫；“西清”：宫内游宴之处。梅花之景，由梅花山扩大到附近的明故宫。梅花风韵慵慵，不堪云烟，暗香浮动，香飘南宫；娇柔难胜冷雨，疏影斜落西清。

接着，盛景更进一步延伸到南京秦淮河两岸。岸边楼台亭阁毗连，柔美的歌声、华丽的音乐，响彻天际；明洪武年间官妓所在的十四座楼，歌舞升平。“谁争赏？有珠珰贵戚，玉佩公卿。”梅花盛开的季节，秦淮河畔车水马龙，冠盖云集，是谁争先恐后地前来游赏？是那些穿金戴银、珠光宝气的达官贵人。明朝开国时的南京，是一派繁华世界。

词的下片，首先从追忆明初的盛况转到当今清朝。“如今潮打孤城，只商女船头月自明。”如今潮水拍打着空荡荡的孤城，唯有卖唱歌女乘坐的船头上空的明月，依然如旧，自圆自缺。这两句化用刘禹锡《石头城》诗："山围故国周遭在，潮打空城寂寞回。淮水东边旧时月，夜深还过女墙来。"以及杜牧《泊秦淮》诗："商女不知亡国恨，隔江犹唱后庭花。"暗示着南明流亡政权此时已经彻底覆灭。随后，词情从当下的秦淮河，回到梅花山区域。"叹一夜啼乌，落花有恨，五陵石马，流水无声。""五陵石马"：指明孝陵。可叹梅花山寒夜乌啼，梅花含恨，凋谢零落；明孝陵，石马默立，流水无声。"啼乌"、"落花"、"石马"、"流水"，哀伤着江山易主、大明衰亡！词人的悲痛尽在其中。

词情从头至此，作者抒发由徐渭文的画而产生的联想和感慨，并没有直接提到此画。在下片的后半段，点明词序中的画卷，在沉郁的意境中结束全词。"寻去疑无，看来似梦，一幅生绡泪写成。""生绡"：生丝织成的薄绢，用以绘画，这里指《钟山梅花图》。这幅好友徐渭文以泪绘成的画作，有满纸的空灵、迷蒙、苍凉、深远。钟山巍峨、梅花风采、故国锦绣，在画中无法寻觅，仿佛那一切不曾存在。盛衰无常，兴亡似梦，怀旧伤今，不禁怆然泣下！"携此卷，伴水天闲话，江海余生。"我将携带着这幅画卷，与水天做伴，离开"道不行"（《论语·公冶长》）的尘世，在浩瀚的江海中度过余生。最后一句，"江海余生"化用苏轼《临江仙·夜归临皋》的词句："小舟从此逝，江海寄余生。"

由词中可知，徐渭文的《钟山梅花图》是和泪而作，陈维崧这首《沁园春》是和泪而写。它是词人的代表作之一，雄劲凝练，神思飞扬，感情深沉。作为明代遗民，此词寄托着作者拳拳的爱国之心，悲凉感人。陈维崧的词风采诸家之长，自辟门径。清代名家陈廷焯将这首词收入《词则·放歌集》，并赞之为："情、词兼胜，骨韵都高，几合苏（苏轼）、辛（辛弃疾）、周（周邦彦）、姜（姜夔）为一手。"

8. 沁园春 [清] 纳兰性德

丁巳重阳前三日，梦亡妇淡妆素服，执手哽咽。语多不复能记。但临别有云："衔恨愿为天上月，年年犹得向郎圆。"妇素未工诗，不知何以得此也？觉后感赋。

瞬息浮生，薄命如斯，低徊怎忘？
记绣榻闲时，并吹红雨，雕阑曲处，同倚斜阳。
梦好难留，诗残莫续，赢得更深哭一场。
遗容在，只灵飙一转，未许端详。

重寻碧落茫茫，料短发、朝来定有霜。
便人间天上，尘缘未断，春花秋叶，触绪还伤。
欲结绸缪，翻惊摇落，减尽荀衣昨日香。
真无奈！倩声声邻笛，谱出回肠。

纳兰性德二十岁时与十八岁的两广总督卢兴祖的女儿成婚，两人情投意合。三年后康熙十六年（1677）五月三十日，卢氏因难产去世。纳兰悼亡之词破空而出，名篇接踵而至，感情真挚凄婉。这首《沁园春》是其中的代表作之一，也是纳兰词的上乘之作。

由词序可知，这首词作于"丁巳重阳前三日"的"觉后"。丁巳，即康熙十六年（1677），也就是卢氏逝世的同一年，重阳节前的第三天，妻子离世后仅数月。词人思念成梦，醒来眷恋不已，遂作此词。

词的开头三句发出凄凉的喟叹。人生沉浮无定，生命瞬息即逝，娇妻如此薄命，怎不让我低徊垂泪，难以释怀！"记绣榻闲时，并吹红雨，雕阑曲处，同倚斜阳。”一个“记”字领出两组偶句，回忆婚后甜蜜的生活。记得当年，闲暇休息时，两人在绣榻上嬉戏娱乐，并吹红花，花朵如雨而下；夕阳西下，相倚在雕栏曲处，同赏璀璨的晚霞。那温馨的情景，如今只能在梦里重温了。

过去欢聚的日子，“梦好难留”，一去不返。词序里，梦中见到亡妇“淡妆素服，执手哽咽”，情语绵绵，情意殷殷。觉后还记得梦里临别时她赠送的诗句：“衔恨愿为天上月，年年犹得向郎圆。”读罢不能自已，黯然神伤，无法续写亡妻的残诗，深夜里禁不住大哭一场。“遗容在，只灵飙一转，未许端详。”梦里所见，亡妻音容笑貌如昨，但灵风一转，尚未仔细端详，她飘然而去。

下片起首两句承上启下。“重寻碧落茫茫，料短发、朝来定有霜。”“碧落”：青天。其中第一句化用白居易《长恨歌》中的诗句：“上穷碧落下黄泉，两处茫茫皆不见。”醒来欲重寻梦境，寻找娇妻身影，茫茫青天，无影无踪。经此一梦的悲欢离合，深夜痛哭，清晨起身，想必两鬓如霜，华发稀疏。接着，词人惆怅若失，似自言自语，又似与妻子的亡灵倾诉：即便如今我俩生死相隔、分居人间天上，但尘缘未了；每见春花秋叶，我便触动思绪与恋情，更加悲伤。

“欲结绸缪，翻惊摇落，减尽荀衣昨日香。”“荀衣香”：引用典故“留香荀令”，东汉荀彧，曾任尚书令，所坐之处留香数日；后意指美男子。本想与你结为连理枝，才子佳人，恩爱缠绵，白头偕老，不曾料到你陡然像木叶飘落离去。而今我已日渐消瘦，衣香减尽，失去了往日的风采。词的结尾，“真无奈！倚声声邻笛，谱出回肠。”孤苦伶仃，百无聊赖！此时传来邻家凄幽的笛声，声声阵阵，荡气回肠，催人泪下。“邻笛”：暗用一典故，魏晋竹林七贤之一向秀路径嵇康旧居，闻邻人奏笛，作《思旧赋》，悼念亡友。纳兰以此典故，隐示他填写的这首《沁园春》，正是怀念亡妻而作的断肠曲！

这首词，梦境与实境互换，往昔的欢愉与哀悼的悲伤交错，构成巨大的反差，跌宕起伏，凄婉悱恻，深沉地抒写了作者生死不渝的爱情，至真至情，悲切感人。

诉衷情　诉衷情近

词牌《诉衷情》及《诉衷情近》简介

《诉衷情》唐教坊曲名，后用为词牌。分单调、双调两体。单调有三十三和三十七字，以三十三字为主，平、仄韵交错。双调，平韵，字数有四十一、四十四、四十五字等，以四十一字为主。

以下列出《诉衷情》格律常见的三种格体与范例。

格体一，双调，四十一字，上片四句、三平韵，下片六句、三平韵。范例，南宋陆游词：

当年万里觅封侯，匹马戍梁州。
中平中仄仄平平，中仄仄平平。
关河梦断何处？尘暗旧貂裘。
中平中仄平仄，中仄仄平平。

胡未灭，鬓先秋，泪空流。
平仄仄，仄平平，仄平平。
此生谁料，心在天山，身老沧州。
中平平仄，中仄平平，中仄平平。

格体二，单调，三十七字，十句、六平韵、两仄韵。范例，五代顾敻词：

永夜抛人何处去？绝来音。
仄仄平平平仄仄，仄平平。
香阁掩，眉敛，月将沉。

平仄仄，平仄，仄平平。

争忍不相寻？怨孤衾。

平仄仄平平，仄平平。

换我心，为你心，始知相忆深。

仄仄平，平仄平，仄平平仄平。

格体三，单调，三十三字，十一句、五仄韵、六平韵。范例，唐温庭筠词：

莺语，花舞，春昼午，雨霏微。

平仄，平仄，平仄仄，仄平平。

金带枕，宫锦，凤凰帷。

平仄仄，平仄，仄平平。

柳弱燕交飞，依依。辽阳音信稀，梦中归。

仄仄仄平平，平平，平平平仄平，仄平平。

《诉衷情近》，双调，七十五字，仄韵。

以下列出《诉衷情近》的主要格体和范例，上片七句、三仄韵，下片九句、六仄韵。范例，北宋柳永词：

雨晴气爽，伫立江楼望处。

仄平仄仄，仄仄平平仄仄。

澄明远水生光，重叠暮山耸翠。

平平仄仄平平，平仄仄平仄仄。

遥认断桥幽径，隐隐渔村，向晚孤烟起。

平仄仄平平仄，仄仄平平，仄仄平平仄。

残阳里。脉脉朱阑静倚。

平平仄。仄仄平平仄仄。
黯然情绪，未饮先如醉。愁无际。
仄平平仄，仄仄平平仄。平平仄。
暮云过了，秋光老尽，故人千里。竟日空凝睇。
仄平仄仄，平平仄仄，仄平平仄。仄仄平平仄。

《诉衷情》及《诉衷情近》历代佳作四首

1. 诉衷情 ［五代］顾敻

永夜抛人何处去？绝来音。
香阁掩，眉敛，月将沉。
争忍不相寻？怨孤衾。
换我心，为你心，始知相忆深。

顾敻是五代时期的重要词人，曾任前蜀太尉。这首《诉衷情》是他的杰作，描写思妇对久而不归丈夫的幽怨与痴情。写法别开生面，文人笔墨，民歌风味，对后人宋词的创作有一定的影响。

词的起首二句脱口而出："永夜抛人何处去？绝来音。""永夜"：长夜。用女子的口吻，对离家的夫婿大声直言：漫漫长夜，你竟然抛我远去，如今你在何方？为何杳无音讯。淋漓尽致地刻画出女子怨恨、责怪以及不安与焦灼的复杂心理。闺房紧闭，昏暗沉闷；眉宇收敛，心情忧郁；月将西沉，天欲破晓，又一个独守空房的不眠之夜。

"争忍不相寻？怨孤衾。""争忍"：即怎忍。对毫无音讯的丈夫，既挂牵，又怨艾。挂牵的是：不知他的景况。我怎能忍心不苦苦地寻知呢？怨艾的是：孤衾单枕，寂寞难耐，终日形影相吊，不知何时才能团圆。真情的爱，深郁的怨，心情复杂。

闺妇对男子喷发出嗔怪："换我心，为你心，始知相忆深。"以心比心，将我的心换为你的心，你方知我对你的思念有多深！清代杰出文学家王士禛《花草蒙拾》赞此最后三句："顾太尉'换我心，为你心，始知相忆深'，自是透骨情语。徐山民（南宋诗人徐照）'妾心移得在君心，方知人恨深'全袭此。"

这首词真切地描绘了空闺女子爱怨交织的内心痛苦，含蓄地体现出作者对薄情男子的谴责，以及对痴情闺妇的同情。在写法上，将民间口语融入词中，"以质朴之句，写入骨之情"（李冰若《栩庄慢记》）。王国维先生高度评价这首词，他在《人间词话》称道："有专作情语而绝妙者"，"此等词，求之古今人词中，曾不多见"。

2. 诉衷情近 ［北宋］柳永

雨晴气爽，伫立江楼望处。
澄明远水生光，重叠暮山耸翠。
遥认断桥幽径，隐隐渔村，向晚孤烟起。

残阳里。脉脉朱阑静倚。
黯然情绪，未饮先如醉。愁无际。
暮云过了，秋光老尽，故人千里。竟日空凝睇。

柳永生于仕宦家庭，才子的气质，高傲的个性，一生潦倒，为生计萍踪浪迹。在北宋景祐元年（1034）考中进士之前的数年间，他在江南一带漂泊，此词写于这期间。苍辽秋色，羁旅情愁，浓郁的感情，绚丽的文采，使这首七十五字的《诉衷情近》成为中调宋词里的杰作之一。

词的上片描绘秋景，为下片抒情作铺垫。雨过天晴，秋高气爽，登临江楼，纵目远望，久久沉于秋色之中。“澄明远水生光，重叠暮山耸翠。”血色的晚霞之下，极目处，澄澈透明的江水波光粼粼；天边重峦叠嶂，群峰苍翠，逶迤连绵。“遥认断桥幽径，隐隐渔村，向晚孤烟起。”远远望去，依稀可见断桥幽径，渔村隐约；傍晚时分，一缕炊烟袅袅升起。词人独立江南寒秋，思绪悠悠。“远水”、“暮山”、“断桥”、“幽径”、“渔村”、“孤烟”，登上江楼所见的秋景由远而近，以凝练之笔，绘典型之景，画面空寂凄清。

下片抒发对京都故人的眷恋。残阳似火，霜天无垠。默默地倚着朱红色的雕栏，陷入缠绵悱恻的思念。在汴京，柳永常出没于青楼酒家，但他是一位重情重义的才子词人，并非轻佻的纨绔子弟。与他相好、让他倾心的风尘女子，定是一位风姿绰约、能歌善舞的丽人，两人感情深切，分手时“执手相看泪眼，竟无语凝噎”（柳永《雨霖铃》）。此刻，佳人何处，重逢何时，词人不禁黯然神伤，未饮先已如同醉酒，不能自拔。愁情茫茫，无边无际。“暮云过了，秋光老尽，故人千里。竟日空凝睇。”“竟日”（一作“尽日”）：整日。暮色里，朔风萧瑟，黄昏的残云已被吹去；寒秋已尽，严冬将至，韶华易逝。意中人在千里之外，自己为生活所羁绊，整日无补于事地凝望远方，寄托苦涩的相思。

这首词体现了柳词的特色，以景起情，情景互映。取景，旷辽高远与细微隐约相间，衬托苍凉的惆怅和细腻的柔情；抒情，多情才子的离愁与游子蹉跎岁月的伤感交织在一起。它真切地展现了落魄词人内心的感情，以及作者超凡的艺术才华。

3. 诉衷情 ［南宋］陆游

当年万里觅封侯，匹马戍梁州。

关河梦断何处？尘暗旧貂裘。

胡未灭，鬓先秋，泪空流。

此生谁料，心在天山，身老沧州。

陆游的一生始终不忘收复北方中原失地，这首词是作者晚年隐居家乡山阴（今浙江绍兴）时创作的一首名篇，时年近七十。词中回忆盛年时的戎马岁月；抒发老迈之年忠贞不渝的爱国之心。

上片回忆在抗金前线时的生涯。宋孝宗乾道八年（1172），四十八岁的陆游应四川宣抚使王炎之邀，到陕西南郑（今陕西汉中）抗金前线，任高级参谋。开头两句描写词人初到南郑时的豪情壮志，“当年万里觅封侯，匹马戍梁州”。“戍”：守边；“梁州”：即南郑。当年鹏程万里，意气风发，来到烽火前线的梁州，以期挥鞭跃马，实现收复中原、沙场建功立业的夙愿。“觅封侯”：化用西汉班超投笔从戎、“立功异域，以取封侯”的典故（范晔《后汉书·班超传》）。然而，事与愿违。“关河梦断何处？尘暗旧貂裘。”“关河”：关塞河防；“貂裘”：意指战袍。南宋朝廷偏安半壁江山，与金苟和，按兵不动，陆游在前线仅八个月，便被调成都，“渭水岐山不出兵，却携琴剑锦官城”（陆游《即事》）。词人在边防主动出击、挥师中原之梦化为泡影，灰尘沾满了旧日的戎装，陆游充满失落和失望。

下片从追昔转入抚今，回到现实。遥望北方，“胡未灭，鬓先秋，泪空流”。占领中原的金兵没有被消灭，壮志未酬鬓先霜，盛年不再，空流多少忧国之泪。一个“空”字，痛苦之极，作者已由对朝廷的失望，落入绝望！青年时代，陆游目睹南宋王朝的腐朽，经历爱国将领岳飞父子以“莫须有”的罪名被害、韩世忠被罢免、朝廷与金签署丧权辱国的“绍兴和议”。他痛心疾首，立下以身许国的毕生抱负。可是，他不曾想到自己空怀爱国之情、报国之志。“此生谁料，心在天山，身老沧洲。”“天山”：意指北方前线；“沧洲”：江湖。今生未曾想到，心志高远，却被朝廷弃用；

时刻牵挂着遥远的边陲，却身不由己，终老于闲居的江湖。折翼的苍鹰，平落的猛虎，英雄迟暮，诗人感怀。最后三句是他一生的总结、一生的悲叹！

陆游这首《诉衷情》波澜起伏，感情激荡，慷慨而又悲壮。一位历经失望与绝望的爱国将领和诗人，到了晚年依然“心在天山”，临终绝笔《示儿》诗写下：“王师北定中原日，家祭无忘告乃翁。”他的诗词千古传诵，他的精神后人永记！

4. 诉衷情 ［明］陈子龙

春游

小桥枝下试罗裳，蝶粉斗遗香。
玉轮碾平芳草，半面恼红妆。

风乍暖，日初长，袅垂杨。
一双舞燕，万点飞花，满地斜阳。

陈子龙，明末的民族英烈，同时又是明代的重要作家，一代词宗。词作或凄婉、或清丽，这首词的风格属于后者。通常小令之作上片借景寓情，下片人物抒情。陈子龙的这首《诉衷情》则反之。词题“春游”，上片写人，下片写景。

“小桃枝下试罗裳”，写出游前的准备。冬去春来，春光明媚，人换春装。爱美的少女，要挑一件最称心的丝质衣裳，她站在鲜花盛开的小桃枝下，一件一件地比试着。轻盈的身姿，艳丽的罗裳，粉红的桃花，互相映照，“人面桃花相映红”（唐代崔护《题都城南庄》）。桃花弥漫的芳香，少女身上的馨香，招来翩翩的花蝶，“蝶粉斗遗香”，蝴蝶起舞，翅膀抖落的蝶粉仿佛在与姑娘身上散发的清香争斗，哪一种更为幽香。美的桃花，美的蝴蝶，美的少女，洋溢着美的生活情调。“玉轮碾平芳草，半面恼红妆。”前来春游的贵妇小姐，乘坐香车宝马从她身边驶过，青青的芳草被车轮碾平。她们在车窗仅露出半张面容，农家姑娘对上流女子的骄奢傲慢甚是不悦。农村少女的淳朴与都市富族女性的高傲，形成了强烈的对比。

下片前三句描写初春的景色。“风乍暖，日初长，袅垂杨。”风刚刚转暖，白昼开始变长，垂柳吐出青翠的嫩芽，柳枝婆娑摇曳。短短的三句，每句三字，简洁工整，选取初春典型的景象，语句流畅，春意盎然。然而，时光匆匆，转眼进入暮春。下面连用四字的三句，勾画出残春的凄清，“一双舞燕，万点飞花，满地斜阳”。双燕在空中飞舞，点点柳絮纷纷扬扬，夕阳的余辉洒满了大地，春色渐尽，惆怅油然而生。陈子龙写有多首伤春的词作，词中以燕子寓意春残，如《江城子·病起春尽》中的“凭燕子，骂东风”。这首词里的双燕具有同样的含义。

清初文学家王士禛点评这首词是“情景相生”。情，由初春的恬静，最终转为暮春的轻愁。全词寄托着作者对淳朴之美的追求，以及美好不能永驻的感伤。景致婉丽，情韵淡雅，天然境界，意味无穷。

青玉案

词牌《青玉案》简介

《青玉案》取义于东汉张衡《四愁诗》“美人赠我锦绣段，何以报之青玉案”句。又名《横塘路》、《西湖路》等。此词牌格体较多，俱双调，仄韵。字数六十六至六十九字，以六十七字为主。

以下列出本词牌格律常见的两种格体与范例。

格体一，六十七字，上、下片各六句、四仄韵（也有第五句押韵的）。范例，南宋辛弃疾词：

东风夜放花千树，更吹落、星如雨。
中平中仄平平仄，仄中仄、平平仄。
宝马雕车香满路。
仄仄平平平仄仄。
凤箫声动，玉壶光转，一夜鱼龙舞。
中平平仄，中平中仄，中仄平平仄。

蛾儿雪柳黄金缕，笑语盈盈暗香去。
中平中仄平平仄，中仄平平仄平仄。
众里寻他千百度。
仄仄平平平仄仄。
蓦然回首，那人却在，灯火阑珊处。
中平平仄，中平中仄，中仄平平仄。

格体二，六十八字，上、下片各六句、四仄韵。范例，北宋曹组词：

碧山锦树明秋霁，路转陡、疑无地。
仄平仄仄平平仄，仄仄仄、平平仄。
忽有人家临曲水。
仄仄平平平仄仄。
竹篱茅舍，酒旗沙岸，一簇渔樵市。
仄平平仄，仄平平仄，仄仄平平仄。

凄凉只恐乡心起，凤楼远、回头谩凝睇。
平平仄仄平平仄，仄平仄、平平仄平仄。
何处今宵孤馆里？
平仄平平平仄仄。
一声征雁，半窗残月，总是离人泪。
仄平平仄，仄平平仄，仄仄平平仄。

《青玉案》历代佳作四首

1. 青玉案 ［北宋］贺铸

凌波不过横塘路，但目送、芳尘去。
锦瑟华年谁与度？
月桥花院，琐窗朱户，只有春知处。

飞云冉冉蘅皋暮，彩笔新题断肠句。
试问闲情都几许？
一川烟草，满城风絮，梅子黄时雨。

这首词，有些宋词选本采用的词牌名为《青玉案》的另一名称《横塘路》。贺铸，字方回，晚年在苏州南十余里的横塘安居，因见一婀娜多姿的女子，写下这首著名的词篇，抒发倾慕的闲愁。贺铸因此词而得美名“贺梅子”。

上片书写偶遇佳人，引起可遇不可求的怅惘。“凌波不过横塘路，但目送、芳尘去。”“凌波”，出自三国魏曹植《洛神赋》：“凌波微步，罗袜生尘。”女子细步轻盈，“翩若惊鸿”，行至横塘近处，不料擦肩翩翩而去。词人怅然若失，目光痴痴地追随着远去的丽人，倩影渐渐消失在眼帘。作者眷恋不已，发出遐思幽想，“锦瑟华年谁与度?”“锦瑟”：饰有彩纹的瑟，唐李商隐《锦瑟》“锦瑟无端五十弦，一弦一柱思华年”，寓意美好的青春年华。词人在此化用李商隐的诗句，妙龄女子住在何处、与谁共度华年呢?“月桥花院，琐窗朱户，只有春知处。”“月桥”：形如弯月的小拱桥。进而推测：是在小桥幽径、花木葱郁的庭院，还是在镂玉窗栏、朱红豪门的大户？只有春知道她在哪里！目送，进而心随。“谁与”、“只有”，欲知而自己又无从知，无奈与失落尽在其中。

下片抒发思念的愁情。“飞云冉冉蘅皋暮”，“蘅”：香草；“皋”：水边的高地。暮色降临，天上流云舒卷，缓缓浮动，江中沙渚上香草一抹金黄。佳人现在何方？一片痴情地呆想，从白天到黄昏，难以排遣，便拿起笔。“彩笔新题断肠句”，挥起才情横溢的文笔，将惆怅的思绪倾诉在断肠的词句里。作者自问：“我这无由来的思情与烦恼，都有几多?”词句涛涌而出，自作回答：“一川烟草，满城风絮，梅子黄时雨。”就像那一马平川的烟草，满城飘落的飞絮，黄梅季节绵绵不断的细雨。一问三叠，以三个当前江南季节的景物作比喻，烟草、柳絮、梅雨，蕴含着不尽的幽思愁绪。韵味无穷，不愧为“彩笔”下的新意！

全词笔法淡雅优美，情思深婉细腻，受到历代多位名家的赞赏。南宋文学家周紫芝《竹坡诗话》称之：“贺方回尝作《青玉案》，有‘梅子黄时雨’之句，人皆服其工，士大夫谓之‘贺梅子'。"南宋学者罗大经赞道："贺方回有'试问闲愁都几许？一川烟草，满城风絮，梅子黄时雨'。盖以三者比愁之多也，尤为新奇，兼兴中有比，意味更长。"（《鹤林玉露》）

2. 青玉案 ［北宋］曹组

碧山锦树明秋霁，路转陡、疑无地。
忽有人家临曲水。
竹篱茅舍，酒旗沙岸，一簇成村市。

凄凉只恐乡心起，凤楼远、回头谩凝睇。
何处今宵孤馆里？
一声征雁，半窗残月，总是离人泪。

羁旅思乡是宋词的一个重要题材，佳作甚多。这首《青玉案》，景与情千回百转、跌宕起伏，使之成为这一题材中的杰作。

上片首句点出客旅的时间以及出发时的景象，"碧山锦树明秋霁"，"霁"：雨雪刚止，天放晴。秋雨乍过，青山如黛，山间霜叶尽染，层林似锦，美不胜收。"路转陡、疑无地"，山路弯弯，陡然不见来路，一时间感觉"山重水复疑无路"。旋而，"柳暗花明又一村"，转过去，突见曲流水边的小桥人家，景致豁然开朗，心情轻松欢快。竹篱茅舍错落有致的村庄，岸边旅店的酒旗随风飘动，一个世外桃源般的村庄，幽静而温馨。惊喜之余，客旅之人触景生情，思家愁绪油然萌生。

下片抒发怀乡的悲伤。"凄凉只恐乡心起"，一路上风尘仆仆，唯恐撩起乡思、惹发凄凉，却不曾想到依然未能忘怀，顿时心境一落千丈。"凤楼远、回头谩凝睇。""凤楼"：女子的住所，这里意指居家的妻子；"谩"：徒然。妻子的闺楼远在千山万水之外，目不可及，徒劳地回首凝望，愈加伤感。旋即从无补于事的望乡，回到眼前的困境："何处今宵孤馆里？一声征雁，半窗残月，总是离人泪。"今晚将在哪座荒野的客栈只身夜宿呢？为生计而远离妻子，四处奔波，每日不知夜住何处。预想到今夜的旅店，所闻将是鸿雁声哀，所见还是透过半掩窗帘的惨淡月色；收不到家书，愁肠寸断，唯有独自一人在"孤馆里"黯然泣下。其写法隐含着柳永《雨霖铃》"今宵酒醒何处？杨柳岸晓风残月"的意境，但更为凄切悲凉。

这首羁旅之词广受青睐，为历代诸多宋词选本收入。它紧扣客旅乡愁的主题，构思精巧，情节迂回婉曲。上片写途中的乐景，烘托下片的凄情；下片由实转虚，从望乡怅惘的实情，转入想象夜宿孤馆的虚景，虚中含实。全词层层铺垫，步步递进，最后达到思情的高潮"离人泪"。语言朴实无华，感情真挚动人。

3. 青玉案 ［南宋］辛弃疾

元夕

东风夜放花千树，更吹落、星如雨。
宝马雕车香满路。
凤箫声动，玉壶光转，一夜鱼龙舞。

蛾儿雪柳黄金缕，笑语盈盈暗香去。
众里寻他千百度。
蓦然回首，那人却在，灯火阑珊处。

这是一首千古传诵的名篇。词题"元夕"，即农历正月十五元宵节之夜。全词出神入化地描绘了元夕热闹的盛况，形象生动地塑造了一位超凡脱俗、心甘寂寞的佳人，寄托作者忧国伤时、独清独醒的高风亮节。

上片书写元宵佳节热闹的景象。“东风夜放花千树，更吹落、星如雨。”初夜时分，万盏花灯同时点亮，火树银花，犹如春风吹开万紫千红的鲜花；烟火盛放，冲上夜空，复而，像是东风将烟花吹落，纷纷闪烁而下，宛如璀璨的流星雨。“宝马雕车香满路”，人们倾城出动，那些贵妇小姐乘坐豪华的马车而来，满路飘香。“凤箫声动，玉壶光转，一夜鱼龙舞。”“凤箫”：刻有花纹的洞箫；“玉壶”：十五的圆月。动听的音乐四处回响，月光与灯光相映生辉，民间艺人舞动着鱼形、龙形以及各种形状的彩灯，精彩纷呈的社火百戏，通宵达旦，目不暇接。

下片着重描写在如云的佳丽之中寻觅一位卓尔不群的女子。盛装的游女们争相斗艳，头上佩戴着蛾儿、雪柳、黄金缕等元宵节特有的装饰品，成群结队，笑语悦耳，身姿轻盈。她们从身边走过，带去幽幽的清香。“众里寻他千百度”，“他”：第三人称，古代包括“她”。在一群又一群的丽人中，千百遍地细细寻找意中人，形影皆无。“蓦然回首，那人却在，灯火阑珊处。”“阑珊”：稀疏。就在那几乎无望的霎时间，猛然回首，眼光一亮，原来她独自在那灯火寥落之处！整整“一夜”，“众里寻他千百度”；整整“一夜”，她在“灯火阑珊处”。她亭亭玉立，风姿绰约；她痴迷专一，似有所待。这首词的内涵和精髓尽在最后的四句之中。

这是一首大美之词，绮丽中见雄奇，婉约里显豪放。它又是一首思想深邃之词。那在花灯冷落处“举世皆浊我独清，众人皆醉我独醒”的佳人，实为词人的自喻，凸显作者傲然于世的风骨。辛弃疾力主抗金、收复中原，屡遭排挤贬谪。作者借此词抒发自己宁甘孤独寂寞、绝不随波逐流的心志。梁令娴在《艺蘅馆词选》中引其父梁启超对这首词的点评：“自怜幽独，伤心人别有怀抱。”

这首词蕴藉丰富，广被引用与化用。王国维在《人间词话》中认为，“古今成大事业、大学问者”必经历三个境界，第三境界是：“众里寻他千百度。蓦然回首，那人却在，灯火阑珊处。”即最高境界。以此形象地阐述一条至理：古今大事业、大学问者必定经历艰苦的求索和无数的挫折与失败，日益积累，在某一时刻，蓦然找到成功的钥匙，取得辉煌的成就。

4. 青玉案 ［清］顾贞观

天然一帧荆关画，谁打稿、斜阳下？
历历水残山剩也！
乱鸦千点，落鸿孤烟，中有渔樵话。

登临我亦悲秋者，向蔓草平原泪盈把。
自古有情终不化。
青娥冢上，东风野火，烧出鸳鸯瓦。

顾贞观，江苏无锡人，清初重要词人之一，明代思想家、东林党领袖顾宪成四世孙，纳兰性德的挚友。清朝初期，作者到湖北探望姐姐顾贞立。词人登山临水，所见尽是战争留下的疮痍，写下这首词。

上片写自然之景。“天然一帧荆关画，谁打稿、斜阳下？”“荆关”：“荆”，指五代时期的画家荆浩；“关”，即荆浩弟子关仝。荆、关二人是五代最负盛名的北方山水画派的艺术家。登临远眺，辽阔霜天，这是谁绘制的画稿，在大自然还原了荆、关二人北方山水画的天然景象？夕阳西下，群山巍峨，江河横流，雄浑壮丽。自然界的美景本是造化的鬼斧神工，作者别出心裁，将它说成是某位丹青妙手临摹了荆关二人的画作，以此抒发作者对祖国大好河山的无比热爱。随之，由于战争，这美丽的山水已经伤痕累累。“历历水残山剩也！”如今，破碎的山山水水历历在目。苍凉的暮色下，“乱鸦千点”，归鸿哀鸣，孤烟一缕。改朝换代，人间沧桑，一切尽在江湖渔翁、山林樵夫的闲谈话题之中。

下片直抒胸中的悲怆。“登临我亦悲秋者，向蔓草平原泪盈把。”“盈把”：满把。登高极目，秋色萧索，我悲上心头。战争导致百姓流离失所，大片田野荒芜，蔓草丛生，禁不住泪流满面。“自古有情终不化”，自古以来富于真情的人，其情始终不变。作者进一步将这种“自古有情”具体化、形象化。“青娥冢上，东风野火，烧出鸳鸯瓦。”“青娥冢”：王昭君墓；“鸳鸯瓦”：由两瓦片一俯一仰叠合而成。王昭君，西汉南郡秭归（今湖北宜昌秭归县）人，古代四大美女之一。入宫为宫女，汉元帝为了与匈奴和亲，将昭君赐给呼韩邪单于，相传昭君墓在漠北（今内蒙古呼和浩特）。作者在湖北的旅途中，联想起王昭君，发出浩然的慨叹：那些装饰昭君青冢的鸳鸯瓦，不正是千百年来春风野火烧制而成的吗！昭君离世千年，其爱国之心，“终不化”，就像那鸳鸯瓦，坚硬永在，万古长存！词人以王昭君的事迹以及她墓上的“鸳鸯瓦”，含蓄地表达自己凄苦的故国之情，至死不渝。

怀古伤今是古典诗词中常见的题材之一。而顾贞观的这首《青玉案》观景伤今，构思奇特。以古人之画起笔，反衬清初山河破碎、民不聊生；中间具体描写当下的“水残山剩”、“蔓草平原”；最后用昭君墓上的鸳鸯瓦结束，寓意深沉隽永。全词哀伤凄婉，充满家国之痛、易主之悲。晚清著名词人陈廷焯评顾贞观词的特点：“全以情胜，是高人一着处。”（《白雨斋词话》）这首词可见一斑。

雨霖铃

词牌《雨霖铃》简介

《雨霖铃》，唐教坊曲名，后改为词牌，又名《雨淋铃》。相传唐玄宗因安禄山之乱逃至蜀，入斜谷，霖雨连日，栈道闻铃声，雨声铃声在山间回荡，为悼念杨贵妃，“采其声为《雨霖铃》曲以寄恨，时梨园弟子惟张野狐一人，善筚篥，因吹之，遂传于世”（《明皇杂录》）。宋词借旧曲名，另倚新声。始见于北宋柳永词集《乐章集》。双调，一百零三字，仄韵。

以下列出本词牌格律常见的两种格体与范例。

格体一，上片十句、五仄韵，下片九句、五仄韵。范例，北宋柳永词：

寒蝉凄切，对长亭晚，骤雨初歇。
平平平仄，仄平平仄，仄仄平仄。
都门帐饮无绪，留恋处，兰舟催发。
平平仄仄平仄，平仄仄，平平平仄。
执手相看泪眼，竟无语凝噎。
仄仄平平仄仄，仄平仄平仄。
念去去、千里烟波，暮霭沉沉楚天阔。
仄仄仄、平仄平平，仄仄平平仄平仄。

多情自古伤离别，更那堪、冷落清秋节！
平平仄仄平平仄，仄平平、仄仄平平仄。
今宵酒醒何处？杨柳岸、晓风残月。
平平仄仄平仄，平仄仄、仄平平仄。
此去经年，应是良辰，好景虚设。

仄仄平平，平仄平平，仄仄平仄。
便纵有、千种风情，更与何人说？
仄仄仄、平仄平平，仄仄平平仄。

格体二，上、下片各九句、五仄韵。范例，北宋黄裳词：

天南游客。甚而今、却送君南国。
平平平仄。仄平平、仄仄平平仄。
西风万里无限，吟蝉暗续，离情如织。
平平仄仄平仄，平平仄仄，平平平仄。
秣马脂车，去即去、多少人惜。
仄仄平平，仄仄仄、平仄平仄。
望百里、烟惨云山，送两程、愁作行色。
仄仄仄、平仄平平，仄仄平、平仄平仄。

飞帆过浙西封域。到秋深、且檥荷花泽。
平平仄仄平平仄。仄平平、仄仄平平仄。
就船买得鲈鳜，新谷破、雪堆香粒。
仄平仄仄平仄，平仄仄、仄平平仄。
此兴谁同，须记东秦，有客相忆。
仄仄平平，平仄平平，仄仄平仄。
愿听了、一阕歌声，醉倒拚今日。
仄仄仄、仄仄平平，仄仄平平仄。

《雨霖铃》历代佳作二首

1. 雨霖铃 ［北宋］柳永

寒蝉凄切，对长亭晚，骤雨初歇。
都门帐饮无绪，留恋处，兰舟催发。
执手相看泪眼，竟无语凝噎。
念去去、千里烟波，暮霭沉沉楚天阔。

多情自古伤离别，更那堪、冷落清秋节！
今宵酒醒何处？杨柳岸、晓风残月。
此去经年，应是良辰，好景虚设。
便纵有、千种风情，更与何人说？

柳永是北宋文人中的异类。他具有非凡的天赋、超众的才华和卓越的文学修养。他的个性不为朝廷所接受，他的词风不被同仁所认同。他走他的路，为生计浪迹天涯。他写他的情，词作为百姓喜闻乐见，在歌楼、在市井广为传唱。他的词篇源于生活、发自灵感，足以让他雄视文坛，在中国文学史上占据不可动摇的一席之地。

宋仁宗天圣二年（1024），柳永第四次落第，愤然离京，与情人辞别，写下这首著名的《雨霖铃》，随后由水路去江南谋生。它是离情别绪诗词中的千古绝唱。

上片描写与恋人离别时的情景。起首三句书写别时之景，点明地点与时间。“寒蝉凄切，对长亭晚，骤雨初歇。”“长亭”：古代在驿站路上每十里设一亭，故又称“十里长亭”，提供休息与补给；靠近城镇的长亭，往往是送别之处。清秋的傍晚，滂沱的急雨刚过，霜天苍辽，寒蝉凄鸣，在长亭与恋人话别。“都门帐饮无绪，留恋处，兰舟催发。”（“留恋处”一作“方留恋处”。）“都门”：京都之门。情人在京都门外的长亭设帐，摆下酒筵为作者践行，而他毫无饮酒的兴致。客船上的人已催着出发，分手在即，彼此恋恋不舍。

“执手相看泪眼，竟无语凝噎。”紧握着对方的双手，泪眼相视，悲情滔涌，千言万语，竟伤心哽噎，说不出话来！情之深，别之伤，缠绵悱恻，凄切断肠！“念去去、千里烟波，暮霭沉沉楚天阔。”“霭”：云气；“楚”：泛指江南，古为楚地。即将远去，想到孤旅一程又一程，烟波千里，渐行渐远；所去之地，江南暮霭沉沉，水天茫茫，一片苍凉。个人前途迷茫，心境如同云遮雾障，沉闷、压抑。

下片首句作者由己及人、古今皆同，发出悲天悯人的感怀，“多情自古伤离别”。自古以来，多情的人最伤心的便是与恋人离别。随之，进一步深沉地抒发当下的离情，更让人难于承受的是：在冷落萧瑟的清秋季节与情人话别。

接着，忧心忡忡地想象自己别后的景况，今晚的凄凉，未来的孤寂。“今宵酒醒何处？杨柳岸、晓风残月。”此千古名句，虚景实写，景中寓情。不知今夜我酒醒时身在何处？一叶扁舟，旅客他乡，岸边柳枝稀疏，江面晓风袭人，天空残月迷蒙。告别了繁华的京都，离开了心爱的情人，空旷寂寥的原野，孤苦伶仃，形影相吊。词的最后，念及日后漫长的岁月，悲凉之情难以言状。“此去经年，应是良辰，好景虚设。便纵有、千种风情，更与何人说？”此次一去，年复一年，每逢良辰美景、人间佳节，也只是虚设了。纵然心中情意千种、相思万番，又能向谁倾诉？全词以自问结束，似尽未尽，余音绕梁，荡气回肠！

整首词，布局有序，跌宕起伏，一气呵成。景象空辽凄清，场面栩栩如生，语言浅显而又华美，感情真挚沉郁、缠绵凄婉。这首词历代名家赞誉甚多，当代词学家唐圭璋先生在《唐宋词简释》中点评："此首写别情，尽情展衍，备足无余，浑厚绵密，兼而有之。""词末余恨无穷，余味不尽。"

2. 雨霖铃 ［清］纳兰性德

种柳

横塘如练，日迟帘幕，烟丝斜卷。
却从何处移得，章台仿佛，乍舒娇眼。
恰带一痕残照，锁黄昏庭院。
断肠处、又惹相思，碧雾濛濛度双燕。

回阑恰就轻阴转，背风花、不解春深浅。
托根幸自天土，曾试把、霓裳舞遍。
百尺垂垂，早是酒醒，莺语如翦。
只休隔、梦里红楼，望个人儿见。

纳兰性德，字容若，原名纳兰成德。天资超逸，英才早逝，离世时年仅三十。短短的生命，留下词作约三百五十首，题材广泛，包括爱情友谊、边塞军旅、怀古咏史、风物杂感等。文笔清丽隽永，感情纯真高洁，是中华词苑的瑰宝。王国维先生高度评价纳兰，称他："北宋以来，一人而已。"（《人间词话》）

这首《雨霖铃》是风物之词，写于纳兰爱妻卢氏去世之前，具体时间不详。作者以"种柳"为题，描写他在自家园林移植柳树的景况，寄托高雅的情趣，表达对朋友的真情。随后，纳兰的好友严绳孙作和词《雨霖铃·和成容若种柳》。

上片描写春日种柳，由新柳而思人。起首三句点出种柳的地点和时间："横塘如练，日迟帘幕，烟丝斜卷。""横塘"：水阔的池塘；"日迟"：昼长而日落迟。春天的傍晚，宽阔的池塘水面光洁闪亮，宛若轻柔的彩绢。迟迟落下的夕阳，余辉映照在垂柳形成的帘幕上，东风吹拂，柳丝飘卷，犹如轻烟摇曳。"却从何处移得，章台仿佛，乍舒娇眼。""章台"：汉代京城长安的一条繁华街道，街旁多植杨柳。"娇眼"，出自苏轼《水龙吟·次韵章质夫杨花词》："萦损柔肠，困酣娇眼，欲开还闭。"若问柳树从何处移来，是从北京城里移植而来，仿佛来自长安的章台街；柳芽刚刚舒张，好像美人惺忪的娇眼。词中洋溢着作者对新柳的珍爱，以及享受亲手种植的愉悦。

黄昏时分，一抹残阳惨淡似血，照进紧紧锁闭的庭院。"断肠处、又惹相思，碧雾濛濛度双燕。"庭院里柳树翠微，青雾迷蒙，春燕双双飞舞。朦胧的暮色，寂静的院落，拨动了思友的情怀，惆怅伤感，令人愁肠寸断。

下片托梦咏柳，以寄思友之情。首先承接上片的写柳。"回阑恰就轻阴转，背风花、不解春深浅。""风花"：风中的花。唐代诗人卢照邻《折杨柳》诗句："露叶凝愁黛，风花乱舞衣。"画廊回曲，恰好转到微阴之处，背风的花朵感受不到春天的变化。白天种柳，夜里柳树优雅的性态进入浪漫的梦中。他梦见身姿轻盈的仙女下凡，化成了婀娜多姿的新柳。"托根幸自天上，曾试把、霓裳舞遍。"杨柳有幸，来自天上，它们的前世都是美貌的仙女，曾经在广寒宫无数次地表演飘逸的霓裳舞。"托根天上"：古代认为柳宿是天上二十八星宿之一。

随之，先写早上醒来的所见所闻。"百尺垂垂，早是酒醒，莺语如翦。""翦"：初生的羽毛，此处意即整齐。清晨酒醒，垂柳婆娑，黄莺齐声脆鸣。"只休隔、梦里红楼，望个人儿见。"梦境依稀，只希望柳丝的垂帘不要遮隔住自己的目光，让我再仔细地端详梦里红楼上知心的好友。此处“红楼”意指他心爱的别业“渌水亭”，仿江南园林而筑，词人与几位挚友雅聚之处。下片的结尾与上片结束的“断肠处、又惹相思”前后呼应。词人所思之人并非某一美貌的女子，而是他志同道合的友人。纳兰另有一首《临江仙·寄严荪友》，其中亦用“相思”一词表达对严荪友的思念：“别后闲情何所寄，初莺早雁相思。”严荪友即严绳孙，字荪友。

这首词紧扣杨柳独有的风姿，引用有关柳宿的美丽神话，情节驰骋于人间天上，物与人交织一体，展现了作者丰富的想象力，以及细腻的思想感情。清新婉丽的语言，春天杨柳的意象，抒发了词人闲适的生活情趣，以及对挚友的真诚友情。在艺术上，作者打破了词牌《雨霖铃》用以书写悲凉意境的惯例，词情明快清新。

附：雨霖铃 ［清］严绳孙

和成容若种柳

湘帘月冷。是谁添上，丝丝斜影。
横塘烟雨何事，朱门空锁，断肠金井。
最是东君，好事要、十眉相并。
也不管、午困纤腰，从此垂垂向芳径。

算来冰雪无多剩。又春风、燕子归初暝。
忍教送尽离别，傍紫陌、漫维双艇。
雁齿红桥，多少博山，前事难省。
只伴我、雾暗尘窗，仿佛旧时病。

钗头凤

词牌《钗头凤》简介

《钗头凤》，又名《折红英》、《惜分钗》等。根据五代无名氏《撷芳词》改易而成。因原《撷芳词》有“都如梦，何曾共，可怜孤似钗头凤”之句，改名为《钗头凤》。但原《撷芳词》上下片末没有叠字，故与原《撷芳词》有别。双调，仄韵、平韵以及仄韵平韵兼用，三者均有；字数有五十四、五十八、六十字等，以六十字为主。

以下列出本词牌格律常见的两种格体与范例。

格体一，六十字，上、下片各十句、七仄韵、两叠韵，两韵部递换。范例，南宋陆游词：

红酥手，黄縢酒。满城春色宫墙柳。
平平仄，平平仄。仄平平仄平平仄。
东风恶，欢情薄。
平平仄，平平仄。
一怀愁绪，几年离索。错，错，错！
中平平仄，仄平平仄。仄，仄，仄。

春如旧，人空瘦。泪痕红浥鲛绡透。
平平仄，平平仄。仄平平仄平平仄。
桃花落，闲池阁。
平平仄，平平仄。
山盟虽在，锦书难托。莫，莫，莫！
中平平仄，仄平平仄。仄，仄，仄。

格体二，六十字，上、下片各十句、三仄韵、四平韵、两叠韵。范例，南宋唐琬词：

世情薄，人情恶，雨送黄昏花易落。
仄平仄，平平仄，仄仄平平平仄仄。
晓风干，泪痕残。
仄平平，仄平平。
欲笺心事，独语斜阑。难，难，难！
仄平平仄，仄仄平平。平，平，平。

人成各，今非昨，病魂常似秋千索。
平平仄。平平仄，仄平平仄平平仄。
角声寒，夜阑珊。
仄平平，仄平平。
怕人寻问，咽泪装欢。瞒，瞒，瞒！
仄平平仄，仄仄平平。平，平，平。

《钗头凤》历代佳作二首

1. 钗头凤 ［南宋］陆游

红酥手，黄縢酒。满城春色宫墙柳。
东风恶，欢情薄。
一怀愁绪，几年离索。错，错，错！

春如旧，人空瘦。泪痕红浥鲛绡透。
桃花落，闲池阁。

山盟虽在，锦书难托。莫，莫，莫！

陆游，千百年来，中国历史上一位广受敬重的诗人。其最重要的原因就是，他的诗词中只有一个字，即“爱”，有他的爱国与爱情。他爱江山破碎的祖国，他爱被迫离异的前妻。悲剧的爱，炽热而苦涩，至死不渝。爱得感天动地，爱得催人泪下。

这首《钗头凤》描写的是作者爱情的悲剧。唐婉，陆游的原配夫人，一位知书达理的大家闺秀。绍兴十四年（1144）陆游二十岁时与十七岁的唐琬完婚，婚后两人情投意合，恩恩爱爱。谁知，陆母见小两口如胶似漆，唯恐误了陆游科举考试、金榜题名，唐琬又未能生育，对儿媳产生恶感。不到三年，曾参与包办婚姻的陆母，强逼陆游休妻。随后，陆游在母亲的安排下娶王氏为妻，唐琬依父命改嫁皇家宗亲、同郡宗人赵士程。绍兴二十一年（1151）的一个春日，陆游礼部会试失利后到家乡山阴（今浙江绍兴）沈园游玩，与前来游赏的赵、唐夫妇邂逅。唐氏征得赵士程同意后，派人给陆游送去酒肴，以表对陆游的抚慰。作者百感交集，醉酒，压在心底数年的感情顿时迸发，赋作此词，挥笔于沈园壁上。真实的故事，悲情的词句，千古名篇，感人至深。

上片追忆甜美的爱情生活，以及被迫离异的痛苦。起首三句回忆往昔与唐琬同游沈园的情景。“红酥手，黄縢酒。满城春色宫墙柳。”“黄縢酒”：宋代用黄纸封口的美酒。那一天，满城春色，繁华街道的两旁绿柳婆娑。二人在沈园游览，小憩对饮，爱妻嫩滑红润的双手，为词人斟上香醇的美酒，体态轻盈，情意缠绵。同样在春天，同样在沈园，往日的柔情何曾忘却！

然而，绮丽良辰、春色美景，不复再来；琴瑟相和的伉俪，无端地被拆散了。原因何在？“东风恶”，狂吹乱扫的东风，摧残了爱情的鲜花！蕴含深沉而又无法直说的激愤。“欢情薄”，“一怀愁绪，几年离索”，两情欢悦仅仅不足三年。分离的这几年，忧忧寡欢，离群索居，满怀思情愁绪。痛恨、悔恨喷发而出："错，错，错！"如江河之水，一泻而下，撼天动地。谁之错？自己懦弱之错？母亲蛮横之错？封建礼教之错？无法明说，不便明说。一杯苦酒，终生苦涩！

下片，由往事的感伤回到凄凉的现实。首三句，书写沈园重逢时唐琬的神情："春如旧，人空瘦。泪痕红浥鲛绡透。""浥"：湿润；"绡"：生丝织品，"鲛绡"：神话里鲛人所织的绡，极薄，后泛指薄纱，此处意即手绢。沈园，依然是"红酥手，黄縢酒"那一天的春色，人却面目全非，憔悴了，消瘦了，失去了当年红润娇美的风采。唐琬悲伤难忍，泪水不止，洗尽红色的胭脂，浸透薄绸的手绢。"空"，朝思暮想，空悲切！字里行间，充满作者对前妻的疼惜与怜爱。看到唐婉这副模样，词人心情沉痛，一个顶天立地的男儿，无力保护自己心爱的女人，愧疚、自责、痛心疾首！

重逢后，词人痛苦的心情难以排遣。"桃花落，闲池阁。"如桃花一样艳丽的前妻，被"东风"欺凌，受感情煎熬，红颜凋谢，精神萎靡。自己就像池塘上的空中楼阁，闲置、冷落，毫无生活的乐趣和寄托。"山盟虽在，锦书难托。""锦书"：写在锦上的书信，意即温馨的书信。两人曾立下终生相爱、白头偕老的海誓山盟，词人从未忘记。如今连倾诉关爱的书信都无法寄给对方了。爱到不能爱，割又割不断，何等凄惨！"莫，莫，莫！"罢了，罢了，罢了！声情俱烈，一唱三叹，万箭穿心，无法补救，只能仰天怆然！

这首词，作者抒发与前妻在沈园偶遇的真切感受，忆昔抚今，今昔对比，一气呵成，凝练凄绝。刻骨铭心的眷念，难以言状的悔恨，无力挽回的哀伤，荡气回肠，"惊天地，泣鬼神"。

绍兴二十六年（1156），唐琬再次来到沈园，看见陆游的这首题词，感慨万千，作和词《钗头凤》（世情薄）。同年秋，她就香消玉殒，抑郁而终，年仅二十八岁，可谓魂断沈园！

与唐琬的未了情，让陆游遗恨终生，沈园成了他切骨之痛。在晚年，他写下多首感怀沈园、思念唐琬的泣泪诗作，七十五岁写《沈园怀旧》二首；八十一岁写《梦游沈园》二首；八十四岁，垂暮的他写下《春游》：“沈家园里花如锦，半是当年识放翁。也信美人终作土，不堪幽梦太匆匆。”一年之后，这位大诗人带着他对祖国、对前妻悲剧的苦恋，离开了人世间。

注：千百年来多误以为陆游与唐琬是青梅竹马的表兄妹。但根据有关历史文献记载，查阅两家各自的家谱，陆游母亲祖籍江陵，今湖北荆州。曾外祖父是北宋仁宗、英宗、神宗三朝名臣唐介，陆游舅父一辈中并无唐琬父亲唐闳其人。唐琬父亲是浙江山阴人，唐翊之子。千古讹传，源自南宋末年周密误读了刘克庄《后村词话》，将其中唐琬后夫赵士程与陆母家族的关系，当成唐琬与陆母家族的关系。

2. 钗头凤 ［南宋］唐琬

世情薄，人情恶，雨送黄昏花易落。
晓风干，泪痕残。
欲笺心事，独语斜阑。难，难，难！

人成各，今非昨，病魂常似秋千索。
角声寒，夜阑珊。
怕人寻问，咽泪装欢。瞒，瞒，瞒！

唐琬，南宋山阴（今浙江绍兴）的一位大家闺秀，江南水乡长大的美丽多情的女子。她十七岁时与二十岁的诗人陆游喜结良缘，伉俪恩爱，琴瑟和谐。但包办婚姻的陆母却对她看不顺眼，唯恐儿子沉于小两口的感情、误了仕途，加之唐琬未能生育，婚后不到三年，陆游被母亲所逼而休妻。随后，陆游在母亲安排下娶王氏为妻，唐琬依父之命改嫁皇室宗亲、同郡宗人赵士程。绍兴二十一年（1151）的一个春日，赵、唐夫妇在沈园春游，偶遇陆游。征得赵士程的同意，唐琬派人给陆游送去酒肴。陆游伤感万分，酒醉后在沈园的墙上挥笔写下著名的《钗头凤》（红酥手）。绍兴二十六年（1156），唐琬再次来到沈园，看见陆游的这首题词，百感交集，作此首和词《钗头凤》（世情薄）。

词的上片诉说封建理念对自己的伤害，以及身为赵妻、思念陆游的景况。“世情薄，人情恶”，当今社会，世态炎凉，人情淡薄。自己与陆游美满的婚姻，被可恨的封建世俗的理念所摧残。“雨送黄昏花易落”，黄昏惨淡，更兼阴雨侵袭，鲜花无力抵御，凋零飘落，自己就像那不幸的春花。词句化用陆游《卜算子·咏梅》的词句：“已是黄昏独自愁，更著风和雨。”蕴意深厚，表白作者与陆游心心相印，“零落成泥碾作尘，只有香如故”。无论命运如何悲惨，对陆游的爱情至死不渝。“晓风干，泪痕残。”被昨日傍晚阴雨浇湿的庭院草木，经晓风吹拂，已经干了；而自己彻夜的泪痕还未擦净。以晓风吹干了雨水反衬手绢擦不干泪水，泪之多，悲之深，情何以堪！

“欲笺心事，独语斜阑。”“阑”同“栏”，“斜阑”即斜倚栏杆。多想把心中的眷恋之情写在信笺上，寄给对方；独自倚栏沉思、犹豫，自言自语。“难，难，难！”如今已是赵某的妻子了。赵士程并非鸡肠小肚的男人，他善解人意，体贴唐琬。而唐琬又是一位知书达理的女子，更不愿做伤害赵士程感情的事。身为赵妻，思念陆游，唐琬哀叹不已，做一个有情有义的女人何其难！与陆游《钗头凤》的词句“锦书难托”相呼应，两人相同的心境，相同的凄楚，进而引出下片。

“人成各，今非昨，病魂常似秋千索。”面对两人的现实，凄切地喟叹。原本恩恩爱爱的一对夫妻，被迫离异，一种相思，两处悲情。陆游是一个剑胆琴心、重情重义的大丈夫，我岂能不知他对自己的情义？如今各有各的家庭，各有各的难处啊！陆母的威逼，离异的痛苦，感情的煎熬，仅仅数年，红润艳丽、芳华正茂的美女被折磨成病魔缠身、魂如游丝，人像是飘忽的一条秋千绳索。自怜自哀，仿佛预感到自己不久于人世！血泪之句，令人不忍卒读！

“角声寒，夜阑珊。怕人寻问，咽泪装欢。”“阑珊”：将尽。夜色将尽，远处传来呜咽凄凉的角号声。彻夜未眠，愁容满面，怕人寻问，只好将泪水咽在肚里，强装欢颜。“瞒，瞒，瞒！”为了不给陆游带来麻烦，为了避免赵士程的不悦，独自一人默默地咀嚼爱情的苦涩，承受病魔的折磨，无怨无悔！

唐琬，一位美丽善良的佳人，一位痴情执着的才女。此词是她生命最后的自白，感情如注，缠绵悱恻，悲怆凄婉。写完这首词后，同年秋，唐琬香消玉殒，抑郁而终，年仅二十八岁。多少年来任凭改朝换代，人们传咏这首《钗头凤》，纪念这位为情而生、为情而死的纯情女子。

注：世传的唐琬这首词，在南宋的记载中只存头两句“世情薄，人情恶”。本词全篇最早见于明崇祯初卓人月所编《古今词统》。由于未见南宋版的全文，当代古典文学家俞平伯先生怀疑这首词是后人依残句补拟。但其他学者认为，明与南宋年代并非久远，仍可信。